Für Sabine,

Danke für die Treue 

Februar 2015

Gabriele J.

Gabriele Schmid

Touché

Roman

Band 3 aus der Reihe

spiritbooks

Die Autorin

Gabriele Schmid, geboren und aufgewachsen in Stuttgart, lebt seit Jahren in einer Strohgäu-Gemeinde in Baden-Württemberg. Sie arbeitete als Datenbank-Ingenieurin bei einer der führenden Anwaltskanzleien Stuttgarts, bis sie sich entschloss, ihr Hobby zum Beruf zu machen.

Verlag: spiritbooks, www.spiritbooks.de

Autorin: Gabriele Schmid, www.pcs-books.de

Korrektorat/Lektorat: Susanne Feiner, Ulrike Schmied, Bettina Zipperle und Lea Roser

Covergestaltung: Corina Witte-Pflanz, www.ooografik.de

Coverfotos/Kapitelgrafiken: *Blütenmeer aus Blauregen* © Fotoschlick – Fotolia.com; *Jasmin, Herz* © photocrew – Fotolia.com; *Hintergrund - Schild* © PhotoSG – Fotolia.com; *old papers held together with paperclip* © fotorro – Fotolia.com; *wisteria isolated on white* © luisapuccini – Fotolia.com; *Red Heart Beats Cardiogram on White background* © sdmix – Fotolia.com

Autorenfotos: Nicole Geck, www.geck-fotografie.de

Druck und Verlagsdienstleister: www.tredition.de

Printed in Germany

ISBN: 978-3-944587-19-6

Wie immer:
Für meine drei Männer.

Und für meine Eltern, ohne die ich nicht so wäre, wie ich bin!

Anmerkung der Autorin:
Die Personen, die Handlung und Gebäude/Örtlichkeiten rund um die ***Oberauklinik*** sind meiner Phantasie entsprungen. Alle weiteren Details in und um Freiburg herum sind so realistisch wie möglich beschrieben, allerdings sind mit meiner blühenden Phantasie auch hier immer mal wieder die „Gäule“ durchgegangen.

März 2009

Irgendwo fiel eine Tür lautstark ins Schloss.

„Macht bitte alleine fertig. Ich muss in die Notaufnahme."

Energische Worte hallten durch den in warmes Sonnenlicht getauchten Flur der Freiburger Oberauklinik. Kurz darauf näherten sich eilige Schritte, dann wurde die Gestalt einer jungen Frau sichtbar, die um die Ecke schlitterte.

Der Mann, der allein in der Patientenecke saß und die ersten wärmenden Sonnenstrahlen an diesem Montagmorgen genoss, lächelte. Die junge Ärztin, um deren Hals ein auffällig regenbogenfarbenes Stethoskop baumelte, sah er heute zum ersten Mal. Seine Augen ließen leider nicht zu, dass er den Namen der Ärztin entziffern konnte, der oberhalb einer üppigen Brust in das orangefarbene Poloshirt eingestickt war – diese Tatsache war ihm nämlich trotz seiner Kurzsichtigkeit nicht entgangen.

Die Ärztin stieß einen derben Fluch aus, denn aus den Lautsprechern mahnte es zum wiederholten Mal: „Doktor Marquardt und Doktor Thalbach, bitte in die Notaufnahme!" Er ließ sie nicht aus den Augen. Beobachtete, wie sie beim Näherkommen auf ihren Piepser schaute und ihn mit einem Lächeln knapp grüßte, die letzten Schritte zum Aufzug eilte und dort stehenblieb, um ungeduldig mehrmals hintereinander auf den Knopf zu drücken.

Was für ein Augenschmaus. Diese attraktive Ärztin hätte ihm mit Sicherheit seinen wochenlangen Krankenhausaufenthalt versüßt, wenn er sie vorher schon entdeckt hätte. Während sie ungeduldig wartete, unterzog er sie von seinem Sonnenplatz aus einer eingehenden Musterung: Sie war höchstens Anfang dreißig, er schätzte sie auf knappe eins sechzig und ihre wohlgeformte, sportliche Figur war gut zu erkennen. Eine Figur mit genau den idealen Rundungen an den richtigen Stellen und einem seidig blonden Pferdeschwanz, der bei jeder ihrer ungeduldigen Bewegungen auf- und niederwippte.

„Komm schon, du blödes Ding." Erneut malträtierte sie den unschuldigen Knopf und schien ihren Beobachter erst jetzt richtig wahrzunehmen. Auf dem herzförmigen Gesicht erschien ein Lächeln, ihre Augen funkelten und die Art, wie sie nun schicksalsergeben mit den Schultern zuckte, amüsierte ihn. Ihr sah man das Schalkhafte schon von weitem an, auch wenn ihre gute Laune gerade am Nullpunkt anzukommen schien.

Wie gerne wäre er jetzt aufgesprungen und hätte sie in ein Gespräch verwickelt. Stattdessen umklammerte er seinen Stock, lehnte sein Kinn darauf und ignorierte die schmerzenden Glieder. Leise seufzte er und wünschte sich, er wäre noch einmal fünfzig Jahre jünger – so wie der Mann, der jetzt um die Ecke bog, die Ärztin entdeckte, kurzzeitig ins Straucheln geriet und dann erkennbar gemächlicher in Richtung Aufzug weiterging. Interessiert beobachtete er das weitere Geschehen, denn dieser Halbgott in Weiß war, wie er aus eigener Erfahrung wusste, alles andere als ein freundlicher Zeitgenosse.

Katja Thalbach wartete auf den Aufzug und steckte den Piepser wieder ein, nachdem sie dem unüberhörbaren Warnton, der die nervigen Lautsprecheransagen ersetzte, ein Ende bereitet hatte.

„Herrgott, ich bin ja schon unterwegs." Während sie mit sich selbst sprach, drückte sie erneut ungeduldig auf den Aufzugsknopf und fixierte die Stockwerksanzeige über der Aufzugstür.

„Ich sehe schon, es hat sich nichts geändert! Selbst wenn es Ihnen doch irgendwann gelingen sollte, den Knopf durch die Wand zu drücken, *der Aufzug kommt dadurch auch nicht schneller.*"

Katjas gute Laune war wie weggeblasen. Diese tiefe Stimme kannte sie allzu gut. Sie zählte bis fünf, dann erst drehte sie sich zum leitenden Oberarzt der Orthopädie und Unfallchirurgie um, der sich ihr näherte und sie mit arrogantem Lächeln musterte.

„Morgen, Herr Kollege. Wie immer ein Scherz auf Lager. *Auch das ändert sich wohl nie.*"

Er ignorierte ihre Spitze. „Frau Doktor Thalbach ist also nach sieben langen Monaten wieder im Haus. Was für eine Freude."

Katja drehte sich weg und hypnotisierte die Anzeige des Aufzugs.

„Und? Wie war die Arbeit in der Münchner Uniklinik?", erkundigte er sich – Sekunden, bevor das Schweigen unangenehm wurde.

„Wesentlich hektischer als bei uns hier." Sie blickte nicht zu ihm auf. „Aber es hat sich gelohnt, Professor Werners Rat anzunehmen und auf dem Endspurt zum Facharzt auch noch die Neurochirurgie abzudecken."

Aus den Augenwinkeln bemerkte sie, wie Doktor Stefan Marquardt sie von oben bis unten musterte. Dann wandte er den Blick ab und schien nun seinerseits die Anzeige über dem Aufzug interessanter zu finden.

Auch das würde sich nie ändern! Katja verzog unbemerkt den Mund. Er hatte ihr gegenüber von jeher die Angewohnheit an den Tag gelegt, sie immer nur mit seinem Blick zu streifen, niemals direkt anzusehen. Das empfand sie als herablassend und unhöflich. Wieder verstrichen die Sekunden, während sie warteten und sich anschwiegen. *Das fing ja schon wieder gut an!*

Endlich waren Stimmen zu hören, die als undeutliches Echo durch den Aufzugsschacht wehten, doch der Aufzug schien im vierten Stock blockiert zu werden. Gelächter war zu hören. Da kam plötzlich Leben in Stefan Marquardt. „Was ist denn heute wieder los? Der Aufzug steht und steht. Die quatschen doch bestimmt nur. Es wird Zeit, dass wir einen separaten Aufzug zu den Schockräumen bekommen."

Er hämmerte mit der Faust gegen die Tür. Sofort hörte man hektische Schritte und die bekannten Geräusche, wenn sich die Aufzugstüren schlossen.

„Geht doch." Stefan Marquardt grinste sie ungefähr null Komma fünf Sekunden an, bevor er den Blick wieder abwandte.

„Ist der Umbau genehmigt?", fragte Katja, die seine Andeutung registriert hatte.

„Fast. Aber interessiert Sie das überhaupt noch? Bestimmt wollte man Sie in München gleich behalten." Sein tiefer Bass, der einen donnernden Tonfall annehmen konnte, klang nicht ganz so fest wie gewohnt.

„Können Sie hellsehen? Ich habe schon ein Vertragsangebot." Katja lächelte zufrieden. Ihre Zukunftsplanung nahm Formen an, denn demnächst hieß es für sie den nächsten Schritt zu machen, der sie ihrem großen Traum ein weiteres Stück näherbrachte: Als Chefärztin zu arbeiten! Vermutlich würde sie auch dies in Rekordzeit schaffen. Schließlich nahm sie dafür auch einige Entbehrungen in Kauf.

„War ja eigentlich klar", murmelte er. Wenn sie es nicht besser wüsste, dann hätte sie seinen Blick als Enttäuschung interpretiert. Irritiert wandte sie sich ab und beschloss, seine Bemerkung zu ignorieren. Doch dann spürte sie eine Berührung in ihrem Nacken und drehte sich blitzartig wieder zu ihm um.

Stefan Marquardt hielt ihr einen durchsichtigen Hautfetzen unter die Nase, den er offenbar in ihrem Nacken abgezogen hatte. „Und wie ich sehe, hatten sie anschließend auch noch Zeit für einen ausgiebigen Urlaub. Wohin ging's dieses Jahr? Wieder in die Südsee?" Er wartete ihre Antwort erst gar nicht ab. „Wie können Sie nur wochenlang in der Sonne liegen. Das muss doch auf die Dauer langweilig werden. Außerdem ist es nicht gesund."

Hast du eine Ahnung! Von in der Sonne liegen kann keine Rede sein. Trotz seiner ständigen Seitenhiebe hatte sie ihn bis heute nicht darüber aufgeklärt, was sie eigentlich Jahr für Jahr während ihres Urlaubs wirklich tat.

„Falsch, dieses Jahr war es die Karibik. Sind Sie etwa neidisch?" Kaum wieder im Lande, schon rasselte sie mit Stefan Marquardt zusammen. Sie zupfte ihm den Fetzen aus der Hand, wickelte diesen in ein Taschentuch und sah ihn angriffslustig an. „Haben Sie mich etwa vermisst?"

Er wurde einer Antwort enthoben, denn endlich hielt der Aufzug. Wenn Katja nicht auf die Uhr geschaut hätte, hätte sie gedacht, es wäre seit dem Notruf eine halbe Stunde vergangen und nicht erst ein paar Minuten. Als sich die Aufzugstüren öffneten, ließ ihr Stefan Marquardt galant den Vortritt. Das war aber schon alles, was er ihr gegenüber an Höflichkeit normalerweise an den Tag legte – was er ihr mit den nächsten Worten auch schon bewies: „Und wie ich Sie vermisst habe! Die Monate ohne Ihr ständiges Genörgel waren ganz schön langweilig."

Katja verkniff sich einen weiteren Kommentar. Sie hatte es aufgegeben, von einem normalen Verhältnis zu Stefan Marquardt zu träumen. Wenn sie in den fünf Jahren, in denen sie nun mit ihm zusammenarbeitete, eines gelernt hatte, war es die Tatsache, dass es Menschen gab, mit denen sie nie auskommen würde – selbst wenn sie es noch so sehr versuchte. Aber mit Stefan Marquardt kam man sowieso nur klar, wenn man einen großen Bogen um ihn machte und es so wenig wie möglich Berührungspunkte gab.

Mit größtmöglichem Abstand lehnte sie sich an die gegenüberliegende Wand und musterte ihn unverhohlen. Wenn er sie schon nicht ansehen konnte – sie konnte es!

Doktor Stefan Marquardt war sehr groß, von kräftiger Statur, hatte dunkle Haare, ein kantiges, männliches Gesicht mit einem sehr gepflegten Bart an Oberlippe und Kinn, der sie unweigerlich an die Figur des d'Artagnan erinnerte. Wenn er nicht immer eine solch unnahbare, fast schon verkniffene Miene zur Schau getragen hätte, dann könnte man ihn sogar tatsächlich als überaus gutaussehend bezeichnen. Ihre Freundin Viktoria Karl, die als Gynäkologin ebenfalls hier an der Oberauklinik arbeitete, hatte ihm bereits am ersten Tag den Titel *Doktor Sauertopf* verliehen. Und dieser Name drückte sein ganzes Erscheinungsbild aus: Steif – humorlos – distanziert.

Nur seine Augen waren faszinierend – dunkelgrün, wie irische Seen und genauso tief und unergründlich. Doch sie konnten einen stechenden Blick aussenden, der einem durch Mark und Bein fuhr und jeden sofort einschüchterte - immer wieder auch sie selbst. Sie ging daher, fast von der ersten Minute an, auf Distanz. Nicht, dass sie sich grundsätzlich viel zu sagen hätten – ganz im Gegenteil. Sie wusste nach all den Jahren nichts über ihn und ahnte, er würde schweigen, bis sie sich in der Notaufnahme gegenüberstanden. Und selbst dort würden sie nur wenige Worte miteinander wechseln, was daran lag, dass sie sich im Operationssaal blind verstanden und genauso blind aufeinander verlassen konnten. Die Jahre an seiner Seite hatten aus Doktor Stefan Marquardt und ihr ein Team geformt, das seinesgleichen suchte – allerdings nur an einem Platz: Im OP. Dort waren alle Kämpfe vergessen, da harmonierten sie und ergänzten sich blendend.

Als Medizinstudentin im Praxisjahr war sie an die Privatklinik gekommen, die am Ortsrand von Freiburg nahe der Dreisam, in einem uralten Gutshof untergebracht war, der mitten in einem parkähnlichen Gelände lag.

Hier hatte sie als Assistenzärztin in den letzten Jahren ihre Facharztausbildung durchlaufen, war vom Oberarzt Doktor Stefan Marquardt und dem Chefarzt Professor Gerd Werner ausgebildet worden. Jetzt stand sie kurz vor der Prüfung zur Fachärztin für Orthopädie und Unfallchirurgie.

„Ich nehme an, die Leitung in München offeriert Ihnen eine Oberarztstelle. Ich greife Professor Werner nicht vor, wenn ich Ihnen sage, dass er Ihnen momentan leider nur eine Facharztstelle und meine Stellvertretung anbieten kann."

Die Worte von Stefan Marquardt rissen sie unvermittelt aus ihren Gedanken und im ersten Moment dachte sie, sie hätte sich verhört.

„Ist das jetzt eine Frage oder wollen Sie mir nahelegen, nach München zu wechseln?", erkundigte sie sich vorsichtig.

„Selbstverständlich nicht!" Stefan Marquardt sah sie irritiert an.

„Also interpretiere ich es als Frage, ob ich hier an der Klinik bleiben will."

„Tun Sie das."

„Und das fragen Sie mich im Aufzug?", wunderte sie sich.

„Wo sonst? Im OP oder im Waschraum vielleicht?" Er sah sie jetzt völlig verständnislos an.

Katja gab einen lautlosen Stoßseufzer von sich. Er war ja so ein brillanter Arzt und Chirurg, aber als Mensch und Vorgesetzter fehlte ihm jegliches Feingefühl und das Wissen, wie seine Mitarbeiter tickten.

„Ein Vier-Augen-Gespräch in Ihrem Büro hätte es vielleicht auch getan", murmelte sie pikiert.

Er zuckte lediglich mit den Schultern. „Was wäre daran anders? Wollen Sie nun? Ja oder nein?"

„Das muss ich mir erst in Ruhe überlegen." Sie gehörte nicht zu denen, die spontan eine solche Entscheidung trafen. „Aber eines kann ich heute schon sagen: Meine Zustimmung wäre an eine Bedingung geknüpft." Sie sah ihn streitlustig an.

„Welche?"

„Ich rede in Zukunft bei der Visite mit den Patienten, sonst rennt doch noch irgendwann einer schreiend davon."

Er schnappte nach Luft und sah für einen Moment aus, als wolle er ihr den Hals umdrehen. Doch bevor er zu einer Erwiderung ansetzen konnte, hielt der Aufzug im Erdgeschoss, wo sich die Notaufnahme mit den Schockräumen befand.

„Da ist das letzte Wort noch nicht gesprochen", meinte er und wandte ihr den Rücken zu. Die Aufzugstüren öffneten sich. Stefan Marquardt trat vor ihr hinaus und bahnte sich und ihr einen Weg durch die vor dem Fahrstuhl wartenden Personen. Katja starrte auf seinen breiten Rücken und schluckte den Ärger hinunter. Jetzt musste ihre ganze Konzentration dem Unfallopfer gelten, das sie gleich vorfinden würde und nicht ihrer akribisch durchgeplanten Zukunft, bei der der nächste Schritt nicht, wie von Stefan Marquardt vorgeschlagen, Fachärztin, sondern Oberärztin hieß – egal wie. Kurz nach Stefan Marquardt betrat sie die Notaufnahme.

Viktoria Karl befand sich auf dem Weg zur Gynäkologie und schaute dem ungleichen Paar hinterher, das aus dem Aufzug stürmte. Amüsiert schüttelte sie den Kopf. Katja bemerkte sie nicht einmal, so sehr war ihre Freundin wieder in eine hitzige Diskussion mit ihrem Chef verstrickt. Viktoria sah buchstäblich die Dampfwolken, die aus Katjas Ohren aufgestiegen. Kichernd bog sie auf den Steg ein, der das Hauptgebäude, in dem sich die chirurgische Abteilung mit Operationssälen, den beiden Schockräumen und der Notaufnahme befand, von der Gynäkologie trennte. Sie freute sich auf ihren ersten Arbeitstag nach dem Urlaub, dennoch hätte sie jetzt zu gern in der Notaufnahme Mäuschen gespielt.

Einen kurzen Moment verharrte sie; vom gläsernen Steg konnte man auf die weitläufige Parkanlage und den angrenzenden Wald blicken, der zum Klinikgelände gehörte und in dem, trotz der frühen Morgenstunde, schon Patienten wie Besucher unterwegs waren. Dieser Steg trennte den altehrwürdigen Gutshof vom ultramodernen Anbau, in dem sich ihr Arbeitsplatz befand. Hier hatte sie in den letzten Jahren ihre Facharztausbildung absolviert und trat heute, nach drei Wochen Urlaub, ihren Dienst als Oberärztin an. Als Urlaub konnte man die

Wochen, die sie gemeinsam mit Katja für eine weltweit agierende medizinische Hilfsorganisation auf Haiti verbracht hatte, eigentlich nicht nennen.

Wer hätte das gedacht? Wohl kaum die Menschen, die sie früher heftig dafür kritisiert hatten, dass sie ohne Plan und Ziel einfach nur in den Tag hineingelebt hatte und als junge Abiturientin ausschließlich von Hochzeit und dem ungeborenen Kind geträumt hatte.

Diese Träume gab es schon längst nicht mehr. Zurückgeblieben war ein vertrauter Stich im Herzen, sobald sie an damals dachte und ein Ehrgeiz, von dem sie nicht gewusst hatte, dass er in ihr schlummerte. Ehrgeiz und so viel unbändige Freude an ihrem Beruf, dass sie freiwillig seit Jahren auf ihren Sommerurlaub verzichtete und stattdessen in die Länder reiste, in denen Hilfe am nötigsten war.

Die Glastür öffnete sich und der vertraute Geruch, ein Gemisch von Desinfektions-, Scheuermitteln und frischer Wäsche zog ihre Atemwege empor. Augenblicklich wurde die Stille, die sie im Steg noch begleitet hatte, von Gesprächsfetzen und Türenschlagen abgelöst. Automatisch filterte sie die energische Stimme von Tara Jafari heraus, die hier auf der Gynäkologie ihre Ausbildung zur Hebamme absolvierte und von der man heute schon ahnte, dass sie es später bis zur Stationsleiterin bringen würde. Tara hatte genau das Quäntchen Einfühlungsvermögen und fand instinktiv immer den richtigen Ton, den man brauchte, um Frauen, die kurz vor ihrer Niederkunft standen und mit heftigsten Schmerzen kämpften, davon zu überzeugen, was das Beste für sie war.

„Morgen, Tara“, Viktoria hob grüßend den Arm, als Tara mit einer hochschwangeren Patientin untergehakt, ihren Weg kreuzte.

„Hey, Vicki“, grüßte die zurück und wandte sich gleich wieder an ihre Patientin. „Tief ein- und ausatmen, wir sind gleich im Kreißsaal. Die bunte Tür mit dem Storch ist es auch schon.“

Viktoria war wenige Schritte später vor dem Büro angekommen, das sie sich mit ihrer Chefin, Susanne Volk, teilte. Ohne anzuklopfen trat sie ein, fand es jedoch verlassen vor. Schon auf dem Weg zum Schreibtisch ließ sie ihren Lederrucksack von der Schulter gleiten und zog sich die gefütterte Jeansjacke aus. Auf dem Tisch lagen ein hellgrünes Poloshirt und ein weißer Umschlag. Ein Notizzettel, auf dem die Handschrift ihrer Chefin zu erkennen war, klebte darauf: „Hallo, Vicki. Herzlich willkommen zurück. Ich freue mich auf die weitere Zusammenarbeit mit einer tollen Kollegin und Freundin. Die Kopie deines Vertrages ist im Umschlag. Alles Liebe, Susanne." Dahinter stand offenbar noch hastig gekritzelt: „Einen guten Start als Oberärztin. Bin im Kreißsaal. Lass' uns gemeinsam Mittagessen."

Viktoria strich sich ihre roten Locken aus den Augen, grinste und verstaute den Umschlag in ihrem Rucksack. Dann hob sie ehrfürchtig das Poloshirt hoch und bestaunte das eingestickte Logo: „Oberauklinik, Gynäkologie – Doktor Viktoria Karl, Oberärztin".

„Wow!" Viktoria drückte sich das Shirt an ihre Brust. „Katja wird vor Neid platzen."

Ihr stiegen vor Freude die Tränen in die Augen und nicht zum ersten Mal an diesem Tage fragte sie sich, wo eigentlich die letzten Jahre geblieben waren. Mit dem heutigen Tag war sie Susanne Volks Partnerin hier in der gynäkologischen Abteilung und alle Entbehrungen hatten ein Ende.

„Na, Überraschung gelungen?", fragte in diesem Moment eine leise Stimme in ihrem Rücken, und sie drehte sich freudestrahlend um.

„Hey, hallo. Ja. Danke, Susanne." Viktoria klemmte das Poloshirt unter ihre Achsel und zog Susanne Volk in den Arm oder versuchte es zumindest. Dass sie bereits vor ihrer abschließenden Facharztprüfung zur Oberärztin ernannt worden war, lag nämlich unter anderem daran, dass Susanne Volk im sechsten Monat mit Zwillingen schwanger war und heute schon aussah, wie andere kurz vor der Niederkunft.

„Ehre, wem Ehre gebührt!" Susanne lächelte und erwiderte etwas ungelenk die Umarmung. „Das war so abgemacht und nicht zuletzt hast du das meiner Mutter zu verdanken. Sie meint, ich muss mich mehr schonen. Gut schaust du aus." Susanne hob den Kopf und Viktoria sah sich einer eingehenden Musterung unterzogen.

„Dieses Mal habe ich keinen Sonnenbrand“, erklärte Viktoria stolz und stellte insgeheim Vergleiche an: Susanne klein und zierlich, seidig glänzend schwarze Haare und hochschwanger, mit dem seligen Ausdruck im Gesicht, den nur werdende Mütter zur Schau trugen. Als würde sie in einen Spiegel blicken, wusste sie genau, was Susanne sah: Viktoria war viel zu dünn für ihre knapp eins achtzig Länge. Ausgestattet war sie mit einer wallenden, nie zu bändigenden orangeroten Mähne, die eine drahtartige Konsistenz hatte und sie jeden Morgen zur Verzweiflung trieb. Sie hatte selbst nach dem Karibik-Urlaub noch ihre helle Haut und glücklicherweise nur ein rotes Näschen, während man Susanne schon Anfang März am dunklen Teint ansah, dass sie sich in jeder freien Minute eine Sonnenpause gönnte.

Diese trat jetzt einen Schritt zurück und schwankte kurzzeitig, dann hatte sie sich gefangen. Viktoria grinste. Wenn man Susannes zierliche Gestalt sah und dann den überdimensionalen Bauch betrachtete, fragte man sich, warum Susanne eigentlich nicht ständig nach vornüberkippte. Geschweige denn, wie sie es schaffte, die ganzen Untersuchungen durchzuführen oder Babys auf die Welt zu holen.

„Uff, wenn ich ehrlich bin, bin ich selbst sehr froh, dass du wieder da bist und dass wir mit Jörg Schreier rechtzeitig einen neuen Assistenzarzt eingestellt haben.“

„Trotzdem ist es keine Selbstverständlichkeit, mich vor der Facharztprüfung zur Oberärztin zu befördern, selbst wenn es ausgemacht war. Susanne, wenn ich dich so ansehe, dann sollten wir wirklich dringend den Dienstplan überdenken. Du wirkst doppelt so dick wie vor meinem Urlaub. Wir machen nachher einen Ultraschall.“

„Selbstverständlich, Frau Doktor Karl!“ Susanne verdrehte die Augen. „Aber wir müssen warten, bis der werdende Papa Zeit hat. Er will schließlich nichts verpassen und unten haben sie eben einen Notfall reinbekommen. Kurz und knapp, Markus ist bestimmt noch ewig im OP.“

„Das weiß ich schon. Ich habe Katja und Stefan von weitem auf dem Weg dorthin gesehen.“ Viktoria grinste. „Sie hatten keinen Blick für mich und wenn mich nicht alles täuscht, dann waren sie schon wieder heftig am Streiten.“

„Ich fürchte, das wird sich nie ändern. Schade eigentlich.“ Susanne watschelte um den Schreibtisch und ließ sich auf der gegenüberliegenden Seite auf ihren Drehstuhl sinken, der unter ihrem Gewicht ächzte. „Ich bin echt froh, dass dein Urlaub rum ist. Los, ein paar Minuten haben wir noch, erzähl mir, wie es war.“

Kapitel 2

Grelles Licht zwang Katja, ihre Augen zu schließen, sobald sie den Schockraum betreten hatte. Sie blinzelte und sah ein junges Mädchen intubiert auf einer Trage mit Vakuummatratze liegen, mit der sie vom Hubschrauber zum Schockraum transportiert worden war. Karin Ady, die leitende Ambulanz-Schwester, war damit beschäftigt, die Patientin vorsichtig zu entkleiden und leitete dabei eine Schülerin an. Katja hörte deren routinierten Erklärungen nur mit einem Ohr zu. Ihre ganze Aufmerksamkeit war auf die Patientin gerichtet. Mit dem ersten Blick erkannte Katja das Ausmaß: Ihre Patientin hatte einen hässlichen Riss im Gesicht und der rechte Oberarm war geschient. Der Hals war mit einer Orthese stabilisiert. Während sie sich Handschuhe überzog, ließ sie ihre Patientin nicht mehr aus den Augen. Markus Volk, der Chef des Narkoseteams, nickte kurz zur Begrüßung, dann kümmerte er sich um die intubierte Patientin, während der Notarzt die Versorgung am Unfallort schilderte.

„Fahrrad gegen Pkw. Die Leitstelle hat uns zu Ihnen geleitet. In der Uniklinik sind sämtliche Schockräume belegt. Patientin intubiert. Sie ist jetzt stabil. Blutdruck systolisch, kleiner 110, Sauerstoffsättigung 98 %."

Die üblichen medizinischen Begriffe flogen hin und her: „GCS?"

„GCS bei 8, Schädel-Hirn-Trauma, Beckenfraktur, Humerusfraktur rechts und die Weichteilverletzungen im Gesicht." Der Notarzt rasselte die vermuteten Diagnosen herunter. Die Patientin war mehrfach verletzt, im ersten Schritt ging es jetzt darum, sie zu stabilisieren. Der GCS-Wert, mit dem man die Bewusstseins- und Hirnfunktionsstörungen bei einem Schädel-Hirn-Trauma eingliederte, verhieß für Katja, dass der Notarzt die Patientin am Unfallort unter anderem desorientiert und mit eingeschränkter Motorik vorgefunden hatte.

Alles lief nach einem Muster ab, das Katja schon in Fleisch und Blut übergegangen war. Ihre Rollen waren klar definiert. Stefan Marquardt hatte das Sagen hier im Schockraum, sie und das weitere Ambulanz-Team waren jedoch so eingespielt, dass er kaum Anweisungen geben musste. „Achtung, wir lagern um, dann sofort zum CT, wenn Markus mit den Narkosegeräten so weit ist."

Der hob lediglich fünf Finger und arbeitete konzentriert weiter. Alle packten mit an und betteten schließlich die Patienten vorsichtig auf den mobilen OP-Tisch um. Der Notarzt legte das Notfallprotokoll auf einen Schrank und der Rettungssanitäter schob die Trage aus dem Schockraum.

„So, das war es. Wir übergeben also an Sie, schönen Tag noch. Ach übrigens, die Polizei wird auch noch vorbeikommen, es gab weder eine Adresse noch einen Ausweis in ihren Sachen."

Katja nahm diese Worte kommentarlos zur Kenntnis und hörte Sekunden später das Zischen der Hydraulik, die die Tür hinter dem Arzt wieder schloss. Hektische Betriebsamkeit setzte ein, Mitgefühl war hier fehl am Platz und wurde durch Wissen und Routine ersetzt.

Stefan Marquardt rasselte seine Instruktionen runter: „Wir brauchen umgehend ein komplettes Blutbild, inklusive Drogenscreening."

Katja begann währenddessen mit dem Bodycheck. „Pupillen lichtreagibel, normal weit." Die Verletzung im Gesicht war tief, jedoch nicht besorgniserregend. Der Oberarm jedoch war instabil.

„Das wird eine Fraktur sein, das sehen wir besser auf dem CT", murmelte Katja. „Karin, den Sonographen."

Sie untersuchte per Ultraschall das Abdomen und den Thorax, während Stefan Marquardt einen Zugang an der unverletzten linken Hand legte.

„Keine freie Flüssigkeit, Leber, Milz, Niere ohne Befunde", stellte sie fest und druckte die Daten aus.

Stefan Marquardt nickte und untersuchte seinerseits das Becken. „Becken stabil. Na ja, das CT wird uns Aufschluss geben. Markus?“, fragte er Richtung Anästhesist.

„Alles klar. Wir können.“ Markus schob das Sauerstoffgerät auf eine Halterung.

Stefan Marquardt wandte sich an Katja. „Und, Frau Kollegin, wie gehen wir vor?“

Wenn er sie das nach ihrer bestandenen Facharztprüfung immer noch so überheblich fragen würde, dann würde sie ihm vor versammelter Mannschaft eine Ohrfeige verpassen, das schwor sie sich hiermit. Heute jedoch biss sie die Zähne zusammen und versuchte seinen Blick einzufangen, was ihr wiederum nicht gelang, denn er sah zu, wie die Patientin in den Nebenraum gefahren wurde.

„Wir versorgen zuerst die Weichteilverletzung im Gesicht, richten den Arm und gegebenenfalls das Becken, dann kommt sie zwei Tage zur Überwachung auf die Intensivstation.“ Manchmal kam sie sich vor, wie eine Assistenzärztin in den Anfangsmonaten. Katja zog ihre Handschuhe aus und warf sie wütend in den Mülleimer.

„Nun, verlernt haben Sie in München jedenfalls nichts.“ Stefan Marquardt ließ sie mit diesen Worten stehen und ging in den Nebenraum, wo die Patientin bereits ins CT geschoben wurde.

„Nicht ärgern lassen, Katja.“ Markus Volk, der im Nebenraum gerade nicht gebraucht wurde, war zurückgekommen und zwinkerte ihr zu. „Ich hatte nicht mal Gelegenheit, dich zu begrüßen. Tolle Farbe hast du. Bin gespannt, wie Vicki nach drei Wochen Urlaub aussieht.“ Markus tätschelte Katja freundschaftlich die Schulter.

„Rothaarige werden nun mal nicht braun. Vicki ist schon froh, dass sie dieses Mal keinen Sonnenbrand abbekommen hat. Ich freue mich auch, dich zu sehen.“

„Wir haben dich alle vermisst.“

Katja kicherte leise. „Ja klar, vor allem mein Boss.“

„Da wäre ich mir nicht so sicher. Er war die ganze Zeit noch unerträglicher als sonst."

Katja hob erstaunt den Kopf. „Ach, geht das noch?"

„Und wie", mischte sich Karin Ady ein, die die Unterlagen in eine Klarsichthülle schob.

Katja sah durch das Fenster zu, wie Stefan Marquardt hinter den Bildschirmen Platz nahm. „Ich muss rüber, sonst köpft er mich. Nur noch kurz: Wie sieht es oben auf der Gyn aus? Vicki hatte ganz schön zu tun in den letzten drei Wochen. In Haiti purzelten die Babys geradezu reihenweise auf die Welt."

„Dafür ist auf der Gyn grad eher weniger los, dann kann sie sich ein bisschen ausruhen. Hoffentlich ist sie nicht sauer, weil Susanne schon jetzt ihre Dienstzeiten reduziert. Susanne lässt übrigens fragen, wann wir zu Giovanni gehen? Sie hat Pizzaentzug, was aber ganz gut ist. Die Hüften." Er grinste über das ganze Gesicht. „Meine Frau geht so langsam auf wie ein Hefekloß."

„Sei bloß froh, dass sie das nicht gehört hat. Und grins' nicht so selbstgefällig, schließlich bist du schuld, dass sie gleich zwei Babys von dir rumschleppen darf. Alles klar bei dir und Susanne?", fragte Katja mit einem besorgten Unterton, denn die letzten Jahre waren für die beiden alles andere als gut gelaufen.

„Alles bestens! Keine Sorge, wir haben beide unsere Lektion gelernt." Markus wirkte äußerst zufrieden.

„Das freut mich. Sorry, Doktor Sauertopf ruft." Katja sah, wie ihr Chef sie energisch mit der Hand zu sich winkte.

„Pssst, lass' ihn das nur nie hören." Markus lachte. Zusammen gingen sie zu Stefan Marquardt, der schon die ersten Bilder begutachtete.

„Das Schädel-CT zeigt keine Blutung, keine Raumforderung und kein Ödem." Katja nickte und setzte sich neben ihn, während Markus sich im Hintergrund hielt.

„Gesichtsverletzung, keine Brüche." Stefan Marquardt scrollte weiter.

„Da! Spiralfraktur am Oberarmschaft rechts." Katja zeigte auf die Stelle. „Die sollten wir aber erst in drei bis vier Tagen operieren." Sie erntete nur Schweigen.

Kein Kommentar ist auch eine Antwort! Katja kam in Versuchung, ihm unter dem Tisch gegen sein Schienbein zu treten. Eins war klar: Sie musste sich erst wieder daran gewöhnen, dass sie mit ihrer Heimkehr ein kameradschaftliches Miteinander gegen distanziertes Schweigen eingetauscht hatte.

„Brustkorb negativ, Rippen ebenso, kein Pneumothorax." Stefan Marquardt starrte stur auf die Bilder vor ihm.

„Da ...", Katja zeigte wieder auf den Bildschirm. „Bauchorgane ohne Befund. Das bestätigt meinen Ultraschallbefund."

„Ich habe doch gar nichts gesagt. Zum Becken ...", mokierte sich Stefan Marquardt über ihren triumphierenden Tonfall, sah sie kurz an und war schon wieder mit dem Blick beim Bildschirm. Das nächste Bild zoomte er heran. „Hier, deutliche Frakturlinie in der Massa lateralis. Ich schlage vor, die Beckenfraktur behandeln wir konservativ. Wir beobachten und machen Verlaufskontrollen. Das könnte allerdings eine langwierige Angelegenheit werden."

Die restlichen Bilder ergaben keinerlei auffällige Befunde mehr. Katja erhob sich. „Also machen wir jetzt nur die Gesichtsverletzung."

Stefan Marquardt nickte und gab Anweisungen, die Patientin wieder in den Schockraum zu transportieren, dann wandte er sich an Markus. „Wir lassen sie erst mal sediert. Trotzdem machen wir morgen nochmals ein Schädel-CT und dann besprechen wir uns wieder. Wer hat heute Nacht Bereitschaft?"

„Doktor Jensch", erklärte Markus und grinste, als Katja die Augen verdrehte. „Oh je, hast du ihn schon getroffen?"

„Nee, das Vergnügen hatte ich noch nicht." Katja winkte ab, doch sie sah, wie Stefan Marquardt die Stirn runzelte. „Was machen wir mit der Einwilligung für die Oberarmfraktur, falls die Polizei bis dahin auch noch nicht weiß, wer unsere Unbekannte hier ist?"

„Birgit soll sich darum kümmern“, erklärte Stefan Marquardt. „Im schlimmsten Fall muss sie sich an das Jugendamt oder das Vormundschaftsgericht wenden.“

„Na, dann wird Birgit wieder ihre helle Freude haben. Und wahrscheinlich morgen schon selbst mit ersten Recherchen beginnen. Gut, dann ist sie beschäftigt und lässt meine Frau in Ruhe.“ Markus ließ sich grundsätzlich keine Gelegenheit entgehen, liebevoll über seine Schwiegermutter herzuziehen, die als Stationsleitung sämtliche Fäden stramm in der Hand hielt.

„Wahrscheinlich schließt Birgit oben schon wieder Wetten ab, wer als Erster den Vornamen unserer Unbekannten errät oder so ähnlich.“ Katja schmunzelte. „Bestimmt hat sich das nicht geändert, während ich weg war.“

„Oh, das ist ein heikles Thema. Mit ihrer letzten Wette hat sie ja ziemlichen Schiffbruch erlitten.“

„Inwiefern?“, hakte Katja nach.

„Halt die Klappe“, mischte sich zu ihrem Erstaunen Stefan Marquardt ein. Er warf Markus einen bösen Blick zu und verschwand in Richtung der Umkleideräume.

„Warum denn? Irgendwann muss sie es ja erfahren.“ Markus ließ sich jedoch in keinster Weise einschüchtern.

„Was muss ich erfahren?“ Katja wurde etwas flau im Magen.

„Birgit hat auf unserer Hochzeit die Wette ausgegeben, dass Stefan und du das nächste Paar seid, auf deren Hochzeit sie tanzen wird.“ Markus wirkte ziemlich belustigt.

Katja fielen fast die Augen aus dem Kopf. Sekundenlang suchte sie nach den richtigen Worten. „Wie ... wie kommt sie denn auf diese bescheuerte Idee?“

„Du kennst doch ihr Motto: Was sich liebt, das neckt sich.“

Warum bin ich nicht in München geblieben? Katja rieb sich leicht verzweifelt die Stirn. „Dann müsste er inzwischen mit der gesamten Klinik verheiratet sein. So einen Blödsinn habe ich in meinem ganzen

Leben noch nicht gehört. Ich und ... der? Nie im Leben!"

„Das hat sie inzwischen auch kapiert. Die Wettgelder hat sie letztens wieder ausgezahlt." Wieder lachte Markus hell auf. „Wir sollten auch mal, sonst kündigt er mir die Freundschaft." Markus deutete mit dem Kopf Richtung Schockraum.

Wie kam Birgit nur auf so eine Schnapsidee? Katja schüttelte es bei diesem Gedanken. Sie folgte Markus erst in den Waschraum, dann in den Schockraum. Die beiden Männer wechselten ein paar Worte und Stefan Marquardt lächelte. Es war einer der seltenen Momente, in denen Stefan Marquardt menschlich und nicht wie ein herzloser Roboter wirkte. Die beiden Männer kannten sich seit Studienzeiten und waren eng befreundet.

Saublöd war nur, dass sie selbst ebenfalls sehr eng mit Markus und Susanne befreundet war, was immer wieder zu ungewollten Zusammenstößen mit Stefan Marquardt außerhalb der Klinik führte.

Kapitel 3

Katja sah auf die Uhr an der Wand, seufzte und gab alle Hoffnungen auf einen gemütlichen Abend mit Viktoria auf. Sie war aus dem Schockraum gleich zum nächsten Notfall gerufen worden und ihre Mittagspause war daraufhin ausgefallen, aber ihr knurrender Magen musste noch eine Weile warten. Jetzt war sie auf dem Weg zur Unbekannten. Während sie ihre Hände mit reichlich Sterillium desinfizierte, schaute sie durch die Scheibe in die Intensivstation hinein. Vier Betten standen im ersten Raum, jedes durch Vorhänge vom Nachbarn getrennt. Neben jedem Bett türmten sich Messinstrumente auf, die die Daten sammelten und an die Intensivschwestern im Überwachungsraum weiterleiteten. Katja nickte einer der Schwestern zu, die sich am ersten Bett um einen älteren Mann kümmerte. Schließlich trat sie ein und schnappte sich die Akte der Unbekannten, die ganz oben in der Wandhalterung steckte. Ein kurzer Blick zeigte ihr, dass keinerlei Probleme aufgetreten waren. Das Gesicht des Mädchens wirkte bleich und der große Verband an Wange und Lippe sah erschreckend aus. Die Gesichtsverletzung war sehr tief gewesen und es würde eine Narbe zurückbleiben. Die Oberarm-Fraktur dagegen stellte überhaupt kein Problem dar. Sie selbst würde diese in drei bis vier Tagen mit einem Nagel stabilisieren.

Die meiste Sorge bereitete ihr aber das Schädel-Hirn-Trauma und die Tatsache, dass die Patientin immer noch als Unbekannte galt, denn bis jetzt hatten sich keine Angehörigen im Krankenhaus gemeldet. Katja warf einen Blick auf die Monitore und das Gesicht des jungen Mädchens. Sechzehn, höchstens siebzehn, schätzte sie das Mädchen. Sie kontrollierte die Werte und blieb noch einige Minuten bei der Patientin. Diese lag ruhig da, die Augen geschlossen, die Brust hob und senkte sich rhythmisch durch das Beatmungsgerät. Nichts deutete darauf hin, dass sie neurologische Schäden davongetragen hatte, aber genaueres würde sich erst nach dem Aufwachen zeigen. Katjas Magen machte sich lautstark bemerkbar und erinnerte sie daran, dass sie auch ihre eigene Gesundheit nicht außer Acht lassen sollte.

Stefan zögerte, als er Katja durch die Glasscheibe bei der Unbekannten entdeckte. Unerfreulicherweise hatte er heute Morgen bei ihrem Anblick Gefühle verspürt, die er eigentlich schon lange als abgehakt betrachtet hatte. Freude, dass sie zurück war und ein Gefühl, das er nicht näher ergründen wollte! Aber er hatte beruhigt aufgeatmet. Die Anspannung der letzten Monate war blitzartig von ihm abgefallen und er gestand sich ein, dass sie ihm gefehlt hatte. *Selbstverständlich nur als Kollegin!*

Schließlich war sie diejenige, die alle Patienten von A bis Z betüttelte und schon seit längerem den Job übernahm, den eigentlich er tun sollte – mit den Patienten reden, sie beruhigen und aufbauen. Eine Seite seines geliebten Berufes, die er einfach ignorierte und sich ganz aufs Heilen konzentrierte, auch wenn er wusste, dass dies sehr egoistisch war. Sie hatte diese Schwäche von ihm gleich am ersten Tag erkannt und trotzdem hatte sie – bis heute – nie ein Wort darüber verloren. Erst in den Monaten, in denen sie in München gewesen war, war selbst ihm klar geworden, was sie stillschweigend Tag für Tag geleistet hatte.

Ohne Katja hatte er sich nur als Teil eines Ganzen gefühlt – wie wohl auch die gesamte Abteilung. Kaum war sie wieder da, schien sich ihre fröhliche Art auf die ganze Station zu übertragen. So viel Lachen und Neckereien hatte er lange nicht gehört. Sie war das absolute Gegenteil von ihm – mitfühlend, mitteilsam und beliebt. Er machte sich nichts vor, er wurde hier als Chef akzeptiert, nicht mehr und nicht weniger. Doch er konnte einfach nicht aus seiner Haut, so sehr er es sich ab und zu wünschte.

Gerade jetzt bewies sie wieder ihre warmherzige Art – sie beugte sich über die Patientin, strich über ihre Stirn und zog die Bettdecke hoch, dann wandte sie sich zum Gehen. Ihre Augen verwandelten sich augenblicklich in Schlitze, als sie ihn entdeckte. Die Chance, wie so oft ungesehen davonzuschleichen, war dahin.

„Haben Sie sich verirrt?" Katjas Stimme triefte vor Ironie, sobald sie vor ihm stand.

„Wären Sie so freundlich und würden mit der Polizei sprechen? Die sind oben in meinem Büro", ignorierte er ihre Frage.

„Ganz bestimmt nicht!" Katja schoss wütende Blicke auf ihn ab. „Sie sind der Chef. Ich werde mich hüten, irgendwelche Aussagen zu machen."

„Was ist dann mit Ihren Änderungen, die Sie heute Morgen so großspurig einführen wollten?"

Katja kniff die Augen erneut zusammen und runzelte die Stirn. „Ich habe davon geredet, dass ich es nicht leiden kann, wenn Sie uns die Patienten fast immer vergraulen."

Verfluchtes Weib! Schon wieder taxierte sie ihn sekundenlang und er hörte buchstäblich ein lautes Quietschen, als ihre Augen in seinem Inneren eine verrostete Tür zu öffnen schienen. Auch ihr blieb dieser Moment anscheinend nicht verborgen, denn Katja rieb sich mit der Hand ihren Nacken und ließ ihn dabei nicht aus den Augen. Diese verdammten Hexenaugen hielten ihn gefangen. Sekunden verstrichen, die ihm wie eine Ewigkeit vorkam. Dann blinzelte sie, der einzigartige Moment wurde vom Wimpernschlag verwischt, und bevor sie ihm zuvorkommen konnte, schoss er die nächste Retourkutsche auf sie ab: „Frau Doktor Thalbach, wenn Ihnen mein Arbeitsstil nicht gefällt, dann steht es Ihnen völlig frei, doch nach München oder nach Hintertupfingen zu wechseln."

„Das sollte ich wohl wirklich in Erwägung ziehen." Sie schmiss die Akte auf das Regal an der Wand. Alles rutschte daraufhin quer über das Brett und blieb schließlich an einem Stapel Bücher hängen. Mehrere Papiere segelten zu Boden. „Sie sind so ... ein ..."

Katja brach ab und bedachte ihn mit einem vernichtenden Blick. *Hätte er mal bloß besser den Mund gehalten!* Denn – wie üblich, wenn sie sauer war – setzte ein faszinierendes Farbenspiel ihrer Pupillen ein. Und wie immer erschütterte ihn diese zauberhafte Farbmischung ihrer Augen innerlich, als ob er einen Stromschlag erlitten hätte. Auch heute steckte er sofort im Dilemma, in welches dieser wunderschönen Augen er blicken sollte. Sie enthob ihn dieser Entscheidung, indem sie sich wortlos umdrehte und ihn stehenließ. Einerseits erleichtert, andererseits wütend sammelte er die Blätter ein und starrte auf ihre Handschrift.

„Verfluchtes Weib!", wiederholte er, was er vorhin nur gedacht hatte. Fünfzehn Minuten später war er immer noch voller innerlicher Spannung auf dem Weg zum Aufzug. Dabei vollführte er Kreisbewegungen mit seiner linken Schulter, die ihm seit Monaten mehr und mehr Kummer bereitete. Er kramte in seiner Hosentasche nach einer Schmerztablette, ohne die er sein Büro grundsätzlich nicht mehr verließ, und schluckte sie hinunter ohne etwas zu trinken. Was ihm jetzt noch fehlte, war ein Gespräch mit der Polizei. Er konnte nur hoffen, dass die Beamten inzwischen abgezogen waren, und er sich vor dem Gespräch drücken konnte. Er hasste nichts mehr, als eben diese Gespräche zu führen und sich das Mitgefühl einzugestehen, das er für jeden seiner Patienten empfand und das seinem eigenen Seelenheil schadete. Ein Grund mehr, dieses Gefühl hinter Schloss und Riegel zu halten.

Katja – Frau Doktor Katja Thalbach war also wieder da, unüberhörbar und unübersehbar. Für ihn hieß dies, wiederum achtsam seine Maskerade aufrechtzuerhalten und sie nicht hinter die Fassade blicken zu lassen. Dennoch hatte es nicht einmal fünf Minuten gedauert, bis sie seinen wunden Punkt getroffen hatte und er mit ihr zusammengerasselt war. Das war neuer Rekord!

Er fühlte einen Klaps auf seiner Schulter und schon tauchte Markus Volk neben ihm auf und schob sich eine Strähne seiner dichten Mähne hinter das Ohr.

„Sag' mal, bringst du es eigentlich einmal im Leben fertig und lobst sie auch mal?"

Stefan wusste sofort, von wem Markus sprach.

„Frau Doktor Thalbach legt keinen gesteigerten Wert darauf."

„Frau Doktor Thalbach", äffte Markus nach. „Mann, du kannst so ein Ekel sein. Sie heißt Katja!"

Markus hatte recht. Warum schaffte er es eigentlich nicht, ihr endlich das Du anzubieten? Während er über diese Tatsache grübelte, stiegen beide in den Aufzug und Stefan drückte den Knopf zum zweiten Obergeschoss. Er sah Markus' Miene an, dass dieser auf etwas zu warten schien.

„Ist noch was?", fragte er irritiert.

„Hast du sie wenigstens schon gefragt, ob sie Interesse an Gerds Angebot hat?"

„Ja, hab' ich. Und sie war nicht begeistert, du kennst ja ihren Ehrgeiz. Ich glaube, sie tummelte sich geistig außerdem noch in der Südsee. Die hat doch 'ne Macke, hat die noch nie was von schwindender Ozonschicht gehört?"

„Karibik. Und was sie in ihrem Urlaub macht, geht dich rein gar nichts an." Markus schüttelte den Kopf. „An deiner Stelle wäre ich ein bisschen freundlicher zu ihr, sonst besteht tatsächlich die Gefahr, dass du dir einen anderen Trottel suchen musst."

„Nette Bezeichnung, die du da für Katja übrig hast."

„Stimmt, eigentlich bist du der Trottel. Jeder hier kommt völlig problemlos mit ihr aus, nur du behandelst sie wie ..."

„Hast du eigentlich keine Probleme mit ihren Augen?", unterbrach

Stefan Markus' Redefluss.

„Was? Wieso?" Markus fuhr sich durch seine langen Locken und zog das Haarband heraus. „Was um Gottes willen ist mit Katjas Augen?"

„Bist du blind?" Stefan sah Markus zu, wie der sich einen Pferdeschwanz band. „Sie hat ein blaues und ein braunes Auge."

„Ach das. Das find ich ziemlich witzig."

„Witzig? Mich macht das total kirre."

„Wenn du mich fragst, dann bringt dich die ganze Frau durcheinander. Aber das streitest du ja seit Jahren sehr hartnäckig ab."

„Mich stören nur ihre Augen."

„Bestimmt! Deswegen nennst du sie auch hartnäckig Frau Doktor. Die Augen, natürlich ..." Markus klopfte ihm kameradschaftlich auf die Schulter. „Du wirst von Jahr zu Jahr miesepetriger. Sorry, aber das musste ich dir dringend mal sagen. Was du brauchst, ist endlich eine Frau, die dir wenigstens ab und zu den Marsch geigt."

„Aber das ist bestimmt nicht Frau Doktor Thalbach. Nur weil du glücklich verheiratet bist und demnächst Vater wirst, heißt das nicht, dass ich das auch brauche. Lass' mich bloß in Ruhe mit dem Mist."

„Ich sage ja nicht, dass du heiraten sollst, sondern ...", Markus beugte sich zu ihm. „Es würde vermutlich schon reichen, wenn du endlich mal wieder eine flachlegen würdest. Wann hattest du eigentlich das letzte Mal ..."

„Halt die Klappe!"

„Oh, hab' ich da vielleicht genau ins Schwarze getroffen?" Markus versuchte erst gar nicht, sein hämisches Grinsen zu unterdrücken, dann lenkte er ein. „Okay, schon gut. Ich soll dich übrigens von Susanne fragen, ob du bei den Zwillingen Patenonkel werden möchtest?"

„Und das fragst du mich im Aufzug?" Stefan zog die Stirn in Falten, als ihm bewusst wurde, dass Katja ihm heute Morgen dieselbe Formulierung an den Kopf geworfen hatte.

„Wenn du nie Zeit auf ein Bier hast, bleibt mir ja wohl nichts anderes übrig. Und, was sagst du?"

„Wenn ich es mir recht überlege, bin ich als Patenonkel bestimmt unschlagbar. Ich mache es gerne und …", Stefan trat aus dem Aufzug und drehte sich zu Markus um, der erst ein Stockwerk höher aussteigen würde. „Ich habe noch ein Gespräch mit der Polizei. Aber anschließend hätte ich Zeit für ein Bier." Stefan hielt die Hand zwischen die Aufzugstüren.

„Aber ich nicht. Es ist sowieso schon viel zu spät." Markus stöhnte bei einem Blick auf die Uhr genervt auf. „Ich nehme an, dass ich eine gesalzene Gardinenpredigt bekommen werde. Ich sollte heute die Kinderbetten aufbauen."

„Ich helfe dir, dann trinken wir eben bei dir ein Bier. Oder zwei. Ich bin in einer Stunde bei euch." Stefan trat zurück und sofort begannen sich die Aufzugstüren zu schließen.

„Alles klar", hörte er noch, dann setzte sich der Aufzug in Bewegung.

Kapitel 4

Stefan marschierte über den Flur und traf auf Birgit Werner, die die Stationsleitung der Chirurgie innehatte. Sie tippte fieberhaft im Zwei-Finger-Suchsystem auf der Computertastatur, die Brille hing ihr auf der Nasenspitze.

„Immer noch da?“, fragte er, doch als Antwort kam nur ein Grunzen, bevor sie weiter hektisch auf die Tastatur hämmerte.

Liebevoll betrachtete er sie. Vom ersten Tag, an dem er als junger Assistenzarzt an die Klinik gekommen war, hatte sie sich seiner angenommen und hinter die Maskerade geblickt – zum Teil zumindest. Obwohl er inzwischen bei Birgit und ihrem Mann, dem Klinikinhaber Professor Werner, ein- und ausging, weigerte er sich hartnäckig, sich als Familienmitglied zu fühlen.

„Sind sie wieder weg?“, versuchte er es noch einmal voller Hoffnung, dass er sich um das Gespräch drücken konnte.

Birgit stoppte endlich und sah zu ihm auf. Sie war eine drahtige Frau, Mitte fünfzig, die sehr mütterlich wirkte, aber auch sehr energisch werden konnte. Verwundert fragte sie: „Wer?“

„Na, die Polizei.“

„Ha, das hättest du wohl gerne. Da muss ich dich enttäuschen, die beiden Beamten sind vor zehn Minuten wiedergekommen. Ich habe sie in dein Büro geschickt.“

„Kannst du nicht mit ihnen reden?“ Der Hoffnungsfunke verpuffte, bevor er zu Ende geredet hatte, denn sie schüttelte den braunen Haarschopf, in dem einzelne Silberstreifen glänzten. „Bitte.“

„Mit Sicherheit nicht! Du bist der Chef hier.“ Birgit ließ sich nicht erweichen. „Und wage es bloß nicht, diese Aufgabe Katja aufs Auge zu drücken. Ihr erster Tag war hart genug.“

Sie kannte ihn viel zu gut! Er brummte eine undeutliche Erwiderung, drückte in aller Seelenruhe auf einen Knopf an der Kaffeemaschine und machte sich dann mitsamt dem Becher sehr gemächlich auf den Weg.

„Guten Abend, meine Herren.“ Er begrüßte die beiden uniformierten Beamten, die in seinem Büro saßen, und stellte seine Kaffeetasse ab. „Mein Name ist Doktor Marquardt, ich bin der leitende Oberarzt. Wie ich hörte, waren Sie heute schon mehrmals da.“

„Kein Problem, Herr Doktor Marquardt. Sagner, Verkehrspolizei Freiburg, meine Kollegin Walter“, stellte der ältere der Beamten sich und seine Kollegin vor. „Wir haben heute Morgen den Unfall mit der Fahrradfahrerin aufgenommen. Wie geht es der Verletzten?“

„Sie liegt auf der Intensivstation. Sie hat eine Kopfverletzung, einen Beckenbruch und einen Bruch am Oberarm“, schilderte er kurz und knapp. „Sind die Angehörigen ermittelt worden?“

Die Beamtin notierte sich alles und schüttelte den Kopf. „Nein. Wir haben keinerlei Hinweise, wer das Mädchen ist. Deshalb wird der Vorgang heute an die zuständige Abteilung der Kriminalpolizei abgegeben. Es wird sich von dort aus jemand mit Ihnen in Verbindung setzen. Die Kollegen werden in jedem Fall ein aktuelles Foto der Verunglückten benötigen.“

Jetzt schüttelte Stefan vehement den Kopf. „Das ist mit den Gesichtsverletzungen schlecht möglich. Ich meine, sie sieht momentan völlig anders aus. Können Sie mir sagen, wie der Unfall passiert ist?“

Der Beamte nickte. „Fahrrad contra Pkw. Laut Zeugen hat sich das Unfallopfer mehrfach überschlagen und ist dann auf der Bordsteinkante aufgeschlagen.“

„Daher das Schädel-Hirn-Trauma“, murmelte er. „Sie bleibt sowieso erst mal für die nächsten Wochen bei uns, also läuft uns die Zeit nicht davon.“

„Ich verstehe." Der ältere Beamte überreichte ihm eine Visitenkarte. „Können Sie abschätzen, wann sie vernehmungsfähig sein wird?"

„Nein, wir haben sie ins künstliche Koma versetzt und werden sie erst in ein bis zwei Tagen aufwecken." Weder Katja noch er würde die Polizei zu ihr lassen, bevor sie ganz sicher waren, dass ihre Patientin die Aufregung problemlos überstand.

Nachdem er die beiden verabschiedet hatte, nahm er seine Tasse wieder in die Hand, trat ans Fenster und starrte auf das kleine Wäldchen, das an die Klinik grenzte und selbst noch jetzt in der Dunkelheit zu erkennen war.

„Hoffentlich finden die schnell ihre Angehörigen", murmelte er.

Er trank seinen Kaffee leer, rieb sich über seinen Bart und versuchte das ungute Gefühl zu vertreiben. Es hatte sich in seiner Magengegend eingenistet, seit der Notarzt erklärt hatte, dass weder Name noch Adresse des Mädchens bekannt waren. Sie schien mutterseelenallein zu sein. Ein Gefühl, das er nur zu gut kannte.

In der Zwischenzeit hatte sich Katja umgezogen und wollte sich bei Birgit Werner verabschieden. Die hantierte ungelenk mit dem Dienstplan der Ärzte, den sie an der Wand aufhängen wollte.

„Warte, ich helfe dir." Katja nahm ihr den Tesafilm aus der Hand und rasch war es erledigt.

„Danke." Birgit betrachtete zufrieden ihr Werk. „Ist ein langer erster Tag geworden, was?"

„Allerdings. Puh, bin ich fertig, aber jetzt haue ich mich zu Hause aufs Sofa." Katja holte eine Wasserflache aus dem Kühlschrank und ließ sich auf Birgits Schreibtischkante sinken.

„Sorry, aber der Feierabend muss warten. Mein Mann wollte dich noch sprechen", meinte diese mit einem mitfühlenden Gesichtsausdruck.

„Nee, oder? Was ist denn das heut für ein beschissener Tag? Typisch Montag!" Katja trank durstig und in einem Zug die halbe Flasche aus. Dann wischte sie sich den Mund mit dem Handrücken ab und überlegte, ob sie Birgit vielleicht noch zur Rede stellen sollte. Noch immer hatte sie die Bemerkung nicht vergessen, dass Birgit sie anscheinend mit Stefan hatte verkuppeln wollen. Aber so war es eben – wenn es um Wetten ging, dann ging mit Birgit jedes Mal sprichwörtlich der Gaul durch und es war zudem sehr furchteinflößend, dass Birgit fast immer gewann.

„Ist noch was?" Birgit stutzte.

„Nö."

Birgit verschränkte die Arme vor ihrer Brust. „Ich kann dir gar nicht sagen, wie froh ich bin, dass du wieder da bist."

„Das höre ich gern." Katja schüttelte den Kopf und grinste. „Hoffentlich ist dein Mann derselben Meinung."

„Du weißt es schon?", fragte Birgit und wirkte etwas unbehaglich. „Der Umbau wird teurer als geplant."

„Darum geht es doch gar nicht. Die Frage ist eher, ob ich mir weiter Doktor Sauertopf antun will."

„Tu' mir das bitte nicht an." Birgit wirkte ehrlich entsetzt und Katja bekam Mitleid mit ihr. Birgit Werner und ihr Mann Professor Gerd Werner hatten mit Geschick, medizinischem Fachwissen und den notwendigen Zertifizierungen dafür gesorgt, dass sich die unbekannte Privatklinik in den letzten zwanzig Jahren in eine Klinik mit überregionalem Ruf gewandelt hatte. Im Sommer würde man zudem das fünfzigjährige Jubiläum der Klinik feiern. Es sah außerdem so aus, als würde sich in den nächsten Monaten einiges ändern. Professor Werners Pläne, die Chirurgie zu vergrößern und weitere Ärzte einzustellen, nahmen endlich Formen an. In diesem Zuge wollte er auch die Rehabilitationsabteilung erweitern. Außerdem plante er, sich in den nächsten

Jahren aus dem Tagesgeschehen zurückzuziehen und nur noch als ärztlicher Direktor zu fungieren.

Zu Anfang ihrer Laufbahn hatte Katja noch spekuliert, später einmal hierbleiben zu können, und hatte Viktoria beneidet, die von vornherein in der Gyn eine ganz andere Startposition gehabt hatte. Die Auseinandersetzungen mit Stefan Marquardt hatten sie über die Jahre dann aber eines Besseren belehrt. Daher war sie außerordentlich überrascht von seinem Angebot. War sie doch davon ausgegangen, dass Stefan Marquardt nicht erpicht darauf war, dass sie blieb. Sie hatte sich schon längst nach anderen Optionen umgesehen. Von München hatte sie ein sehr gutes Angebot und auch die Uniklinik in Freiburg wollte mit ihr demnächst ein Gespräch führen. Nun war guter Rat teuer.

„Katja, ich würde jetzt gerne Feierabend machen. Könntest du bitte zu Hause weiterträumen und stattdessen zum Professor gehen?"

„Ich gehe ja schon zum *Professor*." Es amüsierte Katja jedes Mal aufs Neue, wenn Birgit von ihrem Mann als Professor sprach. Sie setzte sich in Bewegung und drehte sich in der Tür noch einmal um. „Ach, war Markus hier und hat dir gesagt, dass wir für die Unbekannte irgendeine Einwilligung für die nächste Operation brauchen, falls sich niemand meldet?"

Birgit nickte. „Schon mysteriös, dass man so gar keine Informationen von dem Mädchen hat. Ich kümmere mich morgen gleich darum."

„Was wird mit ihr passieren, wenn man nicht herausfindet, wer ihre Angehörigen sind? Wird dein Mann sie dann ins Klinikum verlegen lassen?"

„Ich habe ehrlich gesagt keine Ahnung, wer ihren Aufenthalt hier bezahlen wird. Aber du kennst ja den Professor. Er wirft niemanden raus, der Hilfe braucht."

„Guten Abend, Herr Professor. Sie wollten mich sprechen."

Gerd Werner hob den Kopf, sobald er Katjas Stimme hörte, und schloss den Ordner, der vor ihm lag.

„Hallo Katja. Das ist gut, dass Sie noch Zeit für mich haben. Setzen Sie sich doch. Das ist ja heute vielleicht ein verrückter Tag." Gerd Werner lächelte sie an. Er war ein großer Mann, mit einem sehr gütigen, freundlichen Gesicht und großen Händen, die überraschend präzise und filigran die medizinischen Instrumente führen konnten.

„Wie war es in München? Und wie geht es meinem alten Freund Professor Faußer?"

„Gut, ich soll schöne Grüße ausrichten."

„Danke. Haben Sie die Zeit dort genossen?" Gerd Werner musterte Katja.

„Genossen ist das falsche Wort. Es war in München alles viel hektischer, größer und, was viel schlimmer war, es war alles so anonym. Hier kennt jeder jeden, das gefällt mir immer wieder und deshalb bin ich sehr gern an Ihrer Klinik, Herr Professor."

„Stefan signalisierte mir vorhin noch, er habe Ihnen mein Angebot inzwischen unterbreitet." Er lehnte sich in seinem Sessel zurück. „Wir werden zum Herbst die Chirurgie vergrößern, die Planungen laufen bereits auf Hochtouren. Dazu wird auf der Westseite ein Anbau erfolgen, wir warten noch auf die letzten Genehmigungen. Lange Rede – kurzer Sinn: Mein Budget lässt momentan keine drei Oberärzte in der Chirurgie zu. Daher kann ich Ihnen leider nur einen Facharztposten anbieten, Katja. Ich weiß, dass Sie sich mehr erhofft hatten und Sie hätten es auch verdient. Ich erzähle Ihnen auch keine Geheimnisse, wenn ich Ihnen sage, dass ich mich nach dem Umbau aus dem ärztlichen Geschehen zurückziehen werde. Auch Doktor Weiss denkt über eine vorzeitige Pensionierung nach. Geplant ist, dass Stefan und Markus beide als Chefärzte fungieren werden. Sie würden dann natürlich sofort zur Oberärztin aufrücken. Sie hätten hier alle Möglichkeiten, Katja. Nur brauchen Sie leider noch etwas Geduld."

Er beobachtete, wie Katja ihm aufmerksam zuhörte und immer wieder nickte. Er wusste, sie hatte große Ziele. Daher machte er sich nicht viele Hoffnungen, sie halten zu können. Nicht zuletzt dank Stefan Marquardt und Katja Thalbach galt seine Klinik inzwischen als absolute Top-Adresse für Wirbelverletzungen aller Art.

„Herr Professor, darf ich ehrlich sein?"

„Ich bitte darum." Gerd Werner sah sie erwartungsvoll an.

„Ich hatte mir tatsächlich mehr erhofft. Zumal Frau Doktor Karl ja auch eine Oberarztstelle bekommen hat. Ich weiß, die Gyn ist autark und läuft ausgesprochen gut und ich gönne es ihr. Mir geht es auch nicht ums Geld. Aber ich habe ein klares Ziel und es macht sich in meinem Lebenslauf besser, wenn ich direkt auf einen Oberarztposten wechsele. Allerdings schwanke ich sehr. Ich fühle mich hier wohl und weiß, dass meine Arbeit sehr geschätzt wird. Bis wann muss ich mich endgültig entscheiden?" Katja sah ihn fragend an.

„Ende April würde mir reichen. Sollten Sie zusagen, können wir den Vertrag schon zum Mai anpassen." Gerd Werner setzte seine Brille auf und musterte Katja kurzzeitig schweigend. Sie und Viktoria Karl waren ihm gleich bei der ersten Klausur aufgefallen. Es war ein Genuss gewesen, diese ersten Prüfungen zu korrigieren. Beide waren Studentinnen von der Sorte, die von der ersten Minute an konzentriert mitarbeiteten und weiterdachten, als mancher Arzt im späteren Berufsleben. Er hatte alle Hebel in Bewegung gesetzt, dass sie nach dem Examen hierher an die Klinik kamen. Katja zu ihm in die Unfallchirurgie und Viktoria zu seiner Tochter Susanne, die die gynäkologische Abteilung hier an der Klinik leitete. Er würde es sehr bedauern, wenn Katja hier ausscheiden würde, und das sagte er ihr auch.

Katja lachte auf. „Ich kenne da jemanden, der das ganz anders sieht."

„Dass Sie sich da mal nicht täuschen." Gerd Werner wechselte das

Thema. „Wie geht es unserer Unbekannten?"

„Schädel-Hirn-Trauma, Frakturen an Becken und Oberarm sowie Weichteilverletzungen." Sie schilderte kurz die momentane Situation.

„Ich wollte Ihnen auch noch mitteilen, dass sich einiges in Bezug auf ihren Fixateur getan hat. Ich habe morgen einen Telefontermin mit Avend. Sie haben mir per Mail angekündigt, dass die ersten Schrauben in die Fertigung gehen. Wollen Sie mal sehen?"

Katja nickte und auf seinen Wink hin kam sie zu ihm und schaute über seine Schulter auf den Monitor, wo er das erste Bild aufrief, das den neu entwickelten Fixateur mit dem beweglichen Schraubenkopf, das weiße kurze Gewinde und die roten Stäbe und Einfassungen in Großaufnahme zeigte. Er sah Katjas Blick an, dass sie nicht wirklich fassen konnte, dass dies alles aus ihrer Idee entstanden war. Vor zwei Jahren hatte ihn Stefan aufgesucht, da Katja bei einer Operation eines dreijährigen Mädchens die Idee zu einer Neuentwicklung des üblichen Fixateurs geäußert hatte, der zur Stabilisierung einer Wirbelsäulenverletzung benutzt wurde.

Bei Kindern wurden die üblichen Fixateure benutzt, die auch bei Erwachsenen eingesetzt wurden. Dadurch trugen die Schraubenköpfe ziemlich auf, was ein Liegen über Monate sehr erschwerte. Katja hatte spontan eine Idee zum Abflachen dieser Schraubenköpfe geäußert, Stefan war hellhörig geworden und war mit Katjas Idee sofort zu ihm gekommen. Er selbst war ziemlich angetan gewesen und hatte mit der Firma AvendMedTec, mit der die Klinik seit vielen Jahren zusammenarbeitete, sofort Kontakt aufgenommen. Nach mehreren Gesprächen hatte sich Avend bereiterklärt, die Entwicklung anzugehen und nun war es so weit. Die Produktion würde in Kürze starten.

„Wahnsinn!"

„Was ich noch sagen wollte, Katja. Sie sind gut, Ihr Einfallsreichtum ist brillant und Sie lassen sich von Stefan nicht ins Bockshorn jagen. Schon deshalb möchte ich Sie hier nicht verlieren. Überlegen Sie es sich bitte gut."

„Das werde ich, Herr Professor." Katja zog sich auf die andere Seite des Schreibtisches zurück und setzte sich wieder.

„Die Klinik würde Sie auch unterstützen und für die entsprechenden Kurse freistellen, wenn Sie sich für eine Weiterbildung und Zertifizierung durch die Deutsche Wirbelsäulengesellschaft entschließen könnten."

„Darüber habe ich in der Tat schon nachgedacht, Herr Professor."

„Stefan erzählt nur Gutes über diese Kurse. Ihm fehlen nur noch zwei, dann kann er das Excellence-Zertifikat beantragen. Reden Sie doch einmal mit ihm darüber."

„Kann ich machen" Katja klang nicht sehr euphorisch und er dachte sich seinen Teil.

„Apropos Wirbelsäulengesellschaft. Denken Sie noch an den DWG-Kongress in München? Brauchen Sie noch Unterstützung für den Vortrag?"

Katja schüttelte den Kopf. „Ich warte nur noch auf das Okay von Avend. Und sie wollten mir noch Bilder liefern." Katja lächelte. „Ich habe heute Mittag noch nicht nach meinen Mails geschaut, vermutlich habe ich auch eine Mail bekommen."

„Bestimmt. Stefan wird Sie auf den Kongress begleiten. Noch einmal zu unserer Unbekannten. Wer steuert die Kommunikation mit der Polizei? Sie?"

Katja schüttelte den Kopf. Sie rutschte auf ihrem Stuhl hin und her. „Doktor Marquardt wollte mit der Polizei sprechen. Es hört sich alles sehr rätselhaft an."

„Allerdings." Gerd Werner nickte nachdenklich. „Die Polizei wird jetzt erst mal die Herkunft der Patientin ermitteln. Können wir schon abschätzen, wie lange sie hierbleiben muss?"

„Schwer zu sagen, ich wage keine Prognose. Zwei bis drei Wochen, je nach Verlauf, aber das brauche ich Ihnen ja nicht zu sagen."

Er stand auf, ging zu Katja und reichte ihr die Hand. „Das dachte ich mir schon. Wir sehen weiter, ob sie uns in den nächsten Tagen selbst

Auskunft geben kann. Laut Karin kann sie noch keine Achtzehn sein. Nun ja, gehen Sie jetzt heim und ruhen sich aus, das war ein langer Tag." Er schüttelte ihr die Hand zum Abschied.

„Das mache ich. Und danke für das Vertrauen, Herr Professor."

Chuck hob den Kopf und ließ flüchtig seine übliche Warnung verlauten, wenn sich jemand dem Haus näherte, bevor er den Kopf wieder auf die Pfoten legte und mit dem Schwanz auf den Boden klopfte.

„Du bist und bleibst ein super Wachhund." Birgit Werner schüttelte den Kopf. „Wer kommt jetzt noch?"

Sie stellte den Topf ab, den sie abgespült hatte und blickte auf die Uhr, die kurz nach einundzwanzig Uhr anzeigte.

„Klopf-klopf." Susanne Volk trommelte nicht sehr zaghaft an die Küchentür, die zum Lüften gekippt war. „Kann mich mal einer reinlassen? Ich brauche Asyl."

Birgit wischte sich grinsend die Hände an ihrer Jeans ab und kam der Aufforderung nach. „So spät noch? Was ist los, Schatz?"

„Markus baut mit Stefan die Babybetten auf, und wenn ich richtig mitgezählt habe, sind die bereits beim dritten Bier. Wer weiß, ob die noch wissen, was sie tun." Susanne trat ein, kraulte Chuck, der sich aufrappelte und ihr einen flehentlichen Blick zuwarf. Dabei lehnte sie sich an den großen Küchenschrank.

Birgit, die ihre Hände abtrocknete und das Wasser auslaufen ließ, drehte sich zu ihr um und betrachtete sie liebevoll. Susanne wirkte glücklich und zufrieden. Keiner, der sie heute kennenlernte, würde ahnen, dass die letzten Jahre für Susanne alles andere als leicht gewesen waren. Erst hatte sie selbst bei einer Freundin Brustkrebs diagnostizieren müssen und diese dann monatelang beim Sterben begleitet. Danach war ihre Ehe zerbrochen. Doch heute war alles Leid vergessen und sie und Markus waren voller Vorfreude auf die Geburt der Zwillinge, die Ende Juli zur Welt kommen sollten. Sie und Markus wohnten nur einen Katzensprung entfernt im Nachbarhaus.

„Mama, ich war zehn Minuten bei denen im Zimmer, dann bin ich gegangen. Wenn ich heute Abend noch einmal den Namen Katja höre, dann schreie ich. Katja hier – Katja da. Stefan hat ihr wohl von Papas Angebot erzählt und sie hat gesagt, sie wolle es sich überlegen. Stefan ist voll auf hundertachtzig und lästert, dass sie karrieregeil ist und sowieso woanders hingeht."

Birgit stutzte. „Moment mal ... Soll das heißen, er ärgert sich, weil sie nicht freudestrahlend zugestimmt hat? Ich dachte eher, er wäre erleichtert, wenn sie nicht mehr in seiner Nähe ist."

„Kannst du das bitte wiederholen?" Susanne legte die Hand hinter ihr Ohr, als hätte sie nicht richtig verstanden. „Darf ich dich an deine Wette erinnern? Du hast doch immer behauptet, aus den beiden wird irgendwann das Traumpaar schlechthin."

Birgit zupfte verlegen an ihrer Nasenspitze. „Ich schätze, da habe ich mich zum ersten Mal geirrt. Schatz, aber was anderes. Wie lange willst du jetzt noch arbeiten?"

„Solange es geht." Susanne hob grinsend den Kopf. „Quatsch! Vicki übernimmt jetzt nach und nach mehr Termine, wir haben heute alles besprochen. Der neue Assistenzarzt ist wirklich gut, das passt schon alles. Dann kann ich ab Juni wie geplant in Mutterschutz gehen. Keine Sorge, ich übernehme mich schon nicht."

Birgit zog Susanne an sich. „Das weiß ich, trotzdem mache ich mir Sorgen."

Susanne, die mit Abstand die Kleinste in der Familie war, legte den Kopf an Birgits Brust und blickte zu ihr hoch. „Brauchst du nicht, uns geht es blendend. Sei nicht immer so eine Glucke."

„Lass' mich – besser bei dir, als bei Maxi. Sie tickt schon wieder aus, nur weil ich gefragt habe, wie lange sie in München bleibt und wer alles mitgeht."

Susanne lachte laut auf. „Maxi ist erwachsen. Jetzt lass' endlich los", nahm sie ihre jüngere Schwester in Schutz.

„Ich werde ja wohl noch fragen dürfen." Birgit strich über Susannes inzwischen sehr üppig gerundeten Bauch und dachte daran, dass Susanne nie so schwierig gewesen war. Ihre Älteste war zielstrebig ihren Weg gegangen, während sie bei Maxi das Gefühl hatte, dass diese bis heute nicht so recht wusste, was sie eigentlich wollte.

Obwohl – das stimmte so nicht. Sie wusste es schon, sie wollte nach Amerika und Birgit war klar, sie würden sie auch auf Dauer nicht halten können. „Bei dir und Flo war alles so einfach, deshalb ist es bei Maxi wohl doppelt anstrengend."

„Das liegt daran, dass wir mehr nach dir kommen und Maxi nach Papa. Die Sturheit hat sie von ihm."

„Witzbold, vor allem du kommst nach mir." Birgit gab Susanne einen Klaps auf die Wange und lächelte über den Scherz. Manches Mal vergaß sie tatsächlich, dass sie nicht Susannes leibliche Mutter war und Susanne schon ein Teenager gewesen war, als sie Gerd geheiratet hatte. „Maxi kapiert nur nicht, dass sie nicht immer ihren Willen durchsetzen kann. Die Regeln sind klar: Erst Studium, dann meinetwegen USA."

„Ich weiß gar nicht, was du hast. Ich war auch jahrelang in Hamburg."

„Das ist etwas völlig anderes. Wenn Maxi mal in den USA ist, dann sehen wir sie so schnell nicht wieder. Darauf gebe ich dir mein Wort. Wir werden sehen, wie es funktioniert, wenn sie nach Stuttgart geht."

„Nun ja, sie hat ihre Freunde hier. Die werden ihr fehlen."

Birgit schüttelte nachdenklich den Kopf. „Ich habe ein ungutes Gefühl. Maxi ist unzufrieden und ruhelos. Aber vielleicht hilft ihr das Kunststudium in Stuttgart auf die Sprünge."

„Es ist nun mal ihr Traum zu malen. Maxi ist ein Freigeist, eine Künstlerin. Sie wird sich nie in ein Schema pressen lassen, auch wenn Papa und du noch so oft betont, dass ihr nur Gutes für sie wollt. Sie kommt sich eingeengt vor. Wenn sie nach Stuttgart zieht, dann verkneif' dir bitte deine Fragen, auch wenn du dir die Zunge abbeißen musst."

„Du hast ja recht."

Susanne nickte. „Und wann fahren sie jetzt nach München?"

„Übernächstes Wochenende, für drei Tage. Janis ist dabei, Tara und Thorsten fahren auch mit, also kann sie auch keinen Unfug machen." Birgit wusste aus leidvoller Erfahrung, Maxi war immer wieder für Überraschungen gut. Sie hatte ihr schon manch schlaflose Nacht beschert, in der sie grübelte, warum ausgerechnet ihre jüngste Tochter so gar nichts zu Hause hielt. Wenn Maxi könnte, wäre sie eher heute als morgen im Flugzeug nach Amerika und Birgit graute schon jetzt vor dem Moment, in dem sie Maxi verabschieden musste. Denn wäre Maxi einmal fort, würde sie nicht so schnell wieder heimkommen. Das war klar! Und auch, dass sie, Birgit, entsetzlich darunter leiden würde, eines ihrer Kinder nicht mehr in der Nähe zu wissen.

Noch jemand grübelte an diesem Abend – Katja. Die saß mit Viktoria im Wohnzimmer des Hauses, das sie seit Jahren gemeinsam bewohnten, und diskutierte mit der Freundin über das Für und Wider, an der Oberauklinik zu bleiben.

Die Pro-Argumente waren eindeutig in der Überzahl, wie Katja nach einer halben Stunde selbst zugeben musste, auch ohne Viktorias bissigen Kommentar: „Was wäre so schlimm daran, wenn du erst ein paar Jahre später zur Frau Professor wirst?"

„Nichts. Warum bist du jetzt so sauer?" Katja legte die Stirn in Falten und sah ihre beste Freundin nachdenklich an. Viktoria war das krasse Gegenteil von ihr. Groß, knochig und ständig viel zu mager. Während sie eine Frohnatur war, war Viktoria ernst und trug stets eine traurige Miene zur Schau.

„Manch einer wäre froh, wenn er so eine tolle Stelle angeboten bekäme. Warum kannst du denn nicht mal zufrieden sein, mit dem, was du hast? Katja, wir haben beide demnächst unseren Facharzt in der Tasche und wir sind noch keine dreißig. Das muss uns mal einer nachmachen, jetzt schalt doch mal einen Gang runter und genieße, was du erreicht hast."

„Vicki, was ist eigentlich wirklich los?"

„Was soll sein?" Viktorias Tonfall klang abweisend.

„Hast du wieder Schmerzen?", fragte Katja leise. Viktoria litt seit Jahren an Endometriose, einer chronischen Krankheit, die zu schmerzhaften Wucherungen der Gebärmutterschleimhaut führte und Viktoria immer wieder dazu zwang, kürzerzutreten oder sich einer Operation zu unterziehen.

„Nein, ich habe keine Schmerzen."

„Aber irgendetwas ist doch. Seit wir aus Haiti zurück sind, ziehst du dich wieder in dein Schneckenhaus zurück."

Viktoria seufzte leise. „Was mache ich, wenn du tatsächlich nach München gehst? Ich kann das Haus nicht alleine halten."

„Noch ist ja nichts entschieden."

„Schon klar, aber ich kenne dich und deine Ziele. Das passt dir doch gar nicht, dass du nicht sofort den Posten bekommst, auf den du spekuliert hast. Ich dachte irgendwie, es geht immer so weiter. Völliger Blödsinn, ich weiß."

„Wie meinst du das?"

„Ganz einfach, du sprichst zwar immer von Karriere, aber irgendwann wirst auch du erkennen, dass Familie Vorrang hat. Und dann stehe ich vor dem gleichen Problem, was ich mit dem Haus machen soll."

„Das ist absoluter Quatsch, Vicki." Katja raufte sich die Haare. „Erstens wüsste ich nicht mit wem und zweitens will ich ..."

„Kinder! Katja, du bist ein absoluter Familienmensch. Warte ab, bis endlich der Mann deiner Träume vor dir steht, dann knickst du ein."

„Auch das ist Quatsch. Wenn ich sehe, wie du noch nach all den Jahren leidest, dann wird mir ziemlich deutlich bewusst, dass ich gar keine Ahnung habe, wie sich Liebe eigentlich anfühlt."

„Schön und unbeschreiblich", war Vickis einziger Kommentar und ihre Augen verdunkelten sich.

„Herzlichen Dank, Vicki, für die detaillierte Erläuterung. Was ist eigentlich heute los?" Frustriert zog Katja die Füße an und schlang ihre Arme darum. „Jeder will mich verkuppeln. Sehe ich so aus, als ob ich auf der Suche bin?"

„Ach? Wer noch?" Viktoria schwenkte den Wein in ihrem Weinglas im Kreis.

„Wusstest du, dass Birgit eine Wette auf mich und Stefan laufen hatte?"

„Klar! Du etwa nicht?"

„*Vicki!*" Katja war völlig perplex. „Warum sagst du mir das nicht?"

„Ich dachte, du weißt davon und denkst dir deinen Teil. Aber die Wettgelder hat Birgit letztes Jahr wieder ausgezahlt."

Katja knirschte mit den Zähnen. „Hast du etwa auch mitgemacht?"

„Selbstverständlich." Viktoria grinste zum ersten Mal an diesem Abend.

„Hast du wenigstens dagegen gewettet?" Diese Frage konnte sich Katja nicht verkneifen.

„Nö!" Viktoria duckte sich, denn Katja hatte schon ein Kissen in der Hand.

„Du bist mir ja eine tolle Freundin." Katja wusste nicht, ob sie bei diesem absurden Gedanken lachen oder weinen sollte. Ihr Blick fiel auf den Ordner vor ihr und die Verkuppelungsversuche waren vergessen. „Sag' mal Vicki, wann hast du jetzt Prüfungstermin?"

Kapitel 5

Die Hektik in der Klinik währte noch weitere Tage. Täglich wurden neue Notfälle eingeliefert und Katja war erneut stundenlang im OP.

Die Unbekannte erholte sich gut. Sie hatte sofort Anzeichen von Erwachen gezeigt, nachdem Markus am Mittwochnachmittag begonnen hatte, die Sedierung langsam zu reduzieren. Am heutigen Donnerstag hatte Katja den Oberarm stabilisiert. Am nächsten Tag würde die Unbekannte endgültig die Intensivstation verlassen können und auf die Normalstation verlegt werden, sofern alles glatt lief.

Auch heute war ihr erst am späten Vormittag eine Verschnaufpause vergönnt, die jedoch nicht lange währte. Es klopfte am Arztzimmer und Katja sah einen unbekannten Mann in der Tür stehen.

„Guten Tag. Haller, Kripo Freiburg. Frau Doktor Thalbach?"

Als Katja nickte, sprach er weiter. „Frau Werner hat mich an Sie verwiesen, da Doktor Marquardt wohl noch im OP ist. Ich ermittle im Fall ihrer unbekannten Patientin. Wie geht es ihr?"

„Ich kann leider noch keine Entwarnung geben. Die Patientin liegt immer noch auf der Intensivstation. Heute Morgen habe ich sie erneut operiert, nachdem wir die Einwilligung vom Vormundschaftsgericht bekommen haben. Haben Sie in der Zwischenzeit die Angehörigen finden können?"

Der Kriminalbeamte schüttelte bekümmert den Kopf. „Nein, wir haben immer noch keinerlei Hinweise, woher sie stammt."

„Das gibt es doch nicht. Das Mädchen ist bestimmt noch nicht volljährig."

„Können wir so verbleiben, Sie rufen mich an, sobald sie vernehmungsfähig ist?"

Katja nickte. „Und Sie rufen uns bitte an, wenn sich doch noch die Angehörigen melden sollten."

Nachdem sich der Beamte verabschiedet hatte, beugte sich Katja kopfschüttelnd über die Krankenakte, die aufgeschlagen vor ihr lag.

„Haben Sie Ihre Strafzettel nicht bezahlt?"

Katja drehte sich langsam zu Stefan Marquardt um, der noch in farbige Krankenhauskluft gekleidet in der Tür stand und sich die Augen rieb.

„Was habe ich eigentlich an mir, dass Sie immer das Schlimmste vermuten?" Katja wusste selbst nicht genau, warum sie ausgerechnet heute die Frage stellte, die ihr schon ewig unter den Nägeln brannte.

Er verharrte in seinen Bewegungen und deutete auf das Stethoskop, das wie üblich um ihren Hals hing. „Wer ein regenbogenfarbenes Stethoskop benutzt, gehört nun mal eingesperrt."

Katja starrte ihn perplex an, so viel Schlagfertigkeit hatte sie ihm gar nicht zugetraut. „Das war ein Geschenk", erklärte sie lahm.

„Egal. Also ...", er nickte in die Richtung, in die der Polizeibeamte verschwunden war. „Wollte der was von mir?"

„Ja, Herr Haller ist von der Kripo, Birgit hat ihn zu mir geschickt, weil Sie im OP waren. Wir scheinen uns eine Jane Doe eingefangen zu haben."

„Eine was?"

„*Jane Doe.* Sagen Sie bloß, Sie kennen den Ausdruck nicht? Schauen Sie nie Filme? Im amerikanischen wird der Begriff John Doe verwendet, wenn man den Namen einer Person erst identifizieren muss. John Doe – Jane Doe."

„Ich schaue so gut wie nie fern."

„A-ha." *Womit verbrachte der eigentlich seine freie Zeit?* „Nun gut, wir haben die Unbekannte Jane Doe getauft. Der Kriminalbeamte ist auch nicht schlauer als vorher. Keiner vermisst das Mädchen."

„Das gibt es doch gar nicht!" Stefan holte einen Becher aus dem

Schrank und stellte ihn unter die Kaffeemaschine. „Wollen Sie auch einen?"

Katja schüttelte den Kopf und deutete auf den Becher, der vor ihr stand. Bevor er den Knopf drückte, drehte er sich jedoch noch einmal zu ihr um. „Die ist doch höchstens sechzehn oder siebzehn."

„Ich verstehe es auch nicht." Katja beobachtete, wie er in der Hosentasche kramte, sich etwas in den Mund schob und mit dem Kaffee nachspülte. „Ist Ihnen nicht gut?"

„Kopfschmerzen." Nachdenklich betrachtete Stefan die Kaffeetasse in seiner Hand. „Ich denke, wir können unsere Unbekannte morgen auf die Station verlegen lassen. Dann hat Birgit wenigstens jemanden zum Betütteln."

„Vicki hat übrigens heute Morgen ihre Facharztprüfung bestanden!" Katja freute sich mit ihrer Freundin, die ihr die Nachricht per SMS geschickt hatte. Sie selbst war erst in ein paar Wochen dran.

„Da muss ich wohl mal einen Abstecher in die Gyn machen und gratulieren. Haben Sie dafür inzwischen über Professor Werners Angebot nachgedacht?"

„Ich denke an nichts anderes mehr." Die Ironie in ihrer Stimme war nicht zu überhören. Er warf ihr einen seiner Nullkommafünf-Sekunden-Blicke zu, bevor er einen Fleck über ihrem Kopf an der Wand anvisierte.

„Vielleicht habe ich mich nicht richtig ausgedrückt, aber ich würde es außerordentlich bedauern, wenn Sie uns verlassen würden."

Katja kostete es ihre ganze Beherrschung, dass ihr nicht die Kinnlade herunterklappte. Das war das erste, wenn auch nur angedeutete, Kompliment in all den Jahren an seiner Seite.

„Wir sehen uns in dreißig Minuten zur Visite. Und seien Sie pünktlich."

Katja verdrehte die Augen, war ja klar, dass er den Pluspunkt sofort wieder zunichtemachte. Sobald er ihr den Rücken zudrehte und verschwand, äffte sie ihn tonlos nach. „Und seien Sie ja pünktlich."

Die Ampel wechselte auf Rot, Katja bremste langsam ab und hielt an. Dann legte sie den Kopf auf das Lenkrad und stöhnte erneut. Seit zwanzig Minuten steckte sie nun im Stau und kam nur zentimeterweise vorwärts. Dies ließ ihr Zeit zu grübeln.

Stefan Marquardt, ihr übermächtiger Chef, würde es also bedauern, wenn sie die Klinik verließe. Diesen Tag würde sie sich nachher im Kalender knallrot anstreichen. Allerdings trug diese sensationelle Nachricht auch nicht dazu bei, dass sie sich schneller entschied.

Gut, sie bewunderte ihn als Arzt, wie er blitzschnell eine Diagnose stellen konnte und akribisch recherchierte, wenn Komplikationen oder Fragen auftauchten. Was sie nicht mochte, war seine Art, wie er mit dem Personal und den Patienten umging. Im OP rang und kämpfte er um jedes Leben, außerhalb schienen ihm die Menschen egal zu sein.

Es war, als spule er ein Programm ab: Er agierte sehr direkt, dennoch distanziert, und er ließ nie eine Regung erkennen, weder Mitgefühl noch Freude, wenn ein Patient gerettet war oder endlich entlassen werden konnte. Wenn sie nicht genau wüsste, dass er bis tief in die Nacht in der Klinik anzutreffen und meist der Erste bei einem Notfall war, würde sie glauben, er hätte keinen Spaß an seinem Job. Er steckte voller Widersprüche. Für ihn schien es beispielsweise kaum Freizeit zu geben, die ihr selbst jedoch heilig war. Aber eines hatte er mit seiner Kritik und der disziplinierten Art geschafft: Er hatte ihren Ehrgeiz angefacht, sodass sie das Beste aus sich herausgeholt hatte.

Sollte sie jetzt die Stelle annehmen und weiter von einer Stelle als Oberärztin träumen oder gleich nach München gehen? Sie trommelte mit den Fingern nervös auf dem Lenkrad und schüttelte über sich selbst den Kopf. Sie wackelte wie die zarten Blüten des Mandelbäumchens, das sie passierte und dessen Äste an diesem nasskalten Märzabend vom Regen hin- und hergepeitscht wurden. Ihr Scheibenwischer schaffte es kaum mehr, die Wassermenge von der Scheibe zu wischen. Sie schaltete eine Stufe höher und grübelte weiter: Sie war wahnsinnig gern an der Oberauklinik und verstand ja auch die Gründe, warum Professor Werner so agierte. Katja verzog das Gesicht, als es hinter ihr hupte.

Himmel, schaltete die Ampel denn nie auf Grün? Ungeduldig ließ sie ihren Mini etwas nach vorn rollen. Ein Blick in den Rückspiegel zeigte ihr, dass auch der Fahrer hinter ihr langsam wütend wurde. Katja starrte wie hypnotisiert das Rotlicht an und war schon wieder in ihre Überlegungen versunken. So schlecht war das Angebot ja auch nicht. Schließlich gefiel ihr doch so gut in dieser Privatklinik, dass man die Patienten noch als Menschen und nicht als Nummern betrachtete. Sie wollte nicht weg, sie wollte hier an der Klinik und vor allem in der Nähe ihrer Familie bleiben.

Wieder hupte es laut, Katja schreckte auf und schaute in den Rückspiegel. Hinter ihr tippte sich der Autofahrer an die Stirn und gestikulierte wild. Erst da bemerkte Katja, dass die Ampel schon wieder auf Rot sprang.

Mist! Sie starrte auf die Ampel, um auf keinen Fall die nächste Grünphase zu verpassen. Weitere zwanzig Minuten später bog sie schließlich in die Straße in Opfingen ein, die zu ihrem Elternhaus führte. Heute hatte sie keinen Blick für die kleinen heimeligen Einfamilienhäuser, die sie sonst jedes Mal mit Entzücken betrachtete, wenn sie sich ihrem Elternhaus näherte. Ihre Gedanken kamen nicht zur Ruhe, erst war es der Job, jetzt die Unbekannte, die immer noch auf der Intensivstation überwacht wurde. Das gab es doch nur in Filmen, dass jemand auftauchte, den kein Mensch vermisste. Sie parkte in der Einfahrt des kleinen Hauses ein, in dem sie aufgewachsen war. Sie sah, dass außer Viktorias schnittigem Cabrio auch das Auto ihres Bruders in der Einfahrt stand, und freute sich darauf, ihre Neffen zu sehen. Ihre Mutter feierte heute Geburtstag, und wie immer kam zu diesem Anlass die ganze Familie zusammen.

Sie stieg aus und sah sich im Vorgarten um. Das kleine, frisch renovierte Häuschen blitzte mit seinem roten Dach in der Abendsonne und die zarten Spitzen der ersten Frühlingsboten lugten bereits aus der Erde. Falls in den kommenden Tagen kein Schnee mehr fiele, würden in den nächsten Wochen Schneeglöckchen, Krokusse, Tulpen, Narzissen und allerlei weitere Frühlingsblumen aufblühen und das Vorgärtchen ihrer Eltern in ein Blumenparadies verwandeln. So schmuck war es schon immer gewesen, Katjas Vater konnte säen und pflanzen, es wuchs alles an und verwandelte sich in ein Blumenmeer.

„Katja ist da." Sie hörte eine energische Jungenstimme durch die geschlossene Haustür. Schon schwang die Tür auf und zwei kleine Jungen flitzten auf Katja zu.

„Hallo, Jungs. Mann, ihr seid ja schon wieder gewachsen."

Die beiden kicherten und der Kleinere schmiegte sich an sie.

„Hey, Katja. Hast du uns was mitgebracht?" fragte Lucas, der Sechsjährige.

„Klar." Sie holte für jeden eine Packung Kinderschokolade aus ihrer Tasche und reichte sie ihnen. „Aber erst nach dem Abendessen naschen. Ich muss noch das Geschenk für Oma holen, helft mir mal bitte."

Die beiden hüpften neben ihr zum Mini zurück und staunten, als sie lachend das große Paket aus dem winzigen Kofferraum herausholte. „Hier, ihr dürft es Oma überreichen."

Das Mundwerk des Jüngeren stand nicht still, während sie gemeinsam ins Haus gingen. Im Flur erwartete sie schon ihr Vater, der sie liebevoll in seine Arme schloss und an ihrem Pferdeschwanz zog. „Hey, Doc."

So und nicht anders nannte er sie, seit sie ihren Doktortitel hatte. Vorwurfsvoll sah er sie an. „Du bist seit Tagen zurück und hast dich nicht einmal blicken lassen."

„Ich weiß, aber ich habe angerufen. Hat Mama nichts gesagt?" Katja strahlte ihren Vater an und wusste, er war nicht wirklich sauer. „Was bin ich froh, wieder zu Hause zu sein. Wo ist das Geburtstagskind?"

„Deine Mutter ist im Wohnzimmer."

Katja hakte sich bei ihrem Vater unter, drückte ihm einen Kuss auf seine raue Wange und schnupperte. Seit sie sich erinnern konnte, haftete dieser Geruch von einer Mischung aus Zigarren und Aftershave an ihm. „Nicht böse sein, jetzt bin ich ja wieder da und habe ganz viel Zeit."

Sie merkte sehr wohl, was sie da sagte und horchte in sich hinein. Jawohl, sie wollte hierbleiben. Damit war die Entscheidung doch eigentlich schon getroffen.

„Haha, guter Witz." Ihr Vater tätschelte ihre Wange. „Ich weiß ja, dass ihr Ärzte immer im Stress seid."

An der Seite ihres Vaters betrat Katja das Wohnzimmer, in dem ihre Mutter mit einem herrlichen Blumenstrauß im Arm dastand und mit Viktoria, ihrer Schwägerin und ihrem Bruder sprach.

„Hallo, mein Schatz." Carola Thalbach war ebenso klein wie Katja. Von ihr hatte sie auch die Sommersprossen und noch manch anderes geerbt. Mutter und Tochter waren einander wie aus dem Gesicht geschnitten. Ihre Mutter breitete die Arme weit aus und Katja schmiegte sich vorsichtig an sie, damit sie die Blumen nicht zerdrückte. Als sie den liebevollen Kuss auf der Wange spürte, war alles klar: Sie würde hierbleiben. Egal, ob als Oberärztin oder eben vorerst nicht.

„Alles Liebe zum Geburtstag, Mama", murmelte sie gerührt. Anschließend begrüßte sie ihren Bruder und ihre Schwägerin ebenso herzlich und wandte sich an Viktoria. „Herzlichen Glückwunsch zur bestandenen Prüfung, Frau Fachärztin."

„Danke!" Die beiden Frauen umarmten sich. Katjas Mutter lachte. „Ja, wir sind alle ausgesprochen stolz, zwei so erfolgreiche Ärztinnen in unserer Familie zu haben."

„Carola, lass' mal. Du bist doch selbst Tierärztin." Viktoria war es sichtlich peinlich und sie wand sich bei dem Lob.

„Warum? Stimmt doch."

Viktoria lächelte. „Wir haben auch ganz schön geschuftet die letzten Jahre. Katja, was war heute los? Ich habe den Hubschrauber mindestens dreimal anfliegen hören.“

„Viermal – aber jetzt sollen die Patienten ohne uns auskommen. Heute wird gefeiert.“ Katja hörte hinter sich lautes Geraschel und drehte sich prüfend um. Wie sie es sich vorgestellt hatte, versuchten ihre Neffen schon das große Geschenkband zu lösen.

„Aber hallo! Lasst ihr das Geschenk in Ruhe, ihr Racker. Das gehört der Oma“, wies sie ihre Neffen zurecht und drehte sich wieder zu den Erwachsenen um. „Ich hoffe, Vicki und ich haben das Richtige getroffen, Mama.“

„Bestimmt, aber jetzt essen wir zuerst. Alle an den Tisch. Nein, Jungs, ich packe erst nachher aus“, unterband sie den Protest der Jungen.

Kapitel 6

„Das sieht mir überhaupt nicht instabil aus." Stefans Tonfall ließ keinen Widerspruch zu.

Katja schwieg und betrachtete die CT-Bilder noch einmal ganz genau. Sie zeigten die Aufnahmen eines vierjährigen Jungen. Er war vor zwei Stunden eingeliefert worden, nachdem er aus drei Metern Höhe von einem Baumhaus auf den Rücken gefallen war. Die erste Diagnose lautete auf eine Verletzung der Brustwirbelsäule. Die Wirbelsäule schien auf den ersten Blick tatsächlich stabil, allerdings war sich Katja sicher, dass es durch Rotation und Kompression doch zu einer Fraktur gekommen war.

„Das mag sein, dass es nicht so aussieht. Aber sehen Sie, das ist alles nicht harmonisch, weil die Hinterkanten im Segment des Brustwirbels versetzt sind." Sie zeigte mit einem Kugelschreiber auf die Stelle.

„Aber ja nur minimal, das können wir konservativ behandeln." Stefan war weiterhin anderer Meinung.

„Wir müssen davon ausgehen, dass die hinteren Bandstrukturen zerrissen sind. Ich kann ein Kernspin veranlassen."

Stefan runzelte die Stirn und rieb sich über seinen Bart. Sie hatte keinen Schimmer, warum er heute so zögerlich war. Das war eine klassische C-Verletzung, das musste er doch auch sehen.

„Ach, hier seid ihr." Gerd Werner betrat den Raum. Katja sandte ein Dankgebet zum Himmel. Er würde mit Sicherheit ihre Entscheidung zur Operation unterstützen. Professor Werner schaltete den separaten Bildschirm ein, der in einer Ecke hing und dazu diente, den Studenten denselben Überblick zu verschaffen, wie den behandelnden Ärzten.

„Was haben wir hier?“, fragte Professor Werner interessiert.

„Einen vierjährigen Jungen, der aus seinem Baumhaus gefallen ist.“

„Autsch.“ Professor Werner deutete auf den Bildschirm. „Rotationsverletzung C-Komponente. Wissen die Eltern schon Bescheid?“

Yes! Katja jubilierte.

„Nein, wir diskutieren gerade, ob es Sinn macht, zu operieren.“ Stefan sprach mit neutralem Tonfall.

„Was für eine Frage, Stefan. Hat der Junge neurologische Ausfälle?“

„Bisher noch nicht“, erklärte Katja. „Ich bin für eine Operation.“

„Aber bei einer Operation ist das Rückenmark massiv gefährdet“, wandte Stefan wiederum ein.

„Ohne Operation auch. Ich schlage vor, dass du Katja diese Operation machen lässt. Ihr müsst bei so einem kleinen Jungen sowieso im offenen Verfahren operieren, dann seht ihr gleich, was los ist. Schade, dass die Fixateure noch nicht einsatzbereit sind, das wäre hier der ideale Testpatient.“

Genau daran hatte Katja auch schon gedacht. „Ich werde ihn mit dem herkömmlichen Fixateur stabilisieren.“

„Sehr gut, also wäre das geklärt. Genau deswegen habe ich euch gesucht. Der Entwicklungschef von Avend hat sich bei mir gemeldet. Der Prototyp ist fertig. Ihr dürft ihn euch am ersten Aprilwochenende in Neuss exklusiv live ansehen.“

„Wer wir?“ Katja sah Gerd Werner entgeistert an.

„Sie und Stefan. Wer sonst?“ Gerd Werner deutete zwischen ihr und Stefan hin und her.

„Nee, soll er mal alleine machen.“ Katja protestierte sofort. „Das geht bestimmt auch ohne mich.“

„Katja, die Herren von Avend wollen Sie gerne kennenlernen. Das war schließlich Ihre Idee. Ich springe hier ein und werde veranlassen, dass die Dienstpläne entsprechend geändert werden. Ihr fahrt am besten freitags hoch, mittags erste Besprechung mit euren Ansprechpartnern, Abendessen und Übernachtung. Samstags dürft ihr die Produktion besichtigen und am Firmenjubiläum teilnehmen – so ist die Planung. Und ich bitte euch inständig, schaut euch bloß alles genau an. Birgit hat schon angekündigt, dass sie euch anschließend über den Ablauf ein Loch in den Bauch fragen wird. Vielleicht kann sie etwas für unser Jubiläum übernehmen."

Katja war das Jubiläum schnurz, sie hatte jetzt ganz andere Sorgen. „Wir sollen dort übernachten?"

Stefan hatte bisher noch keinen Ton gesagt, doch jetzt widersprach auch er. „Es ist wirklich besser, wenn Frau Doktor Thalbach das alleine macht."

„*Glaub ich das denn?* Man könnte ja geradezu den Eindruck bekommen, ihr hättet Panik davor, ein paar Tage gemeinsam zu verbringen? Wir sind doch hier nicht im Kindergarten." Gerd Werner schüttelte ungehalten den Kopf. „Nein, keine Diskussion. Ihr habt das von Anfang an gemeinsam geplant und entwickelt. Nun möchte ich, dass ihr auch gemeinsam die Klinik vertretet."

„Also gut." Stefan seufzte leise. „Ich kümmere mich um die Hotelzimmer."

„Nicht nötig." Gerd Werner schüttelte den Kopf. „Organisation und Planung macht Avend. Ihr müsst nur hinfahren. Übrigens falls ich es noch nicht gesagt habe, ich bin mächtig stolz auf euch. Diese modifizierten Schrauben sind ein echter Fortschritt bei diesem Fixateur. Unsere Klinik wird lobend erwähnt, ihr natürlich auch. Und noch eins, benehmt euch ein einziges Mal wie zivilisierte Menschen, bitte", setzte er grinsend hinzu. „Ach und bevor ich es vergesse. Bei meiner Sekretärin liegen auch noch eure Legitimationsausweise für den DWG-Kongress und die Hotelbestätigung. Holt sie bei Gelegenheit ab." Mit diesen Worten ließ er die beiden alleine.

Katja hatte bisher jeden Gedanken an diese unselige Tagung verdrängt. Minutenlang herrschte Schweigen, sie druckte die Bilder aus, die sie zur Operationsvorbereitung brauchte, und speicherte alles ab. Erst dann drehte sie sich zu Stefan um.

„Steht Ihr Vortrag oder kann ich Ihnen irgendwie noch helfen?" Stefan klang ziemlich angespannt.

„Nein, danke. Sie könnten höchstens einen Blick drauf werfen, sobald ich die Korrekturen von Avend habe. Noch haben wir ja etwas Zeit." Sie sprach sich selbst Mut zu.

„Gern. Schicken Sie mir die Datei, ich schaue drüber. Wie kommen Sie hin?", fragte er.

„Mit dem Zug. Ich muss allerdings noch die Verbindung raussuchen."

„Da wir offensichtlich in nächster Zeit sehr viel Zeit miteinander verbringen müssen, können wir auch schon nach München gemeinsam mit dem Auto fahren. Das spart Kosten", murmelte er und nahm die Patienten-Akte an sich.

„Ich glaube, es ist besser, wenn wir getrennt fahren."

„Sie tun ja gerade so, als könnten sie es keine fünf Minuten mit mir aushalten." Stefan hörte sich ziemlich verschnupft an.

„Außerhalb des OP-Bereichs stimmt es ja auch. Ich habe keinen Bock mehr darauf, ständig mit Ihnen unnötige Kämpfe auszufechten, so wie eben. Warum streiten wir uns eigentlich über eine Operation, die dem Patienten später sicherlich Erleichterung bringt?"

„Jetzt aber erst mal unnötige Schmerzen. Der kleine Kerl ist gerade mal vier Jahre alt und es könnte schließlich auch schiefgehen."

„Irgendwann muss er sowieso stabilisiert werden." Katja sah Stefan nachdenklich an. „Ich sollte ernsthaft in Erwägung ziehen, mir eine andere Stelle zu suchen."

„Das geht nicht!", rief Stefan.

„Wieso sollte das nicht gehen? Das ist immer noch meine Entscheidung."

„Sie machen doch sowieso, was Sie für richtig halten." Er stand auf und ging zur Tür, dort drehte er sich nochmal um. „Überlegen Sie sich das gut. Ich bin sicher, gemeinsam könnten wir in den nächsten Jahren einiges bewegen. Ich würde Ihnen auch völlig freie Hand lassen."

Katjas Kopf fuhr herum und sie starrte ihn sprachlos an.

„Katja, würde es helfen, wenn ich in Zukunft meine Klappe halten und Ihnen mehr Verantwortung geben würde?“ Stefan stopfte seine Hände in seine Kitteltaschen und wippte auf der Stelle. Er schien nicht mal zu bemerken, dass er sie plötzlich mit dem Vornamen anredete.

„O-kay. Probieren können wir es ja mal. Kann ich bei der Operation auf Sie zählen?“, fragte sie mit angehaltenem Atem.

„Selbstverständlich. Setzen Sie ihn für morgen früh auf den OP-Plan. Wir sehen uns.“ Er marschierte aus dem Behandlungsraum und überließ Katja die schwere Aufgabe, die Eltern von der Diagnose in Kenntnis zu setzen. Katja nahm die Bilder und ging zu ihrem kleinen Patienten, der in einem Vorraum darauf wartete, wieder auf die Station gefahren zu werden.

„So, Sebastian, das hast du toll gemacht. Und dein Häschen war auch ganz tapfer.“ Sie strich dem kleinen Jungen über die Wange. Der sah sie mit großen Augen an und drückte seinen Stoffhasen an sich.

„Darf ich jetzt wieder zu meiner Mama?“, fragte er leise.

„Ja sofort. Schau mal, das ist Sonja. Sie bringt dich nach oben und ich komme dann auch gleich. Aber ich muss deine Mama dann ganz kurz entführen.“

Der kleine Kerl nickte und Katja fragte sich, was er wohl unterschwellig schon ahnte. Für einen Vierjährigen war er seit seiner Einlieferung unendlich tapfer gewesen. Sie winkte ihm nach und machte sich auf den Weg auf die Station. Sie hasste solche Gespräche und noch mehr hasste sie die Tatsache, dass sich ihr Chef wie üblich davor drückte. Obwohl, wenn sie ehrlich war, war es besser, sie erklärte den Eltern, was nun auf sie zukommen würde. Denn hier würden Tränen fließen und genau diesen Situationen ging Stefan Marquardt großräumig aus dem Weg. Aber sie musste ihnen die Wahrheit sagen, dafür stand sie als Mensch und Ärztin ein.

Und genau das tat sie eine halbe Stunde später.

„Ihr Sohn hat eine Wirbelsäulen-Verletzung, die instabil ist. Wir müssen operieren, damit wir den Druck auf die Nerven verringern können."

Der Mutter von Sebastian traten Tränen in die Augen und sie schlug sich die Hand vor den Mund. „Er ist doch so klein."

Katja nickte. „Frau Knauer, Ihr Sohn hat zum Glück keine Lähmung. Wir können davon ausgehen, dass er gesund wird."

„Wann wollen Sie operieren?", fragte die Mutter.

„Morgen früh. Sie können heute Nacht in der Klinik bleiben, wenn Sie möchten. Ich lasse ein Bett für Sie in Sebastians Zimmer stellen."

„Das geht nicht." Die Frau begann zu schluchzen. „Ich habe noch eine zweijährige Tochter, die ist momentan bei der Nachbarin."

„Und Ihr Mann? Kann er sich nicht um Ihre Tochter kümmern?"

„Mein Mann ist im November gestorben", murmelte die Frau so leise, dass Katja das letzte Wort nur erahnen konnte.

„Oh, das tut mir leid." Warum traf es manche Familien immer doppelt und dreifach und andere gar nicht? Katja überlegte für Bruchteile von Sekunden, ob sie helfen konnte. „Ich kann Ihnen anbieten, dass Sie Ihre Tochter ab morgen hier in die Kinderbetreuung geben können, dann können Sie in den nächsten Tagen bei Sebastian sein." Das Krankenhaus hatte auf Initiative von Professor Werners Vater schon vor über zwanzig Jahren einen Kindergarten für die Angestellten eingerichtet, in dem zwei Erzieherinnen beschäftigt waren. Immer wieder wurden dort auch Geschwister von Patienten mitbetreut.

„Sind Sie sicher, dass das möglich wäre?"

„Selbstverständlich. Kann ich Ihnen sonst noch irgendwelche Fragen beantworten?"

Frau Knauer wirkte erleichtert, zum ersten Mal zeigte sich ein schmales Lächeln auf ihrem müden Gesicht. „Werden Sie Sebastian operieren?"

„Ja. Doktor Marquardt, unser Oberarzt, ist selbstverständlich auch dabei."

„Ich vertraue Ihnen, Frau Doktor Thalbach. Ich weiß, Sie können nichts garantieren, aber bitte lassen Sie nichts unversucht."

Katja nickte. „Wir tun unser Bestes. Unser Team, insbesondere Doktor Marquardt hat viel Erfahrung auf diesem Gebiet."

Weiß der Teufel, warum er ausgerechnet diese nicht durchführen will? Katja suchte immer noch nach einer Erklärung für das irritierende Verhalten ihres Vorgesetzten.

Dieser stapfte aufgewühlt durch den Park. Ihm war kalt, aber das war ihm egal. Das Schicksal des kleinen Sebastians ging ihm viel zu sehr an die Nieren. Es war, als erlebe Stefan ein Déjà Vu.

Er sah ständig einen schmalen, blassen vierjährigen Jungen vor sich, der ihn mit großen Augen ansah und nicht müde wurde, nachzufragen: „Wo sind Mama und Papa? Wann kommen sie mich besuchen?"

Katjas Drängen auf eine Operation hatte Erinnerungen wachgerufen, die er lieber für immer und ewig vergessen hätte. Erinnerungen, die ihn plagten und eine tiefe Leere zurückließen, aus der er sich jedes Mal wieder erneut mühsam herausgraben musste.

Stefan biss die Zähne zusammen und rieb sich automatisch über seine Schulter, die ihm mehr und mehr Kummer bereitete. Auch die erhöhte Schmerzmitteldosis brachte ihm nicht mehr die Erleichterung, die er sich erhofft hatte.

Alles in allem schien er momentan eine Pechsträhne erwischt zu haben. Die Tatsache, dass er sich nun auch noch zwei lange Tage mit Katja herumschlagen musste, trug nicht dazu bei, dass er sich besser fühlte.

Ihre erste Begegnung vor über fünf Jahren hatte sich in sein Hirn eingegraben: Sie war vor ihm im Hörsaal aufgetaucht, die Arme wütend in die Hüften gestützt, und hatte ihn darauf hingewiesen, dass er als Vertretung von Professor Werner in der Vorlesung absoluten Blödsinn von sich gegeben hatte. Stefan hatte irritiert aufgeschaut und in zwei Augen geblickt, die ihn seither bei jedem Blick aufs Neue elektrisierten.

Dennoch hatte er später beschlossen, einen großen Bogen um sie zu machen, da er Wochen gebraucht hatte, sie wieder aus seinen Gedanken zu verbannen. Dafür beherrschte sie seine Gedanken momentan ununterbrochen. Denn – unter keinen Umständen durfte sie jetzt die Klinik verlassen! Nur durch sie hatte er die Möglichkeit, seinen Posten irgendwie zu halten, solange es seine verdammte Schulter noch zuließ. Ohne Katja müsste er eigentlich schon heute zu Gerd gehen und um seine Entlassung bitten, doch dazu liebte er seinen Job viel zu sehr. Und die Zeit, die ihm noch blieb, als Chirurg zu arbeiten, die würde er bis auf die letzte Minute nutzen. Er kramte in seiner Tasche, löste eine Tablette aus der Verpackung und betrachtete die pinkfarbene Pille, die auf seiner Handfläche winzig aussah.

„Und du wirkst jetzt, du verdammtes Miststück", murmelte er und ließ gleich eine weitere folgen.

„Du hattest mal wieder den richtigen Riecher. Ich gebe mich geschlagen." Gerd Werner trat hinter seine Frau, die im Nebenzimmer des Stationsstützpunkts am Medikamentenschrank diverse Packungen einsortierte, und versperrte ihr den Fluchtweg, indem er rechts und links die Arme gegen den Schrank abstützte.

„Ach nee, das höre ich gern. Und um was geht es eigentlich?" Birgit drehte sich um und lächelte ihren Mann an. Wie immer schlug ihr Herz schneller, wenn er in ihrer Nähe war. Gut sah er aus mit dem hellblauen Hemd und der passenden Krawatte. Die Hemdsärmel hatte er leger aufgekrempelt, die schwarze enge Jeans betonte seine kräftige Gestalt.

„Es geht um unsere Dauerstreithammel. Die beiden waren sehr verärgert, weil ich sie zusammen nach Neuss schicke."

„Und vorher noch nach München." Birgits Grinsen war hämisch wie ihr Kommentar. „Hat Katja nicht versucht, sich aus der Affäre zu ziehen?"

Sie hob ihre Arme und schlang sie um seinen Hals.

„Doch, aber ich war sehr energisch. Ich kann das." Er grinste und wollte sich einen kurzen Kuss rauben, der sich aber in die Länge zog.

„Doch nicht hier." Mit einem Tonfall, der sein Bedauern ausdrückte, rückte Gerd energisch von Birgit ab. Sie kicherte leise und riskierte einen Blick über seine Schulter. Da sie sicher schien, dass keiner in der Nähe war, schnappte sie seine Krawatte und zog ihn an sich.

„Birgit!" Gerd machte sich jetzt entschieden los, verschränkte aber seine Hände mit ihren.

„Gut. Gehen wir in dein Büro." Sie lachte schallend auf, als er die Augen verdrehte und sich blitzschnell auf den nächsten Stuhl sinken ließ.

„Wie wär's stattdessen mit ein paar Stunden Büroarbeit heute Abend?" Seit sie im eigenen Haus waren, war das der geheime Code für sie beide, sich oben – ganz auf die Schnelle – im Büro zu treffen. Bei drei Kindern war das einmal der absolute Luxus gewesen.

„Deine Eltern kommen zum Abendessen, hast du das vergessen?" Birgit ging zurück zum Schrank und nahm ihre Tätigkeit wieder auf. „Aber wenn du nicht ganz so spät aus der Klinik kommst, könnte ich mich überreden lassen, eine halbe Stunden Büroarbeit einzuschieben."

„Freiwillige Büroarbeiten. Birgit, du hast sie ja nicht alle." Karin hatte das Nebenzimmer betreten und hatte Birgits letzte Bemerkung aufgeschnappt.

Gerd stand grinsend auf. „Hallo, Karin. Doch, meine Angetraute macht das ab und zu ganz gerne."

Er verschwand eiligst, da er aus dem Augenwinkel erkannte, dass Birgit schon mit einem Päckchen auf ihn zielte. Er hörte nur noch ein lautes Kichern seiner Frau hinter sich herwehen. Die Hände in die Taschen vergraben, schlug er den Weg zu seinem Büro ein.

Birgit bezauberte ihn auch heute noch Tag für Tag und er konnte mit ihrem Tempo nach wie vor kaum Schritt halten. Er hätte ein armseliges Leben geführt, wenn Birgit nicht vor zwanzig Jahren sein Leben komplett umgekrempelt hätte. Innerlich schüttelte es ihn bei der Erinnerung an die trostlose Zeit nach dem Unfalltod seiner ersten Frau.

Die Jahre mit Birgit waren trotz der üblichen Sorgen und Nöte, die es immer zu bewältigen gab, von Liebe und Vertrauen geprägt und die Kinder hatten in einem wunderbaren liebevollen Umfeld aufwachsen dürfen. Er schätzte das Glück, das ihn vor vielen Jahren genau zu dem Zeitpunkt in den Park geführt hatte, als Birgit dort auf dem Weg zu einem Vorstellungsgespräch gewesen war.

Die jüngste Tochter der Familie Werner, die einundzwanzigjährige Maximiliane, stand vor der Klinik und hauchte in ihre klammen Hände. Es war ein eisigkalter Tag. Überhaupt war der März in diesem Jahr besonders nass und die Temperaturen eher winterlich als frühlingshaft. Langsam aber sicher froren ihr die Hände ein, während sie damit beschäftigt war, die Klinik von allen Seiten zu fotografieren, damit sie diese später auf Leinwand bannen konnte. Die Klinik, in der sie quasi aufgewachsen war und die ihr zum einen heillosen Respekt einflößte, und zum anderen ständig Schuldgefühle in ihr auslöste. Seit sie mit fünfzehn Jahren verkündet hatte, dass sie mit der Familientradition brechen und niemals einen medizinischen Beruf ergreifen würde, hatte sie das

Gefühl, dass ihr Vater nur mühsam seine Enttäuschung verbergen konnte. Schließlich waren ihre Geschwister der Tradition gefolgt, Susanne war Gynäkologin geworden und Florian studierte ebenfalls Medizin und wollte in die Unfallchirurgie einsteigen.

Sie nicht! Maxi wollte malen. Die Schönheit der Welt dokumentieren; die Welt bereisen und den Menschen Plätze näherbringen, die sie niemals sonst sehen würden, auf Fotos und vor allem als Gemälde.

Der Kunst galt all ihre Liebe. So bestand momentan ihr ganzer Ehrgeiz darin, die Klinik aus allen Winkeln, mit unterschiedlichen Lichtverhältnissen einzufangen, damit sie ihren Eltern dann zum Jubiläum vier Gemälde von ihr überreichen konnte, die die Klinik im Wandel der Jahreszeiten zeigten. Zwei davon waren sogar schon fertig und standen bei ihrem Kumpel Janis zu Hause im Keller.

Wenn ihr Vater doch nur endlich erkennen würde, dass es ihr absolut ernst war, später mit der Kunst ihr Geld zu verdienen. Maxi seufzte. Ihren Traum würde sie nicht aufgeben, so viel stand fest. Sie würde, sobald es ihr Budget erlaubte, wieder in die USA reisen, um den Grand Canyon auf Leinwand zu bannen. Seit sie vier Wochen dort gewesen war, träumte sie davon.

Und, wenn sie ehrlich war, war es ihr scheißegal, ob ihr Vater begeistert war oder nicht. Sie wollte nur, dass er endlich ihre Arbeit und ihre Kunst als das akzeptierte, was es für sie war – ihr Leben!

„Janis, nimm mal bitte den herabhängenden Ast aus dem Bild." Der gehorchte wie immer sofort. Maxi grinste. Janis Wohlfahrt war ihr Weggefährte schon seit Kindergartenzeiten. Ihre Freundschaft hatte die Pubertät, wie auch die ersten Liebeleien mit anderen überstanden. Er war ihr treuer Kumpel, der mit ihr um die Häuser zog, sie bei ihren Fotoarbeiten unterstützte und ihr Halt gab, wenn sie zu Hause mal wieder kein Verständnis für ihre Lebensplanung erntete. Doch ein Liebespaar, wie sie einst gehofft hatte, war aus ihnen nie geworden.

Maxi schaute prüfend durch den Sucher und war zufrieden mit dem, was sie sah. Eigentlich müsste sie dieses alte Gutshaus, das die Klinik beherbergte, doch hassen, dachte Maxi. Doch das helle Gebäude mit seinem dunklen Dach mutete inmitten des Parks wie ein kleines Schlösschen an und hatte sie seit jeher mit seiner Bauweise fasziniert. Die altmodischen großen Sprossenfenster, die Vorbauten rechts und links, die Stuckverzierungen, alles aus einem anderen Jahrhundert. Über dem Eingangsbereich prangte zudem ein uraltes Wappen aus der Bauzeit. Und im Sommer, wenn der Blauregen, der überall an der Fassade hinaufkletterte, in voller Blüte stand, bot dieses alte Gemäuer einen zauberhaften Anblick, den Maxi schon unzählige Male fotografiert hatte. Auch jetzt, im schummrigen Nachmittagslicht, strahlte es einen eigenartigen Frieden und majestätische Würde aus, wie es herrschaftlich vor dem dunklen Wald thronte, der sich im Hintergrund abzeichnete.

Sie trat einen Schritt zur Seite und hatte jetzt einen freien Blick auf den Verbindungssteg, der die Gynäkologie ganz bewusst in modernem Stil vom restlichen Gebäude trennte. Schnell drückte sie auf den Auslöser und schoss mehrere Bilder, während die Sonne hinter dem Verbindungssteg unterging.

„Komm, wir gehen noch auf die andere Seite. Wenn mein Vater den Umbau genehmigt bekommt, dann verändert sich dort alles."

Janis nahm kommentarlos Maxis schwere Fototasche und schwang sie sich über die Schulter, mit der anderen Hand schnappte er ihr Stativ. „Weiß man schon, wann es losgeht?", fragte er.

Maxi schüttelte den Kopf. „Ich will es auch gar nicht wissen. Dann gibt es nämlich kein anderes Gesprächsthema mehr zu Hause."

Sie hängte sich ihre Kameras rechts und links an die Schultern und folgte ihm. „Was ist jetzt eigentlich? Fahren wir nun nach München um meinen Abschied von Freiburg zu feiern oder nicht?"

„Ich weiß wirklich nicht, was es zu da zu feiern gibt. Aber ...", er hob ergeben eine Hand kurz an, „da du unbedingt willst, fahren wir hin. Thorsten wollte nur noch warten, ob die Reparatur seines Autos nicht sein komplettes Budget sprengt."

„Er soll sich nicht so anstellen, schließlich übernachten wir nicht im

Bayerischen ... Hups!" Maxi stoppte abrupt. „Stefan. Hallo. Was machst du denn in dieser Kälte hier draußen?" Sie trat von Stefan Marquardt zurück, mit dem sie zusammengestoßen war.

„Hey, Maxi, Janis. Na, bist du wieder der Packesel für Maxi?", fragte Stefan augenzwinkernd.

„Einer muss es ja machen", antwortete Janis mit einem Schulterzucken.

„Was macht ihr hier eigentlich?" Stefan rieb sich jetzt seine Hände, als wäre ihm bei Maxis Bemerkung erst bewusst geworden, wie kalt es war.

„Ich dokumentiere die Klinik. Fünfzig Jahre Oberauklinik. Aber wehe, du sagst einen Ton zu Mama oder Papa. Das soll eine Überraschung werden."

„Von mir erfährt keiner was. Viel Spaß noch." Stefan hob die Hand zum Gruß und eilte davon.

„Der hatte es aber eilig." Janis sah ihm hinterher und stellte die schwere Fototasche ab.

„Haben es Ärzte doch immer!" Maxi machte keinen Hehl aus ihrer Abneigung gegen diesen Beruf.

„Hast du Lust ... Hallo, Herr Maurer", Janis unterbrach seine Frage und begrüßte den Hausmeister der Klinik, der mit Holzlatten beladen zu seinem Schuppen ging.

„Hallo, ihr zwei. Oha, das sieht nach einer Überraschung aus." Dirk Maurer blieb stehen und lächelte.

„Wird es auch, aber nichts verraten." Maxi bemerkte mit geschultem Blick einer Fotografin, dass Dirk Maurer mit dem Lächeln nur seine Trauer überspielte. Das Lächeln erreichte seine Augen nicht.

„Selbstverständlich nicht." Er legte demonstrativ den Zeigefinger auf seine Lippen. „Janis, bald kannst du dein Motorrad ausmotten. Weißt du schon, wann du es holen willst?"

„Oh, erst Anfang April, wenn es bei Ihnen passt. Vorher habe ich leider keine Zeit."

„Ich wüsste nicht, dass ich einen Termin hätte. Komm vorbei und hol den Schlüssel, und wenn du Hilfe brauchst, du weißt ja, wo du mich findest."

„Danke, Herr Maurer." Janis nickte und sah dem Hausmeister hinterher, der weitereilte.

„Er wirkt immer noch total traurig, seit seine Frau gestorben ist." Maxi sah ihm betrübt hinterher. „Wahrscheinlich ist er richtig froh über die Ablenkung, wenn du dein Höllengefährt aus dem Schuppen der Klinik holst."

„Vielleicht überlegst du es dir ja doch noch mal. Ich nehme dich wirklich jederzeit gerne mit."

„Nie im Leben!" Maxi hatte Janis' Motorradleidenschaft noch nie gutgeheißen.

Kapitel 7

Es war so weit – Sebastians Operation stand an. Trotz Wochenende mussten sie schnellstmöglich operieren. Katja war vorbereitet. Sie ging zur Wand, an der die Monitore befestigt waren, und rief noch einmal die CT-Bilder auf. Schritt für Schritt ging sie in Gedanken die schwere Operation durch und prägte sich die markierten Punkte genauestens ein, solange bei Sebastian die restlichen Vorbereitungen liefen. Sie war schon in grüne OP-Kleidung gehüllt und wartete auf Stefan, der wie immer als Letzter in den Waschraum gegangen war. Niemals betrat er ihn, wenn noch andere darin waren. Katja war immer kurz davor, über diese Macke von ihm zu lästern, aber schließlich war auch sie von der abergläubischen Sorte und hielt deswegen lieber den Mund.

Zehn Minuten später war alles Weitere vorbereitet. Sie waren vollzählig und standen am Tisch, während sie auf das Okay von Doktor Jensch warteten, der heute für die Narkose zuständig war. Markus' Stellvertreter machte sich mal wieder wichtig und erklärte einem jungen Arzt im Praxisjahr, auf was man besonders achten musste. Katja verdrehte die Augen und ignorierte ihn.

Nicht zu ignorieren waren allerdings die ersten Klänge eines startenden Motorrads, die plötzlich laut den Operationssaal erfüllten. *Born to be wild* – damit würde sie also wieder stundenlang nervigen Gitarrensoli lauschen müssen. In den letzten Jahren hatte sie Heavy Metal richtiggehend hassen gelernt. Aber Stefan war schneller gewesen und hatte für die Musik während der Operation gesorgt.

„Dieses nervige Gedudel hab' ich in München allerdings überhaupt nicht vermisst." Bevor sie es verhindern konnte, hatte sie den Gedanken schon ausgesprochen.

„Das ist nun mal ein Klassiker. Ich mosere ja auch nicht rum, wenn beim nächsten Mal wieder Ihr Klaviergedudel stundenlang den OP beschallt."

„Ich wäre dann so weit. Wenn Sie Ihr Duell beenden könnten, dann kann es losgehen." Doktor Jensch lugte hinter den Narkosegeräten hervor und Katja vermutete, dass er hinter der Maske überheblich grinste.

Welcher Teufel hatte sie damals nur geritten, mit diesem Scheißkerl auch noch auszugehen? Egal! Katja legte los und, während sie konzentriert operierte, zogen ihre Gedanken doch ganz andere Kreise. Was war nur mit Viktoria los?

Deren müde Augen hatten in den letzten Tagen signalisiert, dass sie in den letzten Nächten wenig Schlaf bekommen hatte – was ein Alarmzeichen war. Mit Vicki war sie nun schon so lange befreundet, dass sie diese in- und auswendig kannte. Seit dem gemeinsamen Medizinstudium teilten sie sich ein renovierungsbedürftiges Häuschen und meist verbrachten sie auch ihre Freizeit miteinander. Katja hatte vor allem Sorge, dass Vicki wieder in ihre alte Traurigkeit verfiel, die immer wieder urplötzlich auftauchte, sie für ein paar Wochen umklammerte und genauso schlagartig wieder verschwand.

Stefan ließ Katja nicht aus den Augen. Nicht, weil er ihr nicht vertraute, sondern weil ihr blaues Auge heute fast durchscheinend schimmerte, als träume sie. Diese verdammte Farbkombination machte es ihm unmöglich, einen normalen Gedanken zu fassen, wenn sie ihn, wie jetzt, stirnrunzelnd ansah.

„Da haben wir ja die Bandverletzung." Sie deutete nach unten.

„Sie hatten recht." Er folgte ihrem Blick, nickte zustimmend und beobachtete, wie sie ruhig weitermachte. Immer wieder erstaunte es ihn, dass sie nach einem Blick auf den Bildschirm, der über dem Operationsfeld hing, genauestens wusste, wie sie operieren würde. Sie schien ein fotografisches Gedächtnis zu besitzen, um das er sie beneidete. Während er zwischendurch immer wieder einen Blick auf die Bilder werfen musste, genügte ihr eine einzige Einschätzung während der Teambesprechung oder eine erste Diagnose. Auch jetzt war ihr Blick ausschließlich auf das Operationsfeld gerichtet. Er hatte schon nach den ersten Wochen im OP gemerkt, dass Katja Thalbach ein besonderes Talent als Chirurgin hatte, gerade an der Wirbelsäule. Sie war ebenso gründlich wie er selbst, doch sie hatte noch die Fähigkeit blitzschnell zu improvisieren und hatte schon vielen Patienten dadurch helfen können. Die letzten Monate ohne sie waren ganz schön anstrengend gewesen. Er konnte nur hoffen, dass sie das Angebot seines väterlichen Freundes, Gerd Werner, annehmen und ihn in Zukunft hier weiter unterstützen würde.

„Ich mache weiter auf. Es ist besser, wir schauen uns das ganz genau an. Nicht, dass wir einen Splitter übersehen haben. Oder spricht etwas dagegen?“

„Sie sind die Chefin.“ Stefan stimmte ohne nachzudenken zu.

Katja arbeitete sich voran, Stefan half ihr und zog vorsichtig am Wundhaken, um das Operationsfeld für Katja zu vergrößern. Ein Feuerstoß flammte in seiner Schulter auf und sandte Schmerzen bis ins Handgelenk hinunter. Er konnte gerade noch ein Stöhnen verhindern und – was noch viel schlimmer gewesen wäre – den Haken loszulassen. Er schloss die Augen und atmete konzentriert tief ein und aus, um den Schmerz zu vertreiben. Still verfluchte er seine linke Schulter, die ihm das Leben und vor allem das Operieren fast unerträglich machte. Er würde die Schmerzmitteldosis wieder erhöhen müssen.

„Herr Kollege, bekomme ich noch ein paar Zentimeter?“ Katjas Worte rissen ihn aus seiner Trance. Ihm lief der Schweiß in die Augen und er raunzte die OP-Schwester an, die ihm am nächsten stand. „Tupfen Sie mir die Stirn, Schwester. Sehen Sie das nicht?"

Erschrocken tat die OP-Schülerin wie ihr geheißen und Stefan erkannte, wie Katja trotz ihrer Konzentration die Stirn runzelte. Er schwieg und versuchte den heißen pochenden Schmerz zu ignorieren, der inzwischen seine gesamte linke Seite beeinträchtigte. Zum Glück ließ der Schmerz tatsächlich etwas später wieder nach und gemeinsam schafften sie es in kurzer Zeit, die Wirbel komplett freizulegen.

Stunde um Stunde verging, in denen Katja die Operation leitete. Ihr gelang es schließlich, die Wirbel zu präparieren. Wieder einmal beobachtete er verwundert, wie kraftvoll Katja die mechanischen Arbeiten durchführte. Die Schwierigkeit bei diesem Verfahren bestand darin, Schrauben so in den Wirbelkörper zu platzieren, dass diese am Rückenmark vorbei festen Halt im Knochen fanden. Doch Katja arbeitete sehr routiniert, ihr handwerkliches Geschick war nicht zu übersehen. Trotzdem war es kräftezehrend und forderte höchste Konzentration.

„Achtung, ich brauche eine Aufnahme." Katja trat zurück.

Kurze Zeit später war die Aufnahme auf dem Bildschirm zu sehen und Katja kontrollierte die Position der Schrauben. „Perfekt", lobte sie sich selbst. „Ich fahre jetzt den Tisch wieder hoch, bevor ich die Stangen einsetze."

Als der Tisch die richtige Höhe hatte, begann sie ohne weitere Verzögerung die Verbindungsstangen zu montieren. Eine weitere Stunde später seufzte sie erleichtert auf.

„Wenn jetzt keine Infektion eintritt, sieht es gut aus." Katja betrachtete ihr fertiges Werk und lächelte hinter der Maske. „So, das hätten wir. Hoffen wir, dass der kleine Kerl sich schnell erholt."

„Bestimmt, Sebastian scheint ein aufgeweckter kleiner Bursche zu sein."

Katja hob den Kopf und starrte ihn irritiert an. Erst da bemerkte er, dass er den Satz ausgesprochen hatte. Da er außerstande war, den Blick zu unterbinden, hatte er das Gefühl, sie sah auf einmal viel mehr, als er preiszugeben bereit war. Doch dann war sie es, die den zarten Faden, der sie und ihn in diesem Moment verband, zerriss.

„Ich brauche gleich noch mal ein CT und morgen früh ein MRT." Katja gab ohne eine Regung zu zeigen die Informationen an Karin weiter. Die notierte sich alles.

Auch Stefan besann sich auf seine Professionalität. Sollte alles gut laufen, dann würde Sebastian eine Woche in der Klinik bleiben müssen, danach konnte er entlassen werden. Inzwischen hatte auch Stefan vom Schicksal von Sebastians Familie erfahren, und dies zehrte mehr an seinen Nerven, als er zugeben wollte.

Bis sie schließlich fertig waren und den Patienten an die Intensivstation übergeben konnten, waren sie fast vier Stunden im Operationssaal gestanden. Müde und immer noch schmerzgeplagt schälte er sich aus der OP-Kleidung. Katja hatte erstklassige Arbeit geleistet. Er wollte gar nicht nachdenken, was passiert wäre, wenn er diese Operation durchgeführt hätte.

Kapitel 8

„So jetzt ist dein Kuschelhase aber müde und muss schlafen gehen. Guck mal, der fällt schon vor lauter Müdigkeit aus dem Bett.“ Stefan hob Sebastians Plüschtier auf, räumte die Körbchen und die Holzfrüchte in den Karton und verstaute das Spiel in Sebastians Nachttisch.

„Wir haben dreimal gewonnen. Der Rabe nur einmal.“ Sebastians Tonfall klang sehr triumphierend.

„Stimmt. So, jetzt sag' mir mal, ob du noch Schmerzen hast?“

Der kleine Junge lag winzig klein in dem großen Krankenhausbett und schüttelte den Kopf. Sebastian hatte die Operation gut überstanden und war schon nach zwei Tagen erstaunlich mobil. Doch jetzt sah er müde aus, wie er sich erst mit seinen Fäustchen die Augen rieb und dann den Kopf schüttelte.

„Sicher?“, fragte Stefan.

Erneut schüttelte Sebastian den Kopf. „Bekomme ich sonst wieder eine Spritze?“

„Nein. Du hast alles überstanden. Und siehst du, es ist auch gar nicht so schlimm, dass deine Mama abends nicht hier sein kann.“ Stefan vernahm ein Geräusch, als würde jemand das Zimmer betreten, er drehte sich jedoch nicht um.

„Dafür bist du ja da. Bleibst du bei mir, bis ich eingeschlafen bin?“, fragte Sebastian mit piepsiger Stimme.

„Klar, kleiner Mann.“

„Kann ich morgen wieder aufstehen?“

Stefan schmunzelte, schon heute war der kleine Kerl putzmunter gewesen. „Ich glaube schon. Du hast dir nämlich die beste Ärztin der ganzen Welt rausgesucht."

Sebastian kicherte und starrte ihn im schummrigen Licht aus großen Augen an. „Liest du mir die Geschichte noch einmal vor?"

„Klar doch." Stefan nahm das Buch, das er eigenhändig in einer Freiburger Buchhandlung gekauft hatte, aus dem Nachttisch und schlug es auf. „Von vorn?"

„Von vorn", bestätigte Sebastian mit einem begeisterten Nicken.

„Weißt du noch, wie der kleine Junge hieß?"

„Issa."

„Stimmt! Also, dann wollen wir mal." Stefan räusperte sich, doch der Kloß im Hals wollte nicht weichen. „Im goldenen Licht der aufgehenden Sonne erwacht die Savanne ..." Wieder ging die Tür, doch er ließ sich nicht ablenken, „... allmählich zum Leben. Elefanten, Krokodile, Giraffen, Gazellen und Nashörner kreuzen den Weg von Issa. Doch was führt den jungen Massai in die glühende Hitze?"

Leise schloss Katja die Tür hinter sich, drehte sich langsam um und überlegte, ob sie an Halluzinationen litt. Sie knabberte an ihrer Unterlippe, während Stefans beruhigende Stimme noch in ihren Ohren nachklang. „Im goldenen Licht der aufgehenden Sonne erwacht die Savanne allmählich zum Leben. Elefanten, Krokodile, Giraffen ..."

„Na, meine Schöne. Wie wäre es denn heute Abend mit uns beiden? Ich würde dich sehr gerne aus den enganliegenden Klamotten schälen, die du da trägst. Die OP-Kleidung törnt mich immer besonders an."

Katjas Nackenhaare sträubten sich bei dieser affektierten Aussprache, sie hielt die Luft an und jeder Gedanke an das Unglaubliche eben war vergessen. Jetzt hatte sie nur einen Gedanken: Ihre Glückssträhne war vorbei, Doktor-Doktor Dirk Jensch hat sie entdeckt und sie hatte keine Fluchtmöglichkeit.

Sie verfluchte noch heute den Moment, an dem sie aus einer unerfindlichen Laune heraus endlich den nervigen Annäherungsversuchen von Markus' Stellvertreter nachgegeben hatte. Danach war sie ein paar Mal mit dem eingebildeten Doppeldoktor ausgegangen, hatte dann aber schnell die Notbremse gezogen. Noch peinlicher war allerdings, dass sie dabei ein einziges Mal mit ihm im Bett gelandet war und er seither keine Gelegenheit ausließ, ihr aufs Butterbrot zu schmieren, was für ein toller Hecht er doch war – für Katja war es eher weniger einprägsam gewesen.

„Halt die Klappe, Dirk!" Mehr als einmal hatte sie ihm deutlich zu verstehen gegeben, dass sie nicht interessiert war. Doch er scherte sich nicht darum und war vor ihrer Abreise nach München immer zudringlicher geworden.

„Warum so zickig, Frau Doktor!" Er versuchte sie in seine Arme zu ziehen und verstärkte den Griff an ihrem Oberarm, als sie sich ihm entwand.

„Lass' – mich – los!", zischte Katja zwischen zusammengepressten Zähnen und wusste jetzt schon, dass das nicht ohne Hämatome ablaufen würde. Allerdings auch für ihn, wenn er nicht sofort seine schmierigen Griffel von ihr nehmen würde. Sie ballte die Hand, doch er trat einen Schritt zurück und hob dreckig grinsend beide Arme.

„Aber – aber. Du hast keine Ahnung, was dir entgeht", er gab einfach nicht auf.

„Träum weiter."

„Kann ich Ihnen behilflich sein?", fragte da eine tiefe Stimme hinter ihr und schon tauchte ein bekanntes Gesicht neben ihr auf.

„Danke, Herr Lindner, nicht nötig." Katja wandte sich ihrem Patienten zu, der trotz der späten Stunde im Rollstuhl unterwegs war.

„Was machen Sie denn so spät noch auf dem Flur?", fragte sie und schüttelte ehrlich belustigt den Kopf. Herr Lindner war einer ihrer liebsten Patienten. Überaus geduldig ertrug er die schmerzhafte Abstoßreaktion seiner frisch implantierten Hüfte und wickelte sie mehrmals täglich als Charmeur alter Schule um den Finger.

„Ich kann nicht schlafen, das wissen Sie doch. Und ich bin Ihr Retter in höchster Not." Er hob die Faust und drohte damit Doktor Jenschs Kehrseite, denn Katjas Kollege hatte schon das Heil in der Flucht gesucht.

„Dankeschön, Herr Lindner." Katja ergriff den Rollstuhl und schob ihn zu seinem Zimmer zurück. „Sie müssen sich jetzt trotzdem hinlegen."

Katja duldete keinen Widerspruch und half ihm wenig später wieder in sein Bett. Dann eilte sie ins gegenüberliegende Zimmer, in dem die Unbekannte lag, die ihr sowieso momentan den größten Kummer bereitete. An der Tür hielt sie kurz inne.

Was zum Teufel war das eben in Sebastians Zimmer gewesen? Die beiden hatten geklungen, als wären sie sehr vertraut miteinander. Konnte es sein, dass ein kleiner Junge Stefan Marquardts menschliche Seite zum Vorschein brachte? Sie hatte den Moment bei Sebastians OP nicht vergessen. Ihr Blick hatte sich mit dem von Stefan Marquardt gekreuzt und nicht zum ersten Mal hatte sie einen Ausdruck in seinen Augen erkannt, der Mitgefühl gepaart mit einer Mischung aus Traurigkeit signalisierte. Wie immer hatte er jedoch mit dem nächsten Wimpernschlag seine Maske wieder aufgesetzt, sodass sie bis eben an eine verzerrte Wahrnehmung geglaubt hatte. Doch nach dieser Begebenheit war sie überzeugt: Stefan Marquardt spielte allen etwas vor! *Warum?*

Ein Geräusch riss sie aus ihren Überlegungen und erinnerte sie daran, dass sie nicht Stefan Marquardts Therapeutin war, sondern in einem Patientenzimmer stand. Die Unbekannte hatte in den letzten Tagen noch keine längeren Wachphasen erlebt. Ihre Werte waren jedoch gut, der Allgemeinzustand zufriedenstellend. Immer wenn sie nach ihr gesehen hatte, schlief sie fest. Heute hörte sie allerdings ein Schniefen. Zu erkennen war wenig, Katja knipste ein Licht an und trat ans Bett.

„Hallo, du bist ja endlich mal wach.“ Auf dem Nachttisch legte sie die Akte ab. „Ich bin Katja Thalbach, deine Ärztin. Darf ich dich duzen?“

Als keine Antwort kam, sprach Katja weiter. „Hast du Schmerzen?“

Wieder erhielt sie keine Antwort! Das Mädchen schloss kurz die Augen. Katja fühlte den Puls und redete währenddessen weiter, immer in der Hoffnung dem Mädchen eine Reaktion zu entlocken. „Ich habe dich vor einer Woche operiert. Wenn du Fragen hast, ich kann dir alles erklären.“

Erneut wurde Katja ignoriert und das Mädchen blickte weiterhin stur zum Fenster. Daher wechselte Katja auf die andere Seite des Bettes. „Bisher haben wir gar keine Informationen oder Daten von dir, sollen wir jemanden anrufen?“

Stille! Katja seufzte leise. „Sag' mir wenigstens, ob du Schmerzen hast.“

Ein unmerkliches Nicken wurde von einem Weinkrampf begleitet.

„Wo?“

Es kam keine Erwiderung.

„Im rechten Arm?“, hakte Katja nach.

Endlich erfolgte ein deutliches Nicken.

„Starke Schmerzen?“

Jetzt war nur noch ein Schluchzen zu hören. Katja veränderte die Dosierung des Schmerzmittels.

„Das ist ja immerhin schon ein Anfang. Hast du vielleicht auch endlich etwas Hunger?“ Sie setzte sich auf die Bettkante. „Ich würde dir gern alles erklären, wenn mein Chef dabei ist. Aber das geht erst morgen wieder. Vielleicht magst du mir dann auch sagen, wen ich für dich anrufen darf?“

Katja streichelte sie kurz am Arm, und als wiederum keinerlei Reaktion kam, verließ sie leise das Zimmer.

Katja zog zum zweiten Mal an diesem Abend die Tür eines Krankenzimmers hinter sich zu und fragte sich, was das eben war? Zu ihrer Erleichterung entdeckte sie Birgit, die das übernächste Zimmer verließ. „Birgit, warte mal. Ich war eben bei unserer Unbekannten. Sie redet nicht mit mir. Hast du vielleicht schon ein Wort aus ihr rausbekommen?“

Birgit schüttelte den Kopf. „Nein, keine Silbe. Ich habe außerdem mit der Kripo telefoniert und Bescheid gegeben, dass sie wach ist. Sie werden das Jugendamt informieren und kommen irgendwann vorbei. Lass' ihr Zeit, sie wird schon auftauen. Sie wirkt auf mich irgendwie völlig verloren, so hilflos. Sie weint sehr viel. Ob sie uns überhaupt versteht?“

„Doch, das tut sie, da bin ich mir sicher. Als ich sie gefragt habe, ob sie Schmerzen hat, hat sie genickt.“

„Soll ich vielleicht eine zweite Person in ihr Zimmer legen?“ Birgit klang nicht überzeugt. Katja schüttelte den Kopf.

„Solange wir den Platz nicht brauchen, lass' sie mal alleine. Ich spreche gleich mit Stefan.“

Birgit hielt Katja am Arm fest. „Das kannst du dir schenken, der ist schon weg“

„Wie schon weg? Eben war er doch noch bei Sebastian.“

„Wer?“ Birgit sah Katja erstaunt an.

„Stefan war bei Sebastian und hat ihm eine Geschichte vorgelesen. Ich dachte, mich tritt ein Pferd.“

Birgit gab einen erstickten Laut von sich und wirkte sprachlos. Einige Sekunden verstrichen, bevor sie langsam wiederholte: *„Unser Stefan hat Sebastian eine Geschichte vorgelesen?“*

Katja nickte.

„Es geschehen noch Zeichen und Wunder.“ Birgit legte die Hände aneinander und hob sie wie zu einem Gebet.

„Wenn du einen Ton ihm gegenüber verlauten lässt ...", Katja hob den Zeigefinger. „Der streitet alles ab."

„Ich schweige wie ein Grab." Birgit deutete mit einer Geste versiegelte Lippen an.

Katja rieb sich den Nasenrücken. „Dann rede ich morgen am besten vor der Visite mit ihm. Wir müssen sie zum Reden bringen, außerdem müssen wir endlich herausfinden, wer ihre Angehörigen sind."

„Und zwar diplomatisch und nicht mit der Brechstange. Besser wäre es allemal, wenn du das übernimmst. Wer weiß, wie Stefan morgen wieder drauf ist", erwiderte Birgit und zuckte mit den Schultern.

„Ist dir eigentlich aufgefallen, dass er manchmal ziemlich blass aussieht? Mir kommt es vor, als hätte Stefan Schmerzen." Katja, die sich schon in Bewegung gesetzt hatte, blieb nochmal stehen.

„Wo soll der Schmerzen haben, der fährt doch jedes Wochenende Rad wie ein Bekloppter. Teilweise Hunderte von Kilometern. Der hat sie doch nicht alle." Birgit schüttelte den Kopf.

„Ist allemal besser, als auch noch am Wochenende in der Klinik zu übernachten. Ich frag mich immer, wozu der eigentlich eine eigene Wohnung hat."

„Was der braucht, ist endlich eine ..." Birgit brach mitten im Satz ab und zu Katjas Schadenfreude lief sie knallrot an.

„Eine Frau, ich weiß", vervollständige Katja den Satz. *„Aber bestimmt nicht mich!"*

Damit ließ sie Birgit stehen und eilte davon.

Als Katja am nächsten Morgen in aller Herrgottsfrühe auf der Schwelle zu Stefans Büro stand, lehnte sie sich an seinen Türrahmen und wartete schweigend ab. Er war bestimmt schon wieder stundenlang in der Klinik. Jetzt tippte er hektisch auf der Tastatur und hatte sie anscheinend nicht bemerkt. Sie ließ ihn gewähren und beobachtete stattdessen, wie er sich die störrische Haarsträhne, die ihm ständig ins Gesicht fiel, mit einer Kopfbewegung nach hinten beförderte und dabei zusammenzuckte. Seine rechte Hand wanderte zu seiner linken Schulter und begann diese zu massieren. Seine Miene wirkte schmerzverzerrt. Er sah hochkonzentriert aus, während er in einer Akte blätterte. Auf einmal blickte er auf, als hätte er ihre Anwesenheit gespürt.

„Frau Kollegin, was gibt es?" Wie üblich hielt er ihrem Blick nur Sekunden stand.

„Die Unbekannte auf der Acht ist seit gestern wach. Wir bekommen aber kein Wort aus ihr heraus."

„Na, das werden wir ja sehen." Sein Tonfall verhieß nichts Gutes.

„Sie hat Schmerzen im operierten Arm. Ich habe die Schmerzmitteldosis erhöht. Ich schlage vor, dass wir uns nach der Visite nochmals Zeit nehmen und mit ihr reden. Ich hätte Sie gerne dabei."

„Muss das sein? Ich bin schließlich kein Psychotherapeut."

Jetzt war sie sicher! Sie hatte gestern einen Geist bei Sebastian gesehen. Dieses arrogante Arschloch jedenfalls konnte es nicht gewesen sein. Katja war versucht, ihm den Hals umzudrehen.

„Es wäre mir sehr recht, wenn Sie sich ein einziges Mal bei unserer Jane Doe sehen lassen könnten. Danach können Sie sich ja meinetwegen wieder hier verkriechen."

„Sie vergreifen sich im Tonfall."

„Das tun *Sie* ständig! Also wird es mir ja wohl auch mal gestattet sein."

„Frau Doktor Thalbach ..." Er stand auf, während gleichzeitig sein Telefon anfing zu klingeln. Automatisch griff er danach, dabei verzog er unmerklich das Gesicht und verschluckte den Rest. Dafür deutete er mit der Hand eine Geste an, die besagte, sie war entlassen. „Wir klären das später."

Das Klingeln verstummte genauso abrupt, wie es begonnen hatte. Katja wich nicht von der Stelle und fühlte sich in ihrer Meinung bestätigt, dass er Schmerzen hatte. Denn jetzt beobachtete sie, wie er mit der rechten Hand seine Stirn massierte.

„Ist noch was?“, fragte er und griff nach dem Wasserglas, das auf seinem Schreibtisch stand.

„Ist Ihnen nicht gut?“, fragte Katja vorsichtig und ließ ihn nicht aus den Augen. Bildete sie sich das ein oder glänzten nun tatsächlich Schweißtropfen auf seiner Stirn?

„Kümmern Sie sich lieber um Ihre Patienten da draußen. Wir treffen uns in einer Stunde zur Visite“, raunzte er sie an und Katja wusste mit einem Mal sehr genau, warum sie die Entscheidung, ob sie die Stelle annahm oder nicht, immer noch hinauszögerte. Sie hob die Arme und ließ sie frustriert wieder sinken.

„Kotzbrocken“, murmelte sie und drehte sich auf dem Absatz um.

„Das habe ich gehört“, schallte es ihr hinterher, doch Katja stapfte wütend davon. Aber schon zehn Schritte später war alles vergessen, als sie in den Schockraum gerufen wurde. Dort herrschte die übliche Hektik und, wie sie sofort bemerkte, große Betroffenheit.

„Was ist los?“, fragte sie und beugte sich über ein schwerverletztes Mädchen, das schätzungsweise zwei oder drei Jahre alt sein durfte. Im Schnelldurchgang erklärte ihr der Notarzt die Erstversorgung und übergab die Unterlagen. „Frontalzusammenstoß auf der B 31. Das Mädchen hat ein Bauchtrauma, Leberzerreißung …“

Er sprach schneller als ein Maschinengewehr schoss und Katja hatte Mühe ihm zu folgen. Karin trat neben sie und gemeinsam betrachteten sie das kleine Mädchen, während Markus die Intubierung prüfte.

„Die Mutter liegt nebenan. Sie ist in der achtundzwanzigsten Woche schwanger. Vicki und Susanne versuchen erst das Baby zu retten, die Mutter ist hirntot“, murmelte Karin und man hörte ihre Betroffenheit deutlich heraus.

Katja versuchte die Beklemmung wegzuschieben, die sie jedes Mal bei solchen Horrornachrichten befiel. Sie war sich sehr wohl bewusst, dass sie niemals alle Leben retten konnten, die Tag für Tag bei ihnen eingeliefert wurden. Trotzdem traf es sie in einem solchen Moment immer wieder besonders schmerzlich, wie machtlos sie eigentlich war. Schnell konzentrierte sie sich auf die kleine Patientin, doch auch hier erkannte sie rasch, dass alle ärztliche Kunst vergebens sein würde. Kaum hatte sie den Gedanken zu Ende gebracht, als der Herzmonitor zu piepen anfing.

„Zur Seite!", brüllte Katja und gab hektische Anweisungen.

„Ich brauche sofort ungekreuzte Blutkonserven und Adrenalin. Wir müssen sie stabilisieren, dann machen wir den Bauchraum auf, damit wir die Blutung stillen können." Das Team funktionierte, auch der Notarzt legte Hand mit an und innerhalb kürzester Zeit, waren die Infusionen angebracht. Doch dann piepte der Herzmonitor erneut.

„Katja, der Blutdruck ist weg." Markus schüttelte den Kopf. Automatisch begann Katja mit der Herzdruckmassage und rief nach weiteren Medikamenten. *Sie musste dieses Kind retten!*

Dreißig Minuten später trat Katja zwei Schritte zurück und betrachtete das kleine Mädchen, das aussah, als schliefe es friedlich. Die Augen, die weit und lichtstarr die Schädigung des Gehirns signalisiert hatten, hatte sie sanft geschlossen. Braune Locken umrahmten das unversehrte Gesichtchen, die Lider geschlossen, der Mund durch das Beatmungsgerät verdeckt. Katja zog frustriert die Handschuhe von ihren Händen und wischte sich über die Augen. „Todeszeitpunkt ...", sie blickte auf die Uhr über der Tür, „Acht Uhr zwei."

Katja sammelte sich und ging zu Markus. „Gehst du mit mir zum Vater, bitte Markus."

Der nickte und entfernte den Tubus, dann gab er dem jungen Assistenzarzt kurz Anweisungen und folgte Katja.

„Mahlzeit!"

„Hallo!", erwiderte Susanne und passierte den Doppeldoktor, der mit einer jungen Pflegekraft in ein Gespräch verwickelt war, die ihn mit einem strahlenden Lächeln anhimmelte. *Mahlzeit!* Sie hasste nichts mehr, als diesen dämlichen Gruß, den manche Menschen schon morgens jedem anderen entgegenschmetterten, sodass man den Eindruck gewinnen konnte, sie bestritten den Tagesablauf ausschließlich mit Essen und Pausen.

Es war gerade mal kurz nach halb zehn und vor nicht einmal einer Stunde hatte sie eine tote Mutter von ihrem Baby entbunden, das glücklicherweise mit dem Leben davongekommen war. Ihr war weder nach Essen noch nach fröhlichen Gesprächen zumute. Was sie nun brauchte, war eine Umarmung und ein Kuss von Markus und heute Abend ein langes Gespräch, mit dem sich solche Ereignisse zwar nicht vergessen, aber wenigstens einigermaßen gut bewältigen ließen. Sie konnte sich lebhaft vorstellen, wie es Katja in diesem Moment ging, der das zweite Kind unter den Händen weggestorben war. Aber diese fürchterliche Seite ihres geliebten Berufes gehörte nun mal leider auch dazu.

Dabei hatte sie sich diesen Tag ganz anders vorgestellt. Eigentlich hatte sie auf Kuscheln, ein gemütliches Frühstück und auf eine Liebeserklärung von Markus gehofft. Doch alles war anders gekommen: Markus war um vier Uhr morgens zu einem Notfall in die Klinik gerufen worden und sie selbst kam auch erst jetzt wieder dazu, eine Pause einzulegen. Das Baby, das Vicki und sie hatten retten können, war inzwischen unterwegs zur Neugeborenen-Intensivstation des Uniklinikums und würde dort weiterversorgt werden. Der Vater wurde psychologisch betreut und nahm Abschied von Ehefrau und Tochter in einem speziell dafür vorgesehenen Raum im Untergeschoss der Klinik.

„Ihr habt ja recht. Ich sollte mal an was anderes denken", murmelte sie, als sich eines der Babys mit einem wütenden Tritt deutlich bemerkbar machte. Sie strich über ihre Bauchdecke, verscheuchte die düsteren Gedanken und hoffte, dass sie ihren Mann wenigstens jetzt antreffen würde. Ein helles Gekicher ließ sie sich umdrehen und sie sah zu, wie Doktor Jensch ganz offensichtlich mit der jungen Pflegekraft flirtete und dabei wie ein Gockel den Gang entlang stolzierte; es fehlte nur noch ein lautes triumphierendes *Kikeriki*.

„Brrr! Was finden die jungen Dinger bloß an dem Kerl?“ Sie schüttelte sich, sobald die beiden außer Sichtweite waren. Dann klopfte sie kurz an die Bürotür ihres Mannes und lugte hinein. Das Büro war verwaist. Sie drehte sich um und starrte direkt auf ein dunkelblaues Poloshirt.

„Jesus, hast du mich erschreckt!“ Susanne hob den Kopf, um Markus, der gut dreißig Zentimeter größer war als sie, in die Augen blicken zu können.

„Ja, ja. Ich hab's gemerkt, dass du ganz fasziniert von unserem Doppeldoktor warst.“

Susanne schob Markus in sein Büro, schloss die Tür und lehnte sich dagegen. „Von wegen fasziniert. Ich find ihn so ... Ich kann es gar nicht beschreiben, so widerlich angeberisch. Keine Ahnung, was alle weiblichen Wesen an ihm so toll finden.“

„Frag' Katja.“ Markus grinste.

„Lieber nicht.“ Susanne verzog ihren Mund zu einer Grimasse. „Keine Ahnung, welcher Teufel meinen Vater geritten hat, ausgerechnet diesen Angeber einzustellen.“

„Ich denke, er wollte dir damals das krasse Gegenteil von mir präsentieren.“ Markus strich sich genüsslich durch seine langen Haare und setzte ein zufriedenes Lächeln auf.

„Das ist Jensch allerdings.“ Susanne betrachtete ihren Mann. Während Markus muskulös, groß, mit blonder Lockenmähne eher als Künstler durchgehen würde, war Doktor-Doktor Jensch untersetzt und mit einem Bauchansatz sowie einer beginnenden Halbglatze gesegnet.

Nichtsdestotrotz kam er mit seiner Art bei allen weiblichen Wesen im Krankenhaus prächtig an, aber nur so lange, bis man merkte, dass er ein Blender war.

„Furchtbarer Morgen“, meinte Markus und kratzte sich seine Wange, denn heute früh war er ohne Rasur außer Haus gestürmt.

„Allerdings!“ Susanne nahm seine Hand. „Wir konnten wenigstens das Baby retten. Ob es allerdings durchkommt, liegt nicht mehr in unserer Macht.“

„Ich will gar nicht darüber nachdenken, wie sich der Vater jetzt fühlt“, murmelte Markus betroffen und sie umarmten sich schweigend. „So was lässt einen nie kalt. Aber jetzt freue ich mich, dich zu sehen, Schatz. Guten Morgen übrigens.“ Er beugte sich zu ihr und küsste sie ausgiebig.

„Wie kommt es, dass es dich zu mir verschlägt?“ Markus wickelte eine Strähne ihres dunklen Haares um seinen Zeigefinger. Mit dem anderen Arm stützte er sich an der Tür ab.

„Ich hab' das Training abgesagt und stattdessen einen Tisch bestellt.“ Susanne lächelte ihn an. „Gehst du mit mir essen?“

„Ach?“ Markus kniff das rechte Auge zusammen. „Gibt es was zu feiern?“

Susanne verging das Lächeln. *Hatte er es vergessen?*

„Nun ... ich dachte ...“, sie brach enttäuscht ab und senkte den Kopf. Da fühlte sie Markus' Zeigefinger an ihrem Kinn, der ihren Kopf sanft anhob.

„Du gehst mir doch immer wieder auf den Leim“, meinte der und lachte breit. Er senkte den Kopf und küsste sie ganz sanft, während seine Hand dabei ihren Bauch streichelte und die Babys sofort mit Tritten reagierten. „Du glaubst doch nicht, dass ich den Tag vergesse, an dem du mir nach zwei Jahren wieder über den Weg gelaufen bist.“

„Ich dachte schon.“ Susanne stieß einen Seufzer aus und drückte sich seiner Hand entgegen, die Kreisbewegungen auf ihren Bauch malte.

„Wenn der Morgen so verlaufen wäre, wie ich es geplant hatte, dann wüsstest du, dass ich dran gedacht habe." Markus küsste sie erneut. Susanne schloss die Augen und ließ sich von ihm in die Arme ziehen. Minuten verstrichen, in denen sie genussvoll den Kuss erwiderte, bis er schließlich den Kopf hob und sie mit verschleierten Augen ansah. Keiner sprach ein Wort, die Blicke reichten, um sich gegenseitig ihrer Liebe sicher zu sein. Endlich brach Markus den Bann und strich mit dem Daumen über ihre Wange.

„Wir holen es nachher nach. Aber ...", er grinste, dann kramte er mit der Hand in der Hosentasche und holte eine kleine quadratische Schachtel heraus. *„Überraschung!"*

„Oh!" Susanne riss bestürzt die Augen auf. „Ich hab' jetzt aber nichts für dich!"

„Das ist kein Geschenk zum Jahrestag, sondern ein Dankeschön für die schwere Last, die du tragen musst. Eigentlich wollte ich es dir ja erst heute Abend geben, aber vielleicht muntert dich das etwas auf." Markus tippte mit dem Zeigefinger auf ihren Bauch. Er zwinkerte ihr mit seiner spitzbübischen Art zu. „Vielleicht gibt es ja nach getaner Arbeit in ein paar Monaten noch die passende Kette dazu. Hier nimm endlich."

Er drückte ihr das Schächtelchen in die Hand. Es war nicht eingepackt, nur mit einem schlichten blauen Geschenkband umwickelt. Mit Herzklopfen zog sie dieses auf. Markus ließ sie nicht aus den Augen und sah zu, wie sie es endlich mit zittrigen Händen aufklappte.

„Bist du wahnsinnig?" Sprachlos starrte sie die funkelnden Perlen, dann ihren Mann an. „Die müssen doch ein Vermögen gekostet haben."

„Ich habe dir bisher nie Schmuck geschenkt, Susanne. Und ich weiß doch, wie sehr du Perlen liebst." Er grinste und wischte ihr eine Träne von der Wange, die sich dorthin verirrt hatte. „Keine Angst, es wird kein Dauerzustand werden. Aber dieser Moment vor einem Jahr, den werde ich nicht vergessen, solange ich lebe. Lass' mich bitte ausreden", bat er sie, als sie den Mund öffnete. Sie klappte ihn wieder zu und betrachtete ihn gebannt.

„Ich war zufrieden mit meinem neuen Leben in Frankfurt. Ich hatte sogar lange Zeit gar nicht mehr an dich gedacht und trotzdem war es für mich eine Offenbarung, als ich dich über diesen Zebrastreifen eilen sah. Mein Herz blieb stehen, ich schnappte nach Luft und plötzlich schien in diesem widerlichen Eisregen für mich die Sonne. Weißt du noch, wie es geschüttet hat?"

Susanne nickte, sie brachte vor Rührung kein Wort über die Lippen.

„Bevor ich nachdenken konnte, stand ich hinter dir und sprach dich an." Er sah sie an und schüttelte den Kopf. „Ich kann nicht glauben ...", er zuckte mit den Schultern, „was alles in diesen zwölf Monaten passiert ist. Und ich gebe zu, ich war skeptisch, ob wir es wirklich ein zweites Mal packen. Aber ich liebe dich heute viel mehr", er machte eine raumgreifende Bewegung mit beiden Armen, „viel ..., wie soll ich sagen, *vielschichtiger*. Wahrscheinlich sind wir einfach älter." Markus brach ab und sah sie wie um Entschuldigung bittend an. „Das wollte ich dir alles heute Morgen in Ruhe sagen, nicht hier in der Klinik."

Susanne konnte die Tränen nicht länger zurückhalten. „Wir hätten es auch gepackt, ohne dass ich schwanger geworden bin. Ich liebe dich, Markus. Aber ich hab' immer wieder schreckliche Panik, wie wir alles schaffen wollen. Erst keine Kinder und dann gleich zwei auf einmal."

„Schatz, wir haben ganz andere Sachen überstanden, das wird sprichwörtlich ein Kinderspiel." Jetzt war sein Übermut wieder zu spüren und Susanne ließ sich darauf ein.

„Wir reden in einem Jahr wieder darüber." Sie versuchte sich auf die Zehenspitzen zu stemmen, gab den Versuch schließlich auf und legte stattdessen ihre Arme um seinen Hals und zog seinen Kopf zu sich herab. Wieder fanden sich ihre Lippen zu einem leidenschaftlichen Kuss.

„Ich liebe dich so sehr. Vielen Dank für die wunderschönen Ohrringe."

„Gern geschehen. Ich freue mich aufs Essen heute Abend. Mal was anderes. Hast du eine Ahnung, was zurzeit mit Stefan los ist?"

„Nö, wieso?" Susanne hob den Blick von den Ohrringen, die sie schon wieder strahlend betrachtet hatte.

„Laut deiner Mutter wurde er abends bei einem kleinen Patienten gesehen."

„Wahrscheinlich gab es Probleme."

„Stefan hat ihm aus einem Buch ... vorgelesen." Man merkte Markus an, dass er diesen Triumph genüsslich auskostete.

Susanne verschlug es die Sprache. Sie starrte Markus verständnislos an. *„Er hat was?"*

„Du hast schon richtig verstanden. Vielleicht übt er ja schon für seine Patenkinder." Markus brach in ein schallendes Lachen aus, als Susanne sich mit dem Zeigefinger mitten an die Stirn tippte.

„Wenn er später ihren Geburtstag nicht vergisst, wäre ich schon höchst zufrieden, aber vorlesen ... Niemals."

„Kannst du ihn vielleicht mal unauffällig beobachten? Ich habe den Verdacht, dass er massive Probleme mit seiner Schulter hat. Aber du kennst ihn ja, er leugnet es."

„Versprochen. Ich habe läuten hören, dass er mit Katja zur Tagung nach München fährt. Ich wäre ja schon gerne Mäuschen, wie er sich da anstellt."

„Wie immer halt, er ändert sich doch nicht." Markus zuckte mit den Schultern. „Katja und er in einem Raum, das ist nun mal eine explosive Mischung. Irgendwann macht es *PUFF!"* Markus hob die Arme in die Luft.

„Mama behauptet ja immer noch steif und fest, dass es nur der richtigen Frau bedarf, bis er seine Maske fallen lässt. Ich selbst glaube inzwischen, dass die innerlichen Narben bei ihm viel tiefer sind, als seine äußeren, und dass ihm das von Jahr zu Jahr mehr bewusst wird."

„Stefan wird sich nie, gar nie, dauerhaft auf eine Frau einlassen. Das solltest du doch am besten wissen." Markus lächelte.

„Na ja. Immerhin hat er es mit mir am längsten ausgehalten." Susanne lachte laut auf, als sie Markus' grimmiges Gesicht sah. „Das war vor über zehn Jahren. Aber Spaß beiseite, sollte er sich jemals in eine Frau verlieben, dann tut sie mir jetzt schon leid. Er wird nie seine

Isolation verlassen."

„Da wäre ich mir nicht so sicher, Susanne. Er ist nicht blöd und auch nicht so selbstverliebt, dass er nicht weiß, wie die anderen über ihn denken. Er kann nur nicht raus aus seiner Haut. Vielleicht hat Birgit recht und es muss ihm erst jemand zeigen, dass er sich nichts abbricht, wenn er seine menschliche Seite mal offenbart."

„Wie soll er jemanden kennenlernen, wenn er sich ständig in der Klinik vergräbt?"

„Vielleicht muss er das ja gar nicht. Vielleicht müsste er nur mal die Augen aufmachen."

„Katja? Du glaubst also wirklich ..."

Markus nickte. „Ich glaube immer noch, dass er sehr wohl ahnt, dass sie ihm gefährlich werden könnte."

„Lass' das bloß nicht meine Mutter hören. Ich sehe sie schon vor mir, wie sie ihr grünes Notizbuch zückt."

„Mein Schatz, ich bin ganz sicher, bei der ersten unbedachten Äußerung von Stefan ist sie wieder dran. Sie hat übrigens ein neues Opfer ins Auge gefasst: deinen süßen Assistenzarzt. Wir sollten dann mal wieder." Markus raubte sich noch einen letzten Kuss und murmelte an ihren Lippen: „Ich freue mich auf heute Abend und da reden wir dann kein Wort über die Klinik."

Kapitel 9

Katjas Laune war auch um die Mittagszeit noch nahe am Gefrierpunkt. Immer wieder tauchte vor ihrem geistigen Auge das Gesicht des kleinen Mädchens auf, das sie nicht hatte retten können. Sie wusste auch, daran würde sie noch einige Zeit knabbern. Das war die andere Seite ihres Berufes, den sie trotzdem gegen keinen anderen eintauschen wollte. Wenn sie schon etwas eintauschen wollte oder konnte, dann höchstens ihren Chef! Seine Laune war geradezu furchteinflößend. Auch jetzt kam Stefan Marquardt, einen jungen Assistenzarzt im Schlepptau, wild gestikulierend daher.

„Achtung, eine Kaltfront zieht von Norden auf", murmelte Birgit und wechselte einen genervten Blick mit Katja.

„Tu mir einen Gefallen, Katja und widersprich ihm nicht. Der arme Doktor Stauch hat bestimmt büßen müssen, dass du Stefan als Kotzbrocken tituliert hast", tadelte Karin und Katja lief rosarot an.

„Übrigens, das war ganz schön mutig von dir." Birgit brach in ein Kichern aus und steckte damit Karin an, die betont gelangweilt an die Krankenhausdecke blickte.

„So, meine Damen, dann wollen wir mal. Und Sie, Kollege Stauch, beantworten mir jetzt bitte noch die Frage, die ich Ihnen gestellt hatte." Stefan begrüßte Birgit und Karin, ignorierte Katja und nahm die Akte, die ihm Birgit entgegenstreckte. Dann öffnete er die Tür des Krankenzimmers und trat mit energischen Schritten hinein. Der junge Kollege trottete – eine Antwort stotternd – hinterher; schulterzuckend folgten die anderen.

„Das ist völliger Blödsinn. Wenn Sie so Ihre zukünftigen Patienten aufklären wollen, dann sollten Sie sich noch mal überlegen, ob Sie den richtigen Beruf gewählt haben." Stefan hatte kein Erbarmen mit dem jungen Arzt.

Das solltest du allerdings auch! Katja war kurz davor zu explodieren und griff schützend ein: „Herr Kollege, können wir uns jetzt bitte um das Wesentliche kümmern. Ich bin sicher, Doktor Stauch wird nachher eine passable Antwort parat haben. Ich habe nicht stundenlang Zeit, ich werde im OP erwartet."

„Wie Sie wünschen." Stefan kniff die Augen zusammen und Katja fühlte deutlich die Dolche, die er ihr gerade in die Brust rammte.

„Wissen wir wenigstens jetzt den Namen?", erkundigte er sich mit eisiger Stimme, als wäre die Patientin im Koma und würde nichts mitbekommen. Katja atmete unbemerkt tief durch und ballte die Hände zu Fäusten.

Ich weiß doch selbst nicht, wie ich heiße!, hätte sie am liebsten laut geschrien. Stattdessen schwieg sie und senkte den Kopf. Vor ihrem Bett hatten sich fünf Personen versammelt und jeder starrte auf sie herab. Sie konnte weder die Umgebung, noch die Gesichter wirklich scharf erkennen, daher war sie inzwischen sicher, dass sie normalerweise eine Brille trug.

„Hallo. Wie versprochen bin ich zurück." Die nette Ärztin, die sie jetzt als Erste ansprach, und die beiden Krankenschwestern kannte sie schon. Zum Aufgebot gehörten ein großer Arzt, der alle überragte, sowie ein jüngerer, der offenbar das Zimmer nach einer Fluchtmöglichkeit absuchte, so hektisch, wie er es offenbar abscannte.

Sie wollte jetzt nicht reden. Sie wollte nur eines: In Ruhe gelassen werden, schlafen und irgendwann aus diesem bösen Traum erwachen. Wenn die Erinnerung sie nicht trog, war sie seit zwei Tagen richtig wach. Wie lange es allerdings her war, dass sie hier ins Krankenhaus eingeliefert worden war, wusste sie nicht. Sie schlief viel, wachte nur auf, wenn eine Schwester ihr das Essen brachte oder ihre Werte prüfte. War sie dann wach, lag sie grübelnd im Bett. Es war besser zu schlafen und die Angst zu verdrängen. Die Angst und die Ungewissheit, was eigentlich passiert war.

„Guten Tag, ich bin der leitende Oberarzt. Doktor Marquardt. Wir bräuchten mal dringend deinen Namen. Es wäre überaus freundlich, wenn du ihn uns endlich mitteilen würdest."

Boah – diese tiefe Stimme klang toll! Und wenn sie die Augen zusammenkniff, dann konnte sie sogar erkennen, wie gut er aussah. Sie verzieh ihm dafür sogar seinen unverschämten Tonfall.

„Verzeihung, wenn ich kurz unterbreche, Herr Kollege." Die Ärztin wandte sich zu ihr. „Was unser Oberarzt dir so charmant sagen möchte, ist, dass wir dringend deine Angehörigen benachrichtigen müssen. Schließlich suchen sie dich bestimmt schon seit Tagen."

Sie war stolz auf sich, denn sie reagierte nicht einmal mit einem Wimpernschlag.

„Seid ihr sicher, dass die uns überhaupt versteht?", warf jetzt erneut der Oberarzt ein und sah sie an, als sei sie nicht ganz bei Trost. „Nicht, dass meine geschätzte Kollegin vorhin Halluzinationen hatte."

So ein Depp! Gutes Aussehen hin oder her. Anstelle der Ärztin hätte sie ihm jetzt einen Tritt vor das Schienbein versetzt. Sie sah, dass deren Hand kurz zuckte, und konnte ein Kichern kaum unterdrücken.

„Arsch!", formte die Ärztin mit den Lippen und beugte sich über sie, sodass sie ihr direkt in die Augen sehen konnte.

Wow – was war das?

Das eine Auge war blau, das andere braun. Sie konnte den Blick nicht mehr von ihr wenden. Die Ärztin grinste, als ob sie wüsste, was ihr aufgefallen war. Jedenfalls war sie sich sicher, dass sie als Einzige das Kichern gehört hatte, es aber bewusst nicht kommentierte. Ihr Blick flatterte von Arzt zu Ärztin, dann wieder zurück.

„Selbstverständlich versteht sie uns. Schließlich hat sie mir gestern deutlich signalisiert, dass sie Schmerzen hat.“ Der Tonfall der Ärztin wurde eine Spur frostiger. „Wenn Sie gestatten, dann versuche ich es mal. Mit Freundlichkeit kommt man manchmal schneller ans Ziel.“

Jetzt war es um ihre Selbstbeherrschung geschehen. Bewegungseingeschränkt durch die Schmerzen, prustete sie dennoch lauthals los.

„Siehst du, Stefan, sie versteht uns sehr gut“, mischte sich nun die ältere der Krankenschwestern ein und schloss, offenbar verzweifelt, die Augen.

Der fragte dennoch völlig ungerührt weiter: „Du wurdest nach einem Verkehrsunfall bei uns eingeliefert. Kannst du dich an irgendetwas erinnern?“

Sie schüttelte den Kopf.

„Wie gesagt, wir brauchen deinen Namen.“

Sie schwieg hartnäckig.

Der Oberarzt hob resigniert die Hände. Die Ärztin seufzte hörbar und übernahm dann wieder.

„Weißt du denn überhaupt, wie du heißt?“

Sie schüttelte vehement den Kopf.

„Nicht? Weißt du, wann du geboren bist?“

Wieder schüttelte sie den Kopf.

„Dann weißt du auch nicht, in welcher Stadt du bist, oder?“

Wieder folgte die Verneinung.

„Retrograde Amnesie. Na toll, wer erklärt das jetzt Gerd?“ Der Oberarzt stöhnte laut auf.

„Keine Sorge, das übernehme ich gerne.“ Die ältere der Krankenschwestern mischte sich wieder ein.

„Nun ja, aber an alles nach dem Unfall erinnerst du dich.“

Sie nickte einige Male und kam sich inzwischen etwas dämlich vor.

„Wieso redet sie dann nicht?“, fragte der jüngere Arzt, der sich bisher im Hintergrund gehalten hat.

„Vermutlich, weil sie Angst hat.“ Die Ärztin schien genau zu wissen, was in ihr vorging. Sie setzte sich auf die Bettkante.

„Möchtest du gerne wissen, was wir gemacht haben und welche Verletzungen du hast?"

Sie riss erschrocken die Augen auf. Was, wenn sie länger im Krankenhaus bleiben musste? Auch die freundliche Schwester schien ihre Angst zu spüren, sie hatte sich einen Stuhl herangezogen und ergriff ihre unverletzte Hand.

Birgit nahm die Hand des Mädchens und drückte sie. Erst als diese ihr die Hand nicht entzog, legte sie auch ihre zweite Hand darauf. Das Mädchen tat ihr leid. Sie wusste also nicht, was passiert war und niemand schien sie zu vermissen. Während Katja die Verletzungen schilderte, ließ sie das Mädchen nicht aus den Augen. Sprechen konnte sie, da war sich Birgit sicher. Sie war jedoch so verängstigt, dass sie hartnäckig schwieg.

„Der Bruch am Oberarm ist unkompliziert. Im Gesicht siehst du momentan kunterbunt aus. Es wird eine kleine Narbe zurückbleiben, die kannst du aber später kosmetisch korrigieren lassen."

Birgit sah, wie das Mädchen vorsichtig mit der Hand über ihre Wange strich und zusammenzuckte, als sie den großen Verband spürte. Sofort versuchte sie, das Mädchen zu beruhigen. „Ich bringe dir nachher einen Spiegel. Es sieht aber viel schlimmer aus, als es ist."

Sie drückte ihr aufmunternd die Hand, während Katja von der schwerwiegenderen Verletzung am Becken sprach. „Der Bruch des Beckens ist schmerzhaft und wird am längsten dauern. Wir werden dich noch einige Tage beobachten, dann sehen wir weiter."

Birgit war froh, dass Katja nicht so sehr ins Detail ging, das hätte die junge Patientin nur noch mehr verunsichert.

Jetzt mischte sich Stefan wieder ein und fragte zu Birgits Erstaunen ganz freundlich: „Hast du jetzt noch irgendwelche Fragen? Wie gesagt, du darfst uns alles fragen und fast alles können wir auch beantworten. Alle hier sind sehr nett."

„Sie auch?", rutschte es der Patientin jetzt raus.

„Gott sei Dank – sie redet." Katja sprach aus, was Birgit dachte.

„Und du weißt wirklich nicht, wie du heißt?", hakte Birgit sofort nach.

„Ich habe keinen Schimmer." In den Augen glitzerte es verdächtig und sie räusperte sich. „Ich weiß weder meinen Vornamen noch meinen Nachnamen."

„Aber irgendwie müssen wir dich doch nennen?" Hilflos blickte Birgit in der Runde umher, alle hatten betretene Mienen aufgesetzt.

Die Unbekannte zuckte mit den Schultern. „Weiß nicht. Ich bin schon das ganze ABC rauf und runter, aber jeder Name fühlt sich fremd an."

„Das wird wieder." Katja strich dem Mädchen über die Haare und wandte sich an Birgit. „Wer hat eine Idee, wie wir sie nennen können?"

„Vielleicht fällt es mir ja wieder ein", murmelte das Mädchen leise und Birgit merkte, dass sie erschöpft war. „Ich sehe alles unscharf. Wahrscheinlich trage ich normalerweise eine Brille."

„Na, das ist das kleinste Problem." Birgit tätschelte ihre gesunde Wange. „Ich kümmere mich darum. Schließlich wollen wir ja auch, dass du erkennst, mit wem du es zu tun hast."

„Hast du sonst noch irgendwelche Fragen?", fragte Katja.

„Nein. Ich bin nur fürchterlich müde." Die Unbekannte sprach leise.

„Kein Problem. Wir lassen dich jetzt wieder in Ruhe. Aber grüble nicht zu viel, das hilft dir sicher nicht." Birgit stand auf und scheuchte die anderen aus dem Zimmer.

„Frau Kollegin, ich würde Sie gerne noch sprechen. Am besten sofort." Stefans Stimme duldete keinen Widerspruch und er eilte mit langen Schritten davon.

Birgit strich Katja mitfühlend über den Oberarm. „Hunde, die bellen, beißen nicht."

„Ich habe keine Angst um mich. Ich fürchte eher, dass ich irgendwann ihm gegenüber handgreiflich werde." Mit kämpferischem Blick zog Katja davon.

Birgit verdrehte die Augen himmelwärts und schimpfte leise mit sich. „Also wirklich, Birgit. Da hat dich deine viel gerühmte Intuition schwer im Stich gelassen."

Sie beobachtete, wie Katja sich keineswegs beeilte, Stefan einzuholen, der am anderen Ende des Flurs mittels Körpersprache deutlich seine Ungeduld signalisierte.

„Dabei ist er doch so ein feiner Kerl, man muss nur hinter die Maskerade blicken."

„Führst du jetzt schon Selbstgespräche?"

Der amüsierte Tonfall ließ Birgit herumwirbeln. Gerd hatte sich unbemerkt genähert und sah sie milde lächelnd an. „Lass' mich raten. Du glaubst immer noch, dass die beiden das ideale Paar wären."

Birgit zuckte mit den Schultern. „Wie kann sie so blind sein. Ihre Patienten durchschaut sie innerhalb von Sekunden. Stefan nicht mal nach Jahren. Ich hätte wirklich alles darauf verwettet."

„Oh nein, Birgit." Gerd schüttelte vehement den Kopf. „Wir waren uns einig, dass du zukünftig nicht mehr Schicksal spielst."

„Wie denn auch? Denen hilft ja nicht mal mehr ein kräftiger Tritt in den Hintern." Sie hakte sich bei ihrem Mann unter und neigte den Kopf. „Kann ich dich vielleicht zu einem gemeinsamen Mittagessen überreden?"

Kapitel 10

Wie fühlte man sich, wenn man seinen Namen nicht wusste? — Wenn man keine Erinnerung hatte, woher man kam, zu wem man gehörte? — Wenn es so aussah, als wäre man alleine auf der Welt, verlassen – niemandem wichtig. — Wenn niemand kam, um einen heimzuholen.

Stefan lief ein kalter Schauer über den Rücken. Dieses niederschmetternde Gefühl kannte er selbst nur zu gut! Und das Wissen, mit der Unbekannten eine Gemeinsamkeit zu haben, ließ ihn nicht zur Ruhe kommen. Eigentlich war er froh, dass er in den letzten Tagen kaum zum Durchatmen gekommen war. Denn tat er es, schlich sich sofort das Schicksal der jungen Frau in seine Gedanken.

Er hatte dafür gesorgt, dass sie weiterhin in einem Einzelzimmer untergebracht war. Ihr Gesundheitszustand war noch lange nicht zufriedenstellend, was aber mit Sicherheit an den Umständen lag, dass sie – wenn sie nicht schlief – weinte oder grübelte. Sie aß viel zu wenig, redete nach wie vor nur, wenn sie angesprochen wurde und nicht nur Birgit war kurz davor, vor Mitleid zu zerfließen.

Dazu kam, dass ein unverschämter Beamter vom Jugendamt hier ständig angerufen und sich erkundigt hatte, wann die Unbekannte in ein Heim gebracht werden konnte. Beim letzten Telefonat hatte er es sich nicht verkneifen können und den Beamten mit den Worten zusammengestaucht: „Vielleicht bewegen Sie mal ihren Amtsarsch hierher. Wahrscheinlich erledigt sich dann Ihre dämliche Fragerei, wenn Sie sich ein Bild von der Patientin gemacht haben.“ Anschließend hatte er den Hörer auf die Gabel geknallt und am nächsten Morgen von Birgit erfahren, dass eine Mitarbeiterin des Jugendamtes vorstellig geworden war, die nach einem Kurzbesuch bei der Unbekannten ihre Telefonnummer hinterlassen hatte. Man solle anrufen, wenn sich was ergeben würde – seither war Ruhe!

Unschlüssig stand er auch jetzt wieder vor ihrer Tür. Immer wieder hatte er sich in den letzten Tagen dabei erwischt, dass er abends, bevor er das Haus verließ, nach ihr sah.

Er klopfte kurz und trat ein. Auf dem Nachttisch stand das unberührte Abendessen.

„Hallo, du hast ja wieder nichts gegessen." Stefan stellte sich neben das Bett und kontrollierte ihren Puls.

„Ich habe keinen Hunger", bekam er zur Antwort.

„Du musst aber etwas essen. Schließlich willst du doch zu Kräften kommen." Stefan verschränkte seine Hände hinter seinem Rücken.

„Steigen Sie mir doch in die Tasche", brummte die Unbekannte, die ihn nicht aus den Augen ließ. Birgit hatte dafür gesorgt, dass ein Augenarzt ihre Sehschärfe ermittelt und sie mit einer Brille versorgt hatte. Inzwischen hatte er ein paar Dinge aus ihr herausgekitzelt. Sie hatte außerdem einen guten Bildungsstand und war mit an Sicherheit grenzender Wahrscheinlichkeit Deutsche und hier aus der Gegend, denn der badische Dialekt schlug immer mal wieder durch.

„Mensch Mädchen, was kann ..."

„Was wird denn aus mir, wenn sich keiner meldet", brach es unvermittelt aus der jungen Frau heraus.

Stefan verharrte kurz, dann zog er einen Stuhl heran und setzte sich. „Kannst du dich denn an gar nichts erinnern?"

Ein Geräusch in seinem Rücken ließ ihn, noch während er sprach, den Kopf wenden. Katja betrat das Zimmer, erkannte ihn und blieb stehen. So verblüfft, wie sie ihn anstarrte, musste er sich beherrschen, nicht laut aufzulachen. Er gab ihr einen Wink und wandte sich wieder der Unbekannten zu. „Jede noch so kleine Erinnerung kann wichtig sein. Du denkst vielleicht, dieser Funken, der an dir vorbeizieht, sei nicht wichtig, aber vielleicht ist das genau das Puzzlestück, das dir fehlt."

Katja kam näher und stellte sich auf der gegenüberliegenden Seite des Bettes auf. Kampfbereit, wie er ihrer Miene entnahm. Sie sperrte den Mund auf, wollte etwas sagen und schwieg, als er unmissverständlich den Kopf schüttelte. „Unsere Oberschwester ist in ständigem Kontakt mit dem Jugendamt. Du musst noch eine Weile hierbleiben, bis dahin findet sich mit Sicherheit ein Hinweis. Aber du musst dringend mehr essen."

Er hörte, wie Katja den Atem ausstieß, und hob den Blick. „Nicht wahr, Frau Kollegin. Sonst war unser ganzes ärztliches Können völlig für die Katz."

Zum ersten Mal kicherte die Unbekannte leise, als Katja mürrisch fragte: „Wollen Sie mich vergackeiern?"

„Liegt nicht in meiner Absicht." Abwehrend hob er beide Arme.

„Darf ich Sie noch was fragen?" Die Unbekannte sah zwischen ihm und Katja hin und her.

„Jederzeit", murmelte Katja und entließ ihn aus ihrem Hexenblick. Unwillkürlich atmete er auf und hoffte, dass keiner etwas bemerkt hatte.

„Meine Hüfte. Werde ich jemals wieder richtig gehen können?"

„Wir hoffen es doch stark." Katja sprach nun. „Wir haben unser Bestes gegeben und wir geben es weiterhin. Herr Doktor Marquardt und ich werden in den nächsten Tagen noch weitere Untersuchungen anstellen. Vielleicht entscheiden wir uns doch für eine Operation. Aber das werden wir alles mit dir besprechen und dann gemeinsam überlegen."

„Toll! Ich humple durch die Welt, habe weder einen Namen noch ein Alter. Saubere Aussichten." Die Miene der Unbekannten verschloss sich wieder.

„Die Erinnerungen setzen wieder ein. Auch da brauchst du Geduld", meinte Stefan und stand auf.

„Woher wollen Sie das wissen?" Die Unbekannte schniefte laut.

„Ich weiß es eben", murmelte er, und bevor Katja etwas sagen konnte, machte er sich aus dem Staub.

„Was bitte war das?" Katja sah Stefan sprachlos hinterher und ließ sich auf die Bettkante sinken.

„Wieso?"

„Was ... was macht er bei dir?" Katja konnte nicht fassen, was sie eben erlebt hatte.

„Weiß nicht, er ist doch mein Arzt. Ist das so ungewöhnlich?", fragte die Unbekannte vorsichtig.

„Bei ihm ist das ein Wunder!" Katja rieb sich genervt die Stirn. „Aber er hat recht. Du musst dringend zu Kräften kommen. Die Suppe ist bestimmt schon kalt. Ich schicke dir eine Schwester vorbei, vielleicht hat sie etwas, auf das du Appetit hast. Jetzt sehe ich mir aber kurz deinen Arm an." Katja entfernte vorsichtig die Schiene und den Verband.

„Sieht gut aus, es heilt alles prima. Morgen röntgen wir zur Sicherheit noch einmal." Sie erklärte ausführlich, wie es weiterging und schloss mit den Worten: „Auch ich bin gerne jederzeit für dich da. Versuch noch ein wenig zu schlafen. Ich komme nachher noch einmal vorbei, bevor ich heimgehe." Sie wandte sich zur Tür und wollte schon gehen, als sie ein Räuspern hörte.

„Warum haben Sie ein blaues und ein braunes Auge?"

Katja drehte sich wieder um. „Eine Laune der Natur. Das nennt man Iris-Heterochromie."

„Das sieht faszinierend aus. Wunderschön."

„Danke", Katja verharrte noch kurz in der Tür und winkte. Die Unbekannte wirkte etwas gelöster. Ob das an dem Besuch von Stefan Marquardt lag? Merkwürdig war das schon, denn das hatte es in den ganzen Jahren nicht gegeben, dass Stefan Marquardt mit einem Patienten von sich aus Kontakt aufgenommen hatte.

Stefan war heilfroh, als er sich anschließend wieder alleine in seinem Büro befand.

Auch das noch! Ausgerechnet Katja Thalbach erwischte ihn in einem schwachen Moment.

Was war eigentlich los mit ihm?

In all den Jahren hatte er erfolgreich verhindert, dass ihn die Schicksale seiner Patienten zu sehr berührten. Doch die Unbekannte und Sebastian, der ihn so sehr an seinen Bruder erinnerte, schlichen sich immer wieder in seine Gedanken. Wie konnte man der Unbekannten nur helfen? Wenn man wenigstens ihr genaues Alter wüsste.

Er setzte sich an seinen PC und rief das Internet auf. Er hatte schon einmal gehört, dass man in der Forensik das Alter anhand von Röntgenbildern bestimmen konnte, bei denen man die Wachstumsfugen analysierte. Nur, wo gab es in der Nähe einen solchen Spezialisten? Nach kurzer Zeit war er in einen Bericht vertieft und eine halbe Stunde später zog er die Visitenkarte des Kriminalbeamten unter seiner Schreibtischunterlage hervor und griff zum Telefon. Kaum, dass er das Gespräch beendet hatte, begann sein Handy zu vibrieren. Den Alarm hatte er eingestellt, weil Markus ihn heute Abend auf einen Kinobesuch festgenagelt hatte. Und keine einzige Ausrede, die er sich hatte einfallen lassen, hatte Gnade vor Markus' Augen gefunden. Also musste er wohl oder übel in den sauren Apfel beißen.

„Dass wir tatsächlich einen Termin finden konnten, an dem wir alle Zeit haben, grenzt momentan schon an ein Wunder. Und wenn die Babys von Susanne erst mal da sind, dann fallen unsere Kinoabende sowieso flach." Viktoria maulte und sah dabei einem deutlich jüngeren Mann hinterher. Ihr Blick hellte sich etwas auf. „Schnuckelig. Vielleicht sollte ich mir einen jüngeren Freund anschaffen."

„Ach, Vicki. Selbst wenn dir das für den Augenblick bessere Laune beschert, gibst du ihm sowieso den Laufpass, wenn es ernst wird. Außerdem hast du Jürgen."

„Man wird sich ja wohl Appetit holen dürfen. Besser so, als so ein armseliges Leben zu führen wie du. Wann hattest du denn mal ein Date? Ach, ich erinnere mich, letztes Jahr mit unserem nervigen Doppeldoktor."

„Vicki! Halt die Klappe." Katja stöhnte auf. „Einmal eine Bettgeschichte ohne Gefühle reicht mir. Für mich geht das gar nicht. Andere scheint das weniger zu stören."

Viktorias Blick verdunkelte sich bei Katjas Worten und Katja bereute sofort ihr Aufbrausen. „Verdammt Vicki, es tut mir leid. Aber ich bin total gereizt."

Das Tagungswochenende rückte unaufhaltsam näher. Schon allein die Tatsache, dass sie selbst einen Vortrag halten musste, strapazierte ihre Nerven zur Genüge. Hinzu kam der unangenehme Umstand, dass Stefan mit von der Partie war, und schlussendlich gingen ihr die beiden Situationen im Krankenhaus, wo sie ihn bei Sebastian und der Unbekannten entdeckt hatte, nicht aus dem Sinn. Ständig grübelte sie über sein verändertes Verhalten nach. „Stefan nervt."

„Schon gut", murmelte Viktoria und ließ die Entschuldigung gelten.

„Vicki, du wirst dein Glück noch finden. Ich glaube fest daran, dass du dich irgendwann wieder öffnen kannst. Und ich selbst will gar keinen Mann!" Katja schloss ihre Freundin fest in die Arme.

„Das sagst du schon seit Jahren." Viktoria klang mutlos.

„Ja, und ich glaube auch daran. Wir beide werden irgendwann mal, wenn wir alt und grau sind, über diese Zeiten hier gemeinsam lachen."

„Dein Wort in Gottes Ohr", flüsterte Viktoria. „Da kommen sie. Hilfe, warum grinst Markus so hämisch?"

„Weil der sich bestimmt extra für uns den schlimmsten Schocker rausgesucht hat. Denk mal daran, wie der beim letzten Mal unser Geheule ertragen musste." Katja lachte bei der Erinnerung.

„Da könntest du recht haben. Ach guck mal an, wen Susanne und er da im Schlepptau haben. Wenn das nicht Doktor Sauertopf ist." Viktorias Kichern klang jetzt überaus triumphierend.

„Hab' ich dir eigentlich schon erzählt, dass ich morgen das Vergnügen habe, mit ihm nach München zu fahren?"

Viktoria schüttelte überrascht ihre rote Lockenmähne. „Na dann, viel Spaß."

„Zurzeit habe ich das Glück gepachtet!" Wie recht sie mit dieser Aussage hatte, ahnte Katja da noch nicht. Doch später dachte sie wutentbrannt daran, denn trotz ihrer Versuche Abstand zu wahren, landete sie im Kino ausgerechnet neben Stefan Marquardt.

„Danke für die Korrekturen in meinem Vortrag", rang sie sich nach minutenlangem Schweigen schließlich ab, während neben ihr eine lebhafte Unterhaltung in Gang war.

„Gern geschehen. Ich bin sehr gespannt", erklärte er zu ihrem Entsetzen.

„Sie werden ja wohl kaum zuhören."

„Mit Sicherheit werde ich das!"

Katja schob sich vor Verzweiflung eine Ladung Popcorn in den Mund und kaute angestrengt.

„Ich wollte Ihnen noch einmal versichern, dass ich mich wirklich freuen würde, wenn Sie Professor Werners Angebot annehmen würden. Sie hatten bei Sebastian den richtigen Riecher und ich bewundere Ihren

Mut, das war eine erstklassige Leistung. Ich arbeite sehr gerne mit Ihnen zusammen."

In diesem Moment war sie heilfroh, dass sie das letzte Popcorn schon geschluckt hatte. Denn sonst wäre sie in die Gefahr geraten, sich daran zu verschlucken. So aber lenkte sie mit einem leisen „Dankeschön" den Blick nach vorn auf die Leinwand, auf der nun zum Glück die erste Werbung eingeblendet wurde.

Das wurde ja immer doller!

Kapitel 11

„Werden Sie mich jetzt die ganze Zeit anschweigen?"

Stefan hielt es nicht mehr aus. Seit über einer Stunde waren sie zuerst auf der Autobahn, jetzt auf der Schnellstraße unterwegs und Katja antwortete genauso auf seine Fragen, wie der Verkehr Richtung Friedrichshafen floss – überaus zäh und stockend.

„Entschuldigung, aber mir geht nicht aus dem Kopf, dass bei uns ein junges Mädchen liegt, das niemand vermisst und das keine Erinnerungen hat. So etwas gibt es doch nur im Film."

„Sie grübeln zu viel. Sie sehen außerdem so aus, als hätten Sie schlecht geschlafen. So schlimm war der Film nun auch wieder nicht." Er hatte sie gegen fünf Uhr morgens abgeholt und sie sah ziemlich verschlafen aus.

„Ich habe die ganze Nacht gelernt."

„Gelernt?" Stefan fragte sich, ob er sich verhört hatte. „Wozu das denn? Frau Doktor Thalbach, Sie haben Ihren Facharzt doch jetzt schon so gut wie in der Tasche, was lernen Sie denn da noch?"

„Vielleicht für die Prüfung, die übernächste Woche vor der Kammer stattfindet."

Stefan brach in ein schallendes Lachen aus. „Das ist echt gut! Lernen Sie ruhig weiter ..."

„Was ist jetzt daran so witzig?" Missmutig starrte sie aus dem Fenster auf den Horizont, der mit hellen Nebelstreifen den Morgen ankündigte.

„Nichts." Er lachte wieder und schüttelte den Kopf. „Darf ich Ihnen ausnahmsweise Mal einen Tipp geben, ohne dass Sie gleich wieder in die Luft gehen?"

Sie sah ihn auffordernd an und er erkannte, dass sie nur mühsam eine Antwort zurückhielt.

„Lassen Sie es. Das Lernen, meine ich. Sie stecken die Prüfungskommission allesamt doch in die Tasche."

Sie schüttelte den Kopf und lehnte sich an die Kopfstütze. Urplötzlich reizte es ihn, mit der Hand über ihre sommersprossige Wange zu streichen, doch er riss sich zusammen. Er lenkte den Blick wieder auf die Straße, aber sauer auf sich selbst, konnte er sich die nächste Stichelei nicht verkneifen. „Oder sind Sie vielleicht doch ein kleiner Morgenmuffel?"

„Nein!" Katja widersprach energisch. „Es erstaunt mich nur, dass Sie Konversation mit mir betreiben wollen."

„Warum? Bin ich sonst so schweigsam?"

„Zugeknöpft wäre der richtige Ausdruck."

„Ich halte nichts von irgendwelchen oberflächlichen Plaudereien. Aber, wenn Sie das stört, lässt sich dies ja leicht ändern." Er machte eine bedeutsame Pause. „Als Erstes schlage ich vor, wir duzen uns endlich mal."

Katjas Kopf bewegte sich ruckartig nach oben und sie starrte ihn fassungslos an. „Das ist schon der zweite blöde Witz in nicht mal ...", sie schaute auf die Uhr, "eineinhalb Stunden."

„Das ist mein voller Ernst."

„Haben Sie heute Morgen schon irgendwelche Nettigkeits-Pillen eingeworfen?"

Gekränkt schnaubt er auf. „Du tust ja gerade so, als hätte ich noch nie ein freundliches Wort in deiner Gegenwart fallenlassen."

„Hast du auch nicht!"

„Katja, jetzt mach' mal einen Punkt!" Er war erleichtert, dass sie schlussendlich doch auf seinen Vorschlag eingegangen war.

„Warum sollte ich? Wenn es doch stimmt."

„Katja, du bist die mutigste Ärztin, die ich je kennengelernt habe."

„Hä?“ Katja klopfte sich gegen das linke Ohr, als sei sie nicht sicher, was sie da gehört hatte.

„Du hast mich schon verstanden.“ Er wandte nur kurz den Blick von der Straße ab und wurde, trotz des diffusen Dämmerlichts von ihren ungleichen Augen magisch angezogen. Mühsam konzentrierte er sich auf die Straße und seine nächsten Worte. „Und gut dazu noch.“

„Ich bin nicht nur gut, ich bin sogar genauso gut wie du!“

„Nee!“ Er schüttelte den Kopf.

„Aber sicher!“

An Selbstunterschätzung schien sie jedenfalls nicht zu leiden. Stefan grinste. „Okay, im OP bist du so gut wie ich.“

„Nur im OP?“ Katja sah ihn herausfordernd an.

„Echt Katja, du nervst. Also gut.“ Es kostete ihn ziemliche Überwindung, diese Worte auszusprechen. Es lohnte sich aber, denn Katjas Verblüffung war sehenswert. „Du bist genau dort besonders gut, wo ich so meine Defizite habe. Ich finde, wir ergänzen uns trotz der ganzen Meinungsverschiedenheiten ziemlich gut“, beendete er sehr leise den Satz. „Ich schätze dich ungemein. Auch wenn ich es vielleicht noch nie gesagt habe.“

„Das glaube ich jetzt nicht.“ Katja verschränkte in Abwehrhaltung die Arme vor der Brust. Er sah, wie sie kurz die Augen schloss und ihn dann fixierte. Gedehnt sprach sie weiter. „Ist dir schon einmal der Gedanke gekommen, dass es mir vielleicht auch mal gut getan hätte ...“ Sie rang um die richtigen Worte. „Wenn du mir irgendwann mal gesagt hättest, was du von meiner Arbeit hältst? Oder vielleicht wenigstens eine Andeutung ...“ Sie deutete mit Daumen und Zeigefinger einen knappen Abstand an. „Eine *klitzekleine* vielleicht?“

„Ich will dich als zweite Oberärztin, das habe ich Gerd klipp und klar gesagt. Auch wenn es momentan budgetmäßig nicht geht, wird es so kommen, wenn du bleibst. Ist das nicht Lob genug?“ Irritiert bemerkte er, dass sie ihn nicht aus den Augen ließ.

„Ich dachte eher, du wärst nicht wirklich mit mir zufrieden“, stieß sie schließlich hervor.

Frustriert schnaubte Stefan auf und fuhr sich mit der Hand durchs Haar. Das Gespräch glitt eindeutig in eine falsche Richtung ab und er geriet immer mehr in die Defensive.

„Katja, ich habe schon lange nichts mehr an dir auszusetzen. Du bist so wahnsinnig gut, dass es mich eher fuchst, weil du immer einen Tick schneller bist bei der Diagnose."

„Ich find's gut." Sie rutschte wieder tiefer in den Sitz.

„Höre ich da etwa Schadenfreude raus?"

„Nun, ich gebe zu, ein wenig." Ihr Lächeln sagte alles. „Aber eines ist doch klar, Stefan. Wenn ich nicht zwei so geniale Chefs bekommen hätte, wäre ich heute nicht so gut." Sie sah minutenlang aus dem Fenster und Stefan genoss die Stille, die er inzwischen nicht mehr als unangenehm empfand.

„Nun ja, ich nehme das als Lob." Stefan umklammerte mit beiden Händen das Lenkrad und bemerkte, dass sich seine Schulter schon wieder unangenehm bemerkbar machte.

„So war es gemeint." Sie seufzte leise. „Stefan, ich arbeite auch gern mit dir zusammen. Aber ich habe immer wieder Probleme, weil ich bis heute nicht weiß, was ich zu dir sagen darf und was nicht."

„Wie meinst du das?"

„Du steckst deutliche Grenzen ab. Kommt dir jemand nur einen Bruchteil zu nah, dann machst du dicht. Warum?"

„Katja, ich finde, du gehst jetzt deutlich zu weit."

„Siehst du, genau das meine ich." Katja nickte wie zur Bestätigung. „Hilf mir, ich will dich doch nur verstehen. Wissen, wer du wirklich bist. Stefan, wenn ich an der Oberauklinik bleibe, dann möchte ich nicht ständig um den heißen Brei rumreden oder dich wie eine heiße Kartoffel behandeln. Wie soll ich denn mit dir arbeiten, wenn ich auch nach fünf Jahren den wirklichen Stefan Marquardt nicht mal ansatzweise kenne?"

Er schwieg hartnäckig und erst ihr erneuter Stoßseufzer kochte ihn weich. „Also gut - meinetwegen. Was genau willst du wissen?“

Katjas Blick war jetzt sehenswert; so verdattert hatte er sie selten erlebt.

„Also ... nun ja.“ Sie faltete die Hände und ließ ihre Daumen kreisen, während sie überlegte. Er grinste in sich hinein. Mit einer einzigen normalen Frage hatte er sie mehr aus dem Konzept gebracht, als mit all seinen Attacken.

„Wie lange kennst du Markus eigentlich schon?“ Mehr als zögernd stellte Katja ihre Frage, als traue sie dem neuen Frieden nicht.

„Seit dem Studium. Wir hatten zusammen eine Studentenbude. Ich nehme an, du kennst die Geschichte, dass sein Vater ihn rausgeschmissen hat, weil er unbedingt Arzt werden wollte.“

Katja nickte, unterbrach ihn aber nicht.

„Susanne hat ihn dann dazu gebracht, wieder heimzufahren.“

„Manche Frau kann Berge versetzen“, murmelte sie leise.

„Wie meinst du das?“ Stefan riskierte einen neuerlichen Blick auf Katja, die den Ellbogen auf den Fensterholm gestellt hatte und den Kopf mit der Hand abstütze. Er hatte sehr wohl bemerkt, dass sie ihn seit Minuten nicht aus den Augen ließ.

Katja zuckte die Achseln. „Es ist schön, dass manche Menschen ihr Gegenstück finden und glücklich sind. Nicht, dass ich das zwingend anstrebe, aber bei Susanne und Markus merkt man einfach, dass die beiden füreinander geschaffen sind.“

„Sie hatten aber auch weniger gute Zeiten.“

„Die hat jeder. Eine intakte Beziehung hält einiges aus.“ Katja lachte über das ganze Gesicht. „Vielleicht solltest du es auch mal probieren.“

„Vorher geht die Welt unter.“ Stefan knetete seine Schulter, die inzwischen einen Dauerschmerz aussandte. Er deutete auf das Hinweisschild, das den Abzweig zu einem Parkplatz an der Uferpromenade des Bodensees ankündigte. „Wollen wir kurz einen Zwischenstopp in Friedrichshafen machen und einen Kaffee trinken oder etwas essen? Ich nehme an, irgendein Café am See wird schon geöffnet haben. Ich habe

Hunger und brauche zudem dringend Koffein." *Und eine Tablette.*

„Frühstück wäre nicht schlecht. Ich denke, wir schaffen es trotzdem rechtzeitig nach München", stimmte Katja zu und Stefan wunderte sich nach einem Blick auf die Uhr, wie schnell die Zeit vergangen war.

Maxi dagegen war schon in München. Sie wusste selbst nicht warum, aber es kam ihr immer wie ein Befreiungsschlag vor, wenn sie ein paar Tage von der Familie getrennt war. Ganz bewusst hatte sie sich daher für das Studium in Stuttgart entschieden, auch wenn ihre Mutter überhaupt nicht begeistert war. „Warum nicht in Freiburg?" Immer wieder fiel diese Frage.

Um frei zu sein! Diese Worte hätte ihr Maxi am liebsten ins Gesicht geschleudert. Warum kapierte denn keiner, dass sie ihrer eigenen Wege gehen wollte? Schließlich hatte Susanne auch auswärts studiert und Florian tat es ihr nach. Nur sie, sie sollte auf immer und ewig zu Hause versauern.

Bestimmt nicht! Maxi atmete tief ein und aus und sah sich im Olympia-Park um. Der See lag vor ihnen, an den Bäumen zeigten sich die ersten sprießenden Blätter und das Gras wirkte noch kraftlos vom langen Winter. Zwischen Schwimmhalle und Stadion gönnten sie sich an einem Imbiss eine Currywurst. Maxi war froh, hier am Rand des Olympiasees ihre schmerzenden Füße ausstrecken zu können. Janis und Thorsten hatten darauf bestanden, die BMW-Welt zu besichtigen, und nun erklärte Thorsten schon seit gefühlten Stunden seinem Freund die Konstruktion der außergewöhnlichen Gebäudeform.

Tara schüttelte genervt den Kopf. „Wenn er nicht sofort aufhört, von irgendwelchen Doppelkegeln zu reden, kriege ich einen Anfall."

„Lass' ihn doch, schließlich studiert er Architektur."

„Männergespräche. Aber solange sie nicht über ihre Motorräder reden, sollte ich zufrieden sein. Ich hab' schon wieder Angst, wenn die Saison losgeht." Tara zog eine Schnute. „Mann, Maxi, wie soll ich das ohne dich überstehen? Ich versteh' dich ja, dass du dich auf Stuttgart freust, aber dann sehen wir uns nur noch ganz selten. Thorsten ist in Konstanz, du in Stuttgart, fehlt nur noch, dass Janis nach Tübingen geht."

Maxi kramte in ihrem Rucksack nach einem Apfel. Sie rieb ihn in ihren Händen und biss schließlich hinein. Kauend antwortete sie: „Schon klar, aber dort kann ich lässig ein Auslandssemester einschieben. *Dann geht es nach Ame-ri-ka.*" Sie breitete die Hände aus und deutete ein Flugzeug an. „Aber erzähl das bloß nicht Mama, sonst flippt die aus."

„Ich find's trotzdem schade. Alles bricht auseinander." Taras Blick war traurig und Maxi verspürte plötzlich Schuldgefühle.

„Das ist Quatsch. Tara, wir sind jetzt erwachsen und jeder geht seinen Weg. Du hast auch alle Hebel in Bewegung gesetzt, dass du deine Hebammenausbildung machen durftest, und ich will nicht in Freiburg versauern. Es war doch klar, dass wir nicht auf immer und ewig täglich zusammenglucken. Das heißt aber doch nicht, dass wir nichts mehr voneinander hören. Außerdem, weißt du denn, ob ihr nicht auch mal wegziehen werdet?"

„Kann ich mir nicht vorstellen." Tara spielte mit dem hölzernen Curry-Wurst-Pikser. „Mir gefällt es in Freiburg."

„Ich bin halt ein Zugvogel. Na und? Lass' du mich wenigstens. Ich werde immer da sein, wenn du mich brauchst, ansonsten gibt es heutzutage Skype und Handys. Mach du bitte nicht auch noch so ein Theater. Janis benimmt sich auch etwas komisch in letzter Zeit."

Der Pikser in Taras Händen zerbrach in zwei Teile. Es schien, als zögere sie kurz, dann murmelte sie: „Nein, nicht Janis ist komisch, du bist es. Guck dich doch mal an." Tara zeigte mit der Hand auf sie. „Du hast dich völlig verändert. Diese Dreadlocks sehen bescheuert aus, genauso der Hut und die zerrissenen Jeans. Dir sieht man schon von weitem an, dass du rebellierst. Künstlerin hin, Künstlerin her, man kann sich wenigstens ordentlich anziehen."

Maxi fühlte Wut in sich aufsteigen. *Jetzt fiel ihr auch noch Tara in den Rücken!* „Hör auf damit. Jetzt hab' ich endlich den ersten Schritt gemacht und schon wieder kann ich es keinem recht machen. Ich bin wirklich froh, wenn ich mal meine Ruhe habe und mich nicht ständig rechtfertigen muss."

„Der Schuss könnte auch nach hinten losgehen. Du benimmst dich seit Monaten wie eine Pubertierende."

„Du kannst mich mal." Maxi war jetzt stinksauer und stand auf. Sie ging ein paar Schritte, kletterte schließlich auf eine Absperrung und balancierte vorsichtig darauf herum. Taras Kritik wischte sie weg. Stattdessen überlegte sie, wie sie nachher am besten alle vier vor der gläsernen Kulisse der BMW-Welt postiert bekam, damit sich alle auch noch darin spiegelten.

„Maxi!" Tara stand neben ihr. „Komm da runter, das ist gefährlich. Und bitte werde endlich wieder normal. Was ist denn eigentlich los mit dir?"

Maxi stieß genervt die Luft aus und kletterte höher. „Ich weiß, dass Papa enttäuscht von mir ist. Aber ich werde ihm beweisen, dass ich den richtigen Weg für mich gehe. Ich lass' mir meinen Traum nicht ausreden. Irgendwann sitz' ich im Flugzeug und fliege über ..." Sie deutete mit dem Arm eine Kurve an und kam ins Trudeln.

„Bist du eigentlich völlig bescheuert?" Janis stand auf einmal wie aus dem Erdboden gewachsen vor ihr und fing sie im letzten Moment auf. Lachend ließ sich Maxi in seine Arme gleiten. „Du hättest dir das Bein brechen können."

„Ja, oder den Hals. Jetzt mach mal halblang." Maxi gab ihm lächelnd einen Kuss auf die Wange, dann machte sie sich frei und zuckte die Schultern. „Jetzt machen wir ein Foto. Ein Abschiedsfoto!"

„Wenn das mal keine Prophezeiung ist", murmelte Tara und tauschte einen wissenden Blick mit Janis und Thorsten. Maxi hatte nichts bemerkt und begann, ihr Stativ aufzubauen. Dann scheuchte sie die Drei den Weg entlang, bis sie standen, wie sie wollte.

„Mensch, Janis. Jetzt mach doch mal ein freundliches Gesicht. Du siehst aus, als ob dir gerade eine Laus über die Leber gelaufen wäre."

Er verzog sein Gesicht zu einem grimassenhaften Lächeln.

„Janis." Maxi stand jetzt vor ihm und stemmte die Hände in die Hüften, dann streckte sie sich und drückte mit ihrem Daumen seine Mundwinkel nach oben. „Lachen! Mann, was ist denn?"

Sie stellte sich neben ihn und legte völlig ungeniert ihren Arm um seine Taille. „Lächeln – alle jetzt. Macht schon."

Dann drückte sie mehrfach auf den Fernauslöser, rannte zur Kamera, korrigierte die Position und machte weitere Bilder.

„Ist was?" Thorsten sah Janis kritisch an.

„Ja – Nein." Janis schüttelte den Kopf. „Ich erklär' es dir später. Gehen wir jetzt endlich noch ins Museum?", fragte er und ging voraus.

„Aber, wer hilft mir jetzt?" Maxi belud ihre Fototasche, klappte das Stativ zusammen und hängte sich bei Tara ein. Die machte sich jedoch augenblicklich frei. „Und was hab' ich jetzt wieder falsch gemacht?"

„Maxi, vielleicht denkst du einmal ... nur einmal im Leben auch an andere und nicht immer nur an dich!" Wütend schloss Tara zu Thorsten auf.

„Ihr könnt mich doch alle mal!", murmelte Maxi und versetzte dem Gras einen Tritt, dass eine blaue Krokusblüte dies büßen musste und quer über die Wiese flog.

Kapitel 12

„Das ist eine außergewöhnliche Werbung, finden Sie nicht?“

Katjas Sitznachbar streckte und dehnte seine langen Beine und drehte sich dabei in ihre Richtung. In einer Hand hielt er das aufgeschlagene Programmheft und deutete auf die Werbung. Dort war eine Frau von hinten abgebildet, deren Rücken ein filigranes Tattoo zierte. Hätte die Überschrift nicht *Minimal-invasive Wirbelsäulenchirurgie* gelautet, hätte Katja an ein Modemagazin gedacht.

Typisch Mann! Ihr selbst war dieses Bild vorhin gar nicht aufgefallen.

„Sie denken jetzt bestimmt *typisch Mann*“, grinste er sie an.

„Stimmt!“ Katja lachte zurück. „Können Sie Gedanken lesen?“

„Schön wäre es.“ Er sah sie neugierig an und blieb, wie nicht anders zu erwarten war, an ihren Augen kleben.

„Iris-Heterochromie“, murmelte sie automatisch.

„Ich weiß.“ Wieder zeigte er ein sympathisches Lächeln und Katja nahm ihn jetzt genauer in Augenschein. Er war lässig mit blauen Jeans und schwarzem Hemd bekleidet, dessen Ärmel hochgekrempelt waren. Er wirkte mit den blonden, etwas zu langen Haaren, sehr nordisch, was durch seinen Dialekt verstärkt wurde. Außerdem schien er sich nicht gern zu rasieren. Katja rümpfte unmerklich die Nase, ein Dreitagebart war bei ihr ein absoluter Minuspunkt.

„Jens Petersen, ich bin vom Hamburger Klinikum, Sportchirurgie. Und Sie?“, erkundigte er sich, ohne aufdringlich zu wirken.

„Katja Thalbach. Ich komme aus Freiburg, die Klinik wird Ihnen nichts sagen. Orthopädie und Unfallchirurgie, aber spezialisiert auf

Wirbelsäulenverletzungen. Deshalb bin ich hier."

„Das Programm ist sehr abwechslungsreich, ich bin seit gestern in München und nehme jeden Vortrag mit, den ich schaffe." Er lachte jetzt schallend, dann aber legte er den Zeigefinger an den Mund, da der nächste Dozent angekündigt wurde.

Katja blickte auf die Uhr und erschrak. In knapp einer Stunde war sie im Nebenraum mit ihrem Vortrag dran und langsam aber sicher wurde sie nervös. Sie nahm ihre Tasche, die zu ihren Füßen stand, und steckte das Programmheft ein.

„Ich muss nach nebenan. Viel Spaß noch. Vielleicht sieht man sich noch irgendwo", meinte sie und lächelte, als sie den enttäuschten Blick ihres Hamburger Kollegen sah.

„Abendessen?", flüsterte er noch schnell, als sie ihn passierte. Sie musste nicht überlegen. Dieses Angebot war auf jeden Fall erfreulicher, als mit Stefan den Abend zu verbringen. Nach der Ankunft im Hotel hatte er ihr kurz angebunden viel Spaß gewünscht und war schnell in sein Zimmer verschwunden, als wäre er auf der Flucht vor ihr oder seiner plötzlichen Gesprächigkeit.

„Gern", wisperte sie daher zurück. „Wo und wann?"

„Sind Sie auch im Hotel gegenüber?" Als sie nickte, lächelte er verschmitzt. „Sehr gut, dann neunzehn Uhr? Ich reserviere einen Tisch. Am besten treffen wir uns am Restauranteingang. Bis dann."

Katja winkte ihm noch kurz zu und kämpfte sich durch die Stuhlreihe. Ein ums andere Mal zuckte sie schuldbewusst mit den Schultern oder murmelte eine Entschuldigung. Schließlich stand sie vor der Tür und schmunzelte. *Sie hatte ein Date! Wenn das Vicki wüsste.*

Nun musste sie nur noch zusehen, dass sie irgendwie ihren Vortrag überstand und anschließend nicht doch noch Stefan in die Arme lief.

Stefan zupfte sich einen Fussel von seinem Hemd und hob die Hand, um ein zweites Mal an Katjas Zimmertür zu klopfen. Wieder regte sich nichts. Er sah auf die Uhr: Halb acht. Nach ihrem Vortrag, den sie souverän und überzeugend gehalten hatte, waren noch zahlreiche Fragen auf sie eingeprasselt, die sie ebenfalls selbstsicher beantwortet hatte. War sie nervös gewesen, hatte er es jedenfalls nicht bemerkt. Danach hatte er sie im Getümmel aus den Augen verloren. Er starrte auf die verschlossene Tür und gab auf. Nun ja, schließlich war die Fahrgemeinschaft eine reine Zweckgemeinschaft gewesen. Trotzdem ärgerte er sich darüber, dass er sich nicht mit ihr verabredet hatte, und hoffte jetzt darauf, sie allein im Restaurant anzutreffen.

Katja allein – I wo! Konsterniert starrte er Minuten später vom Restauranteingang auf das lachende Pärchen, das sich an einem Fenstertisch prächtig zu amüsieren schien.

Das hätte er sich ja denken können, dass Frau Doktor Thalbach nicht der Typ war, der allein in einem Restaurant saß. Als er registrierte, wie Katja ihrem Gegenüber gebannt zuhörte und gleich darauf in Lachen ausbrach, sammelte sich die Eifersucht wie bittere Galle in seiner Speiseröhre. Nachdem er die Lage sondiert und erkannt hatte, dass sie an einem Vierertisch saßen, marschierte er schnurstracks in diese Richtung.

„Darf ich mich dazu setzen?“, fragte er und hoffte, dass Katja nicht merkte, dass seine Stimme unnatürlich gepresst klang. Die hob überrascht den Kopf und sah ihn an, als müsse sie überlegen, wer er war.

„Äh, ja“, meinte sie verhalten und deutete mit der Gabel auf ihn. „Doktor ... Marquardt, mein Chef. Doktor Petersen vom Klinikum Hamburg“, stellte sie vor.

Stefan hatte ihr Zögern wohl bemerkt, ließ sich aber nichts anmerken. Viel zu sehr war er beschäftigt, den Kontakt mit ihren Augen zu brechen und ihren Gesprächspartner gründlich in Augenschein zu nehmen. „Herr Kollege, freut mich."

„Doktor Petersen ist Sportmediziner. Wir sollten ihn Professor Werner vorschlagen."

Ja, genau! Damit du dann weiter ungeniert mit ihm flirten kannst! Stefan verkniff sich den bissigen Kommentar. „Warum nicht. Sind sie an einem Wechsel nach Süddeutschland interessiert?"

„Eher weniger", meinte der Kollege und wartete, bis Stefan ein Weizenbier bestellt hatte. „Ich muss an meinen Sohn denken. Er braucht die Großeltern, ich bin alleinerziehend", fügte er als Erklärung an.

„Schade." Katja widmete sich wieder ihrem Knödel.

Stefan lief das Wasser im Mund zusammen. Erst jetzt bemerkte er, wie hungrig er war. Seine Blicke blieben an ihrem Gesicht kleben, doch sie schien es nicht zu bemerken oder ignorierte es. Stattdessen unterhielt sie sich weiter mit ihrem Gegenüber. Sie hatte rosige Wangen, wirkte entspannt und lächelte in einer Tour. Mühsam riss er seinen Blick von ihr und starrte in die Speisekarte, ohne den Sinn zu erfassen.

„Da haben Sie ja ein seltenes Talent an ihrer Klinik", wandte sich Doktor Petersen endlich wieder an ihn. „Katja hat mich ein wenig mehr in die Hintergründe eingeführt, als sie es in ihrem Vortrag preisgegeben hat."

Katja! Dieser Fischkopf hatte in ein paar Stunden geschafft, wofür er mehr als fünf Jahre gebraucht hatte. Stefan griff nach dem Bier, das der Ober vor ihm abgestellt hatte, und gönnte sich einen herzhaften Schluck.

„Ich hätte gerne eine Schweinshaxe", bestellte er dann, ohne überhaupt zu wissen, ob dies auf der Karte stand.

Die Männer unterhielten sich blendend. Es war erstaunlich, wie unterhaltsam Stefan sein konnte, wenn er wollte. Der Abend verlief dadurch überraschend kurzweilig. Katja entspannte sich mehr und mehr und versuchte die Tatsache zu ignorieren, dass der außergewöhnlich lange Blick von Stefan sich wie ein elektrischer Stromschlag angefühlt hatte. Er war am Tisch aufgetaucht und sie hatte sofort bemerkt, dass er verärgert war. Als er gefragt hatte, ob er sich dazusetzen dürfe, hatte seine Stimme außerdem rau und angespannt geklungen und es wirkte kurzzeitig so, als wolle er ihr mit seinem Blick etwas mitteilen.

Ein Blick, der die Luft zum Knistern gebracht hatte. Sie war selbst überrascht, dass Doktor Petersen nichts bemerkt hatte. Auch während sie sich gutgelaunt unterhielten, hatte sie immer wieder das Gefühl, Stefan sandte Schwingungen aus, für die nur sie empfänglich war. Inzwischen war sie sich jedoch sicher, dass sie in der Euphorie, ihren Vortrag überstanden zu haben, zu viel Wein getrunken hatte.

Doktor Petersen hatte sich jetzt – weit nach zweiundzwanzig Uhr – verabschiedet und Katja stand mit Stefan unschlüssig in der Lobby des Hotels. Sie wusste nicht genau, ob sie ihm zum Abschied die Hand geben oder so verschwinden sollte. Der Tag war lang gewesen, sie war todmüde und gleichzeitig hellwach.

„Also dann ..." Stefan wirkte selbst etwas gehemmt. „Ich nehme an, du hast keine Lust mehr, einen kurzen Schlummertrunk an der Bar zu nehmen."

„Sorry, Stefan, ein anderes Mal. Ich bin total müde. Aber lass' dich nicht abhalten. Wollen wir uns um acht zum Frühstück treffen?"

„Gern", sagte er und lächelte sie an.

WOW! Katja hatte das Gefühl von tausend Volt getroffen zu werden. *Ich habe definitiv zu viel getrunken!*

„Dann bis morgen." Sie wandte sich ab und bemühte sich um einen gemäßigten Schritt.

Stefan war schlecht gelaunt. Nachdem er sich gestern endgültig hatte eingestehen müssen, dass seine Gefühle für Katja nicht nur kollegialer Art waren, war er die halbe Nacht in seinem Zimmer umherspaziert und hatte sämtliche Kanäle des Fernsehprogramms rauf und runter gezappt.

Im Abstand von fünf Minuten hatte er jetzt dreimal die Uhr kontrolliert und sich verflucht, dass er nicht oben auf seinem Zimmer gewartet hatte. Er hasste nichts mehr, als in einem Restaurant alleine an einem Tisch zu sitzen und bildete sich ein, dass jeder nur auf ihn starrte.

„Morgen." Katja näherte sich dem kleinen Fenstertisch, an dem Stefan mit dem Löffel seinem Ei zu Leibe rückte. „Stellst du dir grad vor, dass ich das bin?" Sie kicherte bei dem Gedanken.

Er mied ihren Blick, während er eine Begrüßung murmelte, griff stattdessen nach dem Messer und köpfte schließlich sein Ei mit einem Hieb.

„Wow! Schlecht geschlafen?", fragte Katja und legte den Schlüssel neben ein freies Gedeck. „Falls jemand fragt, ich hätte gerne einen Kaffee."

Er sah ihr hinterher, wie sie zum Frühstücksbuffet ging. Heute war sie leger gekleidet, steckte statt in dem Businesskostüm vom Vortag in knallengen Jeans mit schwarzen Stiefeln. Die lange graue Strickjacke, die sie über einer weißen Bluse trug, verhinderte die reizvolle Aussicht auf ihren Po.

Reiß dich zusammen! Stefan rammte seinen Löffel in das Frühstücksei. Er hielt sich vor Augen, dass er es fünf Jahre geschafft hatte, Katja als Frau zu ignorieren. Seit er sie aber nach ihrer Rückkehr am

Aufzug hatte stehen sehen, war ihm bewusst geworden, wie sehr sie ihm gefehlt hatte.

„Die Auswahl ist ja riesig. Gut, dass ich nicht ständig in einem Hotel zu Gast bin, sonst würde ich bald das Doppelte wiegen." Katja kam mit einem reichlich beladenen Teller zurück.

„Was ist denn das für ein Quatsch? Hast du in der Karibik vielleicht in einem Zelt übernachtet?"

„Geht dich das was an?", schoss sie wütend zurück. Er sah ihr an, dass sie überlegte, an einen anderen Tisch zu wechseln.

„Entschuldige. Ich habe tatsächlich fürchterlich schlecht geschlafen."

„Tja, in fremden Betten schläft man halt erst nach ein paar Tagen richtig gut", lenkte sie ein.

Weil er nur einsilbig auf ihre nächsten Fragen antwortete, verstummte sie schließlich und widmete die Aufmerksamkeit ihrem Frühstück.

„Guten Morgen. Gut, dass ich euch nochmal treffe." Doktor Petersen stand mit einem Teller neben ihrem Tisch.

„Guten Morgen", begrüßte ihn Katja mit einem strahlenden Lächeln.

„Mir geht euer Angebot nicht aus dem Kopf. Bis wann würde Professor Werner denn neue Sportchirurgen suchen?"

„Frühestens im Frühjahr nächsten Jahres." Stefan runzelte die Stirn und fragte anstandshalber: „Willst du dich nicht setzen?"

„Nein, danke, ich sitze dort drüben mit alten Studienkollegen." Doktor Petersen deutete auf die andere Seite des Frühstücksraums. „Wenn ich dir meine Karte gebe, könntest du mich vielleicht benachrichtigen, wenn es spruchreif wird?"

„Ich muss mich mal kurz verabschieden." Katja stand auf, nahm ihre Handtasche und eilte Richtung Toilette. Stefan ertappte sich, wie er ihr hinterherstarrte.

„Ich mische mich ungern in die Angelegenheiten anderer Leute ein. Außerdem kenne ich dich gerade ein paar Stunden. Aber mach' nicht denselben Fehler wie ich", erklärte Doktor Petersen zu Stefans Erstaunen. Er zog fragend die Augenbraue in die Höhe.

„Ich habe die Frau meines Lebens ziehen lassen, ohne je wieder mit ihr gesprochen zu haben."

„Was hat das mit mir zu tun?", fragte Stefan perplex.

„Wenn man schon das Glück hat, die Liebe gefunden zu haben, sollte man sie festhalten und um sie kämpfen. Denk mal drüber nach. Sag' Katja schöne Grüße und ich würde mich freuen, wenn wir in Kontakt blieben." Doktor Petersen hob grüßend die Hand und ging an seinen Platz. Stefan starrte ihm hinterher und versuchte das Gehörte zu verdauen.

„Hast du seine Karte?", fragte Katja, nachdem sie wieder am Tisch erschienen war.

„Jepp. Ich werde mit Gerd reden. Er scheint mir sehr kompetent zu sein. Außerdem würde er rein menschlich gut ins Team passen, sagt mir mein erster Eindruck."

Katja nickte und aß den Rest ihres Frühstücks auf. Schließlich wischte sie sich den Mund ab und faltete die Serviette zusammen.

„Wann willst du fahren?", fragte sie.

„Fünfzehn Uhr, dann kommen wir nicht so spät in Freiburg an", erklärte er.

„Gut." Sie erhob sich. „Ich gönne mir noch den einen oder anderen Workshop. Ich warte dann in der Lobby auf dich."

Bevor er fragen konnte, ob sie nicht gemeinsam zur Tagung gehen wollten, war sie in Richtung Doktor Petersen unterwegs. *Natürlich, das hätte er sich ja denken können.*

Kapitel 13

Nach einer Woche Nachtdienst dachte Katja nicht mehr an irgendwelche Blicke von Stefan Marquardt. Sie konzentrierte sich ausschließlich auf ihre Patienten und die Facharztprüfung, die am kommenden Montag vor der Bezirksärztekammer stattfinden sollte. Zudem war Stefan mürrisch wie eh und je und Anfang der Woche hatte sie sich noch gefragt, ob sie sich den unbeschwerten Stefan Marquardt nur eingebildet hatte. Nachdem Sebastian entlassen worden war, sah man Stefan wiederum nur zur Visite auf der Station und alles war beim Alten.

„Hey, Susanne. Wie geht es unserer Jane Doe?" Katja traf vor dem Zimmer der Unbekannten auf Susanne. Die machte mit der Hand eine Drehbewegung.

„Heute ist sie gar nicht gut drauf. Meine Mutter hatte vorhin wieder das Vergnügen mit dem Jugendamt. Außerdem will die Polizei endlich ein Bild, um an die Öffentlichkeit gehen zu können." Die Situation hatte sich schnell rumgesprochen und jeder, der davon hörte, reagierte betroffen und ratlos. Und so kümmerten sich auch Mitarbeiter von anderen Stationen in ihren freien Minuten um die Unbekannte. „Hat Mama dir erzählt, dass die Druck machen? Sie soll so schnell wie möglich in ein Heim kommen."

Katja nickte und grinste Susanne an. „Das ist einer der seltenen Fälle, in denen Stefan und ich uns einig sind. Wir werden sie erst entlassen, wenn wir abschließend geklärt haben, ob wir die Hüfte nicht doch noch operieren. Und glücklicherweise trägt dein Vater diese Entscheidung mit."

„Unglaublich, diese Situation." Susannes Piepser gab einen schrillen Warnton von sich. Automatisch griff sie danach und schaltete ihn nach einem Blick darauf aus. „Ich muss in den Kreißsaal. Vielleicht kannst du sie ja etwas aufmuntern."

„Ich versuche es." Katja sah Susanne hinterher, die sich auf den Weg Richtung Gynäkologie machte.

„Hey", rief sie ihr hinterher. Susanne blieb stehen, drehte sich schwerfällig um und Katja konnte sich den Kommentar nicht verkneifen: „Du warst auch schon mal schneller."

„Du mich auch." Susanne zog eine Grimasse und von dannen, indem sie sich demonstrativ mit dem Arm den Rücken stützte.

„Schönen guten Morgen." Kichernd betrat Katja das Zimmer der Unbekannten. „Bist du wach?"

„Ja, bin ich." Die schlug die Augen auf und grinste leicht. Der Verband im Gesicht war längst verschwunden, die Verfärbung hatte sich nahezu vollständig zurückgebildet, und hätte sie nicht diesen trostlos-traurigen Gesichtsausdruck, dann hätte man sie als bildschöne junge Frau bezeichnen können. Auch die neue Brille stand ihr ausgezeichnet. Es gab keinen Grund mehr, das Foto und damit die Ermittlungen zu verzögern.

„Wie geht es dir?" Katja setzte sich auf den Stuhl, stellte den Kaffeebecher ab und legte die Krankenakte auf die Bettdecke.

„Wie soll es mir schon gehen? Mir fällt mein verdammter Name nicht ein", mokierte sich die Unbekannte.

„Das wird schon." Katja tätschelte ihre Hand. „Sieh mal, es sind gerade drei Wochen seit dem Unfall vergangen."

„Drei verdammte Wochen, in denen ich weder weiß, wie ich heiße, noch woher ich komme."

„Nun, nachdem du jetzt wieder einigermaßen ansehnlich aussiehst, können wir der Kripo endlich erlauben, ein Bild von dir zu veröffentlichen."

„Wenn sich bis jetzt keiner gemeldet hat, dann wird sich darauf auch keiner melden. Denken Sie doch mal logisch, Frau Doktor Thalbach. Keine Sau scheint mich zu vermissen. Wahrscheinlich bin ich abgehauen oder was auch immer. Eltern scheine ich jedenfalls keine zu haben oder sie interessieren sich nicht für mich."

Katja zerfloss fast vor Mitleid bei dem Schmerz, der aus diesen Worten herauszuhören war. „Wir werden das Rätsel bestimmt lösen."

„Das sagt Doktor Marquardt auch immer."

„Doktor Marquardt?" Katja war verblüfft. „Sag' bloß, der kommt dich immer noch besuchen?"

„Klar, jeden Abend Punkt neun Uhr. Manchmal bleibt er auch noch eine Weile da und schaut mit mir fern. Ich habe ja sonst nichts zu tun und ihn scheint auch nichts heimzuziehen, sagt er jedenfalls."

„Unser Doktor Marquardt guckt mit dir fern?" Katja war fassungslos.

„Ich kenne keinen anderen." Die Ironie war unüberhörbar.

„Okay, das muss ich erst verdauen." Katja schlug die Krankenakte auf und murmelte: „Ich fasse es nicht."

„Er ist schon ein wenig seltsam, finden Sie nicht?", fragte die Unbekannte und grinste spitzbübisch.

„Seltsam ist gar kein Ausdruck." Katja schlug die Akte wieder zu. „Er ist ein toller Arzt, aber du hast ihn ja erlebt. Er kann sehr ... nun ja, sehr direkt sein." Katja fühlte sich nicht ganz wohl in ihrer Haut, ihr widerstrebte es, mit der Unbekannten ausgerechnet über Stefan Marquardt zu reden.

„Ich glaube ja, dass er ein viel zu weiches Herz hat und die Arroganz nur ein Schutzschild ist. Ist bestimmt nicht einfach, mit ihm zu arbeiten." Wieder grinste die Unbekannte ein wissendes Lächeln.

„*Nicht einfach* ist noch untertrieben." Katja konnte die Worte nicht verhindern und sorgte immerhin dafür, dass die Unbekannte endlich in ein unbeschwertes Lachen ausbrach. Im gleichen Atemzug fragte sie sich aber, ob so ein junges Mädchen mehr sah, als sie in all den Jahren. *Er hat ein viel zu weiches Herz! Konnte das sein? Hatte sie sich je die*

Mühe gemacht und hinter die Fassade geblickt? Nein, sie hatte genug zu tun gehabt, seine Attacken abzuwehren und zurückzuschlagen.

„Hab' ich jetzt einen wunden Punkt getroffen?", fragte die Unbekannte plötzlich und wirkte verunsichert.

Katja räusperte sich. „Nee, ich frage mich gerade nur, wie ein so junges Mädchen schon so viel Menschenkenntnis haben kann."

„Er ist genauso einsam wie ich." Kaum hatte sie die Worte ausgesprochen, füllten sich ihre Augen mit Tränen.

Auch Katja riss die Augen auf. „Wie meinst du das?"

Die Unbekannte starrte sie verstört an und wischte sich mit dem Handrücken die Tränen ab. „Ich – ich – weiß jetzt nicht, warum ich das gesagt habe.

„Das ist gut, das kommt von innen." Katja begann zu strahlen. „Die Erinnerungen kommen wieder, du wirst sehen. Das ist gut", wiederholte sie. „So, jetzt zu deiner Hüfte."

Der Blick der Unbekannten verdüsterte sich schlagartig. „Glauben Sie, dass ich jemals wieder richtig laufen kann? Es tut sich doch überhaupt nichts."

Gott, war dieses Mädchen bewundernswert tapfer. Katja griff nach deren Hand und hielt sie fest. „Der erste Heilungsprozess verläuft optimal. Du bist erstaunlich fit und machst sehr gut bei der Physiotherapie mit. Ich bin sehr zufrieden mit dir."

„Alles heilt so gut, aber mein linkes Bein ist doch noch völlig steif und unbeweglich. Wie lange kann das dauern?"

Die Hüfte war das einzige Fragezeichen, die Beweglichkeit war erheblich eingeschränkt und Katja wagte keine genaue Prognose: „Ich weiß es nicht. Ehrlich."

Katja strich ihr erneut über den Arm. „Diagnostisch haben wir alles durch. Man kann nichts mehr erkennen, du brauchst Geduld und weiterhin viel Physiotherapie."

Das Mädchen nickte.

„Trotzdem werden wir in den nächsten Tagen noch einmal alles durchchecken. Wenn es dir zu viel wird, dann sag' es mir oder Birgit oder ... Doktor Marquardt. Wir können über alles sprechen."

„Danke, Frau Doktor Thalbach. Machen Sie das eigentlich für jeden?"

„Nun, ich versuche eigentlich, immer mein Bestes zu geben."

„Ich meine, dass alle hier so viel Zeit bei mir verbringen. Das ist doch nicht normal."

Stimmt, das ist nicht normal. Katja lächelte. „Ich mag dich und wir alle wollen dich unterstützen. Du bist mutterseelenallein und beklagst dich nie. Das ist bewundernswert, nicht das, was wir tun."

„Darf ich Sie noch was fragen?"

„Klar." Ein Blick auf ihre Armbanduhr zeigte Katja, dass sie noch ein paar Minuten hatte. Sie schob den Stuhl nach hinten und schlug ihre Beine übereinander.

„Wie lange muss man studieren, bis man Ärztin ist? Und wo kann man studieren?"

„Sechs Jahre mindestens. Vier Semester bis zum Physikum, dann mindestens acht Semester Klinik und Praxisjahr. Wenn du Glück hast, dann findest du gleich eine Stelle als Assistenzärztin. Entweder du arbeitest dann in einer Klinik oder du gehst zu einem niedergelassenen Arzt. Den Facharzt kannst du gleich dranhängen oder später, das bleibt dir völlig offen. Interessiert an einem Studium?" Katja lächelte.

„Wie denn? Ich habe keinen Schimmer, ob ich einen Abschluss habe oder gerade mache. Es ist zum Kotzen."

Katjas Piepser ertönte und nach einem Blick darauf, stand sie auf. „Sorry, ich muss in die Notaufnahme. Wir reden nachher weiter. Ich komm später noch mal rein."

Sie blätterte jetzt bestimmt schon zum neunten Mal die Broschüre durch, die Doktor Thalbach ihr am späten Abend noch vorbeigebracht hatte. Darin war das Medizinstudium an der Albert-Ludwigs-Universität in Freiburg beschrieben.

Sie hatte keine Ahnung, ob sie die Voraussetzungen dafür erfüllte. Weder, ob sie irgendwo eine Lehre machte – noch, ob sie auf der Schule war oder ob sie sich überhaupt jemals wieder an etwas erinnern würde. Ihre Verletzungen schmerzten immer noch, aber die Gedächtnislücke war mit Abstand das Schlimmste. Nicht zu wissen, wer man war, wo man aufgewachsen war, ob man geliebt wurde, in den Armen gehalten wurde oder die Vorstellung, vielleicht gar keine Familie mehr zu haben, war grauenhaft. Noch schlimmer als die Vermutung, für immer humpeln zu müssen.

Nicht eine Sekunde ihres Lebens tauchte als Erinnerung irgendwo auf. Aber an Freiburg erinnerte sie sich! Das war ihr beim Durchblättern der Broschüre klar geworden. Sie wusste genau, wo die Uni in Freiburg war, kannte den Weg dorthin und welche Straßenbahnlinie dorthin fuhr. Also musste sie zumindest in Freiburg aufgewachsen sein oder sich seit längerem hier aufhalten.

Es schmerzte fast schon körperlich, wenn sie versuchte, sich an ihre Eltern zu erinnern. Sie hatte ein ungutes Gefühl dabei, allerdings erinnerte sie sich seit ein paar Tagen auch an eine graue Wolldecke und eine beruhigende Stimme, die leise mit ihr sprach. Außerdem hing ihr permanent der Duft von Kölnisch Wasser in der Nase, was darauf hindeutete, dass sie eine starke Abneigung dagegen hatte oder eben eine besondere Erinnerung damit verband. Und sie hasste Modezeitschriften, das wusste sie inzwischen auch. Denn Birgit Werner versorgte sie täglich mit neuem Lesematerial, das sie je nach Laune mal durchblätterte oder ignorierte. Der ganze elende Zustand war zum Kotzen!

Doktor Marquardt hatte ihr erklärt, dass in der Zwischenzeit die Röntgenbilder von einer Ärztin aus Karlsruhe ausgewertet worden waren. Sie musste also laut Gutachten zwischen siebzehn und neunzehn Jahre alt sein, doch sie erinnerte sich an keines dieser Jahre. An keine Geburtstage, nicht an Weihnachten. Alles vor dem Unfall war wie eine graue Wand, vor der sie stand und keine Tür fand, die sich öffnen ließ. Sie legte die Broschüre auf den Nachttisch und ließ das Kopfteil hinunter. Ausgelaugt schloss sie die Augen, an Schlaf war nicht zu denken, wieder lag eine lange Nacht vor ihr, in der sie grübeln würde.

„Und? Wie war es?"

„Oh no!" Katja drehte sich langsam um. Kaum hatte sie an diesem späten Montagvormittag die Station betreten und war zu den Umkleideräumen unterwegs, als sie Schritte hinter sich vernahm und nun schwebte diese Frage im Raum und schwebte und schwebte ...

Denn irgendwie lösten sich keine Worte aus ihrem Mund, da Stefan sich ihr eilig näherte und sie schon von weitem erkannte, dass er sie dabei auch noch breit anlächelte. *Er ist so einsam wie ich!*

Die Worte der Unbekannten gesellten sich in Gedanken zu Stefans Frage und Katja versuchte, das Wirrwarr in ihrem Hirn zu sortieren. *Hatte sie sich wirklich von ihm nur täuschen lassen?*

Der Tausend-Volt-Blick, mit dem er sie nun einhüllte, ließ die Erinnerung an München aufleben. Weich, offen und interessiert sah er sie an, genauso wie damals und derselbe Schauer überlief sie.

„Ist alles in Ordnung, Katja?", fragte er, als er vor ihr stehen blieb.

„Äh ja. Wie war nochmal die Frage?" Katja fasste sich in Gedanken an ihr Hirn.

„Wie war die Prüfung?", wiederholte er geduldig.

„Ach ja, die Prüfung – ich habe bestanden“, stammelte sie und merkte, wie die Durchblutung wieder einsetzte; verräterische Röte überzog ihren Hals.

„War ja nicht anders zu erwarten.“ Stefan streckte ihr die Hand entgegen. „Herzlichen Glückwunsch. Darf ich dich zur Feier des Tages heute zum Abendessen einladen?“

„Sehr gern“, erwiderte sie zu ihrer eigenen Überraschung, während ihr Gehirn noch eine sanfte Ablehnung zu formulieren suchte.

„Sehr schön, ich freue mich. Wenn es dir nichts ausmacht, dann hole ich dich nach Dienstende ab“, erklärte er und ließ mit einem weiteren Lächeln dutzende von Fragezeichen wie Seifenblasen in ihrem Kopf aufsteigen.

Kapitel 14

„Was hältst du davon, wenn jeder eine andere Pizza nimmt und wir sie uns dann teilen?“ Katja sah Stefan fragend an. Als der schweigend nickte, dabei den Blick nicht von der Speisekarte hob, klappte sie ihre Karte zusammen und sah sich in der Pizzeria um. Hier paarte sich Behaglichkeit mit Moderne und strahlte dabei das übliche mediterrane Flair aus. Kleine Tische, an denen maximal vier Personen Platz fanden, standen hier nicht dicht gedrängt, sondern wahrten diskreten Abstand zum Nachbartisch. Das Licht gedämpft, dafür flackernde Kerzen auf allen Tischen und die dunkle Theke, hinter der Antipasti, aufgereiht in tonfarbenen Schalen, als buntes Kunstwerk arrangiert waren. Flaschen in allen Farben, Formen und Größen umrahmten den Übergang zum Verkaufsraum der angrenzenden Vineria. Langsam atmete Katja ein und aus, während sie sich umsah. Noch immer stand sie unter der Anspannung von heute Mittag und hatte vorhin beim Herfahren beschlossen, Stefan heute besondere Aufmerksamkeit zu schenken. *Hatte die Unbekannte vielleicht recht? Das erklärt aber nicht deine neueste Reaktion auf seine Blicke,* rief sie sich in Gedanken zur Ordnung.

Glücklicherweise hatte Stefan nun auch seine Wahl getroffen und unterbrach diese besorgniserregenden Gedankengänge.

„So machen wir das, wir teilen uns die Pizzen“, verkündete er und legte die Speisekarte neben sein Gedeck. „Ich stehe aber auf scharfe Sachen, das weißt du ja.“

Stefan hob nun auch den Blick und schickte ein anzügliches Grinsen quer über den Tisch, dass sie den Schauer erneut spürte. *Verdammt, was war nur los mit ihr?* Überhaupt wirkte er an diesem Abend wieder wie der Mann, den sie in München für ein paar Stunden völlig unbeschwert hatte erleben dürfen. Schon auf dem Weg hierher hatte er in einer Tour mit ihr geplaudert. Spannend wäre es bestimmt, herauszufinden, wer der wahre Stefan Marquardt war.

„Vielleicht machst du heute mal eine Ausnahme und hast Erbarmen mit mir? Ich habe keine Lust an einem Probierstück von dir doch noch zu ersticken. Ich nehme die Vier-Jahreszeiten und einen Salat." Katja schmunzelte, obwohl sie immer noch mit den unbekannten Reaktionen kämpfte. Bei einer ähnlichen Situation vor einigen Jahren hatte sie sich an einer Chilischote verschluckt und anschließend mehrere Flaschen Wasser bestellen müssen.

„Gut, dann nehme ich dir zuliebe nur die gemäßigte Variante." Stefan gab die Bestellung bei Giovanni auf, dann herrschte plötzlich Schweigen. Katja stützte den Arm auf den Ellbogen und sah zu, wie Stefan mit der Gabel spielte. Sein Haar war zerzaust und er wirkte in dem braunen Strickpulli viel jünger als seine achtunddreißig Jahre. Ganz das Gegenteil von dem steifen Arzt, der ständig im hochgeschlossenen Arztkittel über die Krankenhausflure spazierte. Wenn sie es sich richtig überlegte, dann hatte sie Stefan noch nie in Freizeitkleidung gesehen. Wenn sie schon mit ihm außerhalb der Klinik zusammentraf, dann trug er immer Hemd und Krawatte. Die Gabel begann sich im Kreis zu drehen und Stefan stoppte sie, indem er die flache Hand darauf legte. Einmal mehr fiel ihr Blick auf seine gepflegte Hand, deren Finger lang und feingliedrig waren. Es war eine Schande, dass diese Hände ständig in Handschuhen steckten. Als hätte er ihre Musterung gemerkt, sah er auf und ihre Blicke trafen sich.

Er hob sein Glas Wein und prostete ihr zu. „Es ist schön, dass wir mal ganz alleine sind."

Irritiert hielt Katja in ihrer Bewegung inne, ebenfalls das Glas zu heben, doch er bemerkte nichts und sprach unbeirrt weiter: „Die Kripo war heute in der Klinik. Das Bild unserer Jane Doe wird morgen in allen Freiburger Zeitungen und im Umland veröffentlicht."

„Dann sollten wir beide Daumen drücken, dass sich jemand meldet. Es kann doch nicht sein, dass sie keine Angehörigen hat."

„Da spricht ein behütetes Kind. Du hast ja keine Ahnung, was für Zustände in manchen Familien herrschen." Stefan wirkte, als wüsste er, wovon er sprach. Sein Blick wirkte düster und nachdenklich, dann riss er sich sichtlich zusammen. „Erzähl mir, was du so machst, wenn du nicht in der Klinik bist."

„Da gibt's nichts zu berichten, was du nicht eh schon weißt. Mein Privatleben ist stinklangweilig. Ich arbeite, jogge zweimal die Woche und spiele ab und zu Tennis."

„Wie wär's mit Fahrradfahren?"

„Oh Gott, nein. Das ist mir zu langweilig. Da jogge ich lieber und schalte ab oder ... ich denke über meinen unausstehlichen Chef nach." Katja konnte ein freches Grinsen nicht verhindern.

„Immerhin sitzt der dir gerade gegenüber und streitet nicht mit dir."

„Stimmt!" Katja wagte sich weiter vor. „Ich habe dich vor München bei Sebastian gesehen. Du hast ihm eine Geschichte vorgelesen."

„Ach, du warst das. Ich habe mich schon gewundert, dass mich niemand drauf angesprochen hat. Ich bin kein Ekel, auch wenn du das immer behauptest." Stefan sah sie mit einem Blick an, der deutlich machte, dass es ihm nicht leicht fiel, dies auszusprechen. Katja biss sich auf die Lippen und setzte zu einer Entschuldigung an, doch Stefan kam ihr zuvor. „Außerdem erinnert mich Sebastian an jemanden, den ich gekannt habe."

Wow – was für ein Bekenntnis! Katja schluckte und verdaute die Überraschung, dass er ihr persönliche Dinge anvertraute. „Stefan, das war kein Tadel. Ich war nur so überrascht, dich dort zu sehen."

„Ich weiß sehr wohl, dass ich nicht dem Klischee des besorgten, freundlichen Arztes entspreche, der sich kümmert, obwohl er kaum Zeit hat. Ich bin ein guter Arzt, aber ich bin nun mal nicht fürs Händchenhalten mit unseren Patienten gemacht."

„Ich habe kein Wort gesagt." *Er hat ein weiches Herz!* Katja schluckte und gab der Unbekannten recht. Seinen Worten konnte man die Kränkung deutlich anmerken. Offenbar war es ihm doch nicht verborgen geblieben, dass einige Kollegen über ihn tuschelten. Katja hatte bisher allerdings den Eindruck gehabt, dass ihn das kaltließ oder er es gar nicht bemerkte. Dem war definitiv nicht so!

„Aber bei unserer Unbekannten scheinst du dennoch ein häufiger Besucher zu sein."

„Ist das auch wieder falsch?" Stefan verschränkte seine Arme.

„Nein! Ich finde es bemerkenswert, denn es kehrt das Bild des Menschen um, den du vorgibst zu sein. Du bist überhaupt nicht so eine harte Nuss!"

Stefan kratzte sich am Haaransatz. „Es gibt immer wieder Ausnahmesituationen, da muss man über seinen Schatten springen. Aber ich dachte, wir reden ausnahmsweise mal über dich. Hast du dich schon entschieden, ob du bei uns bleibst?"

Katja schüttelte den Kopf und nahm den Themenwechsel kommentarlos zur Kenntnis. „Nicht endgültig. Ich habe das Gefühl, ich weiß momentan selbst nicht so recht, was ich will."

„Aha, höre ich da die Uhr ticken?" Stefan lächelte und spielte erneut mit seiner Gabel.

„Quatsch. Obwohl, manchmal komme ich schon zum Nachdenken, wenn ich Susanne und Markus sehe. Eine Familie bedeutet offensichtlich nicht zwangsläufig, Beruf und Hobby aufzugeben. Man muss Kompromisse finden. Markus hat die Musik, Susanne das Tanzen. Na gut, jetzt gerade nicht, aber ich kann mir nicht vorstellen, dass sie ganz aufhört. Weder mit dem Tanzen noch als Gynäkologin." Katja trank einen kleinen Schluck Wein. „Die Zwei sind so glücklich und freuen sich so sehr auf die Babys. Beneidenswert."

„Und du? Willst du keine Familie?"

„Jetzt fängst du auch noch damit an. Mit Vicki hatte ich letztens eine ähnliche Diskussion. Nein – eigentlich habe ich nie einen Gedanken an eine eigene Familie verschwendet. Seit ich denken kann, wollte ich Ärztin werden. Ich weiß es nicht, vielleicht wäre es anders, wenn ich wenigstens schon mal den richtigen Mann gefunden hätte. Du weißt ja selbst, dass das mit unseren Dienstzeiten nicht grad' einfach ist." *Wieso breitete sie eigentlich ausgerechnet vor Stefan ihr Seelenleben aus?*

„Keine Kinder?"

„Ob ich Kinder will?" Katja fuhr sich mit den Händen übers Gesicht. „Menno, Stefan, was soll denn das? Du hast dich doch noch nie für mich interessiert."

Er sah sie nur schweigend an und schien auf eine Antwort zu warten. Katja zögerte lange. „Also gut, Kinder waren bisher nie eine Option – mein Ziel war der Facharzt. Jetzt ist dieses Ziel erreicht, ich weiß noch nicht, was als Nächstes kommt."

„Vielleicht auch nur mal eine Pause zum Durchatmen. Zeit, mal an dich selbst zu denken."

„Haha, das sagt der Richtige. Wer ist denn quasi mit der Klinik verheiratet?"

„Wir reden von dir." Auch jetzt ließ er den Themenwechsel nicht zu. Als Giovanni mit den beiden Pizzen erschien, war Katja dankbar für die Unterbrechung. Erst nach ein paar Bissen nahm sie die Unterhaltung wieder auf.

„Ich muss offenbar erst gründlich nachdenken, wie ich mir meine Zukunft wirklich vorstelle. Ich bin so wahnsinnig gern Ärztin. Wenn ich mich irgendwann für eine Familie entscheide, dann nur, wenn ich es schaffe weiterzuarbeiten und für die Kinder da zu sein. Aber das ist alles Zukunftsmusik."

„Das stimmt. Schmeckt hervorragend, findest du nicht?" Stefan wirkte entspannt. „Wie viele Kinder?"

Jetzt war genug! „Wir wechseln jetzt auf der Stelle das Thema oder noch besser, ich frage zur Abwechslung mal dich aus. Warum igelst du dich eigentlich wirklich so ein und gibst ständig den Unnahbaren, der du eigentlich gar nicht bist?"

Stefan verkniff sich einen derben Fluch. Wie zum Teufel hatte sie es jetzt wieder geschafft, den Fokus der Unterhaltung zu drehen?

„Ich igle mich nicht ein!", erklärte er mit fester Stimme.

„Okay, ich stelle die Frage anders. Warum schottest du dich außerhalb des OPs so ab?"

„Ich weiß jetzt wirklich nicht, was du meinst."

„Ich meine die Tatsache, dass du mit mir um jedes Leben ringst. Mich zu Höchstleistung anspornst und erst zufrieden bist, wenn wir alles Menschenmögliche zur Rettung getan haben. Du kämpfst, redest, feuerst uns an und sobald sich die Tür des OPs hinter dir schließt, redest du kaum mehr ein Wort.

„Das stimmt doch nicht." Wie zum Kuckuck war er in diese Situation geraten?

„Natürlich stimmt es. Am liebsten würdest du mich die Visite machen lassen und dich den ganzen Tag unten in der Notaufnahme vergraben. Ja ich weiß, du bist kein Fernseharzt, aber zum Arztdasein gehört mehr, als sie gesund zu operieren."

Katja redete sich endgültig in Rage, ihm blieb nichts anderes übrig, als ihren Ausbruch über sich ergehen zu lassen.

„Deine Patienten wollen denjenigen kennenlernen und sehen, der um sie gekämpft hat. Sie wollen von dir als Chef hören, dass alles getan wurde und ..." Katja suchte nach Worten. „Sie wollen auch mal gefragt werden, wie es Ihnen geht, wollen ..."

„Dafür hab' ich doch dich. Das machst du doch ganz gut." Nebenbei signalisierte er dem Chef des Hauses mit der leeren Weinflasche, dass er Nachschub wollte.

„Bitte?" Katja legte ihr Besteck auf den Teller, wischte sich ihren Mund ab und verschränkte die Arme vor der Brust.

„Ich kann das nicht!" Er schob sich das letzte Stück Pizza in den

Mund, kaute langsam und aß den Rest seines Salates auf, während er sich wohl bewusst war, dass Katja ihn nicht aus den Augen ließ.

„Ich kann ..." Er benutzte ebenfalls seine Serviette und schluckte. „Ich bin nicht der Typ dazu, außerdem fallen mir nie die richtigen Worte ein."

„Dann lern' es!"

Er hatte nur einen gemütlichen Abend mit Katja verbringen wollen, ohne Hintergedanken! – Na, ja, fast ohne Hintergedanken. Momentan kam er sich aber eher wie ein kleines Kind vor, das von seiner Mutter gemaßregelt wurde. Urplötzlich verschwamm ihr Gesicht, ihre Stimme, die Geräusche im Gastraum verstummten und er befand sich in einer anderen Welt: Er sah sich auf einer Terrasse sitzen. Die Zeitung in der Hand, die Beine hochgelegt und zusehend, wie Katja vor drei Kindern stand, die wie Orgelpfeifen vor ihr aufgereiht waren und wie sie diese mit demselben strafenden Blick bedachte.

„Ich glaube, du hast nur Angst zuzugeben, dass dich das Schicksal deiner Patienten keineswegs so kalt lässt, wie du immer vorgibst. Stefan, das ist doch eine faule Ausrede."

Ihr Blick bohrte sich in sein Gehirn und holte ihn aus dem Tagtraum zurück. Er schüttelte den Moment ab und raufte sich die Haare. „Glaub doch, was du willst."

Der Abend drohte zunehmend zum Fiasko zu werden, doch Hilfe nahte in Gestalt von Giovanni, der den Wein brachte und ihn fragend ansah. Da fiel es ihm wieder ein. „Eigentlich habe ich ja noch was für dich. Aber nach dieser Gardinenpredigt sollte ich es eher wieder mitnehmen."

„Für mich?" Katja sah ihn überrascht an.

„Ja, für dich. Giovanni, bringst du es bitte." Als dieser die Teller abräumte und sich entfernen wollte, hielt er ihn zurück.

„Was soll er bringen?" Katjas Blick war sehenswert.

„Abwarten – Wein trinken!" Stefan hob sein Glas. „Wir sollten sie nicht länger auf die Folter spannen, Giovanni. Ich kenne den Gesichtsausdruck von Katja, der verheißt nichts Gutes."

Giovanni verschwand lachend und Stefan beobachtete, wie Katja unruhig auf dem Stuhl hin- und herrutschte. „Bisschen Geduld solltest du schon aufbringen."

„Ich bin geduldig. Ich frage mich eher, was das hier wird?"

Stefan hatte Mühe, bei ihrem irritierten Gesichtsausdruck jetzt nicht in lautes Gelächter auszubrechen.

„Herzlichen Glückwunsch, Frau Doktor Thalbach. Auch im Namen unseres Hauses. Die Getränke und das Dessert gehen auf unsere Rechnung." Mit diesen Worten tauchte Giovanni erneut hinter Katja auf und stellte einen bunten Blumenstrauß in einer kugelrunden Vase auf den Tisch. An einer Papageienpflanze hing ein kleines rechteckiges Päckchen. Überrascht sah Katja vom Strauß zu Stefan, der hoffte, dass das Lächeln echt wirkte, denn wirklich erholt hatte er sich von dieser Diskussion noch nicht.

„Was ist das?"

„Kleine Überraschung zur Fachärztin."

„Ach? Dankeschön." Katjas Wangen nahmen einen rosigen Schimmer an und er machte eine faszinierende Entdeckung: Während ihr blaues Auge heller, fast durchscheinend wurde, wurde das bernsteinfarbene dunkler und wirkte im Schummerlicht wie ein Kohlestückchen, das im Inneren noch glomm.

Hexenaugen, war alles, was ihm dazu einfiel, und er wandte bestürzt den Blick ab. Zudem signalisierte ihm sein Körper eine total unerwünschte Reaktion und eine ebenso unliebsame Ahnung: Eines Tages würde er beim Blick in diese Augen eine Riesendummheit begehen.

Was mache ich hier eigentlich? Ich muss mich von ihr fernhalten! Wenn erst dieses vermaledeite Wochenende in Neuss überstanden war, würde er schleunigst den notwendigen Abstand wieder herstellen.

Katjas Gedanken gingen in eine ähnliche Richtung. Sein Blick von vorhin hatte sie so sehr elektrisiert, dass sie befürchtete, er würde ihre zitternden Hände bemerken.

„Das wäre doch nicht nötig gewesen." Katja löste das Päckchen von der Blume und drehte es unschlüssig in ihren Händen.

„Möchtest du es nicht auspacken?", ermunterte sie Stefan und konnte es anscheinend kaum erwarten. In diesem Moment wirkte er wie einer ihrer Neffen, hippelig und nervös rutschte er auf dem Stuhl hin und her. Am liebsten hätte sie nun die Hand ausgestreckt und ihn beruhigt. Dabei war sie alles andere als ruhig, als ihr klar wurde, dass sich ihr Verhältnis zueinander merklich zu verändern begann. Stefan wirkte offener, freundlicher und auch ihre Kritik hatte nicht zu einem der üblichen Konter geführt. Diese neue Seite von ihm mochte sie und wie vor dem Essen fragte sie sich, welche Überraschungen der wahre Stefan Marquardt noch offenbaren würde.

Hast du eine Macke, was geht dich Stefan an! Sie würde sich zukünftig von ihm fernhalten. Dieses Essen hier würde eine Ausnahme bleiben und das Wochenende in Neuss würde sie auch überstehen – irgendwie.

„Jetzt bin ich aber wirklich neugierig", murmelte sie und zog die Schleife auf, dann entfernte sie sorgfältig das Geschenkpapier. Es kam eine Acrylbox zum Vorschein, in der ein Fixateur samt der neu konzipierten Schrauben montiert war. Es sah so aus, als schwebe er über dem dunkelroten Samtboden, mit dem die Box ausgelegt war. In ein kleines goldfarbenes Schild waren die zukünftige Bezeichnung und das Herstellungsdatum eingeprägt. Katja blieb die Spucke weg.

„Das ist aber ... eine Überraschung." Nachdem sie sich und die Tränen der Rührung unter Kontrolle hatte, fragte sie freudestrahlend: „Wann hatte der Professor denn diese tolle Idee?"

Stefans Grinsen verwandelte sich zu einer Grimasse. „Noch bin ich nicht Professor, aber das könnte unter Umständen noch kommen. Also wirklich, vorhin beschuldigst du mich, ich würde mich weder um die Kollegen, noch die Patienten kümmern. Aber wenn ich das dann tue, dann traust du mir es auch nicht zu. Das war allein meine Idee!", ergänzte er überflüssigerweise.

„Ich ... bin platt." Wie zur Bekräftigung lehnte sie sich nach vorn und berührte ihn am Unterarm.

Gar keine gute Idee!, kam ihr augenblicklich in den Sinn und sie zog die Hand zurück. Stefans Körperwärme übertrug sich durch die kurze Berührung in ihren eigenen Körper. Sie stand lichterloh in Flammen und hoffte, dass sie jetzt nicht auch noch vor Schreck rot anlief.

„Freust du dich wirklich?" Stefan schien nichts zu bemerken.

„Total." Mehr brachte sie nicht heraus. *Was war nur los mit ihr?* Immer noch tobte die Hitze in ihr, doch sie versuchte krampfhaft, sich zusammenzureißen.

„Scusi! Ich bringe die Dessertkarte. Wollt ihr schon mal vorab einen Espresso?" Giovanni hielt Katja die Karte hin und gönnte ihr damit die kurze Verschnaufpause, die sie dringend benötigte.

„Gern, einen doppelten", bestellte Katja postwendend. Stefan lehnte ab und orderte stattdessen einen Cappuccino.

„Wisst ihr schon, was ihr nehmt?", fragte Giovanni, denn beide hatten die Dessertkarte nach einem kurzen Blick wieder abgelegt.

„Panna cotta." Sie sprachen gleichzeitig, grinsten sich an und Katja bemerkte erleichtert, dass die knisternde Atmosphäre verschwunden war.

„Witzig, ich wusste gar nicht, dass du das auch magst. Sobald Panna cotta auf der Speisekarte steht, werde ich schwach." Katja hatte sich wieder im Griff. „Was war das vorhin mit einer Professur?"

„Nun, die Uni hat angefragt, ob ich eventuell ab dem Sommersemester 2010 zur Verfügung stünde. Gerd will auch dort kürzertreten."

„Ach, na da bin ich ja mal gespannt, wie du dann mit den Studenten kommunizieren wirst."

„Du gibst nie Ruhe, oder?" Stefan rührte in seinem Cappuccino, den der Kellner soeben gebracht hatte. „Vielleicht solltest du mir Nachhilfe geben?"

„Kommt auf den Stundensatz an." Katja zog ihren Mundwinkel nach oben.

„Ich schätze, da könnte ich mich großzügig zeigen." Stefan lachte laut auf und Katja ahnte, es würde nicht einfach werden, ihren Vorsatz einzuhalten, wieder auf Distanz zu gehen.

Der restliche Abend verlief entspannt und als Katja sich endlich daheim müde im Bett ausstreckte, fragte sie sich, wann sie sich eigentlich das letzte Mal so amüsiert hatte. Verträumt griff sie nach der Acrylbox, die sie auf den Nachttisch gestellt hatte.

Stefans Lachen klang noch in ihren Ohren nach. Sie ahnte, dass sie einer der wenigen Menschen war, denen Stefan vertraute. Warum auch immer und wie auch immer das passiert war. Er zeigte sich ihr gegenüber plötzlich wirklich so, wie ihn Birgit immer beschrieben hatte. Was also war der Grund für diese Wandlung?

„Verflixt! Ich bin Unfallchirurgin und kein Seelenklempner." Katja löschte das Licht und drehte sich seufzend auf die Seite.

Kapitel 15

Nachdem das Bild der Unbekannten am nächsten Tag in den Freiburger Zeitungen veröffentlich wurde, ging alles Schlag auf Schlag.

„Mama." Die siebzehnjährige Silja Schweiker stürmte in die Küche. In der Hand hielt sie eine Tageszeitung und wedelte wild damit. Ihre Mutter stand am Herd und bereitete das Mittagessen zu.

„Mama, jetzt weiß ich endlich, wo Valerie ist. Sie hatte einen Unfall und liegt im Krankenhaus."

Silja hatte Tränen in den Augen und flüchtete sich in die Arme ihrer Mutter.

„Woher weißt du das?" Marianna Schweiker strich ihrer Tochter über die Haare.

„Hier." Silja breitete zitternd die Zeitung aus und suchte hastig nach einer Seite. „Guck doch, die Polizei hat ein Bild veröffentlicht."

„Was?" Marianna Schweiker machte alles gleichzeitig. Sie stellte den Herd ab, las den Artikel in der Zeitung und wählte sofort die Nummer der Kriminalpolizei.

„Guten Tag. Mein Name ist Marianna Schweiker. Wir wohnen im Haierweg. Meine Tochter geht mit Valerie Behrendt in die Schule." Man hörte ihrer Stimme an, wie aufgeregt sie war. Während sie sprach, stellte sie den Lautsprecher an, damit Silja mithören konnte.

„Guten Tag. Mit wem geht Ihre Tochter in die Schule?", fragte die weibliche Stimme am anderen Ende.

„Die Unbekannte in der Zeitung ist eine Schulkameradin meiner Tochter. Valerie Behrendt. Sie lebt mit ihrer Mutter in Herdern."

„Okay, dann geben Sie mir bitte erst einmal Ihre Personalien durch."

Marianna Schweiker gab bereitwillig Auskunft und teilte der Polizeibeamtin auch die Adresse von Valerie mit.

„Gut. Wir kümmern uns sofort darum. Vielen Dank, damit helfen Sie uns weiter. Wären Sie so freundlich, heute zwischen fünfzehn und sechszehn Uhr in unsere Dienststelle zu kommen, damit wir Ihre Aussage protokollieren können?", fragte die Kriminalbeamtin.

„Selbstverständlich. In welcher Klinik liegt Valerie? Dürfen wir sie besuchen?"

„Da darf ich Ihnen leider keine Auskunft geben."

„Ja, das verstehe ich." Marianna sah auf die Uhr und kontrollierte im Geiste ihren Tagesablauf. „Wir können gegen halb vier bei Ihnen sein."

„Perfekt. Und vielen Dank, Sie haben uns sehr geholfen." Die Kriminalbeamtin beendete das Gespräch und Marianna legte den Hörer ab.

„Bestimmt schwirrt ihre Mutter wieder in der Weltgeschichte rum." Silja klang jetzt mehr als giftig.

„Mit Sicherheit sogar. Silja, sag' mal, warum hast du mir nicht erzählt, dass Valerie nicht in der Schule ist? Hier steht, dass sie seit Wochen im Krankenhaus liegt."

„Valerie hat momentan einen Knall. Sie hat seit Weihnachten ständig geschwänzt und ist auch nicht zur Abi-Prüfung erschienen. Anscheinend hatte sie ein Attest."

„Anscheinend?" Marianna verstand die Welt nicht mehr. Die beiden Mädchen waren seit der fünften Klasse unzertrennlich gewesen.

„Wir reden doch seit Wochen gar nicht mehr miteinander."

Jetzt hatte es Marianna endgültig die Sprache verschlagen. „Magst du mir erzählen, was genau passiert ist?"

Silja seufzte. „Seit ihre Oma gestorben ist, ist sie ganz komisch. Ich dachte, sie hätte einen Freund und will es mir nicht erzählen. Als ich angerufen habe und sie zur Rede stellen wollte, hat Valerie einfach aufgelegt." Silja kramte vergeblich nach einem Taschentuch.

„Warum hast du denn nichts gesagt?"

„Du hattest doch selbst genug um die Ohren mit Opa." Siljas Tränen strömten noch mehr und Mariannas Herz wurde schwer. Ihr Vater war in der Silvesternacht plötzlich verstorben, danach war es wochenlang drunter und drüber gegangen.

Marianna stöhnte jetzt auch. „Wir gehen sie besuchen, sobald es uns die Polizei erlaubt."

„Valerie will mich bestimmt gar nicht sehen." Silja schnäuzte sich. „Ich weiß doch gar nicht, was ich ihr getan habe. Sie hat sich von allen komplett zurückgezogen."

„Keine Sorge, ich komme mit." Marianna zog ihre Tochter vom Stuhl hoch. „Außerdem steht doch in der Zeitung, dass sie sich an nichts erinnern kann. Vielleicht hilfst du ihr ja, ihre Erinnerungen zu finden. Und selbst dann wird dich Valerie schon nicht auffressen, ich kann mir nicht vorstellen, dass sie sich nicht freut. Schließlich seid ihr seit Jahren unzertrennlich."

„Wenn du meinst." Silja nahm die Zeitung vom Tisch und drehte sich um. Marianna legte den Arm um Siljas Schultern und drückte sie an sich. „Sie wird sich freuen, glaub es mir."

Am nächsten Tag trafen Marianna und Silja um die Mittagszeit auf der Station ein, wo Valerie liegen sollte. Marianna klopfte an die Tür des Stationszimmers und wartete, bis jemand öffnete.

„Entschuldigung, wir würden gerne Valerie Behrendt besuchen, wenn es möglich ist. Unten an der Pforte sagte man uns, wir sollen erst hier fragen, ob sie schon Besuch bekommen darf." Marianna sah die Frau fragend an, die an der Tür stand. Birgit Werner, Stationsleitung, stand auf dem fliederfarbenen Poloshirt eingestickt.

Die Frau betrachtete sie und Silja nachdenklich, dann wandte sie sich direkt an Silja „Bist du Valeries Freundin, die sich bei der Polizei gemeldet hat?"

„Ja." Siljas Stimme klang erstickt.

„Gut, die Kripo hat uns schon Bescheid gegeben, dass Sie vorbeikommen wollten. Wir sind ja so froh, dass wir endlich wissen, wer sie ist. Das arme Ding ist seit Wochen mutterseelenallein. Sie sind die ersten Besucherinnen. Valerie wird sich sicherlich freuen, obwohl sie noch etwas durcheinander ist, seit wir ihr ihren Namen und die Hintergründe mitgeteilt haben. Sie erinnert sich immer noch an rein gar nichts."

„Soll das heißen, dass ihre Mutter noch nichts davon weiß?" Marianna sah erst Birgit, dann Silja entsetzt an.

„Nach Ihrem Anruf gestern bei der Polizei ging es hier zu wie im Irrenhaus. Soviel ich mitbekommen habe, hat die Kripo die Mutter noch nicht erreicht." Birgit Werner klang empört. „Sie wissen auch nicht zufällig, wo sie sein könnte?"

Marianna verneinte die Frage. „Valeries Mutter arbeitet für einen Modekonzern. Sie ist ständig auf irgendwelchen Messen. Valerie und ihre Großmutter waren all die Jahre die meiste Zeit allein. Die Großmutter ist letztes Jahr gestorben, eine Handynummer ihrer Mutter haben wir leider nicht.

„Dürfen wir zu ihr?" Silja merkte man die Ungeduld deutlich an.

„Aber selbstverständlich. Kommen Sie mit, ich zeige Ihnen den Weg." Birgit Werner führte beide zu Valeries Zimmer. „Wenn Frau Doktor Thalbach nicht im OP ist, schicke ich sie gleich zu Ihnen. Falls keiner vorbeischaut, kommen Sie bitte nachher nochmal bei mir vorbei." Birgit Werner klopfte energisch an Valeries Tür und riss diese auf.

„Hallo, Valerie, hier ist Besuch für dich."

Valerie Behrendt drehte den Kopf, schaute überrascht auf und entdeckte ein Mädchen in ihrem Alter, das zögerlich ins Zimmer trat.

„Silja“, rutschte es Valerie heraus. Die Nebelwand war plötzlich nicht mehr grau. In ihrem Kopf wirbelten urplötzlich tausende von Farben durcheinander.

Bilder wurden sichtbar. — Gesichter bauten sich vor ihr auf. — Namen fielen ihr dazu ein.

Ihr Alter, fast achtzehn. — Ihr Geburtstag, der zweite August und ihre Adresse.

„Meine Oma!“ *Ihre Großmutter war tot!* Valerie wurde schlecht und sie schlug sich die Hand vor den Mund.

Birgit hatte augenblicklich die Situation erkannt und die beiden Frauen vor die Tür verbannt. Sie eilte zu Valerie und hielt ihren Kopf und eine Schüssel, während Valerie würgte und sich übergab.

„Ist schon gut, meine Kleine. Schon gut.“ Der monotone Singsang von Birgit, die die Worte immer wiederholte, half Valerie, sich zu beruhigen. Der Würgreiz ebbte ab und ging in ein Weinen über.

„Meine Oma ist tot“, schluchzte sie, sobald sie wieder reden konnte. Weitere Erinnerungsfetzen zogen aus dem Nebel auf: Die Wochen vor Weihnachten, in denen ihre Großmutter Tag für Tag schwächer wurde. Der Tag, an dem sie diese schließlich für immer schlafend in ihrem Bett gefunden hatte. Der Anruf bei ihrer Mutter: „Valerie, ich kann jetzt unmöglich nach Deutschland kommen. Kümmere dich um die Beerdigung und gib mir Bescheid. Ich schicke dir eine Vollmacht.“ Die Tage und Wochen danach. Die kurze Stippvisite der Mutter, die schon eine Stunde nach der Beerdigung wieder im Flugzeug saß. Sie selbst am Schreibtisch, wie sie die Unterschrift ihrer Mutter für eine Entschuldigung fälschte. Die einsamen Wochen im neuen Jahr!

„Ich hasse meine Mutter!“ Valeries ganzer Frust brach sich Bahn in diesem Satz.

„Alles wird gut, ich weiß es." Birgit hielt sie weiterhin in den Armen und wiegte sie beruhigend. Der Nebel lichtete sich vollständig: Sie wusste plötzlich, dass sie liebevoll von ihrer Oma aufgezogen worden war, weil ihre Mutter immer nur ein paar Tage im Jahr zu Hause war. Sie hatte nichts vermisst und sie wusste, ihre Großmutter hatte sie geliebt, so wie sie sie geliebt hatte. Die Erinnerung an den Duft des Kölnisch Wasser war die Verbindung zur Großmutter gewesen und plötzlich war alles wieder da: Sie war seit dem Tod ihrer Großmutter ganz allein auf dieser Welt. Ihre eigene Mutter interessierte sich keinen Deut für sie!

„Weißt du, wo deine Mutter ist?"

„Sie kann mich mal." Valerie zitterte und wurde von einem Weinkrampf geschüttelt. In diesem Moment betrat Katja das Zimmer und erkannte augenblicklich die Lage. Sie drehte sich auf dem Absatz um und war binnen Sekunden mit einer Spritze zurück.

„Valerie, es wird alles gut. Ich gebe dir jetzt erst mal ein Beruhigungsmittel. Dann wirst du schlafen."

Valerie nickte. Den Einstich spürte sie kaum. Dafür aber, dass sie innerhalb kürzester Zeit müde wurde und langsam in einen tiefen Schlaf fiel.

„Wer sind die Frauen vor dem Zimmer?", fragte Katja mit einem besorgten Blick auf Valerie.

„Frau Schweiker und ihre Tochter Silja. Valerie hat sie auf Anhieb erkannt. Das muss blitzartig die Erinnerungen ausgelöst haben. Ich muss sie wohl bitten, dass sie morgen wiederkommen. Kannst du noch kurz mit der Mutter sprechen? Ich nehme Valeries Freundin mit ins Stationszimmer."

„Birgit, die Mädchen sind fast achtzehn. Ich nehme an, sie verkraftet, was ich erzählen werde."

„Du redest schon wie Maxi. Die behauptet auch immer, ich behandele sie wie ein kleines Kind."

„Und, stimmt es vielleicht?", fragte Katja leise und tätschelte aufmunternd Birgits Schulter, als diese leise aufseufzte.

„Stefan, warte." Katja holte ihn kurz vor der Cafeteria ein. Er blieb stehen und wartete auf sie. Seit gestern versuchte sie, das dumpfe Gefühl in ihrem Magen zu ignorieren, mit dem sie morgens erwacht war, und war ihm erst einmal aus dem Weg gegangen. Jetzt musste sie aber mit ihm reden. „Valerie erinnert sich wieder."

„Was? So plötzlich. Komm, ich muss dringend etwas essen, ich war stundenlang im OP." Stefan zog sie mit sich und Katja verspürte ebenfalls Hungergefühle.

Sie nahm die Gnocchi und einen Nachtisch samt einem Glas Cola und balancierte alles auf ihrem Tablett zum Tisch. Noch bevor sie es abstellte, sah sie, wie Stefan eine Tablette aus einer Packung drückte und sie mit einem großen Schluck Wasser hinunterspülte.

„Findest du nicht, dass du in letzter Zeit ein bisschen oft Kopfschmerzen hast?", wagte sie zu äußern.

„Vielleicht brauche ich einfach mal ein paar Tage Urlaub", war sein lapidarer Kommentar und sie beließ es dabei. „Also. Was ist jetzt passiert?"

„Das Mädchen, das Valerie gestern in der Zeitung erkannt hat, ist vorhin zu Besuch gekommen. Laut Birgit hat Valerie sofort deren Namen gewusst und anschließend ..." Katja schnippte mit den Fingern, „schwupp, war die Erinnerung wieder da. Ich musste ihr ein Beruhigungsmittel geben."

Sie schob sich ein Gnocchi in den Mund und kaute genüsslich. „Das Essen hier ist gigantisch, kein Vergleich zu München."

„Ein Grund mehr, hierzubleiben." Stefan warf ihr einen kurzen Blick zu, doch schon war er wieder aufs Essen konzentriert. „Und wo sind Valeries Eltern?“

„Valerie hat wohl nur eine Mutter und die tourt offenbar ständig in der Weltgeschichte rum. Birgit wollte mit dem Jugendamt telefonieren. Valerie ist zwar schon siebzehn, aber man kann sein Kind doch nicht ein halbes Jahr alleine lassen. Hat die eins an der Waffel?“ Katja schüttelte den Kopf.

„Karrieregeile Frauen waren mir schon immer ein Gräuel.“ Stefans Gemurmel war kaum zu verstehen, aber Katja verstand es als Angriff.

„Ach, aber wenn Männer ihrer Karriere nachhecheln, dann ist das okay?“, konterte sie erbost.

„Solange man ein gesundes Mittelmaß zwischen Familie und Beruf findet, schon!“

„Da hast du ja die besten Erfahrungen drin.“ Katja erbostes Grunzen ging in Stefans Lachen unter.

„Touché! Du hast recht, ich habe keine Ahnung. Lass' uns nicht über ein Thema streiten, von dem wir beide keinen Schimmer haben.“

„Du hast schließlich angefangen“, mokierte sich Katja und wunderte sich, warum er so schnell klein beigab. „Ich bin gespannt, was wir in den nächsten Tagen noch alles von Valerie erfahren.“

Kapitel 16

Nach und nach lüfteten sich die Umstände, warum Valerie von niemandem vermisst worden war. Ihre Mutter war Mode-Chefin eines bekannten Modelabels und nahezu ununterbrochen auf Messen oder Modeschauen unterwegs. Das Jugendamt hatte die Mutter inzwischen erreicht und die hatte zugesagt, zum Ende der Woche nach Deutschland zu fliegen – vorher würde es nicht gehen! Birgit hatte getobt, wie es noch nie jemand erlebt hatte.

Auch Marianna und Silja tauchten am nächsten Tag wieder auf und standen zuerst etwas verunsichert in Valeries Tür.

„Hallo, Valerie. Dürfen wir stören?“

Valerie nickte und schlug die Augen nieder. Beide zogen sich einen Stuhl heran und setzten sich. Erst herrschte ungemütliches Schweigen, dann redeten Silja und Valerie gemeinsam los.

„Ich war irgendwie völlig ...“ — „Valerie, ich wollte doch eigentlich nur wissen ...“

Beide brachen in Lachen aus, und schon war das Eis gebrochen.

„Du zuerst“, meinte Valerie.

„Warum bist du nicht mehr in die Schule gekommen?“

Valerie seufzte schwer auf. „Oma ging es furchtbar schlecht und meine Mutter war in Paris! Ich wusste nicht, wo mir der Kopf stand, also hab’ ich mich um Oma gekümmert und hab’ die Schule sausen lassen. Irgendwann war das dann Normalzustand. Nach Omas Beerdigung war ich auch über Weihnachten allein. Es hat mich alles so angekotzt. Meine Mutter hat mir Blankounterschriften dagelassen und ich hab’ die Entschuldigungen damit geschrieben. Ziemlich naiv.“

Marianna hatte schweigend zugehört. Insgeheim hatte sie Valeries Mutter noch nie ausstehen können, aber was sie da hörte, schlug dem Fass den Boden aus.

„Du hättest mich doch anrufen können“, sagte Silja ganz zögerlich.

Valerie weinte los. „Ich weiß, ich habe mich völlig bescheuert verhalten. Aber es war wie ein Tunnel, aus dem ich nicht mehr rauskam.“

In dem Moment klopfte es, Birgit trat ins Zimmer und näherte sich dem Bett. „Entschuldigung, aber gleich ist die Visite.“

„Ich komme morgen wieder, versprochen!“ Silja umarmte Valerie und drückte ihr einen Kuss auf die Wange.

„Du und deine Freundin, da ist alles wieder in Ordnung, oder?“ Nachdem die beiden gegangen waren, ließ Birgit sich auf den Stuhl neben Valeries Bett sinken.

„Ja, Gott sei Dank. Der Unfall hatte auch was Gutes.“

Birgit lachte. „Wie lange kennt ihr euch eigentlich schon?“

„Schon ewig, aber letztes Jahr hatten wir einen Riesenkrach. Ich hab' ganz schön Mist gebaut, mein Abi kann ich bestimmt vergessen.“ Valerie zupfte an ihrer Bettdecke.

„Na, egal scheinst du ihr auf jeden Fall nicht zu sein, sonst wäre sie nicht gleich erschienen, als sie von dem Unfall gehört hat.“ Birgit streichelte Valeries Hand. „Morgen kommt eine Dame vom Jugendamt, dann werden wir mal sehen, wie es weitergeht.“

„Meine Mutter bekommt sicher Probleme. Aber die wird sie bestimmt wieder mit Geld regeln wollen.“

„Oh, abwarten. Nicht alles lässt sich mit Geld lösen.“

„Stimmt. Wahrscheinlich wäre ich besser in einem Heim aufgehoben. Vielleicht sollte ich fragen, ob ich nicht freiwillig von meiner Mutter wegdarf."

„Wann hast du Geburtstag?", fragte Birgit.

„Am zweiten August. Ich werd' achtzehn, dann kann sie mich sowieso mal."

„Vielleicht finden wir noch eine andere Lösung." Birgit tätschelte ihre Hand.

„Ich wollte am Tag des Unfalls wieder zur Schule und hatte schreckliche Angst. Vielleicht habe ich deshalb das Auto übersehen?"

„Valerie – Nein! Der hat dich übersehen." Birgit widersprach energisch. „Die Schuldfrage ist völlig unproblematisch, das hat uns die Polizei gleich gesagt. Der Autofahrer hat an der Ampel nicht angehalten, du brauchst dir darüber erst mal keine Sorgen machen. Seine Versicherung muss für alles aufkommen." Birgit tätschelte Valeries Hand und stand auf, um den Ärzten, die nun das Zimmer betraten, Platz zu machen. „Und das mit deiner Mutter klären wir auch. Versprochen."

So einfach, wie Birgit sich das vorgestellt hatte, war das dann aber nicht. Valerie Behrendts Mutter schwebte Donnerstagnachmittag auf die Station und verlangte ungeteilte Aufmerksamkeit. Nachdem Birgit beim ersten Mal noch Milde hatte walten lassen, und Valeries Mutter den gewünschten Kaffee gebracht hatte, platzte ihr beim zweiten Klingeln beinahe der Kragen.

„Können Sie mir bitte sagen, wann der Chefarzt jetzt endlich Zeit für mich hat?"

„Frau Behrendt. Herr Professor Werner ist mitten in einer Operation. Ich bin sicher, er kommt sofort zu Ihnen, sobald er ein paar Minuten hat. Aber ich befürchte, heute wird es nichts mehr." Birgit knirschte mit den Zähnen. Gut, dass sie Gerd vorhin persönlich den Wunsch von

Valeries Mutter überbracht hatte, dass diese nur mit ihm reden wollte. Sein lapidarer Kommentar war gewesen: „Gut, soll sie warten. Ich bin jetzt erst mal unten im OP."

„Wahrscheinlich will sie uns Valerie noch eine Weile aufs Auge drücken, weil sie nach Honolulu muss", war Birgits giftiger Kommentar gewesen, der ihrem Mann nur ein lautes, polterndes Lachen entlockt hatte.

„Würden Sie dann für Valerie und mich bitte noch Gebäck und Tee besorgen?", riss Valeries Mutter Birgit aus ihren Gedanken und im ersten Moment war sie nicht sicher, ob sie sich nicht verhört hatte.

„Im Erdgeschoss befindet sich unsere Cafeteria. Ich bin sicher, Valerie würde Ihnen gerne den Weg zeigen." Birgit half Valerie vom Bett in den Rollstuhl.

„Wie Sie meinen. Kommst du, Valerie?" Frau Behrendt schnappte die Handtasche und ging zur Tür.

„Es geht vermutlich schneller, wenn Sie Valeries Rollstuhl schieben würden", konnte sich Birgit nicht verkneifen und schob Valerie zur Tür.

„Haben Sie kein Personal dafür?"

„Mama!" Valerie wurde knallrot und senkte den Kopf. „Entschuldigung", murmelte sie so leise, dass es nur Birgit hören konnte. Die tätschelte beruhigend ihre Schulter und übergab den Rollstuhl an Valeries Mutter, die ihn beäugte, als wäre er mit Nägeln gespickt.

„Nun gut", flötete sie und stellte Valerie ihre überdimensionale Handtasche auf den Schoß. Dann stolzierte sie davon und Birgit konnte sich ein Grinsen nicht verkneifen, als der Rollstuhl nicht sofort die Richtung einschlug, in die Valeries Mutter wollte. Es war ein urkomisches Bild, dieses aufgetakelte Wesen in einem silbernen Glitzerrock und einem scheußlich schweinchenfarbenen Blazer einen Rollstuhl schieben zu sehen. Auf überdimensionalen Absätzen stöckelte sie über den Flur, schob mit spitzen Fingern den Rollstuhl vor sich her und wirkte hier völlig fehl am Platz.

„Da würde ich auch nicht mehr heimwollen", murmelte Birgit und schüttelte den Kopf.

„Hey, Mama." Maxi tauchte plötzlich aus dem Nichts vor ihr auf und folgte ihrem Blick. „Wer ist das?"

„Ein ziemlich armer Teufel", meinte Birgit und nahm ihre Tochter in Augenschein. Ihr gefiel nicht wirklich, was sie sah. Denn Maxi wirkte in den abgehalfterten Klamotten, die sie seit neuestem trug, und mit diesen fürchterlichen Dreadlocks wie eine Ausreißerin. Wo war nur die Zeit geblieben, in der Maxis blondes Haar zu einem Pferdeschwanz gebunden und sie noch normal gekleidet gewesen war? Trotzdem hielt sie den Mund, um nicht wieder einen Streit vom Zaun zu brechen. Sie konnte nur hoffen, dass Maxi in Stuttgart wieder normal wurde und die Rebellion irgendwann Geschichte sein würde, über die alle lachen konnten.

„Was machst du denn hier?", fragte sie und legte den Arm um Maxis Taille.

„Ich wollte nur sagen, dass ich jetzt gleich nach Stuttgart fahre. Ich habe ein Zimmer in einer WG in Aussicht, endlich. Und ich möchte es mir gleich ansehen."

„Jetzt?" Birgit sah auf die Uhr.

„Warum nicht?" Maxi sah sie irritiert an. „Kann ich den Autoschlüssel haben?"

„Meinetwegen." Birgit setzte sich in Bewegung. „Aber du musst erst noch tanken. Komm mit." In Gedanken war sie aber nicht bei ihrer Tochter, sondern bei Valerie, und in ihr reifte eine Idee.

Wie recht Birgit mit ihrer Vorahnung gehabt hatte, wurde allen am nächsten Tag bewusst, als Gerd gemeinsam mit Katja und Stefan auf der Station erschienen war. Zu viert standen sie nun bei Valerie und bildeten gemeinsam eine schützende Front gegen Valeries energische Mutter, die sich lautstark darüber echauffierte, dass Valerie noch über Wochen Unterstützung und Hilfe brauchen würde.

„Aber wie soll das gehen? Ich kann nicht einfach Urlaub nehmen und Valerie wochenlang pflegen. Ich fliege morgen Abend für vier Wochen nach Miami. Mir wäre es sehr recht, wenn Sie Valerie so lange hierbehalten könnten."

„Gute Frau, wir sind doch kein Hotel." Birgit hatte sichtlich Mühe, nicht handgreiflich zu werden und Katja juckte es ebenfalls, der Dame mal gründlich die Meinung zu sagen.

„Wir könnten Valerie höchstens noch eine Woche im Krankenhaus behalten. Danach gibt es keine medizinischen Gründe mehr für eine stationäre Behandlung." Gerds Stimme klang ruhig und er wirkte sehr Respekt einflößend – nicht jedoch auf Valeries Mutter.

„Seien Sie unbesorgt, ich werde selbstverständlich dafür aufkommen." Valeries Mutter zückte schon ihr Portemonnaie.

Stefan räusperte sich, doch Gerd kam ihm zuvor. „Frau Behrendt, wir reden hier von Ihrer Tochter. Valerie braucht Sie jetzt besonders."

„Ich habe unaufschiebbare Termine. Nein, das ist unmöglich."

Katja sah dem Professor an, dass er kurz davor war, die Beherrschung zu verlieren.

„Vielleicht könnte ich eine Pflegekraft einstellen. Können Sie mir einen Kontakt herstellen?" Frau Behrendt schien von ihrer Idee begeistert zu sein.

„Pfff-fff." Valerie dagegen drückte ihre Missbilligung durch ein frustriertes Schnauben sehr deutlich aus.

Gerd betrachtete nachdenklich erst seine Frau, dann Valerie. Schließlich wandte er sich wieder an Valeries Mutter. „Frau Behrendt, ich mache Ihnen folgenden Vorschlag. Sie klären mit dem Jugendamt bis morgen, dass meine Frau die Pflegschaft für die nächsten Wochen behält und wir kümmern uns währenddessen um Ihre Tochter. Da Sie privat versichert sind, werde ich Ihnen alles in Rechnung stellen."

Birgits Reaktion war sehenswert. Ihr Kopf fuhr zu ihrem Mann herum, gleichzeitig griff sie nach seiner Hand und drückte sie. Auf ihrem Gesicht breitete sich ein erleichtertes Lächeln aus. Auch Katja schickte ein Dankgebet zum Himmel und Valeries Gesicht begann zu leuchten.

„Komm ich zu spät?" Gerd gab seiner Frau, die zu Hause am Herd stand, einen Kuss auf die Wange. Birgit drehte sich um und verschränkte die Hände in seinem Nacken.

„Du hast heute drei Wünsche frei. Weißt du eigentlich, wie sehr ich dich liebe?", fragte sie und küsste ihn auf den Mund. Als es auf dem Herd zischte, drehte sie sich schnell wieder um und schaffte es gerade noch, das Nudelwasser vor dem Überkochen zu bewahren.

„Ja, das weiß ich. Aber wie komme ich zu der Ehre, mir etwas zu wünschen?", hakte er nach und nahm die Zeitung vom Küchentisch.

„Weil du gegenüber Frau Behrendt ausgesprochen hast, was ich in diesem Moment gedacht hab'. Was für eine eiskalte Person!"

„Tja, Großmütterchen. Ich kenne dich halt in- und auswendig." Er lachte sie an, als sie ihm mit dem Pfannenwender drohte. „Schatz, du solltest endlich weniger arbeiten. Wie oft soll ich dir das noch sagen?"

„Was soll ich denn den ganzen Tag alleine zu Hause machen? Wenn Maxi in Stuttgart ist, fällt mir wahrscheinlich eh die Decke auf den Kopf. Gerd, sie wird mir so sehr fehlen. Sie hat das Zimmer in der WG natürlich bekommen."

Birgit wirkte in letzter Zeit häufig müde und ausgepowert, doch sie war nicht zu überzeugen, kürzerzutreten. Gerd setzte daher die Hoffnung auf die Zwillinge von Susanne. Seine Tochter würde Birgit noch brauchen und in den nächsten Wochen würde außerdem die Anwesenheit von Valerie für etwas Abwechslung sorgen.

Birgit goss die Nudeln ab. „Rufst du Maxi? Sie schmollt in ihrem Zimmer, weil Janis heute keine Zeit für sie hat. Ich glaube ja, er ist sauer, weil sie ihm gestern nichts davon gesagt hat, dass sie nach Stuttgart gefahren ist. Er hat ziemlich blöd geschaut, als er in der Tür stand und sie abholen wollte. Aber ...“, Birgit hob die Hand. „Mich geht das ja nichts an.“

„Unser gemeinsames Produkt ist echt speziell.“ Gerd lächelte. „Aber ich liebe unsere Jüngste genauso, wie sie ist. Auch wenn sie immer noch denkt, dass ich ein Problem damit habe, dass sie aus der Reihe tanzt.“

„Ich verstehe auch nicht, warum sie das nicht kapiert. Ich bin so stolz auf sie. Ihre Zeichnungen sind toll und schließlich hat sie auf Anhieb die Aufnahmeprüfung geschafft, also muss sie gut sein.“ Birgit schmunzelte und schmiegte sich kurz an seine Seite. „Wir müssen ihr sagen, dass wir Valerie zu uns holen, sonst ...“

In diesem Moment hörten sie Schritte und Gepolter, denn Maxi hüpfte seit Jahr und Tag die Treppen herunter. Sofort erfüllte der Geruch nach Farben die Küche und Maxis T-Shirt sah aus, als hätte sie es als Leinwand missbraucht.

„Hey, Paps. Ich habe ein Superzimmer gefunden, gar nicht weit weg von der Uni, genial. Wie war dein Tag? “

Maxi küsste ihren Vater liebevoll auf die Wange.

„Mein Tag war gut, und deiner?“ Gerd drückte ihr einen Kuss auf ihren Scheitel. „Erzähl mir, wo du wohnen wirst.“

„Hermann-Kurz-Straße, die Gegend nennt man wohl *Killesberg*. Sagt mir noch nichts, aber bald kann ich ja eine Stadtführung mit euch machen. Ich habe das Zimmer im Studentenwohnheim abgesagt und alles ist bereits gepackt.“ Maxi strahlte. „Ich hab’ beschlossen, Sonntagabend schon nach Stuttgart zu fahren.“

Gerd wechselte einen entsetzten Blick mit Birgit, doch die zuckte resignierend die Schultern. „Wenn du meinst.“

„Klar, ich freu mich so. Meine Mitbewohnerin studiert Kunstgeschichte.“

„Setzt euch doch“, mischte sich Birgit ein und stellte die Nudeln auf den Tisch. Gerd sah Birgit an, dass sie alles andere als begeistert war. Er seufzte ebenfalls lautlos und reichte Birgit den Teller.

Es dauerte eine Weile, dann saßen alle gemeinsam am Tisch. „Maxi, wir müssen noch etwas mit dir was besprechen.“

„Nein, Mama. Ich wechsle nicht nach dem ersten Semester nach Freiburg.“ Maxi ging wie immer sofort in Verteidigungsstellung.

„Heute geht es ausnahmsweise mal nicht um dich.“ Gerds Stimme klang schärfer als beabsichtigt.

„Um was dann?“ Maxi schaukelte gelangweilt mit ihrem Stuhl und zwirbelte ihre Nudeln auf die Gabel.

„Um eine Patientin. Wir haben dir doch von Valerie erzählt, das Mädchen, das wochenlang in unserer Klinik war und nicht vermisst wurde. Du hast sie und ihre Mutter gestern gesehen.“ Birgit erzählte, was vorgefallen war. „Wir nehmen Valerie die nächsten Wochen zu uns. Ihre Mutter ist in Miami und sie braucht Hilfe.“

„Aha!“ Maxis Blick verfinsterte sich. „Und wie lange soll das gehen?“

„Sobald sie entlassen wird bis Anfang Mai.“

„Aber ich gebe mein Zimmer nicht her.“ Maxi schob eine große Ladung Nudeln in den Mund.

„Das verlangt ja keiner. Susannes Zimmer steht schließlich leer“, erklärte Gerd seelenruhig.

„Von mir aus.“ Maxi klang nicht begeistert.

„Sei wenigstens nett zu ihr, wenn du da bist. Valerie hat es wirklich schwer im Leben. Im Gegensatz zu dir.“ Kaum hatte Gerd die Worte ausgesprochen, bereute er es auch schon, denn Maxis Blick verdüsterte sich und die Unterhaltung verstummte augenblicklich.

Kapitel 17

„Dass Birgit Valeries Mutter nicht hochkant aus der Klinik geschmissen hat, erstaunt mich immer noch.“ Stefan schüttelte den Kopf.

Katja betrachtete ihn von der Seite und wunderte sich einmal mehr, wie er sich ihr gegenüber in den letzten Wochen verändert hatte. Wenn sie die Fahrt nach München mit dieser hier verglich, dann schienen Jahre dazwischen zu liegen. Während sie sich damals stundenlang angeschwiegen hatten, unterhielten sie sich heute angeregt.

„Es hat ihr schon in den Fingern gejuckt. Das Mädel ist siebzehn und lebt fast ununterbrochen allein, weil die Dame sich verwirklichen will. Selbst über Weihnachten und Neujahr war Valerie allein.“ Katja machte aus ihrer Betroffenheit keinen Hehl. Sie hatte sich gestern noch lange mit Valerie unterhalten und was sie da erfahren hatte, konnte sie fast nicht glauben. „Dass Valerie dann rebelliert, ist nachvollziehbar. Ich verstehe aber nach wie vor nicht, dass sich die Schulleitung nicht eingeschaltet hat. Hilfe, schon wieder eine Baustelle.“

„Das kann ja heiter werden.“ Stefan bremste den Land Rover herunter und fädelte sich auf der rechten Spur ein. Der Land Rover holperte über mehrere Bodenwellen und Katja hielt sich krampfhaft am Haltegriff fest, nachdem sie fast aus dem Sitz katapultiert wurde. „Herrgott, Stefan. Bist du sicher, dass dieses Traumauto Stoßdämpfer hat?“

Stefan lachte lauthals los. „Das Ding ist absolut geländetauglich.“

„Super, und wozu brauchst du das, wenn du ständig in der Stadt damit fährst?“

„Immerhin bekomme ich problemlos mein Fahrrad rein. Lästere du nicht immer über mein Auto. Ich meckere ja auch nicht über deinen

Mini."

„Der ist ein absoluter Luxusschlitten verglichen mit dieser Blechkiste. Ist ja gut, ich bin schon ruhig." Katja verkniff sich einen weiteren Kommentar. „Noch mal zu Valerie. Die Mutter war ja nur sauer, weil Birgit das Jugendamt eingeschaltet hat. Jetzt ist nämlich ihr Ruf in Gefahr. Ihr größtes Problem ist, was die anderen von ihr denken. Dass Valerie seit Monaten nicht mehr in der Schule war und nun durchs Abitur segelt, ist ihr absolut schnurz."

„Manchmal fragt man sich wirklich, warum manche Menschen Kinder in die Welt setzen. Valerie wird in den nächsten Monaten noch viel Hilfe brauchen. Als ich Frau Behrendt sagte, dass Valerie zweimal die Woche zur Krankengymnastik gefahren werden muss, hat sie eiskalt erklärt, Valerie hätte ein Monatsabo für die Bahn." Stefan wirkte immer noch ähnlich erschüttert wie Katja. Das Thema Valerie und ihre karriereorientierte Mutter waren unerschöpflich und so verging die restliche Fahrt nach Neuss wie im Flug. Pünktlich zur Mittagszeit bog Stefan auf das Firmengelände der AvendMedTec ein und hielt beim Pförtner, der nach Stefans kurzer Erklärung die Schranke öffnete und ihnen den Weg wies.

„So, wir wären da." Nachdem Stefan den Land Rover problemlos in eine Miniaturparklücke rangiert hatte, stellte er den Motor ab und streckte sich genüsslich.

Katja kontrollierte den Abstand zum nebenstehenden Auto und konnte sich ein Stöhnen nicht verkneifen. „Und wie soll ich da jetzt rauskommen?"

„Stell dich nicht so an." Stefan deutete nach hinten. „Ansonsten kannst du ja über die Heckklappe aussteigen."

„Vollpfosten!", brummelte Katja und löste den Sicherheitsgurt. „Ich bin nervös."

„Wieso denn das? Die wollen doch nichts von uns." Stefan stieg aus und griff nach seinem Sakko, das auf dem Rücksitz lag.

„Weiß ich doch auch nicht." Katja strich ihre Hose glatt und zupfte an ihrer Bluse. „Im OP fühle ich mich jedenfalls sicherer."

„Katja, die stellen uns nur ihre bisherige Entwicklungsarbeit vor. Du hattest die Idee, die Entwicklungsabteilung von Avend war sofort begeistert, also was soll dir jetzt noch passieren?"

„Und warum kommt extra der Konzernchef aus Australien nach Deutschland und will uns sprechen?" Katja war nicht überzeugt.

„Vielleicht ist er ja auch nur wegen des Jubiläums hier. Könnte doch sein, oder? Vielleicht will er aber auch nur eine talentierte Ärztin für sein Entwicklungsteam abwerben."

„Ha, das wäre allerdings eine Option, die ich in Erwägung ziehen könnte", schoss sie zurück und hatte das Gefühl, dass Stefan sein Eigentor nicht witzig fand. Jedenfalls sah er sie nicht mehr an und schlüpfte in sein Sakko.

„Das war ein Witz", murmelte er dabei.

„So blöde find ich die Idee aber gar nicht." Sie schnappte ihre Handtasche, schlängelte sich aus dem Auto und warf die Autotür anschließend schwungvoll zu. „Auf in den Kampf."

„Sie kennen Herrn Roland ja schon von den Telefonkonferenzen, er wird Ihnen nun alles erklären. Wir treffen uns dann in einer Stunde im Konferenzraum. Viel Spaß." Der Geschäftsführer von Avend, Doktor Könneker, trat in den Hintergrund und ließ dem Projektleiter den Vortritt.

„Erst einmal möchte ich Sie auch noch einmal im Namen von Avend begrüßen. Ich freue mich, Sie beide endlich persönlich kennenzulernen und nun, liebe Frau Doktor Thalbach, Herr Doktor Marquardt, gebührt Ihnen beiden die große Ehre. Sie dürfen jetzt als Premiere die erste Operation durchführen."

„Vielen Dank, Herr Roland. Wir sind gespannt. Katja, bitte sehr.“ Stefan ließ ihr den Vortritt. Katja verkniff sich ein stolzes Kichern und trat näher an den improvisierten OP-Tisch, auf dem eine Puppe in Bauchlage gebettet lag und deren Operationsfeld mit einem Spreizer für einen minimal-invasiven Zugang aufgespannt war. Daneben standen ein Bildwandler und ein Rolltisch, auf dem die neuartigen Schrauben mit dem patentierten Scharniergelenk, Drähte und Hülsen in allen Längen, sowie die benötigten Stäbe, lagen. Feinsäuberlich waren die Instrumente der Reihe nach nummeriert und ebenfalls bereitgelegt.

„Schade, dass nicht immer alles so reinlich zugeht.“ Sie sah erst an sich hinab, dann Stefan an und lächelte dem Projektleiter zu, der das Lächeln strahlend zurückgab.

„Nennen Sie mich ruhig Charly“, meinte dieser und reichte ihr das erste Instrument.

„Ich bin Katja.“ Sie nahm ihm die Ahle aus der Hand, die als Nummer eins gekennzeichnet war und bei einer realen Operation dafür sorgte, dass der Führungsdraht korrekt eingesetzt wurde. Stefan ließ sie nicht aus den Augen, und wenn ihn nicht alles täuschte, dann dauerte die Übergabe der Ahle deutlich länger, als es nötig gewesen wäre. Entweder hatte Katja dies nicht bemerkt oder sie ignorierte es. Denn sie begutachtete die Ahle von allen Seiten und ihr begeisterter Gesichtsausdruck sprach Bände. Freudig suchte sie seinen Blick. Dieser Blick fuhr ihm durch Mark und Bein, sodass er Mühe hatte, den Sinn ihrer nächsten Worte zu erfassen. „Die liegt ja total leicht in der Hand. Herr Kollege, darf ich bitten.“

Stefan riss sich zusammen, stellte sich ihr gegenüber an den OP-Tisch und *Nennen-Sie-mich-ruhig-Charly* begann mit seiner Erklärung. „Sie können mit denselben Instrumenten minimal-invasiv oder über einen offenen Zugang operieren.“

Schritt für Schritt führte er sie durch die fiktive Operation an einer Kunststoffwirbelsäule und Katjas Enthusiasmus steckte schließlich auch Stefan an. Trotzdem entging ihm nicht, dass der junge Projektleiter nicht von Katjas Seite wich und dabei mehr als einmal Katjas Hand unnötig lange berührte, wenn er ihr den notwenigen Handgriff zeigte.

„Wollen wir deinen Erfolg noch gemeinsam feiern?", fragte er Stunden später, als sie gemeinsam das Hotel betraten.

„Stefan, das ist nicht nur mein Erfolg. Du warst daran genauso beteiligt wie ich."

„Aber du hattest die Idee! Wie wäre es, wenn wir uns gegen zwanzig Uhr hier im Restaurant zum Abendessen treffen? Dann haben wir vorher noch ausgiebig Zeit, uns frisch zu machen." Stefan sah Katja nachdenklich an. Im Verlauf des Nachmittags hatte er immer wieder ihren Blick aufgefangen und mit jedem Mal schienen die Funken stärker zu sprühen.

„Warum nicht." Katja blickte auf die Uhr und nickte. „Acht Uhr ist gut. Dann kann ich mich sogar noch ein paar Minuten aufs Ohr legen."

Zusammen traten sie an die Rezeption des kleinen Hotels, das von außen einen gemütlichen Eindruck gemacht hatte. Stefan hatte bei der Einfahrt auf den Parkplatz gesehen, dass das Hotel direkt am Rhein lag und einen großen Wintergarten hatte.

„Guten Abend, die Herrschaften", wurden sie förmlich von einem Angestellten begrüßt.

„Guten Abend. Wir sind Stefan Marquardt und Katja Thalbach. Die Firma AvendMedTec hat zwei Zimmer für uns reserviert." Stefan sah, wie das Lächeln des Angestellten gefror und er einen Blick auf den Bildschirm warf, dann hektisch auf der Tastatur umhertippte.

Bitte, nicht auch noch das. Ich will nur eine Dusche, dann ein Abendessen und irgendein Bett, egal wo.

Als hätte er es geahnt, räusperte sich der Angestellte umständlich und wandte sich ihnen wieder mit einem bedauernden Blick zu. „Da ist uns wohl ein Fehler unterlaufen, wir haben ein Doppelzimmer auf Ihre Namen gebucht."

„Wir sind doch hier nicht im Film", ließ Katja verlauten und ihrer Stimme hörte Stefan an, dass sie mehr als genervt war. „Sie werden doch wohl noch ein zweites Zimmer haben?"

„Es tut mir schrecklich leid ..." Der Hotelangestellte rieb sich den Nacken und warf ihnen einen hilflosen Blick zu.

„Kann ich helfen?" Eine weitere Angestellte kam hinzu.

„Ja, hier liegt ein Missverständnis vor. Wir wollten zwei Einzelzimmer. Jetzt sagt Ihr Kollege, es wäre ein Doppelzimmer gebucht und ansonsten alles belegt." Stefan trommelte mit den Fingern auf dem Empfangstresen.

Die Angestellte nahm den Platz ihres Kollegen ein, beugte sich über den Bildschirm und tippte wieder auf der Tastatur herum. „Frau Doktor Thalbach und Doktor Marquardt aus Freiburg. Das ist mir jetzt aber peinlich, ich hatte fälschlicherweise angenommen, sie gehören zusammen, denn die Firma AvendMedTec hat die Buchung so bestätigt."

Sie sah auf und schob ihre Brille nach oben. Stefan fluchte lautlos und überlegte, ob er irgendwo anders ein Zimmer bekommen konnte. Damit würde ihm aber das Abendessen mit Katja entgehen.

„Gibt es in der Nähe ein anderes Hotel?", fragte er wenig begeistert.

„Nur in Düsseldorf. Aber Sekunde." Da blitzten die Augen der Angestellten fröhlich auf. Sie beugte sich wieder über den PC. „Unsere Suite ist noch frei. Sie hat zwei getrennte Schlafzimmer, das Bad und den Wohnbereich müssten Sie sich teilen. Wäre das eine akzeptable Alternative?"

Neben sich hörte er einen erleichterten Seufzer. Katja nickte begeistert. „Wir nehmen es."

Zu Stefan gewandt, sagte sie dann: „Das klären wir morgen mit Avend."

„Nein, lassen Sie", mischte sich die Angestellte wieder ein. „Schließlich war es mein Fehler. Mein Kollege wird jetzt Ihre Personalien aufnehmen und Ihnen die Schlüssel aushändigen. Ich bitte nochmals um Entschuldigung und hoffe, Sie genießen dennoch Ihren Aufenthalt bei uns. Das Restaurant hat bis dreiundzwanzig Uhr geöffnet, darf ich Ihnen einen Tisch reservieren?"

„Gerne, acht Uhr, wenn es passt." Stefan kramte nebenher in seiner Brieftasche nach dem Personalausweis, während Katja schon ihr Formular ausfüllte.

„Ziemlich mieses Drehbuch wollte ich vorhin schon sagen, aber dann ist ja noch alles gutgegangen." Katja zog ihren Koffer aus dem Aufzug und suchte einen Wegweiser.

„Nach rechts." Stefan blieb verblüfft stehen, weil Katja ohne zu Zögern auf sein Kommando hin genau in die entgegengesetzte Richtung abbog. Er holte sie mit langen Schritten ein und hielt sie am Arm fest.

„Wo ist rechts?", fragte er grinsend.

„Was ist denn das für eine Frage?" Katja verzog das Gesicht, zeigte nach links und ging weiter. „Na da, wo denn sonst. – Okay, diese Richtung." Sie stoppte und wechselte so abrupt die Richtung, dass Stefan fast in sie hineingelaufen wäre.

„Höchst erstaunlich, dass du noch nie bei einem Patienten die falsche Seite operiert hast."

„Rotes Kreuz", murmelte Katja.

„Was hat das Rote Kreuz jetzt damit zu tun, dass du offenbar rechts und links nicht zuordnen kannst?"

Katja warf ihm einen Blick zu, der bestimmt signalisieren sollte, dass er jetzt besser ruhig war, doch heute ritt ihn der Teufel. „Das ist ein bekanntes Frauenproblem!"

„So ein Quatsch!" Ihr dunkles Auge sprühte jetzt tatsächlich Funken, während ihr blaues wiederum heller wurde. Fasziniert konnte Stefan den Blick nicht von ihr wenden. Doch Katja bemerkte es gar nicht.

„Vielleicht ist es dir ja schon mal aufgefallen, aber ich male vor der OP immer ein großes rotes Kreuz auf den Knöchel, damit ich ja nichts verwechsle."

„Sehr clever!" Mehr als mühsam riss er den Blick los und setzte sich wieder in Bewegung. „Da lang."

Er übernahm die Führung und nach wenigen Metern standen sie vor der Zimmertür. Stefan hielt die Schlüsselkarte vor den Kartenleser und schon sprang die Tür nach innen auf.

„Treten Sie ein, junge Frau." Er ließ Katja den Vortritt. Wieder schoss sie einen verkniffenen Blick auf ihn ab.

„Glaub ja nicht, dass ich freiwillig mit dir dieses Zimmer teile. Aber *hallo!*" Sie riss entzückt die Augen auf, als sie im Wohnbereich stehenblieb. „Okay, ich teile gern das Zimmer mit dir. Stefan, sieh dir das an!"

Stefan grinste und begeisterte sich an ihrer Freude. Auch er verschaffte sich schnell einen Überblick. Die Suite bot alles, was das Herz zum Pulsieren brachte. Vom Wohnbereich ging zu beiden Seiten je ein Schlafzimmer ab, auf seiner Höhe schien man ins Badezimmer zu gelangen. Eine ausladende Sofalandschaft, ganz in hellem Leder gehalten, dominierte den Wohnbereich. Gegenüber hing ein überdimensionaler Fernseher, aber das absolute Highlight war der einzigartige Ausblick: Von der Fensterfront der Suite aus eröffnete sich ein Panorama auf den Rhein, der im Abendlicht mit einem zauberhaften glitzernden Farbenspiel aufwartete.

„Ich nehme dieses Zimmer." Katja öffnete die Tür auf der linken Seite und verschwand, ihren Koffer hinter sich herziehend. „Wow!"

Zwei Sekunden später stand sie grinsend wieder in der Tür. „Du kannst ruhig zuerst ins Bad, das muss ich erst mal genießen."

„Alles klar, wir haben ja genug Zeit." Stefan durchquerte in aller Seelenruhe den Wohnbereich und betrat das Zimmer, das ihm wohl zustand. Auch er war vom Anblick angenehm überrascht. Ein riesiges Bett stand vor einer weißen Trennwand, hinter der sich offenbar der Ankleidebereich befand. Genial gelöst, denn die Schlafzimmer waren nicht sehr groß, dennoch war jeder Quadratzentimeter optimal ausgenutzt.

Kapitel 18

„Siehst du, es war völlig unnötig, dass du so nervös warst. Hat doch alles geklappt." Stefan zündete die Kerze auf dem Tisch wieder an, die ausgegangen war.

Von wegen, dachte Katja, *außerdem machst du mich heute ganz nervös.* Immer wieder fing sie diese merkwürdigen Blicke von ihm auf. „Naja, der Konzernchef hat mich schon etwas verunsichert. Aber ich habe erstaunlicherweise alles wunderbar verstanden." Das Meeting war teilweise in englischer Sprache geführt worden. Sie hatte aber alle Fragen beantworten können, und war heilfroh, dass alles vorbei war. Katja blätterte in der Speisekarte und stutzte. „Hast du eine Ahnung, was Steak auf heißem Stein sein soll?"

Sie linste über den Rand der Karte und entdeckte, dass Stefan sie nicht aus den Augen ließ. In seinen Augen spiegelte sich das Kerzenlicht und seine Pupillen weiteten sich, als sich ihre Blicke für kurze Zeit ineinander verhakten.

Mühsam riss sie schließlich den Blick los. *Was zum Kuckuck ist eigentlich momentan mit mir los?* Erneut versuchte sie sich auf die Speisekarte zu konzentrieren, da fiel ihr ihre Frage wieder ein. „Also, was meinst du? Was könnte Steak auf heißem Stein sein?"

„Keine Ahnung, aber ich liebe Steaks. Es hört sich lustig an." Stefan strich sich über seinen Bart und schloss die Karte. „Ich nehme es."

Katja schloss sich seiner Wahl an. Während sie auf das Essen warteten, entspannte sich Katja wieder, solange sie mit Stefan den Tag Revue passieren ließ.

Der Ober brachte schließlich für jeden eine große Holzplatte, auf der je zwei rechteckige Steine eingelassen waren. Links standen drei Schälchen mit verschiedenen Dips und Kräuterbutter, rechts bei Katja ihre gebackene Kartoffel und bei Stefan ein Schälchen Pommes frites.

„Seien Sie vorsichtig. Der dunklere Stein ist vierhundert Grad heiß. Ich bringe Ihnen sofort noch die Steaks. Am besten wird das Steak, wenn Sie sich kleine Stücke abschneiden und diese nach und nach anbraten“, erklärte der Ober.

Katja bemerkte erst jetzt, wie hungrig sie war. Begeistert machte sie sich augenblicklich daran, das Fleisch auf dem Stein zu verteilen, sobald der Ober es gebracht hatte. „Das schaffe ich im Leben nicht.“

„Ich esse deinen Rest.“ Stefan lachte sie an. „Sieht toll aus. Guten Appetit.“

„Danke!“ Schon schob sie sich das erste Stück Fleisch in den Mund und schloss genießerisch die Augen. „Himmlisch.“

„Ich sehe schon, du teilst meine Vorliebe für blutige Steaks.“ Wieder lächelte er und Katja fragte sich, wann sie ihn jemals so entspannt und zugänglich erlebt hatte.

„Warum hast du in München studiert? Hast du nicht mal erwähnt, du kommst hier aus der Gegend?“, nutzte Katja die Gelegenheit.

„Ich wollte mal eine andere Gegend kennenlernen.“ So wie er das sagte, konnte es nicht der wahre Grund sein. Doch Katja beschloss, nicht nachzubohren und hörte ihm aufmerksam zu, wie er vom Studium und anschließend von seiner Anfangszeit als Arzt erzählte. Während sie das Essen genossen, plätscherte die Unterhaltung dahin und Katja lernte Stefan erneut von der unterhaltsamen Seite kennen, die sie ihm vor wenigen Wochen noch gar nicht zugetraut hätte. Ein ums andere Mal brachte er sie mit seinen Geschichten zum Lachen. Schließlich tauschten sie die Holzbretter und Stefan ließ sich ihren Rest schmecken.

„Wie hast du eigentlich Vicki kennengelernt?“, fragte er, als er das letzte Stückchen Fleisch verputzt hatte.

„Kennst du die Geschichte nicht?“ Katja lehnte sich in ihrem Stuhl zurück und musterte ihn. Entspannt und lächelnd saß er ihr gegenüber und sah sie neugierig an.

„Nee, ich weiß nur, ihr habt auch schon gemeinsam studiert und Gerd wollte euch unbedingt an der Klinik haben."

„Ja, er hat uns beide direkt nach einer Klausur nach vorn geholt." Sie lächelte bei der Erinnerung. „Aber das wolltest du gar nicht wissen. Das mit Vicki, das war purer Zufall. Ich hatte mich an der Uni eingeschrieben und wollte schon wieder heimgehen. Am Ende der Treppenstufen saß eine junge Frau zusammengekauert wie ein Häufchen Elend. Ich habe sie angesprochen." Katja legte ihre Serviette zusammen und auf den Teller, den der Kellner abräumte. „Danke, es hat herrlich geschmeckt."

„Das gebe ich gerne an die Küche weiter. Darf ich Ihnen einen Kaffee oder Espresso bringen?"

„Nein, danke. Aber bitte noch ein Altbier."

„Scheint dir ja zu schmecken." Stefan wirkte amüsiert. Katja überlegte für einen Moment, ob das wirklich ihr unzugänglicher Chef war, der ihr hier gegenübersaß und ihr wiederum einen der kurzweiligsten Abende bescherte, den sie seit langem erlebt hatte. So wie er sich heute verhielt, wirkte er nicht fremd, sondern vertraut, wie ein guter Freund. *Blödsinn, vielleicht sollte ich wirklich etwas weniger Bier trinken.*

„Das ist total lecker, du solltest es auch mal probieren", verkündete sie lockerer, als sie sich fühlte.

„Danke, ich bleibe bei Kaffee."

„Den du immer literweise in dich reinkippst."

„Stimmt." Wieder lächelte er und zum ersten Mal bemerkte Katja, dass seine Augen dabei fröhlich glitzerten. „In meinen Adern fließt Koffein statt Blut."

Katja lachte laut heraus. „Bist du sicher, dass du heute keine Drogen intus hast?"

„Weshalb?"

„Weil du heute ausgesprochen umgänglich bist."

„Fängst du jetzt wieder damit an. Du tust ja gerade so, als wäre ich ein Unmensch." Stefan senkte den Blick und rührte in seinem Kaffee, den der Ober gebracht hatte.

„Nein, nein." Katja wiegelte schnell ab. „Aber inzwischen weiß ich, dass der weiße Kittel nur Show ist. Darunter steckt ein netter Kerl, der einfach nur gerne als Miesepeter gelten will."

„Das lasse ich unkommentiert. Aber wir waren bei Vicki", erinnerte er sie und seine Miene verschloss sich etwas. Katja beließ es beim Themenwechsel.

„Stimmt. Also, die Frau, die da auf den Stufen saß, war Vicki. Sie war völlig außer sich. Sie war von Flensburg extra nach Freiburg gekommen und jetzt gab es keine Studentenzimmer mehr. Außerdem hatte sie Liebeskummer." Katja zögerte kurz. Es war kein Geheimnis, dass Vicki wegen ihres Exfreundes sämtliche Brücken in Flensburg abgebrochen hatte, dennoch kam sie sich wie eine Verräterin vor.

Stefan schien dies nicht zu bemerken. „Du bist wie Birgit. Du sammelst auch ständig irgendwelche flügellahmen Küken auf. Bei Valerie könnt ihr euch jetzt zusammen verwirklichen."

„Stimmt." Katja nickte und wagte erneut einen Blick auf ihn. Doch er mied immer noch ihren Blick. *Mist, hatte sie sich jetzt zu weit vorgewagt?*

„Ich habe Vicki mit nach Hause genommen. Meine Mutter hat ihr das Gästezimmer hergerichtet und sie ist geblieben. Wir haben uns sofort gut verstanden, als hätten wir schon Jahre zusammen verbracht. Ihr ging es lange Zeit ganz mies."

„Wann wurde bei ihr die Endometriose erkannt?"

„Du weißt davon?" Überrascht suchte Katja jetzt doch seinen Blick und er hielt ihm stand. Dann seufzte er leise auf.

„Du hast wirklich einen völlig falschen Eindruck von mir. Ich interessiere mich durchaus für meine Kollegen und Patienten."

„Ja, das merkt man jeden Tag." Katja konnte die Bemerkung nicht zurückhalten und schob schnell eine Entschuldigung hinterher. „Entschuldige, ich kann's nicht lassen. Ja, sie hatte damals wirklich große Probleme und musste sich mehreren Bauchspiegelungen unterziehen. Momentan sieht es aber aus, als hätten sich die entzündlichen Reaktionen gelegt. Es war gut, dass sie bei uns war, quasi mit Familienanschluss. Für meine Mutter ist sie das dritte Kind, das sie immer wollte und nie bekam. Wir haben dann später unser Häuschen gekauft und sind seit Jahren pleite."

„Vielleicht solltet ihr mal am Urlaub sparen", konterte Stefan.

Katja überlegte für Sekunden, ob sie ihm endlich die Wahrheit sagen sollte, aber er redete schon weiter.

„Wie bist du eigentlich bei der Unfallchirurgie gelandet?"

„Ich wollte eigentlich Kinderärztin werden, dann hat Professor Werner aber mehrere Vorträge über die Unfallchirurgie gehalten, die ich nur so in mich aufgesaugt habe. Es hat mich brennend interessiert."

Sie lächelte versonnen bei der Erinnerung.

„Irgendwann hat Professor Werner nach Praktikanten gesucht, die in einem Projekt mitarbeiten sollten. Ich habe mich gemeldet und bin – wie du weißt – auf deiner Station gelandet." Sie lächelte ihn an. „Danach wollte ich nichts anderes mehr. Frag mich nicht warum, ich wusste nur, das war genau das, was mich auf immer faszinieren würde. Jeden Tag Leben retten und jeden Tag andere Herausforderungen."

„Wollen wir noch an die Bar?" Stefan unterschrieb die Rechnung und schob seinen Stuhl nach hinten.

Katja sah auf ihre Uhr und schien zu überlegen.

„Aber nur auf einen Absacker, sonst komme ich morgen nicht raus."

„Komm mit!" Er schnappte ihre Hand und zog sie mit sich. Mit langen Schritten durchquerten sie die Lobby und landeten gegenüber in einer Bar, in der gedämpfte Klaviermusik zu hören war. Der Raum war ganz in hellem Holz gehalten. Die üblichen Barhocker waren durch hohe Rattanstühle mit Lehne ersetzt worden, was auf Anhieb einen sehr gemütlichen Eindruck vermittelte. Nur ein weiteres Paar genoss dieses schöne Ambiente.

Katja ließ sich neben Stefan auf einen der Stühle sinken und gab ihre Bestellung auf. „Ein Altbier bitte."

Stefan grinste und schüttelte den Kopf. „Ich nehme ein Pils." Er wandte sich wieder an sie. „Du weißt aber schon, dass da auch Alkohol drin ist?"

„Schmeckt aber frisch gezapft so lecker." Katja griff sofort nach dem Glas, sobald der Barkeeper es vor ihr abstellte.

„Bitte sehr, zum Wohl." Der Barkeeper verzog sich diskret in den Hintergrund.

„Katja?" Fragend sah Stefan sein Gegenüber an. „Ist dir bewusst, dass es das erste Mal ist, dass wir einen kompletten Tag außerhalb der Klinik miteinander verbracht haben?"

„Stimmt." Katja nippte seelenruhig weiter an ihrem Altbier.

„Es ist auch das erste Mal, dass wir zu zweit in einer Bar sitzen."

„Stimmt auch."

„Und bis auf deine gelegentlichen Seitenhiebe sind wir uns nicht einmal an die Gurgel gegangen."

„Stefan, was wird das jetzt hier? Deswegen sind wir noch lange keine Freunde." Sie hob die Hand und deutete dem Barkeeper an, dass sie ein weiteres Bier wollte.

„Mit Altbier sollte man nicht spaßen. Du trinkst es wie Limonade."

„Danke für die Belehrung, aber ich bin erwachsen."

„Ich meine ja nur." Er zuckte mit den Schultern. „Vielleicht sollten wir ein weiteres erstes Mal hinzufügen?"

Katja verschluckte sich und hustete, dann sah sie ihn wütend an. „Das ist absolut nicht witzig."

„Ich meinte, wir sollten tanzen."

„Tanzen? Nee, vergiss es!" Katja schüttelte den Kopf. „Erzähl mir lieber, was du so alles in deiner Freizeit treibst."

Stefan nahm sich ein paar Nüsse aus einem der Schälchen, die auf der Theke standen, und kaute langsam. Er überlegte, was er ihr erzählen sollte. „Da gibt es nicht wirklich viel."

„Stimmt. Manchmal habe ich den Eindruck, dass du mit der Klinik verheiratet bist."

„Quatsch!"

Sie legte den Kopf schräg und sah ihn nachdenklich an. „Also, was machst du so Tag für Tag?"

„Ich spiele auch ab und zu Tennis, gehe laufen und treffe mich hin und wieder mit Markus und Susanne. Und ich fahre Fahrrad." Es war ein armseliges Leben, wie er soeben bemerkte.

„Wo bist du eigentlich aufgewachsen?"

Je mehr Altbier sie konsumierte, umso neugieriger schien Katja zu werden. Stefan überlegte, in welchem Zustand er sie wohl später aufs Zimmer verfrachten würde. Sein prüfender Blick blieb mal wieder an ihren wunderschönen Augen hängen, die schon einen leicht glasigen Eindruck vermittelten. Es juckte ihn in den Fingern, die Hand auszustrecken und ihr über die Wange zu streichen, sie näher zu ziehen und sich den längst überfälligen Kuss zu rauben.

Endlich gestand er es sich ein: Er fühlte sich stets in Katjas Gegenwart unterschwellig erregt, ließ diesem Gefühl aber keinen Raum. Ein ums andere Mal faszinierte ihn ihre lebhafte Art und ihr hintergründiger Humor, der immer wieder wie aus dem Nichts auftauchte. Erstaunlich, dass sie heute in ein paar Stunden mehr geredet hatten, als in all den Jahren, die sie zusammen ein Team gebildet hatten. Seit sie gemeinsam die Tagung besucht hatten, hatte sich ihr Verhältnis langsam aber stetig verändert. Was natürlich damit zusammenhing, dass er sich ihr gegenüber mehr öffnete als ihm guttat. Unauffällig rückte er von ihr ab und betrachtete die vielen Flaschen, die an der Wand aufgereiht waren.

„Träumst du?“ Katja rüttelte an seinem Arm. „Jetzt sag’ schon, wo du aufgewachsen bist. Oder ist das ein Geheimnis?“

„Blödsinn. In der Nähe von Bonn. In Königswinter.“

„Ach? Und wann warst du das letzte Mal dort?“

„Vor ... über zwanzig Jahren.“ *Gott, war das schon so lange her, dass er hier in der Gegend gewesen war?* „Vielleicht sollten wir am Sonntag noch einen Abstecher dorthin machen. Das liegt ja quasi auf dem Rückweg.“

„Das Gleiche dachte ich eben auch.“ Amüsiert hob sie die rechte Augenbraue und das braune Auge darunter glitzerte, während das Farbenspiel ihrer Augen ihn von neuem beeindruckte. *Hexenaugen!*

Fasziniert verhakte sich sein Blick in ihrem, das Blut rauschte in seinen Ohren. Herzschlag für Herzschlag, in denen er sie mit Blicken verschlang und schließlich erst mit größter Willenskraft den Bann brechen konnte.

„Hab’ ich jetzt was Falsches gesagt?“, fragte sie und schob sich Nüsse in den Mund.

Er schüttelte den Kopf. „Aber schau mich bitte nicht immer so an.“

Katja blinzelte. „Wie schau ich denn?“

Da brach es urplötzlich aus ihm heraus: „Diese verdammten Hexenaugen machen mich irgendwann noch völlig kirre.“

Katja blinzelte wieder und schien ehrlich verblüfft. „Ich dachte eigentlich, ich sei inzwischen etwas beschickert, aber du scheinst auch nicht mehr ganz nüchtern zu sein.“

„Ich bin stocknüchtern“, stellte Stefan fest, doch die Stimmung hatte sich merklich verändert. Katja ließ ihn ebenfalls nicht mehr aus den Augen, während sie sich erneut an den Erdnüssen bediente.

„Ich finde, wir sollten uns noch eine weitere Premiere gönnen.“ Ihn ritt der Teufel. Ohne nachzudenken, legte er seine Hand an ihren Nacken und senkte gleichzeitig den Kopf. Was ihn dann aber verblüffte, war, dass Katja sich nicht wehrte. Weder, als er sie sanft zu sich dirigierte, noch als sich ihre Lippen endlich trafen.

Lippen, die weich und warm waren und nach einer Mischung aus Erdnüssen und dem malzigen Geschmack des Altbiers schmeckten, das sie inzwischen ausreichend intus haben musste.

Als Nächstes wunderte er sich, das er zwar augenblicklich hochgradig erregt war, dieses Gefühl aber von einem ungewohnten Glücksgefühl überdeckt wurde. Das Rauschen in den Ohren nahm zu, sein Puls beschleunigte sich. *Er dachte zu viel!*

Als Katja ein undefinierbares Geräusch von sich gab, als hätte sie sekundenlang die Luft angehalten und dann den Kuss intensivierte, gab er das Denken auf.

Irgendwann glitt sie von ihrem Stuhl und wie selbstverständlich in seine Arme. Er verstärkte die Umarmung und alles fühlte sich richtig an. Ihre Hände machten sich selbständig und die Berührung ließ einen Schauer über seinen Rücken rieseln.

Dann war der Zauber vorbei. Ein Glas zerschellte auf hartem Untergrund, der Barkeeper fluchte und Katja saß in Bruchteilen von Sekunden wieder auf ihrem Stuhl. Nur ihre zitternde Hand und die Geschwindigkeit, mit der sie das Altbier hinunterkippte, ließ ihn ihre Unruhe bemerken. Völlig aufgewühlt sortierte er die Gedanken und verkniff sich ein zufriedenes Grinsen, das sich auf seine Züge stehlen wollte.

„Nun ja, für eine Premiere ganz passabel“, war das Einzige, was ihm einfiel.

„Die Premierenfeier hinterher ist aber gestrichen.“ Katja sah ihn nicht an, stattdessen griff sie nach ihrer Handtasche und kramte nach der Schlüsselkarte. „Ich denke, wir sollten den Abend hier und jetzt beenden, sonst ...“

Da sie nicht weitersprach, signalisierte er dem Barkeeper, dass er zahlen wollte. Schweigend betraten sie Minuten später den Aufzug, wobei Katja unmerklich schwankte und ebenso schweigend folgte er ihr nach der kurzen Fahrt zur Suite. Nachdem sie mit der Schlüsselkarte hektisch vor dem Sensor herumfuchtelte und sich nichts tat, nahm er ihr die Karte aus der Hand und sorgte dafür, dass die Tür Sekundenbruchteile später aufsprang. Katja touchierte den Türrahmen und fluchte, während sie sich den Ellbogen hielt. Er grinste sich eins und verkniff sich die passende Bemerkung.

„Gute Nacht. Schlaf gut", war sein einziger Kommentar. Schnell brachte er sich außer Reichweite, bevor er doch noch schwach wurde.

„Stefan!"

Sein Name, leise aber nachdrücklich ausgesprochen, ließ ihn innehalten. Er drehte sich langsam um. Katja lehnte an ihrer Zimmertür und lächelte ihn mit diesen einzigartigen Hexenaugen an, die ihn vom ersten Tag an verzaubert hatten.

„Es war ein wunderschöner Tag mit dir."

Da war es um seine Selbstbeherrschung geschehen. Mit langen Schritten eilte er zu ihr. Sie hob die Arme und legte sie um seinen Hals.

Kapitel 19

Katja erwachte am nächsten Morgen mit hämmernden Schläfen. Stöhnend hob sie die Hand an die Stirn und öffnete versuchsweise ein Auge, das sie augenblicklich wieder schloss.

„Oh Gott!“

Nach ein paar Minuten wagte sie einen neuen Versuch und setzte sich dann langsam auf. Im zweiten Anlauf quälte sie sich aus dem Bett und trottete wacklig Richtung Bad, die Hand noch immer an die Stirn gepresst. Bei ihrer Handtasche machte sie einen Zwischenstopp und nahm eine Schmerztablette heraus. Im Bad angekommen stützte sie sich am Waschbecken auf und betrachtete sich aus zusammengekniffenen Augen. Ihre Haare standen wild zu allen Seiten ab, die Augen wirkten müde und die Schatten darunter ließen Rückschlüsse auf eine ausschweifende Nacht zu. Schnell nahm sie den Zahnputzbecher, füllte ihn mit Wasser, schluckte die Tablette und spülte mehrmals nach. Dann drehte sie am Wasserhahn und wartete, bis das Wasser eiskalt war. Die erste Ladung landete schwungvoll in ihrem Gesicht und sie schüttelte den Kopf, was zu einem heftigen Dröhnen in ihrer Schädeldecke führte.

„Oh mein Gott!“

„Ich hatte dich gewarnt. Auch Altbier hat es in sich. Vor allem in den Mengen, wie du es gebechert hast.“ Stefan war aus dem Nichts aufgetaucht und trat hinter sie. Besitzergreifend zog er sie an seine Brust und tauchte mit der Hand unter ihr T-Shirt. Augenblicklich reagierten sämtliche Poren und sie erschauderte. Katja schnappte nach Luft und verharrte zur Salzsäule erstarrt in dieser Haltung, dann polterte sie los: „Lass’ mich los! Hast du sie noch alle?“

Doch kaum ausgesprochen verfluchte sie ihre Reaktion auch schon, da die lauten Worte ihren Schädel zu spalten schienen.

„Ach, Frau Doktor leidet jetzt auch unter Amnesie?“ Er ließ sie los und sie beobachtete durch den Spiegel, wie er hinter ihr dreist grinsend zwei Schritte zurückwich. Sie drehte sich langsam um. Sein Haar war nass, auf dem nackten Oberkörper glitzerten Wassertropfen und er stand vor ihr, lediglich mit einem Hauch von Nichts, das sich Handtuch nannte, um die Hüften geschlungen.

„Ich denke, ich habe schon sehr viel mehr von dir berührt“, verkündete er lächelnd.

„Halt die Klappe.“ Katja flüsterte jetzt, um ihren Kopf zu schonen, in dem sich offensichtlich ein Presslufthammer selbständig gemacht hatte. Sie wedelte mit der Hand. „Raus hier.“

„Bekomme ich vorher noch mein T-Shirt“, fragte er mit einem Grinsen, das in Katja ein Kribbeln auslöste, welches ihr nicht unbekannt war. Sie blickte an sich hinab und der Presslufthammer meißelte die Erinnerungen frei: Stefan, wie er sie zärtlich mit Küssen verführte.

Stefan, wie er sie genauso zärtlich streichelte.

Wie er sie langsam Stück für Stück aus ihren Kleidern befreite. Jeden freigelegten Zentimeter bestaunte und mit heißen Küssen überschüttete. Sie hatte noch nie einen zärtlicheren Mann kennengelernt, geschweige denn je mit einem solch einfühlsamen Mann das Bett geteilt.

Stefan, wie er schließlich ganz sanft zu ihr gekommen war und ihr gezeigt hatte, dass es Momente gab, von denen sie nicht den Schimmer einer Ahnung gehabt hatte.

Stefan, wie er zitternd in ihren Armen gelegen hatte und sie seine verletzte Schulter gestreichelt hatte. – Katjas Kopf schoss nach oben.

„Deine Schulter! Lass' mich das mal genauer anschauen.“ Sie überwand den Abstand zwischen ihnen beiden und drehte ihn unsanft zur Seite. Brandnarben bedeckten den linken Teil seines Rückens vom Schulterblatt bis knapp zur Hüfte und außerdem den kompletten linken Arm bis unterhalb des Ellbogens.

Stefans gute Laune war wie weggeblasen. Er wusste genau, was nun folgen würde: Eine kurze Begutachtung der verunstalteten Stellen im Tageslicht. Danach ein kurzes knappes *Tschüss, vielleicht sieht man sich ja mal irgendwo wieder.*

„Das sieht aber gar nicht gut aus“, murmelte Katja hinter seinem Rücken. Der Dolchstoß hätte nicht tiefer treffen können. Er wollte sie schon barsch zurückweisen, da spürte er zart tastende Hände, die seine Schulter untersuchten.

„Heb' mal den Arm hoch“, forderte sie ihn auf. Verblüfft und mit angehaltenem Atem kam er ihrer Aufforderung nach.

„Höher, das ist doch gar nichts.“ Jetzt redete sie mit ihm wie mit ihren Patienten.

„Geht nicht“, zischte er und hielt erneut den Atem an, als sie versuchte, den Arm weiter zu strecken und sich der Schmerz trotz der bereits genommenen Tablette erneut bemerkbar machte.

„Aha, das dachte ich mir fast.“ Sie gab ihm einen Klaps auf die Schulter und sprach die erlösenden Worte aus. „Du kannst locker lassen.“

Mit einem tiefen Seufzer drehte er sich zu ihr um und war innerlich schon auf ihre Abschiedsworte vorbereitet. Sie hatte die Arme vor der Brust verschränkt und die Augenbraue über ihrem bernsteinfarbenen Auge war fragend hochgezogen.

„Was?“ Er fühlte sich unwohl unter diesem Blick.

„Rezidivierende Schulterluxation. Das ist massiv entzündet, Stefan. Das muss operiert werden.

„Mit Sicherheit nicht.“ Er wollte sich schon abwenden, da kam das Handtuch ins Rutschen, welches er gerade noch festhalten konnte.

„Wie oft hast du den Arm schon ausgekugelt?“

„In letzter Zeit kaum noch.“

„Ja, genau. Deswegen machst du auch manchmal so komische Bewegungen. Das muss doch tierische Schmerzen verursachen."

„Geht schon." Er verstand immer noch nicht, was sie ausgerechnet an seiner Schulter auszusetzen hatte; sah sie denn die fürchterlichen Narben gar nicht?

„Das werden wir ja sehen. Ich will ein CT, dann reden wir Tacheles."

„Bestimmt nicht. Ich sage es ein letztes Mal, an meiner Schulter macht keiner rum." Er kniff jetzt selbst die Augen zusammen und versuchte Katjas Grinsen zu ignorieren. „Und was fällt dir zu den Brandverletzungen ein?"

Sie zuckte lediglich mit den Schultern und streckte den Arm aus, um damit sanft, fast schon zärtlich über die vielen wulstigen Brandnarben zu streichen. „Das kann man heute ohne große Probleme kosmetisch behandeln. Das weißt du doch selbst. Also lenk nicht ab, die Schulter ist das größere Problem."

Er konnte es nicht fassen und versuchte sie nicht anzustarren. Die Schulter schien sie weit mehr zu interessieren, als die hässlichen Male.

„Wirkt die Tablette schon?", fragte er, um sich abzulenken.

Jetzt starrte Katja ihn irritiert an und schon zogen ihn ihre Augen wieder in den gewohnten Bann. Augenblicklich reagierte sein Körper, was ihr nicht verborgen blieb. Sie trat schnell einen Schritt zurück und hob beide Arme.

„Diese Nacht war ein riesengroßer Fehler, Stefan."

„Den wir jetzt aber wiederholen werden."

Er hob sie hoch, ohne auf ihren Protest zu achten. Stattdessen verschloss er ihren Mund mit einem Kuss, der deutlich machte, wonach ihm der Sinn stand.

In dem Moment, in dem Katja Stefans Lippen auf den ihren spürte, ging ein helles Licht in ihrem Kopf an und die Kopfschmerzen waren vergessen. An die Stelle trat ein Sehnen und der Wunsch: *Ich will dich ganz!*

Als hätte Stefan ihre Gedanken geahnt, legte er sie sanft auf dem Bett ab und zog ihr mit schnellen Bewegungen das T-Shirt über den Kopf. Er holte eine Kondompackung vom Nachttisch und riss sie rasch auf. Sie erkannte, dass noch dutzende Packungen bereitlagen, und schluckte.

„Hast du das geplant? Oder reist du immer mit so viel Vorrat?“, konnte sie sich nicht verkneifen zu fragen.

Er stoppte in der Bewegung, sich das Kondom überzustreifen und ein Schatten legte sich über seine Augen. Schnell übernahm sie die Regie und erledigte die letzten Handgriffe.

„Das war ein Witz, Stefan“, murmelte sie und küsste ihn.

„Wenn du es genau wissen willst? Als du geschlafen hast, habe ich den Automaten im Erdgeschoss geleert.“ Stefan umfasste ihren Kopf und presste die Lippen auf ihre. Seine Zunge sandte Schockwellen durch ihren Körper, während er mit ihrer spielte. Nackt lag sie vor ihm, verletzlich, und trotzdem fühlte sie sich unter seinen bewundernden Blicken wohl und beschützt.

„Wenn ich geahnt hätte, was für einen Wahnsinnskörper du hast, hätte ich schon lange keinen klaren Gedanken mehr fassen können“, raunte er ihr zu und verschloss anschließend ihre Lippen mit dem nächsten Kuss. Erstaunlicherweise störte sein Bart sie nicht, sondern sie empfand ihn als weich und angenehm. Sie vergrub ihre Hände in seinen dichten Haaren, die dafür erstaunlich störrisch waren. Kurz blitzte die Erinnerung auf, dass sie dasselbe heute Nacht schon gedacht hatte, und zog ihn voller Vorfreude an sich.

Er war unglaublich gewesen — *Es* war unglaublich gewesen!

Katja lächelte versonnen, legte den Kopf zurück und genoss seine Berührungen. Er verwöhnte sie, indem er sie mit den Händen federleicht berührte, um im nächsten Moment leidenschaftlich mit der Zunge ihren Mund einzunehmen. Sekunden später küsste er wieder zärtlich ihre Augenlider und Schläfen. Er war ein Phänomen: Mal wild und leidenschaftlich, dann wieder sanft und zärtlich.

„Ich will dich schon so lange!", murmelte es an ihrem Ohr, bevor er daran knabberte. Ein Schauer erfasste sie. Sie lag da, seufzte und sah ihn wie durch einen Schleier an. Helle Farben explodierten in ihrem Kopf, wann immer er sie berührte.

„Jetzt hast du mich ja." *Hatte sie das wirklich geflüstert?* Sie wusste es nicht, doch sein Blick sagte alles. Wieder vergrub sie die Hände in seinen störrischen Haaren und zog ihn zu sich. Jeder weitere Kuss dauerte länger als der vorherige. Ihre Hände standen nicht mehr still; mal vergruben sie sich in seinen Haaren, um dann Sekunden später seine Schultern zu liebkosen und schließlich grub sie beide Hände in seine Pobacken und drängte sich an ihn. Eng umschlungen wälzten sie sich auf dem Bett, ließen sich lange Zeit und lernten genüsslich im hellen Tageslicht den Körper des anderen kennen. Katjas Körper glühte. Stefan berührte und küsste sie an Stellen, von denen sie nicht mal geahnt hatte, dass sie empfänglich für Zärtlichkeiten waren.

Langsam forcierte Stefan schließlich das Tempo, und als sie dachte, zu verglühen, ahnte er auch dies und schob sich vorsichtig und unendlich zart in sie, während er dabei ein Stöhnen nicht unterdrücken konnte.

Katjas Seufzer ging in seinem glühenden Kuss unter. Als sie ihn gänzlich in sich spürte und fühlte, wie er um seine Beherrschung kämpfte, gab sie sich kurz dem Triumphgefühl hin, dass sie dafür verantwortlich war.

Nachdem er sich gefangen hatte, bewegte er sich langsam vor und zurück. Katja kam ihm entgegen und schnell fanden sie einen gemeinsamen Rhythmus, der sie höher und höher trug. Ihr Denken schaltete auf Zeitlupe, ihre Nervenzellen auf Höchstleistung und schließlich katapultierte Stefan sie mit einem kraftvollen Stoß, der von einem Aufschrei begleitet wurde, ins Universum der Gefühle. In ihrem Inneren begann eine Kettenreaktion: Muskeln krampften, klammerten. Gefühle explodieren in bunten Farben. Stefan drängte sich an sie, erstarrte dann in seiner Bewegung und zeitgleich schlugen die Wellen im Sturm des Orgasmus über ihnen zusammen.

Es dauerte lange, bis die Wellen sich zu einer sanften Brandung zurückgebildet hatten. Katja spürte Stefans Gewicht schwer auf sich, trotzdem rührte sie sich nicht. Einzig ihre Arme fielen kraftlos von seinem Rücken und sie versuchte verzweifelt, wieder einen klaren Kopf zu bekommen.

Was war eigentlich los mit ihr? Bis vor kurzem hatte sie einen Bogen um ihn gemacht, der nicht hätte größer sein können und jetzt war sie schon zweimal im Bett mit ihm gelandet. Und wenn sie nicht alles täuschte, nicht zum letzten Mal.

Achtung! Dieser Mann konnte ihr gefährlich werden. In Katjas Kopf fochten Emotion und Verstand einen schweren Kampf aus. Wer bist du, Stefan?

Katja sprach es nicht aus und beschloss, dies auch nicht näher zu ergründen. Dafür würde sie genießen, was sich ergeben hatte – ohne Hintergedanken, ohne Versprechungen. Irgendwo blitzte ein Gedankenfetzen auf: War es Zufall oder Schicksal?

Jetzt war Jetzt! Kein Morgen, kein Später, einfach Jetzt! Und genauso würde sie damit umgehen.

„Stefan?" Sie küsste ihn auf den Hals und hob die Hand, um durch seine Haare zu fahren, die sie magisch anzuziehen schienen.

„Hm?" Er rührte sich nicht.

„Ich bekomme keine Luft."

„Hups!" Blitzschnell rollte er sich auf den Rücken und zog die Bettdecke fürsorglich über sie beide.

Sie drehte sich zu ihm und stützte sich auf den Ellbogen. Er lächelte sie an und strich eine Strähne hinter ihr Ohr. Sie hob ihrerseits die Hand und strich über seine Wange, den Hals, das Schlüsselbein, bis sie wieder an seiner verletzten Schulter landete.

„Dir macht das alles nichts aus?“, fragte er mit einer Stimme, die noch etwas atemlos klang.

Katja wusste sofort, dass er von den Narben sprach. „Sollte es?“

„Nun, es sieht hässlich aus.“ Sie erkannte an seinem verletzten Blick, dass er schon viele Zurückweisungen hatte ertragen müssen.

„Schön ist es wirklich nicht, aber hässlich ist das falsche Wort.“ Sie beugte sich nach vorn und küsste ihn auf die Stelle, wo die Male besonders wulstig waren.

„Das sagst du.“

„Ja, das sage ich. Wenn jemand etwas anderes gesagt hat, dann war es die Dame nicht wert.“ Sie setzte sich auf und lächelte ihn an. „Meine Kopfschmerzen sind wie weggeblasen.“

„Hat dir schon mal jemand gesagt, dass du ein ganz schöner Suffkopf bist?“

Katja streckte sich genüsslich. „Schmeckt halt so gut.“ Sie riskierte einen Blick auf die Uhr und erschrak. „Ach du Schande, in zwei Stunden beginnt die Werksführung. Raus jetzt, du Faulpelz.“

Also eines war klar: Katja war definitiv kein Morgenmuffel. Sie saß ihm gegenüber am Frühstückstisch und plauderte munter auf ihn ein. Sie war voller Vorfreude auf die Werksführung gleich im Anschluss und die Jubiläumsveranstaltung heute Abend. Zwischendurch biss sie von ihrem Brötchen und nippte an ihrem Kaffee, um gleich darauf die nächste Salve abzuschießen.

„A-hm“, bejahte Stefan mit einem Nicken ihre Frage, deren letzte Worte, er gerade noch so aufgeschnappt hatte. *Die Frau war der Hammer!* Nicht nur ihr Blick warf ihn um, auch ihre unkomplizierte Art faszinierte ihn von Stunde zu Stunde mehr. Je intensiver sie sich unterhielten, desto mehr Gemeinsamkeiten entdeckte er. Auch wenn er mit Katja endlich den Treffer schlechthin gelandet hatte, denn seine körperlichen Makel schienen sie kein bisschen zu stören, würde diese Nacht unter die Kategorie One-Night-Stand fallen. Obwohl diese Bezeichnung die wunderschönen Stunden mit Katja auf ein Niveau reduzierte, das dem nicht gerecht wurde. Dennoch wollte er ihr keine Hoffnungen machen. Er war zu lange allein gewesen, hatte zu viele Abweisungen ertragen und glaubte nicht mehr an eine Dauerbeziehung. Dazu würde er außerdem Dinge preisgeben müssen, zu denen er nicht bereit war und in seinem Kopf schrillten bereits die Alarmglocken. Die Frage war jetzt nur: Wie brachte er – der Meister der Kommunikation – ihr dies bei? Er hob den Kopf und bemerkte erst jetzt, dass sie zu reden aufgehört hatte und ihn stattdessen beobachtete.

„Was ist das Problem?“ Katja stützte den Kopf auf ihren Arm und fixierte seinen Blick.

Stefan legte das Messer zur Seite und räusperte sich. „Ich warte auf die berühmte Frage.“

Sie legte den Kopf schräg und runzelte die Stirn. „Welche Frage?“

„Nun, ...“, er zögerte. „So in etwa: *Wie geht es mit uns weiter?*“

„Hast du sie noch alle.“ Katja sah ihn entgeistert an. „Wir leben im einundzwanzigsten Jahrhundert.“

„Aber wir haben die Nacht miteinander verbracht.“ Dass er damit seine ursprüngliche Frage und seine Überlegungen ad absurdum führte, bemerkte er gar nicht.

„Ja und?“ Katja schüttelte den Kopf. „Deswegen schleife ich dich bestimmt nicht gleich morgen zum Traualtar. Oder bin ich jetzt über Nacht zu deiner Traumfrau mutiert?“

„Äh, nö.“ Er fühlte sich nicht wohl in seiner Haut. „Dann hast du kein Problem damit, dass wir die Nacht miteinander verbracht haben?"

„Wir sind erwachsen, oder?" Katja lächelte ihn an. „Ich fühlte mich zu dir hingezogen, du zu mir. Also mach' jetzt bitte keine Beziehungskiste draus, die wir beide nicht wollen. *Es hat sich so ergeben, mehr nicht!"* Sie lächelte ihn an, ohne verlegen zu wirken.

„O-kay!" *So einfach?* Das sollte ihm entgegenkommen, dennoch verspürte er eigentümlicherweise keine Erleichterung, sondern Bedauern. „Und du bist nicht sauer, wenn wir dies hier ..." Er wedelte hilflos mit der Hand zwischen ihnen beiden hin und her. „... wenn wir dies hier vergessen?" Innerlich stöhnte er auf, nahm das halbbestrichene Brötchen in die Hand und tauchte sein Messer in den Honig.

„Na ja." Katja hob die Augenbraue. „Vergessen wäre vielleicht zu viel gesagt, dazu war es zu schön. Aber ich bereue es nicht und drehe dir mit Sicherheit auch keinen Strick daraus. Beantwortet das deine Frage?"

Konnte es möglich sein, dass eine Frau so unkompliziert damit umging, dass sie gemeinsam Stunden erlebt hatten, die an Leidenschaft nicht zu überbieten gewesen waren? Der Honig tropfte auf seinen Handrücken und holte ihn in die Wirklichkeit zurück. Er bestrich das Brötchen und wagte erst einen weiteren Blick, als er dieses zum Mund führte.

„Schon komisch, du kannst mich ja eigentlich gar nicht leiden", murmelte er und biss in das Brötchen.

„Das stimmt so nicht." Katja schüttelte den Kopf. „Ich kann es nur nicht leiden, wie du dich in der Klinik verhältst. Aber wenn du mich lässt, dann gebe ich dir Nachhilfestunden ... in Kommunikationstechnik." Katjas Mundwinkel hoben sich und ihre Augen begannen das verrückte Wandelspiel, doch heute hielt er dem Blick stand und betrachtete fasziniert die Veränderung.

„Ich könnte mein Leben lang nur deine Augen beobachten."

Erst als Katja sich mit dem Zeigefinger an die Stirn tippte, bemerkte er, dass er den Gedanken wirklich ausgesprochen hatte.

„Ich glaube, die Nacht hat dir nicht gutgetan. Gut, dass wir uns einig sind, dass das eine einmalige Sache war.“

„Du sprichst mir aus der Seele“, murmelte er und biss erneut in sein Brötchen, damit er nicht noch mehr Mist ausplauderte.

„Stefan“, Katja sah ihn mit einem Blick an, der ihn innehalten ließ. „Bitte lass’ mich deine Schulter ansehen. Ich bin sicher, wir können dir Linderung ...“

„Nein! Niemals.“ Stefan würgte den Bissen hinunter, der in seinem Mund zur doppelten Größe anzuschwellen schien. Allein schon der Gedanke an eine Operation trieb ihm den Schweiß auf die Stirn.

„Aber ich müsste bestimmt nur die Bänder ...“

„Vergiss – es – einfach!“

Kapitel 20

Stefan nahm einen kräftigen Schluck und ließ den Scotch langsam durch die Kehle rinnen. Die Bar befand sich im hinteren Teil des Festsaales, abgetrennt durch mehrere stabile Paravents. Dutzende von Palmkübeln, Strandstühlen und tonnenweise Sand gaukelten einem Karibikfeeling vor. Das Licht war gedimmt und die Livemusik kam hier nur gedämpft an, sodass man sich unterhalten konnte – wenn man wollte.

Man konnte auch schweigend auf ein mit bernsteinfarbener Flüssigkeit gefülltes Glas starren. Dies war bereits sein zweiter Scotch und geschmacklich überzeugte dieser außergewöhnliche Blend mit einer frischen Zitrusnote gefolgt von dem Geschmack reifer Früchte. Hatte die Flüssigkeit erst den Gaumen passiert, entfaltete sich überraschenderweise noch ein feines süßliches Vanillearoma.

Stefan schwenkte die Flüssigkeit im Kreis und unweigerlich verglich er die Farbe mit Katjas rechter Iris. Unbehaglich kreiste er mit den Schultern und ein stechender Schmerz bohrte sich durch seine linke Seite. Er tastete mit der Hand nach den Tabletten in der Innentasche des Jacketts und nahm sie heraus. Schnell drückte er zwei davon aus der Packung und schluckte sie mit einem kräftigen Schluck Scotch hinunter. Vorsichtshalber kontrollierte er mit einer Drehung auf dem Barhocker, ob Katja etwas mitbekommen hatte. Doch die war seit gefühlten hundert Stunden mit *Nennen-Sie-mich-ruhig-Charly* in eine Unterhaltung vertieft und drehte ihm den Rücken zu. Mit einem Ohr lauschte er und stellte fest, dass der Projektleiter von seinen Flirtversuchen auf Abwerbeversuche übergegangen war. Stefans Aufmerksamkeit war geweckt, er rückte unmerklich näher.

„Wir arbeiten so eng mit der Unfallchirurgie in der Uniklinik Düsseldorf zusammen, dass ich mindestens einmal die Woche dort aufschlage.“ Charly beugte sich näher zu Katja und flüsterte ihr etwas ins Ohr, was ihr ein helles Lachen und Stefan ein frustriertes Schnauben entlockte. Sie drehte sich zu ihm und legte ihm die Hand auf den Arm.

„Vielleicht sollte ich nach Düsseldorf wechseln“, meinte sie mit einem schelmischen Grinsen auf ihrem Gesicht. Doch ihm war nicht nach Scherzen zumute.

„Mach doch“, murmelte er und trank sein Glas in einem Zug aus.

„Welche Laus ist dir denn plötzlich über die Leber gelaufen?“, fragte Katja und wandte sich ab, als er lediglich mit den Schultern zuckte.

Das würde ich selbst gern wissen! Stefan orderte seinen dritten Scotch und betrachtete grübelnd Katjas Rückseite. Sie roch verführerisch, passend zum Karibik-Ambiente nach süßlichen Melonen, und ihre Haut schimmerte dazu golden im Licht. Er bräuchte lediglich den Arm auszustrecken und sachte von ihrem Rücken zu ihrem Nacken streicheln, dann hätte er bestimmt ihre komplette Aufmerksamkeit zurückgewonnen. Dieser Gedanke bekam der Körperregion unterhalb seines Bauchnabels nicht sonderlich gut, denn schon machte sich pochend das Verlangen wieder bemerkbar. Schon der bloße Gedanke an ihren Geschmack, ihre unterdrückten Schreie und den verschleierten Blick reichte aus, um ihn unter Hochspannung zu setzen. Drei Dinge hatte er im Laufe des Tages erkannt: Katja kam mit ihrem sonnigen, aufgeschlossenen Wesen ausgesprochen gut bei den Avend-Mitarbeitern an. Das war zu erwarten gewesen. Schließlich kannte er sie lange genug und er hätte sich denken können, dass sie privat ähnlich unkompliziert war wie in der Klinik. Vor allem Charly hatte sie es angetan, der schon bei der Werksführung unverhohlen mit Katja geflirtet hatte.

Der zweite Punkt, den er sich inzwischen grimmig eingestanden hatte, war: Es störte ihn gewaltig.

Aber noch beängstigender war die dritte Tatsache: Sein Verstand kam damit klar, dass sie mir nichts, dir nichts zur Tagesordnung übergegangen war – sein Körper nicht. Der signalisierte ihm selbst in diesem Moment peinlicherweise überdeutlich, dass er nicht damit einverstanden war, dies als einmaliges Intermezzo zu betrachten. Schon vorhin, als Katja in ihrem blauen Kleid und den hochhackigen silbernen Schuhen aus dem Badezimmer gekommen war, war er ebenfalls in Versuchung geraten. Es hatte ihn alle Selbstbeherrschung gekostet, sein Verlangen niederzukämpfen, sie aus dem enganliegenden, schulterfreien Kleid zu schälen.

Hastig hob er das Glas, das erneut gefüllt vor ihm stand.

„Das reicht, Stefan." Katja entwand ihm das Glas und schob es außer Reichweite. Er sah sie verblüfft an, öffnete den Mund und schloss ihn wieder.

„Tabletten und Alkohol vertragen sich nicht", erklärte sie und wusste, sie klang jetzt ganz so, als ob sie einen Patienten ins Gebet nahm. Doch nur so gelang es ihr, ihre zittrige Stimme zu verbergen, die ihr seit heute Morgen nicht mehr richtig gehorchen wollte. Ihre Gefühlswelt fuhr Achterbahn. Vor allem, seit er ihr den längsten und schönsten Orgasmus ihres, beileibe bisher nicht sehr ausschweifenden, Sexlebens beschert hatte. Doch anschließend hatte er alles auf eine sich nicht wiederholende Begebenheit reduziert. Und ihr war nichts anderes übriggeblieben, als gute Miene zum bösen Spiel zu machen und das bohrende Gefühl von Unbehagen zu ignorieren.

„Wo ist dein Verehrer hin?", fragte Stefan und sah sich mit verkniffener Miene um.

„Er hat ein dringendes Bedürfnis zu erledigen." Katja versuchte ein Lächeln und beherrschte sich, ihm mit der Hand über die Wange zu streichen und die Sorgenfalten zu vertreiben, die sich den Tag über um seine Augen angesammelt hatten. Er hatte Schmerzen, nahm immer wieder Tabletten und dachte, sie merke es nicht. Seine Schulter musste dringend gründlich untersucht werden, doch sie hatte die harsche Zurückweisung akzeptiert – vorerst.

Denn nach diesem kurzen Disput hatte sich Stefan in sein Schneckenhaus zurückgezogen und redete nur mit ihr, wenn es sich nicht vermeiden ließ. Es war nicht zu übersehen, dass er die Nacht mit ihr bitter zu bereuen schien – sie jedoch ganz und gar nicht. Dankbar um jede Ablenkung ertrug sie nun schon seit Stunden das Geschwafel des jungen Projektleiters, der sich ihrer Meinung nach stark selbstüberschätzte. Ein Blick auf die Uhr sagte ihr, dass es erst elf war und kaum die Zeit, um jetzt schon die Party verlassen zu können.

„Katja." Sie spürte, wie Stefan ihr federleicht über ihre Schulter strich, und hob erstaunt den Blick. Den Schauer, den seine Berührung auslöste, konnte sie nicht unterdrücken. Er hatte es bemerkt, denn er wiederholte die Geste, deutlich bestimmter, besitzergreifend.

„Tanz mit mir. Bitte", flüsterte er zu ihrer Verblüffung in ihr Ohr und strich eine Strähne aus ihrem Gesicht.

„Sicher?", erkundigte sie sich und ließ sich von ihm vom Stuhl ziehen.

„Sicher!" Stefan nahm ihre Hand und zog sie Richtung Tanzfläche. Doch weit kamen sie nicht.

„Frau Doktor Thalbach, könnte ich Sie einen Moment sprechen?" Der Geschäftsführer von Avend steuerte auf sie zu. Hinter ihm tauchte Charly auf und grinste über das ganze Gesicht. Katja fluchte lautlos, denn schon lockerte Stefan seinen Griff.

„Doktor Könneker, das ist eine wunderbare Jubiläumsveranstaltung", überbrückte sie den kurzen Moment des Schweigens, das einsetzte, als die letzten Töne der Musik verklangen.

„Ja, ich bin auch begeistert, was die Damen alles auf die Beine gestellt haben. Ich hatte schon befürchtet, dass ich Sie beide heute Abend im Trubel nicht mehr sprechen kann." Doktor Könneker wandte seine Aufmerksamkeit ihr zu. „Wir wollten Ihnen noch ein Angebot machen, Frau Doktor Thalbach."

Katja riss überrascht die Augen auf und Stefan trat einen Schritt zurück.

„Inwiefern?", erkundigte sie sich zögerlich.

„Herr Roland sagte mir, dass Sie noch keine festen Zukunftspläne haben. Wir arbeiten mit dem Universitätsklinikum in Düsseldorf zusammen. Ich bin sicher, dass für eine solch talentierte Ärztin, wie Sie es sind, eine adäquate Stelle dort zu finden ist. Dann wären Sie auch näher an unserer Entwicklungsabteilung. Ich denke doch, Ihnen gehen die Ideen nicht aus."

„Das kommt jetzt etwas überraschend." Katja wand sich.

„Sie brauchen sich nicht sofort entscheiden, Frau Doktor Thalbach. Ich wünsche Ihnen auf jeden Fall morgen eine gute Heimreise. Grüßen Sie mir Professor Werner und lassen Sie es sich durch den Kopf gehen. Es freut mich, Sie persönlich kennengelernt zu haben, auch Sie, Herr Doktor Marquardt."

Stefan quittierte die Aufmerksamkeit mit einem verschlossenen Gesichtsausdruck und schüttelte dem Geschäftsführer die Hand.

„Denk drüber nach", meinte Charly mit einem Winken und folgte seinem Chef.

„Das mache ich." Katja bedankte sich höflich und wandte sich zu Stefan. Seiner Miene nach war er alles andere als begeistert.

„Kann ich dir das irgendwie ausreden?", fragte Stefan, kaum dass die beiden außer Hörweite waren.

„Lass' dir halt was einfallen", meinte Katja und verkniff sich ein Triumphgefühl, als sie sah, dass sich sein Adamsapfel mehrmals heftig hob und senkte. Er zog sie so schnell zur Tanzfläche, dass sie Mühe hatte, ihm in ihren hochhackigen Schuhen zu folgen. Schon spürte sie seine Arme um ihre Taille. Der Geruch seines Aftershaves streifte ihre Nase und seine Körperwärme übertrug sich, sodass ihr Körper augenblicklich reagierte. Er zog sie näher und sie spürte noch etwas ganz anderes.

„Ach? Ist das alles, was dir einfällt, mich darin zu hindern, das Angebot anzunehmen?“ Ihre plötzliche Unsicherheit überspielend, hob sie den Blick und verlor sich in seinen dunkelgrünen Augen, die wie Smaragde glitzerten. Ihre Arme hoben sich wie ferngesteuert und legten sich um seinen Hals. Er senkte den Kopf und legte seine Lippen vorsichtig auf ihre, wie um zu testen, ob sie ihn willkommen hieß.

Oh ja! Katja signalisierte ihr Einverständnis, indem sie die Lippen öffnete und seine Zunge zärtlich umspielte, die ihre Unterlippe sanft gestreichelt hatte. Ein süßlicher Vanillegeschmack übertrug sich auf sie und kurzzeitig wunderte sie sich, doch dann galt ihre Aufmerksamkeit dem Verlangen, das sich in ihrem ganzen Körper ausbreitete. Während sie den Kuss vertieften und sich zum Takt der Musik wiegten, musste sie sich beherrschen, nicht ihre Hüften an ihm zu reiben und sich in aller Öffentlichkeit zu blamieren.

Auch Stefan schien sich klarzuwerden, was sie hier mitten auf der Tanzfläche taten. Stöhnend beendete er den Kuss und legte die Stirn an ihre. An seiner Atmung bemerkte sie, wie er um Beherrschung rang und eine andere Körperregion zu mäßigen versuchte. Katja kämpfte ebenfalls darum, ihr rasendes Herz und das Ziehen in ihrem Unterleib zu kontrollieren.

„Komm mit!“ Stefan unterbrach schließlich den Körperkontakt und sie fröstelte. Er zog sie zur Bar, wo ihre Tasche lag und ihre Jacke hing. Dann eilte er schweigend voraus zum Auto, das auf dem Parkplatz auch in der Dunkelheit schon von weitem auszumachen war. An der Beifahrertür angekommen, drängte er sie gegen das Auto. Seine Hände glitten unter ihr Seidenkleid und sie fühlte, wie er sie hochhob und gegen seine Lenden presste. Ein Feuerstoß raste in ihren Unterleib.

„Einmal noch, Katja. Bitte, nur ein letztes Mal“, murmelte er und rieb sich unmissverständlich an ihr. Schon schob er ihren knappen Slip beiseite und nestelte an seinem Reißverschluss.

Katjas Verstand behielt die Oberhand über die Erregung, sie stoppte ihn, indem sie seine Hand ergriff. „Ich bin durchaus nicht abgeneigt, Stefan. Aber definitiv nicht hier!“

Er hob den Blick und sah sie aus verschleierten Augen an, dann schien auch er wieder Herr seiner Sinne zu werden. Stefan ließ sie blitzartig los und wandte sich ab. Er beugte sich nach vorn, stützte sich mit beiden Händen an den Knien ab und zählte zu Katjas Belustigung laut von fünf an rückwärts. Erst dann drehte er sich um und wagte ein zerknirschtes Lächeln.

„Es tut mir wahnsinnig leid. Ich weiß auch nicht, was über mich gekommen ist.“ Er massierte sich mit der rechten Hand die Stirn. „Wir gehen selbstverständlich wieder rein, wenn du möchtest.“

Katja überlegte nur für Bruchteile von Sekunden, sie hob die Hand und legte sie an seine stoppelige Wange. „Wie ich schon sagte, ich bin durchaus nicht abgeneigt. Lass' uns ins Hotel fahren.“

Sein zerknirschter Gesichtsausdruck wandelte sich in einen selbstgefälligen. Er öffnete die Beifahrertür, doch Katja zögerte.

„Soll ich nicht lieber fahren?“, fragte sie und klang besorgt. Er wischte ihren Einwand mit einer Handbewegung beiseite.

„Ach was, ich hab' außer dem Scotch nur Wasser getrunken und außerdem viel zu viel gegessen. Ich fahre, steig' einfach ein.“ Kaum war sie eingestiegen, schloss er die Tür und umrundete im Laufschritt das Auto. Grinsend ließ er sich auf den Fahrersitz fallen. „Wir sollten uns beeilen.“

„Manch einer ist schon an zu viel Einbildung erstickt“, konnte sich Katja nicht verkneifen, ihn zu necken. Aber die Retourkutsche folgte postwendend, indem er mit der Hand unter ihren Rock glitt und ihre Haut augenblicklich an allen Stellen, die er berührte, in Flammen stand. Sie wand sich unruhig im Sitz und schaffte es irgendwie seine Hand von ihrem Schenkel wieder auf das Lenkrad zu befördern, bevor er noch mehr Dummheiten machen konnte und sie beide in den Graben chauffierte.

„Konzentrieren Sie sich auf die Straße, Doktor Marquardt.“

„Wahnsinn!“ Katja schöpfte nach Atem in den wenigen Sekunden, die ihr Stefan ließ, während er aus Hose und Shorts stieg – mitten zwischen Flur und Wohnzimmer. Weiter waren sie nicht gekommen. Ihre Schuhe und ihren Slip hatte sie nach den paar Schritten schon eingebüßt und sie machte sich mit zittrigen Fingern daran, die Knöpfe seines Hemdes zu öffnen.

„Keine Zeit“, raunte er, stülpte sich ein Kondom über, das er wundersamerweise irgendwoher gezaubert hatte, und hob sie an. Mit nur einer Bewegung vergrub er sich tief in ihrem Schoß. Kraftlos verschränkte sie ihre Hände in seinem Nacken und unterdrückte das freudige Stöhnen, das in ihrer Kehle aufstieg, als sie ihn so nah bei sich und in sich fühlte. Er füllte sie aus und berührte dabei Stellen, die postwendend ein Eigenleben zu entwickeln schienen.

Was dann passierte, war allerdings nicht gerade das, was Katja nun zu erleben erhoffte und was sie in Büchern immer als äußerst erotisch und anregend empfunden hatte. Zumindest nicht, wenn man in einem rückenfreien Kleid an einer verputzten Wand lehnte und sich dabei fühlte, als würde der Rücken mit Schmirgelpapier behandelt. Zusätzlich stieß sie bei jeder seiner drängenden Bewegungen noch mit dem Kopf gegen das Regal, das über ihr hing.

Katja verkniff sich ein Lachen und biss sich auf die Unterlippe, während Stefan fieberhaft mit einer Hand durch den Seidenstoff hindurch ihre Brüste massierte, während er sie mit der anderen hielt und die Bewegungen forcierte. Lust, Schmerz und Belustigung führten einen heftigen Wettstreit, doch dann siegte ihr Verstand.

„Wenn du nachher nicht mit mir in die nächste Notaufnahme fahren willst, dann sollten wir dringend aufs Sofa wechseln.“

„Wa-as?“ Stefan sah sie mit verschleiertem Blick an und bewegte sich weiter mit ihr.

„Die Wand scheuert mir den Rücken auf." Katja kicherte, weil er sie total verständnislos ansah. „Stefan, sei so gut und lass' uns auf dem Sofa weitermachen."

„Warum?" Stefan war definitiv nicht Herr seiner Sinne – jedenfalls nicht seiner denkenden.

„Himmel, Arsch und Zwirn! Wenn du hier keinen Coitus interruptus erleben willst, dann trag mich jetzt gefälligst zur Couch."

„Wohin?" Wenigstens drehte er sich jetzt endlich mit ihr im Arm um und ging zwei Schritte, dann blieb er wie erstarrt stehen.

„Stillhalten!", befahl er. Doch sie ritt der Teufel, denn das Gehen war auch bei ihr nicht ohne Wirkung geblieben.

„Hör jetzt nicht auf", murmelte sie, und als er weiterhin verharrte, übernahm sie die Regie, was zu einem Jammern seitens Stefan führte.

„Halt still, verdammt!" Stefan biss in ihren Hals und machte zwei hastige Schritte. Plötzlich blieb er mitten im Raum stehen, ein Zittern überlief ihn, schon spürte sie, wie er sich verkrampfte und frustriert aufstöhnte. „Das wirst du mir büßen."

Ein Zittern durchlief ihn, einmal, zweimal, dreimal. Er griff unter ihren Po, drückte sie an sich und sie spürte, wie er mit einem langen Beben kam. Er schloss die Augen und schöpfte verzweifelt nach Atem, während sie ihn mit zärtlichen Streichelbewegungen beruhigte, auch wenn ihr Körper schmerzend ebenfalls nach Erlösung schrie. Kaum, dass das Zittern nachgelassen hatte, ließ er sie vorsichtig auf den Boden gleiten, trat zwei Schritte zurück und senkte den Blick.

Was zum Henker war denn das gewesen?

Stefan brüllte innerlich mehrere Flüche und versuchte, den Nebel aus seinem Kopf zu verbannen. Er hatte es so gründlich versaut, wie er es nicht einmal seinem schlimmsten Feind wünschen würde.

„Es tut mir leid", murmelte er und fragte sich, wie oft er sich eigentlich an diesem Wochenende schon entschuldigt hatte. Das Rascheln des herabfallenden Kleides veranlasste ihn, sie wieder anzusehen. Er riss die Augen auf und bemerkte, dass sie von einem Ohr zum anderen grinste.

„Was tut dir leid?"

„Ich hab's versaut." Er zuckte mit den Schultern und kam sich halbnackt, nur mit Hemd und Krawatte bekleidet, ausgesprochen dämlich vor. Noch dämlicher fühlte er sich, als ihm aufging, dass er Katja jetzt zwar schon mehrmals geliebt, ihrem Körper aber nicht die Aufmerksamkeit geschenkt hatte, die er verdient hatte. Er schluckte, als sie mit einer fließenden Bewegung den BH öffnete und dieser zu Boden segelte. Ihre üppigen Brüste wippten auf und ab und unweigerlich benetzte er seine Lippen. „Gründlich versaut."

„Ach was." Katja schüttelte den Kopf und trat näher. Sie lockerte seine Krawatte und er riss sie sich vom Hals. Das Hemd zog er über den Kopf, ignorierte bei der schnellen Bewegung das Pochen in seiner Schulter und hob Katja auf den Arm. Mit langen Schritten durchquerte er das Wohnzimmer und stieß die Tür zu ihrem Schlafzimmer auf.

Katja liebkoste mit der Zunge seine Ohrmuschel und schien eher amüsiert als sauer zu sein. „Du kannst es die ganze Nacht wieder gutmachen", flüsterte sie und räkelte sich verführerisch, nachdem er sie auf dem Bett abgelegt hatte.

„Sehr witzig. Wir wollten es eigentlich bei dem einen Mal belassen", murmelte er und küsste sie ungeachtet seiner Worte sehr drängend. Seine Hand fand endlich ihre nackte Brust und seine Finger ihre Brustwarze, die sich sofort aufstellte. Er hörte ein leises Seufzen.

„Du hast diese Devise ausgegeben. Ich habe nur gesagt, dass ich nicht auf der Suche nach der Liebe meines Lebens bin", erklärte sie etwas kurzatmig.

„Bin ich auch nicht."

„Na also, was ist dann das Problem?", flüsterte sie viel zu nah an seinem Gesicht. Ihre Hand ging auf Wanderschaft und er versteifte sich. Doch sie knipste nur das Licht aus.

Er entspannte sich für Bruchteile, doch als hätte sie es geahnt, landete ihre Hand anschließend zielsicher dort, wo er es befürchtet – wohl eher erhofft – hatte.

„Du spielst mit dem Feuer."

„Und wenn?" Katja biss ihn in die Unterlippe. „Ich will dich, du willst mich. Wir sind erwachsen. Jetzt genieß doch lieber, was zwischen uns passiert. Egal, was morgen ist."

„M-Pf", Stefan unterdrückte ein Stöhnen und suchte ihren Mund.

Dieses Mal ließ er sich Zeit. Zentimeter für Zentimeter erkundete er ihren Körper, mit den Händen, mit dem Mund und der Zunge. Zufrieden zog er sie später in seine Arme, legte das Kinn auf ihren Kopf und lauschte ihrem gleichmäßigen Atem. Sie konnte dieses Mal definitiv nicht sagen, dass sie nicht auf ihre Kosten gekommen wäre.

Kapitel 21

Stefan erwachte am nächsten Morgen davon, dass ihn etwas kitzelte. Noch bevor er die Augen aufschlug, durchströmte ihn ein Glücksgefühl, wie er es noch nie verspürt hatte. Katja lag an ihn gekuschelt und schlief fest. Eine blonde Haarsträhne hatte sich in die Nähe seiner Nase verirrt und bewegte sich bei jedem seiner Atemzüge. Vorsichtig liebkoste er ihren Arm und versuchte sich ein zufriedenes Grinsen zu verkneifen. Himmel, war das eine Nacht gewesen.

Wer hätte auch gedacht, dass Katja sich in eine Wildkatze verwandeln konnte. Wieder streichelte er ihre weiche Haut und zählte die Sommersprossen auf ihrer Schulter, die sie hier wie am ganzen Körper hatte. Da knurrte sein Magen und er warf einen Blick auf den Radiowecker, der auf dem Nachttisch stand. Halb neun.

Stefan stand vorsichtig auf und telefonierte vom Nebenzimmer mit dem Zimmerservice, dann schlüpfte er wieder unter die Decke.

Katja schlief immer noch. Die Bettdecke war ihr von der Schulter gerutscht und verdeckte nur ansatzweise ihre Brust. Er zog sie an sich.

„Morgen, Katja." Er küsste sie zärtlich auf den Mund, und als sie auf der Stelle reagierte, vertiefte er den Kuss. Sie stöhnte leise auf und schlang die Arme um seinen Hals, schmiegte sich näher an ihn.

Der Kuss wurde immer leidenschaftlicher und Katjas Hände glitten zart über seinen Rücken, dann über seine Brust. Irgendwann löste sie sich von ihm und murmelte etwas Unverständliches. Sie schwang ihre Beine aus dem Bett und tapste völlig verschlafen Richtung Bad. An der Badezimmertür hielt sie inne, strich sich die Haare aus dem Gesicht und blickte zum Bett zurück. Ein strahlendes Lächeln erhellte ihr Gesicht. „Ich bin sofort wieder bei dir."

Sie war so wunderschön! Stefan sah ihr glücklich hinterher. *Wann hatte er je eine Frau so sehr begehrt?* Kaum hatte er die Worte zu Ende gedacht, landete Katja auch schon wieder neben ihm und kuschelte sich an ihn.

„Schläfst du schon wieder?", fragte sie mit rauchiger Stimme.

„Quatsch, ich warte auf das Frühstück."

„Ach? Ich dachte, du wartest auf mich." Katja rutschte ein Stück nach oben, um ihn zu küssen.

„Wann wolltest du heute zu Hause sein?", fragte Stefan nicht ohne Hintergedanken.

„Egal, ich hab' nichts mehr vor. Warum?"

„Hättest du Lust, mit mir noch einen Ausflug nach Königswinter zu machen? Ich würde dir gerne die Stadt zeigen, in der ich aufgewachsen bin. Wir können auch hoch auf den Drachenfelsen fahren. Dort hat man eine tolle Aussicht auf den Rhein. Aber nur, wenn du Lust hast."

„Warum nicht?"

Sie war so herrlich unkompliziert und liebevoll. Stefan umschlang sie mit seinen Armen und drückte sie an sich. Sie rieb sich an ihm und er war froh, dass er schon vorgesorgt, und sich geschützt hatte.

„Kann das sein, dass du unersättlich bist?" Stefan rollte sich mit ihr in den Armen einmal um die eigene Achse und bedeckte sie mit seinem Körper.

„Weiß nicht. Bisher war ich jedenfalls nicht so scharf auf Sex. Du scheinst eine neue Seite von mir hervorzuzaubern." Katja schob ihn etwas von sich, als er sie am Hals kitzelte. „Ich bin mir aber noch nicht ganz sicher, wie ich das finde."

„Das werden wir ja sehen. Außerdem sind wir uns einig, dass wir beide keine längere Beziehung wollen. Aber ..." Stefan drückte sanft Katjas Beine auseinander und schob sich in sie. „Spürst du das auch?"

Katja nickte. Sie verschränkte die Arme in seinem Nacken und zog seinen Kopf zu sich. „Es fühlt sich so richtig an", murmelte sie.

„Genau, und deswegen wird es nie zur Gewohnheit werden. Aber lass' es uns eine Weile genießen. Wenigstens noch ein Mal." Stefan bewegte sich, Katja nahm seinen Rhythmus auf und gemeinsam schaukelten sie sanft zum Rand der Klippen.

Drei Stunden später standen sie am Rand von anderen Klippen. Sie waren mit der ältesten Zahnradbahn Deutschlands auf den legendären Drachenfelsen gefahren und nun zum Aussichtsplateau hochgestiegen. Während die Talstation neu gestaltet war, war hier oben noch alles so, wie Stefan es in Erinnerung hatte. Die Aussicht war atemberaubend und führte dazu, dass wehmütige Erinnerungen in ihm aufstiegen. Wie oft war er in seiner Kindheit hier mit seinem jüngeren Bruder herumgeklettert.

„Wollen wir noch zur Ruine und nachher das Schloss besichtigen?", fragte Katja. Sie hatte ihre Jacke ausgezogen und um ihre Hüften gebunden. Mit der karierten Bluse, deren Ärmel sie bis zu den Ellbogen hochgekrempelt hatte und der engen Jeans wirkte sie heute lässig, aber ebenso verführerisch, wie gestern Abend in ihrem Ballkleid.

„Gern." Er tat es ihr nach, zog seine Jacke aus, dann zögerte er kurz und gab sich schließlich einen Ruck. Kurz entschlossen machte er, was er sich seit Jahren versagt hatte: Er krempelte seine Hemdsärmel bis über den Ellbogen hoch. Seine Narben wurden sichtbar.

Katja beobachtete ihn mit einem zufriedenen Lächeln, schwieg aber. Stattdessen nahm sie seine Hand und verschränkte ihre Finger mit seinen. „Weißt du, warum das hier Drachenfelsen heißt?"

„Meine Eltern haben uns immer erzählt, dass es eine Sage über einen Drachen gibt, der in einer Höhle am Fuß des Berges gelebt hat. Wir waren auch ein paar Mal dort."

„Uns? – Wir?“ Katja sah ihn erstaunt an.

„Meine Eltern und ich.“

„Aha“, Katja sah nicht überzeugt aus.

„Ich erzähle dir das irgendwann Mal alles ganz in Ruhe. Lass’ uns hochgehen“, versuchte er das Thema zu wechseln.

„Ich will nicht neugierig erscheinen, aber möchtest du mir nicht auch irgendwann erzählen, was genau mit deiner Schulter passiert ist?“

„Vermutlich wäre es fair. Irgendwann ...“, er zögerte.

Katja zog ihn mit sich. „Das wäre schön. Rechts oder links?“, fragte sie, als wäre das Thema für sie beendet.

„Da lang. Mein rechts, dein links.“

Sie kicherte und er holte tief Luft. Diese Frau überraschte ihn jeden Tag mehr, trotzdem wollte er in einer ganz bestimmten Sache lieber keine unliebsame Überraschung erleben.

„Katja, wäre der Gedanke, weiterhin mit mir zusammenzuarbeiten, so schrecklich?“, fragte er schließlich, nachdem sie oben an der Ruine angekommen waren.

Katja, die sich über die Mauer beugte und die Aussicht genoss, drehte sich langsam um. Sie sah ihn lange an und wie üblich spürte er das vertraute Kribbeln, das ihm nun aber nicht mehr unangenehm war. Er mochte es inzwischen sogar, wenn sie ihn mit diesem einzigartigen Blick in den Bann zog.

„Nochmal, Stefan“, begann sie leise und zog ihn etwas von den anderen Touristen weg. „Ich arbeite gern mit dir zusammen. Ich kann es nur nicht leiden, wie du uns Mitarbeiter und deine Patienten behandelst. Kalt und distanziert. Aber so bist du doch gar nicht! Du bist der zärtlichste Mann, den man sich als Frau wünschen kann.“

Stefan spürte, wie Verlegenheit von ihm Besitz ergriff. „Ich kann ja schließlich nicht mit jeder ins Bett gehen“, zog er ihre Worte schließlich ins Lächerliche.

„Das würde ich dir auch nicht raten.“ Katja drohte ihm spielerisch mit dem Zeigefinger. „Ich gebe zu, dass mich das, was zwischen uns passiert ist, selbst ziemlich irritiert. Denn das war das Letzte, was ich jemals mit dir machen wollte. Wenn du mir in den Sinn kamst, dann wollte ich dir eher an den Kragen gehen." Sie lachte laut auf.

„Katja, ich bin aber kein Mann für eine dauerhafte Beziehung", stellte er klar und fragte sich insgeheim, warum er bei diesen Worten plötzlich eine große Leere in sich fühlte.

„Das weiß ich. Und das hat auch gar nichts mit meinen Überlegungen zu tun. Ich würde mir nur wünschen, dass du dich auch in der Klinik so geben würdest, wie du dich mir inzwischen zeigst. Du bist ein sensibler, gutherziger Mann und ein wahnsinnig toller Arzt. Zeig' das doch auch den anderen."

Als er schwieg und sie an sich zog, fühlte er wieder die Ruhe und Geborgenheit, die sie ausstrahlte und die ihm unendlich gut tat.

„Du kannst nichts verlieren, Stefan. Nur gewinnen", meinte sie leise und strich ihm mit der Hand über die Schulter, die schon wieder pochte, als hätte er sie angeschlagen.

„Stefan ..."

Als Stefan ihr den Zeigefinger auf den Mund legte, schwieg Katja. Sie hatten in Königswinter noch zu Mittag gegessen, danach waren sie durch die Altstadt gebummelt und am Rheinufer entlanggeschlendert. Stefan hatte ihr das Haus zeigen wollen, in dem er bis zum Alter von zehn Jahren aufgewachsen war, hatte dann jedoch feststellen müssen, dass dieses samt den Nachbarhäusern einem Mehrfamilienhaus gewichen war. Schließlich hatten sie sich auf den Heimweg gemacht und waren nach knapp fünf Stunden Fahrt in Freiburg angekommen. Das Auto parkte nun vor Katjas Zuhause und die wusste jetzt nicht, wie sie sich verabschieden sollte.

„Lass' gut sein, Katja. Wie du gesagt hast. Wir sind erwachsene Menschen und wir haben einfach drei wunderschöne Tage miteinander verbracht. Morgen hat uns der Alltag wieder."

Katja räusperte sich. „Wenn es für dich okay ist, dann sollte es für mich auch in Ordnung sein."

„Bereust du es?" Seine dunkelgrünen Augen lösten schon wieder ein Kribbeln in ihr aus.

„Nein!" Sie sah ihm in die Augen. Inzwischen hielt er jedem ihrer Blicke stand. Was allerdings nun in ihm vorging, war ihr ein Rätsel. „Ich bin froh, dass wir die Tage hatten und so viele Unklarheiten beseitigen konnten."

„Das meine ich nicht, Katja." Stefans Stimme klang belegt.

„Das weiß ich doch." Sie senkte den Blick, starrte auf ihre verschränkten Hände und versuchte ihr aufgewühltes Innenleben zu ergründen. Nein, sie bereute nichts, gar nichts. Sie hob erneut den Blick und die Hand und strich über seinen Bart, der so weich war, ganz anders als seine Haare. „Nein, Stefan. Ich bereue nichts, gar nichts. Und lass' uns sehen, was daraus wird. Ohne Versprechungen, ohne Verpflichtungen. Es war wunderschön."

Sie konnte nicht widerstehen, beugte sich nach vorn und küsste ihn ein letztes Mal auf den Mund.

„Genau. Raus jetzt!" Stefan lächelte zwar, aber sie erkannte an seinem Tonfall, dass es ihm ebenso schwerfiel. Rasch stieg er dann aus. Schulterzuckend tat sie es ihm nach und ging zum Kofferraum, wo er ihren Koffer auslud.

„Schlaf gut." Er berührte sie nicht mehr und ging zurück zur Fahrertür.

„Bis morgen." Katja lächelte und sah dem Land Rover hinterher, bis dieser in der Dunkelheit verschwand.

Kapitel 22

Als Katja am nächsten Morgen Punkt halb acht aus dem Aufzug trat, prallte sie beinahe mit zwei unbekannten Männern und Stefan zusammen.

„Du bist schon da? Das trifft sich ja ausgezeichnet“, meinte Stefan und stellte die beiden Studenten vor, für die heute in der Oberauklinik ihr Praxisjahr begann. „Meine Herren, dies ist unsere heimliche Chefin, Frau Doktor Thalbach.“

Katja schüttelte den beiden jungen Männern nach der Vorstellung die Hände und sah Stefan erstaunt an.

„Wir sind auf dem Weg in die Verwaltung. Birgit ist im Stress, daher mache ich das. Ich komme aber gleich wieder“, erklärte er zu ihrer Verblüffung und führte die Männer weiter. Katja hörte noch etwas, das sich anhörte wie: „... sehr talentiert. Unsere Chefin im OP. Sie werden viel mit ihr zusammenarbeiten.“

Na, wenn zwei Nächte reichen, um aus Stefan Marquardt gegenüber den Angestellten und Patienten einen Menschen zu zaubern, dann lege ich glatt noch ein paar Nächte drauf! Und für mich auch! Und überhaupt war sie nicht abgeneigt, die Liaison noch ein wenig auszudehnen, fühlte sie sich doch ausgesprochen gut erholt und angenehm erfüllt. Die Defizite, die er als Chef offenbarte, hatte er definitiv nicht im Bett!

„Morgen, Katja. Hast du das gesehen? Er weist freiwillig die neuen Mitarbeiter ein, weil ich zu tun habe.“ Birgit, mehrere Kartons balancierend, blieb stehen und wartete, bis Katja zu ihr aufschloss. „Was hast du mit Stefan angestellt?“

Katja zuckte ungerührt mit den Schultern. „Nichts Besonderes. Ich hab' ihn mir nur ein wenig zur Brust genommen." *Sprichwörtlich!*

„Und er redet noch mit dir?" Birgits ungläubiger Blick war sehenswert.

„Sieht so aus. Jedenfalls hat er mich gerade begrüßt." Katja schob ihren rutschenden Rucksack wieder auf die Schulter und ging weiter Richtung Arztzimmer. Nach ein paar Schritten drehte sie nochmals um. „Birgit, ist der Professor heute im Haus?"

„Ja. Warum?" Birgit verharrte in ihrer Bewegung. „Bleibst du?"

Katja grinste und schüttelte den Kopf, „Neugierig bist du ja gar nicht."

„Katja, bitte!" Birgit stöhnte auf.

„Ja. Ich denke, ich werde bleiben." Mit diesen knappen Worten verschwand sie im Zimmer. Sie hörte nur noch, wie Birgit ein ersticktes *Gott sei Dank* von sich gab.

„So, also wir können." Katja ließ sich fünf Minuten später auf einen freien Stuhl neben Birgit nieder. „Wie viele Neuzugänge?"

„Drei ..." Birgit nahm die Liste zur Hand und brachte Katja auf den neuesten Stand. Katja nickte und machte sich die entsprechenden Notizen.

„Kann ich mal Valeries Akte haben?"

Birgit suchte im Stapel und reichte sie Katja. Beiläufig fragte sie nach. „Ich nehme mal an, dass du ihm klipp und klar gesagt hast, was du von seiner Art mit Patienten umzugehen, hältst."

„Stimmt." Katja nahm ihr die Akte ab.

„Und er ist nicht explodiert?"

„Nö. Im Gegenteil, er kam mir anschließend sehr nachdenklich vor. Vielleicht hätte schon längst mal einer mit ihm reden sollen."

Birgit schnaubte auf.

„Das ist jetzt kein Vorwurf an dich, Birgit."

„Jedenfalls war es sehr mutig von dir."

Katja quittierte die Bemerkung mit einem Lächeln und überflog die letzten Eintragungen in Valeries Akte. Ein paar Mal blätterte sie vor und zurück und meinte dann sehr zufrieden: „Sieht ja sehr erfreulich aus. Ich denke, wir können sie Ende der Woche entlassen. Klappt es, dass sie bei euch unterkommt?"

„Ja, klar. Gerd hat schon eine Rampe gebaut, damit sie mit dem Rollstuhl besser hochkommt." Birgit hatte in den letzten Tagen viel organisiert und telefoniert, aber jetzt galt ihre Aufmerksamkeit Katja, die ihre Frage vorhin nicht zufriedenstellend beantwortet hatte. „Und wie war es jetzt wirklich in Neuss?"

„Wir sind uns nicht gegenseitig an die Gurgel gesprungen, falls du das meinst." Katja rieb sich ein Auge. In dem Moment ging die Tür auf und Stefan betrat, mit Herrn Lindner untergehakt, das Stationszimmer. „Birgit, sei so gut und bring' Herrn Lindner wieder in sein Zimmer. Auf mich will er ja nicht hören."

Birgit sah verblüfft, wie Stefan dem älteren Mann zuzwinkerte, und sprang auf. „Sind Sie uns etwa schon wieder ausgebüxt, Herr Lindner?"

„Nein, nein. Er kam vom Röntgen, und da ich den gleichen Weg hatte, habe ich der Schwester den Weg erspart. So was nennt man Teamwork", erklärte Stefan mit einem zweiten Augenzwinkern.

Birgit bemühte sich, ihre Überraschung zu verbergen. Dass Katja und Stefan wundersamerweise nach der Tagung in München plötzlich beim Du angekommen waren, hatte sie ja noch kommentarlos geschluckt. Aber diese Wandlung schlug dem Fass jetzt den Boden aus. „Ach was? Mir war bisher nicht klar, dass dir der Begriff überhaupt bekannt ist."

„Und mir war nicht bekannt, dass du so schnippisch sein kannst", kam Katja überraschenderweise Stefan zu Hilfe.

Stefan lachte polternd auf. „Vielleicht sollte ich besser das Feld räumen. Ist eh gleich Besprechung. Aber Katja, du solltest vorher noch in den Spiegel schauen, du bist am rechten Auge völlig verschmiert."

Jetzt hielten die beiden auch noch zusammen! Birgit beschloss, ihren Mund zu halten und kümmerte sich um den alten Mann, der sie aber zurückhielt, als sie mit ihm das Zimmer verlassen wollte. „Sekunde, Schwester Birgit, ich muss erst kurz verschnaufen."

Herr Lindner wirkte jedoch keineswegs kurzatmig – eher neugierig, wie er nun mit einem verschmitzten Lächeln Katja nicht aus den Augen ließ, die in das Nebenzimmer eilte, während Stefan ihr folgte. „Kommen Sie, das will ich sehen."

Plötzlich hatte der Mann es sehr eilig. Er stellte sich so in Position, dass er freie Sicht auf die beiden hatte, und winkte Birgit zu sich. „Kommen Sie schon."

„Sie sind ja gar nicht neugierig", murmelte Birgit und spähte ebenfalls in den Raum. Stefan stand neben Katja und sprach halblaut mit ihr. Sie wischte sich mit einem feuchten Tuch über ihre Augen, wandte den Blick zu ihm und gab eine Antwort. Er hob die Hand und wischte mit dem Zeigefinger vorsichtig über Katjas Wange. Die beiden lächelten sich lange an – zu lange für Birgits Begriffe. Herr Lindner kicherte leise. Birgits Aufmerksamkeit war endgültig geweckt, denn die beiden nahmen keine Notiz von einer der jungen Schülerinnen, die das Zimmer betrat, direkt neben Katja einen Fieberthermometer aus der Ladestation nahm, kurz zögerte und den Raum wieder verließ. Kopfschüttelnd sah Birgit zu Herrn Lindner. *„Was geht hier vor?"*

„Da hat es ganz schön gefunkt. Meine Herrschaften", murmelte der alte Mann. Kaum hatte er ausgesprochen, kamen die beiden zurück und Stefan stutzte, als er sie sah. „Wie? Noch immer hier?"

„Wir mussten noch etwas klären", verkündete Herr Lindner mit einem polternden Lachen, dass sein buschiger Schnurrbart wippte.

„Na dann." Die beiden schienen nichts zu ahnen. Katja nahm die bereitliegenden Unterlagen und Stefan hielt allen die Tür auf. „Wir fangen in fünf Minuten an. Kommst du dann nach, Birgit?"

Sie nickte und marschierte neben Herrn Lindner langsam den Flur hinunter. „Da brat mir einer einen Storch! Täusche ich mich oder haben die beiden gerade miteinander geflirtet?“ Ihre Stimme bebte vor Aufregung, sobald sie außer Reichweite waren.

„Allerdings, Schwester Birgit. Allerdings.“

Katja stand um die Mittagszeit mit einem Tablett in der Hand etwas hilflos in der Kantine und suchte nach Viktoria, mit der sie sich nach langer Zeit wieder zum Mittagessen verabredet hatte. Endlich entdeckte sie diese an einem der allerletzten Tische, bevor man auf die Terrasse gelangen konnte und zu ihrer Überraschung war Vicki nicht allein!

„Hey.“ Katja beantwortete Viktorias Begrüßung mit einem knappen Nicken, denn sie war damit beschäftigt, das Flattern in ihrer Magengegend zu ignorieren, das neuerdings blitzartig einsetzte, wenn sie Stefan hörte oder sah.

„Setz dich ruhig. Ich bin auch gleich weg.“ Stefan rückte etwas zur Seite, damit Katja an den Fensterplatz gelangen konnte.

„Danke.“ Sie setzte sich und erwiderte Viktorias ironisches Grinsen mit einem Stirnrunzeln.

Stefan wischte sich mit einer Hand den Mund ab und trank sein Glas leer. Was er unterhalb des Tisches mit der anderen Hand machte, blieb Viktoria glücklicherweise verborgen. Ein Stromschlag durchfuhr Katjas Körper und die erste Gabel, die mit einer Ladung Nudeln auf dem Weg zu ihrem Mund war, verharrte in der Luft. Sie runzelte erneut die Stirn und hob den Blick.

„Lass' es dir schmecken.“ Grinsend zog er unverschämterweise auch noch die Augenbraue nach oben, während er weiter mit den Fingerspitzen über ihren Oberschenkel strich.

„Mit Sicherheit.“ Schnell riss sie sich zusammen und bugsierte die

Gabel mit zittriger Hand in den Mund.

„Wir sehen uns und dir, Vicki, wünsch ich noch einen schönen Tag." Stefan stand in aller Gemütsruhe auf, stapelte alles auf seinem Tablett und ging davon.

Kaum war er außer Hörweite, war Viktoria nicht mehr zu bremsen.

„Seit wann duzt ihr euch?" Viktorias Gesichtsausdruck war ein einziges Fragezeichen. „So langsam bekomme ich den Eindruck, dass du mir einiges verschwiegen hast? Der verschlingt dich ja geradezu mit seinen Blicken. Kann das sein?"

Wenn die Antwort auf diese simple Frage nicht Katjas komplette Konzentration erfordert hätte, hätte sie sogar laut gelacht. Sie versuchte, so unbeteiligt wie möglich zu antworten. *Ich werde alles leugnen!*

„Du spinnst doch. Der guckt wie immer." Katja schüttelte den Kopf. „Und dass wir uns duzen, hat sich schon in München irgendwie ergeben."

„Ergeben?" Viktoria kniff die Augen zusammen und Katja spürte zu ihrem Entsetzen, dass sich vermutlich schon die ersten verräterischen roten Flecken an ihrem Hals zeigten.

„Mann. Wir waren länger als vier Stunden im Auto unterwegs ..."

Viktoria ließ sie gar nicht erst ausreden. „Katja, du stehst mit Stefan seit fünf Jahren täglich mehrere Stunden im OP und hast dich bisher standhaft geweigert, ihn mit dem Vornamen anzureden. Hat sich vielleicht auch *noch was anderes* ergeben?"

Katja wurde knallrot und Viktoria ließ vor Verblüffung ihr Messer sinken. „Das war ein Witz! Katja, ich wollte dich nur ... Katja?"

Viktorias Stimme wurde zu einem heiseren Flüstern und sie beugte sich quer über den Tisch näher zu ihr.

Katja senkte den Blick und zischte leise: „Wenn du zu irgendjemandem einen einzigen Piep sagst, dann bringe ich dich eigenhändig um."

Viktoria prustete so laut los, dass sich an den anderen Tischen die Leute umdrehten, was Viktoria aber völlig egal zu sein schien, denn sie lachte und lachte bis Katja den Kopf hob und ihr einen wütenden Blick zuwarf. „Das ist nicht witzig! Wir sind nicht zusammen!"

„Nein ... selbstverständlich ... nicht. Heutzutage geht man ja nur kurz miteinander in die Kiste ... Ich fasse es nicht, du und Doktor Sauertopf." Viktoria brach immer wieder ab und versuchte sich zu fangen.

„Vicki, halt die Klappe. Das war eine einmalige Sache."

„Selbstverständlich ...", Viktoria kicherte schon wieder.

„Ja, selbstverständlich. Stefan und ich sind uns einig, dass wir es dabei belassen werden."

„Ja, klar", brachte sie schließlich heraus, bevor sie erneut einen Lachanfall bekam. Nachdem sie sich einigermaßen beruhigt hatte, grinste sie Katja breit an. „Das glaube ich sofort."

„Blöde Kuh!" Katja war der Appetit vergangen, sie schob den Teller von sich. „Wolltest du eigentlich nicht über Ostern nach Flensburg fahren?"

„Doch, mein Zug geht Donnerstagabend."

„Und wann kommst du wieder?"

„Dienstag." Viktoria hatte schon wieder ein süffisantes Grinsen im Gesicht. „Du hast also fünf Tage sturmfreie Bu..."

Katja wurde es zu bunt. „Du kannst mich mal."

„Ich entferne die Milz", Katja sah nur kurz zu Stefan, dann war sie sofort wieder konzentriert bei der Sache. Vor ihr lag ein schwer verletzter Bauarbeiter, der auf einer Großbaustelle mitten in Freiburg von einem Gerüst gefallen war. Schwere Brüche und innere Verletzung waren die Folge und seit gut einer Stunde standen sie sich im OP gegenüber.

„Weißt du schon, wie das jetzt mit Valerie weitergeht?", fragte Stefan und ließ seine Schulter kreisen, die heute wieder gar keine Ruhe gab.

„Ja, Birgit erzählte mir vorhin, dass alles für Valeries Einzug vorbereitet ist." Katjas Blick wich keine Sekunde vom Operationsfeld.

„Unsere Stationsglucke ist wieder voll in ihrem Element. Kann ich bitte einen Sauger haben?" Sogleich wurde ihm einer in die geöffnete Hand gelegt und er beugte sich näher zu Katja. Sofort stieg ihm der bekannte Melonenduft in die Nase. Inzwischen wusste er, dass dieser Katjas Parfüm geschuldet war und ein anderes Bild schob sich vor seine Augen. Um sich abzulenken, redete er weiter. „Birgit ist wie du. Die kümmert sich um jedes Küken, das dahergeflogen kommt."

„Da haben Sie allerdings recht. Kollegin Thalbach ist besonders gut zu ... *Vögeln*", war in diesem Moment eine unüberhörbare Bemerkung aus Richtung der Narkosegeräte zu hören. „Wenn Sie verstehen, was ich meine."

Augenblicklich verstummte jede Unterhaltung. Stefan überlegte für Bruchteile von Sekunden, ob er sich verhört hatte, aber Katjas schockierter Blick sprach Bände. Betont lässig wandte er sich an Karin.

„Karin, sei so nett. Piepst du bitte Markus an. Er möchte auf der Stelle seinen Kollegen hier ablösen."

„Aber das geht doch nicht." Doktor Jensch sprang auf und riss beinahe noch einen Schlauch mit sich.

„Und wie das geht. Und noch etwas anderes geht, Herr Kollege. Sobald diese Operation beendet ist, entschuldigen Sie sich bei Frau Doktor Thalbach. Und dann überlegen Sie sich bitte mal, ob es nicht besser wäre, wenn Sie sich nach einem anderen Arbeitsplatz umsehen würden. Wenn *Sie verstehen*, was ich meine." Stefans Tonfall duldete keine Widerrede, das ließ seinen Kontrahenten aber kalt.

„Soll das eine Drohung sein?", meinte dieser und riss sich die Maske vom Gesicht.

„Das können Sie auslegen, wie Sie wollen. Ich denke aber, Ihre Tage hier sind sowieso gezählt." Er sah aus den Augenwinkeln Markus vorbeihuschen und gab Doktor Jensch mit dem Kopf einen Wink. „Raus aus meinem OP. Ihr Praktikant übernimmt, bis Doktor Volk hier ist."

„Aber ..."

„Raus! Oder soll ich Sie eigenhändig vor die Tür bugsieren?“

„Danke, Stefan. Aber es hätte mir diebische Freude bereitet ihm nachher in seine Eier zu treten“, erklärte Katja und Stefan war sich sicher, dass der Kollege dies noch gehört hatte.

„Was ist hier los?“ Markus stürmte in den OP und zu den Narkosegeräten und Karin begann sofort mit einer ausführlichen Erklärung.

„Gerd, warte mal bitte.“

Gerd Werner stoppte und drehte sich um, als er Markus’ Stimme hinter sich hörte. Sein Schwiegersohn kam im Stechschritt auf ihn zu.

„Was ist los?“

„Doktor Jensch hat gekündigt.“

„Was, wieso so plötzlich?“ Gerd wurde ärgerlich.

„Stefan hat ihn vorhin aus dem OP geschmissen, nachdem er Katja vor versammelter Mannschaft beleidigt hat.“

Gerd stöhnte auf. „Auch das noch! So langsam weiß ich nicht mehr, wo mir der Kopf steht. Dann kann ich die Anzeige fürs Ärzteblatt gleich wieder ändern. Wenigstens hat Katja mir heute gesagt, dass sie bleiben wird.“

„Na, das ist doch wenigstens eine gute Nachricht. Obwohl, eigentlich bin ich nicht traurig, dass der aufgeblasene Doppeldoktor uns verlässt. Er bringt ständig Unruhe ins Team.“ Markus schüttelte den Kopf.

„Wenn ich ehrlich bin, ich auch nicht.“ Gerds Ärger war schon wieder verraucht. „Ich habe noch eine Neuigkeit. Die Baugenehmigung ist heute gekommen. Wir sollten das feiern. Komm doch mit Susanne heute Abend auf ein Glas ...“ Gerd stockte kurz, „... Mineralwasser rüber. Du kriegst natürlich ein Bier. Vielleicht heitert das Birgit etwas auf. Aus lauter Verzweiflung, dass Maxi nun in Stuttgart ist, hat sie die Nähmaschine rausgeholt und kämpft mit ihr. Alarm heißt das!" Er klopfte seinem Schwiegersohn auf die Schulter.

Der nickte und eilte mit wehendem Mantel davon. Gerd sah Markus hinterher. Er war ja so gespannt, wie Susanne und Markus sich als Eltern machen würden und wie sie in der ersten Zeit Klinik und Zwillinge unter einen Hut bekommen wollten. Aber schließlich gab es da ja noch die Großeltern. Er grinste beim Gedanken, dass er und Birgit tatsächlich in ein paar Monaten Großeltern sein würden. Immer noch lächelnd schloss er seine Bürotür hinter sich, um gleich darauf seine Sekretärin anzuweisen, dass er Doktor Jensch heute noch sprechen wollte.

Die restlichen Tage dieser Woche krochen im Schneckentempo dahin. So kam es Katja jedenfalls vor. *Sturmfreie Bude!*, hatte Vicki noch gelästert. Und der Gedanke hatte sich hartnäckig in Katjas Hirn festgesetzt. Sie hatte jedoch keinen Schimmer, wie sie es anstellen sollte, sich mit Stefan zu verabreden. Schon der Gedanke an ein paar Stunden mit ihm, ließ ihren Körper prickelnd zum Leben erwachen.

Katja war eine gute Beobachterin. Inzwischen musste sie Viktoria insgeheim recht geben, Stefan ließ sie kaum mehr aus den Augen. Sobald sich ihre Blicke kreuzten, begann dieses aufregende Flattern in ihrem Inneren, doch er machte keine Anstalten, sich ihr zu nähern. Ihre Beobachtungen gingen aber noch weiter. Inzwischen wusste sie, dass spätestens gegen Mittag die ersten starken Schmerzen in Stefans Schulter auftraten. Dann wurde er kurzzeitig nervös und sein Blick hektisch. Kaum hatte er Schmerztabletten genommen, legte sich alles wieder. Es war kein Wunder, ihrer Meinung nach tobte eine heftige Entzündung im gesamten Schulterbereich. Es tat ihr in der Seele weh, ihn so leiden zu sehen. Sie wollte ihm so gerne helfen. Dazu gehörte aber auch, dass sie ihm irgendwie näherkam, und zwar ohne irgendwelche Hintergedanken. Auch während sie mit Stefan die Visite in Valeries Zimmer machte, grübelte sie, wie sie es schaffen konnte, ihn über Ostern zu sehen. Ihre Konzentration ließ daher ziemlich zu wünschen übrig und so blätterte sie fieberhaft in der Akte auf der Suche nach dem Bericht des Physiotherapeuten, nach dem Stefan schon zweimal gefragt hatte.

„Zum Kuckuck", fluchte sie halblaut.

„Was ist denn los?" Birgit stupste Katja an. „Ist dir nicht gut?"

„Das gibt es doch nicht!" Katja blies die Backen auf und pustete frustriert die Luft aus, denn Stefan nahm ihr die Akte aus der Hand und schlug auf Anhieb die richtige Seite auf.

„Nimm doch den!" Er wedelte mit einem Blatt, überflog es kurz und nickte. „Siehste, alles gut, wie ich schon sagte. Ich würde also vorschlagen, wir entlassen Valerie morgen zu Birgit. Spricht was dagegen, Katja?"

Katja schüttelte den Kopf und sah zu Valerie. Die grinste inzwischen breit und wackelte vergnügt mit den Augenbrauen.

„Bist du bereit, Valerie? Ostern bei den Werners. Das wird bestimmt lustig", fragte Stefan und wieder nickte Valerie begeistert und blickte alle der Reihe nach an.

„Ich muss mich erst mal bei Ihnen allen bedanken. Ich kann immer noch nicht fassen, wie Sie alle sich um mich kümmern. Frau Werner, ich kann das doch alles gar nie gutmachen."

„Das lass' mal meine Sorge sein." Birgit tätschelte Valeries Wange, an der nur noch eine kreisrunde gerötete Narbe an die tiefe Fleischwunde erinnerte. „Mal sehen, wie wir dich morgen nach Hause bringen. Wahrscheinlich schicke ich dir meinen Sohn vorbei. Florian hat Semesterferien und ist gerade in Freiburg."

„Na dann sind wir mal gespannt, ob Valerie auch Florians Charme erliegen wird." Stefan drohte ihr mit dem Zeigefinger. „Pass bloß auf. Birgits Sohn ist der Traum aller Frauen und das weiß er auch."

Sie kicherte. „Keine Angst, ich hab's nicht so mit Jungs. Außerdem habe ich gar keine Zeit für so was. Schließlich muss ich jetzt mein Abitur schaffen, damit ich irgendwann auch Medizin studieren kann."

„Stimmt allerdings. So ein Studium erfordert höchste Konzentration." Stefan wirkte äußerst belustigt, während Katja heftig schluckte und ihm schweigend zuhörte. „Das reicht auch noch, wenn du deinen Traummann erst nach der Facharztprüfung findest. Wie manch andere auch. Findest du nicht auch, Katja?"

Als er ihr bei dieser Anspielung auch noch frech zuzwinkerte, wurde sie knallrot und entschied sich kurzerhand zur Flucht. „Ich muss mal kurz hier raus."

„Reiß dich zusammen, du dummes Huhn." Katja beherrschte sich, nicht mit dem Fuß aufzustampfen, stattdessen hieb sie mit der flachen Hand auf das Fensterbrett, was aber keine bessere Idee war. „Autsch, verdammt."

„Was ist eigentlich los mit dir?" Birgit war lautlos hinter sie getreten und strich ihr über den Rücken. Frustriert fluchte Katja auf. Sie machte sich hier gerade zum Volldeppen, bloß weil sie Stefan am liebsten vor versammelter Mannschaft um den Hals gefallen wäre.

„Ich glaube, ich muss mal wieder richtig ausschlafen. Ich habe dir übrigens eine ellenlange Liste gemacht, was mir beim Avend-Jubiläum besonders gefallen hat", lenkte sie Birgit ab, die prompt darauf reinfiel.

„Echt? Danke. Da bin ich ja gespannt." Freudig rieb sich Birgit die Hände. „Mal sehen, ob ich was abkupfern kann."

In diesem Moment ging die Tür auf und Stefan betrat den Flur. Er blieb stehen und fragte erneut amüsiert: „Geht's wieder?"

Katja nickte und entriss ihm wütend Valeries Akte. „Ich gehe noch einmal kurz zu Valerie und entschuldige mich, dann komme ich nach."

Sie schoss wütende Blitze auf ihn ab, drehte sich um und verschwand in Valeries Zimmer. Bevor die Tür hinter ihr zuknallte, hörte sie noch, wie Stefan ihr hinterherrief, sie solle nachher in sein Büro kommen.

Darauf konnte er lange warten! Sie würde jetzt in aller Ruhe Valerie die letzten Instruktionen geben und dann mit Birgit sprechen.

Kapitel 23

„Eine Sekunde, Stefan. Ich muss mit dir reden.“

Himmel, noch mal. Sie sah hinreißend aus, hatte heute ausnahmsweise einen kurzen Rock an, ihre gebräunten Beine lugten hervor und er begehrte sie mehr denn je. Dabei hatte er Abstand halten wollen, aber von Tag zu Tag fiel es ihm schwerer. Er verschränkte die Arme vor der Brust und beobachtete, wie sie auf ihn zueilte. Je näher sie kam, desto stärker wurde die Gewissheit, dass sie nicht gut auf ihn zu sprechen war. Nun ja, gestern hatte er es auch ein wenig übertrieben, musste er insgeheim zugeben.

„Wenn du mich noch einmal so in Verlegenheit bringst, dann ... dann ...“, schossen ihm ihre Worte wütend entgegen.

„Was dann?“, fragte er und unterdrückte das Lachen, das schon in seiner Kehle steckte.

„Ich überlege noch“, murmelte sie und ihr Gesicht nahm eine rosige Farbe an. Verlegen wirkte sie gleich noch anziehender. Siedend heiß fuhr ihm das Blut in die Lenden. Ohne weiter nachzudenken, schnappte er sie am Arm und zog sie in den nächstbesten Raum.

„Was wird das jetzt?“, fragte sie mit hochrotem Kopf.

„Hat dir schon jemand gesagt, dass du hinreißend aussiehst, wenn du wütend bist?“ Er verriegelte die Tür und konnte nicht genug von ihrem Mund bekommen. Katja sträubte sich kurz, dann gab sie nach. Die Küsse wurden leidenschaftlicher und länger und sein Verlangen nach ihr größer.

„Einmal noch. Bitte einmal noch“, flüsterte er an ihrem Mund und ließ sie erst gar nicht zu Wort kommen. Er schob seine Hand unter ihren Rock und fand zielsicher ihre empfindlichste Stelle. Katja reagierte augenblicklich und drängte sich seiner tastenden Hand entgegen, während sie ihm gleichzeitig das Hemd aus seiner Hose zog und seinen Rücken streichelte.

„Ich brauche das jetzt", raunte er und schob ihren Rock nach oben. Stefan meinte vor Verlangen zu vergehen und, bevor ein weiteres peinliches Missgeschick passieren würde, verlangsamte er seine Bewegungen. Er tupfte stattdessen zärtliche Küsse auf ihr Gesicht, löste den Haargummi, dann vergrub er die Hände in ihren duftigen Haaren. Sie schmiegte sich an ihn, erwiderte seine Küsse und kam ihm bereitwillig entgegen. Keiner sprach ein Wort. Stefan sah sich suchend um und entdeckte, dass sie sich – wie durch eine Fügung – im Lager befanden, in dem die Begleitbetten aufbewahrt wurden.

„Was für ein Wink des Schicksals", murmelte er. Hektisch streifte er ihr den Slip von den Hüften und sie stieg heraus. Er hob sie hoch, setzte sie auf der Liege ab und befreite sich. Sekunden später stand er zwischen ihren Beinen und drängte sich ihr entgegen.

Er fühlte, wie sie sich weich und warm um ihn schloss, und entspannte sich blitzartig. Alles war gut – jetzt, wo er endlich wieder in ihr war. Alles Drängende war wie weggeblasen, stattdessen begann er sie langsam und zärtlich zu lieben, um ihr ein unvergessliches Erlebnis zu schenken. Sanfte Bewegungen wurden energischer, Katjas Seufzer lauter.

Ein metallisches Knirschen war zu hören, er ignorierte es und forcierte sein Tempo. Schon spürte er die Vorboten von Katjas Höhepunkt, er verlagerte das Gewicht, drängte sich weiter in sie und spürte plötzlich, wie Katja wegsackte. Das Kopfteil des Krankenhausbettes, auf dem Katja halb saß – halb lag, senkte sich bedrohlich und sie glitt aus seinen Armen. Der Versuch Katja zu halten und sich gleichzeitig das Lachen zu verbeißen ging gründlich schief. Das brachte sie offenbar zur Besinnung. Ihre vor Leidenschaft glasigen Augen wurden riesengroß. Eine Zornesfalte legte sich auf ihre Stirn. Sie fegte seine Hand von ihrem

Oberschenkel, rappelte sich auf und hob ihren Slip auf. Schneller als er denken konnte, war sie angezogen und strich ihren Rock glatt. Ihre Augen leuchteten auf wie explodierende Leuchtraketen, als er weiterhin vergeblich versuchte, sich das Lachen zu verkneifen, während er ebenfalls seine derangierten Klamotten ordnete.

„Was glaubst du eigentlich, was das werden sollte? Ich bin doch kein billiges Flittchen, das man mal eben im Bettenlager vernaschen kann."

Er spürte, wie alles Blut aus seinem Gesicht wich. Er sah sie entsetzt an und erst jetzt wurde ihm klar, was er getan hatte.

„Katja, großer Gott. Es tut mir leid, ich weiß auch nicht, was über mich gekommen ist." Stefan sah Katja bittend an. Er wusste, es gab kaum eine Entschuldigung dafür. „Es wird nicht mehr vorkommen."

„Mit Sicherheit nicht!" Mit diesen Worten riss sie die Tür auf, drängte ihn zur Seite und rauschte ohne einen Blick zurück zur Tür hinaus.

Valerie fluchte. „Verdammter Mist, warum klappt das denn nie?"

„Hey, bist du Valerie?"

Als Valerie die tiefe Stimme hörte, hob sie den Kopf und gab den Versuch auf, vom Bett aus nach ihrer Gehhilfe zu angeln, die auf dem Boden lag. „Ja, wer will das wissen?"

Ein Mann schob einen Rollstuhl ins Zimmer, erkannte die Lage und kam angesprungen. Er hob die Krücke auf und hielt sie ihr lächelnd hin. „Bitte sehr. Soll ich dir vielleicht helfen?"

„Danke. Aber ich schaffe das auch alleine." Valerie war sauer über ihre Unbeholfenheit, aber die Beweglichkeit der Hüfte war immer noch sehr eingeschränkt. Erst jetzt nahm sie den Fremden genauer in Augenschein: Vor ihr stand ein sehr großer, kräftiger junger Mann mit blonden lockigen Haaren und haselnussbraunen Augen. Unterhalb des linken Auges saßen zwei unübersehbare Muttermale, die ihn etwas weniger perfekt aussehen ließen. Automatisch hob sie die Hand, um die Narbe an ihrer Wange zu verdecken.

„Das glaub ich sofort, dass du das selbst kannst, aber mit meiner Hilfe geht es wahrscheinlich schneller." Der junge Mann lachte sie an, dann streckte er die Hand aus und verblüffte sie, indem er ihre Hand ganz sanft von ihrer Wange zog. „Die Narbe wird später bestimmt wie ein Grübchen wirken. Keine Sorge, ich bin ganz andere Sachen gewöhnt, das ist gar nichts gegen meine Muttermale." Er deutete auf die Stelle unter seinem Auge. „Ich bin Florian Bergmann. Birgit Werners Sohn."

„Valerie Behrendt." Valerie schüttelte seine Hand. *Aha, der Traum aller Frauen.*

„Ich bin außerdem heute dein Chauffeur." Er deutete auf den Rollstuhl und sah sie vergnügt an.

„Ich versuche zu laufen", murmelte sie und wunderte sich, warum sie jetzt so durcheinander war. Er zuckte mit den Schultern und nahm die Tasche und die Jacke, die auf dem Bett lag. Die zweite Gehhilfe, die sie wegen ihres geschienten rechten Armes nicht benutzten konnte, spannte er seitlich in den Rollstuhl. „Brauchst du sonst noch was?"

„Nein, das ist alles." Valerie sah sich kurz in dem Zimmer um, in dem sie jetzt fast fünf Wochen verbracht hatte. Sie humpelte langsam zur Tür. „Du könntest mir nur freundlicherweise die Tür aufmachen."

„Gern!" Florian schlenderte grinsend näher. Dann zog er die Tür auf und machte eine übertriebene Verbeugung.

„Bitteschön, die Dame."

„Dankeschön." Seine gute Laune war ansteckend, Valerie konnte sich das Lachen nicht mehr verkneifen und schon war das Eis gebrochen. Sie lächelte Florian nun ebenfalls freundlich an. „Danke, aber ich bin immer sauer mit mir selbst, wenn was nicht klappt."

„Geht doch schon super. Mama hat mir von deinem Unfall erzählt. Die Hüfte wird bestimmt wieder. Du solltest dich wirklich in den Rollstuhl setzen."

„Nö, es muss auch so gehen." Valerie kam nur langsam vorwärts. Bereits am Stationszimmer war sie schweißgebadet und gab schließlich nach. „Also gut, ich setz mich rein."

Nachdem sie sich vorsichtig in den Rollstuhl hatte gleiten lassen, winkte sie den Schwestern im Zimmer zu.

„Wiedersehen und vielen Dank."

„Mach's gut, Valerie und viele Grüße an Birgit. Tschau, Florian." Karin verabschiedete sich sogar mit einem Händedruck von ihnen, und während Florian Valerie die Tasche auf den Schoß stellte, warf sie ihm immer wieder einen kurzen Blick zu. Erst im Aufzug fragte sie ihn: „Du studierst wohl auch Medizin, oder?"

„Ja, erst in Freiburg, jetzt in Hamburg. Ich weiß noch nicht so genau, wohin bei mir die Reise geht." Als Valerie ihm einen verständnislosen Blick zuwarf, ergänzte er schnell, „Welchen Facharzt ich mache, meine ich. Chirurgie, Neurologie, Sportmedizin." Er lächelte etwas verlegen.

Gott, was hatte der für ein niedliches Lächeln. Valerie schluckte heftig und grinste zurück.

„Wie wäre es mit Gynäkologie, wie deine Schwester?"

„Nein. Um Gottes willen, alles nur das nicht. Versteh mich nicht falsch, aber nein. Ich bin eher der Handwerker, also Chirurgie oder Sportmedizin. Ich weiß es noch nicht, aber ich habe ja noch ein bisschen Zeit. Ich parke direkt vor der Klinik." Florian schob sie aus dem Aufzug. „Meine Mutter hat erzählt, dass deine Mutter in Amerika ist und du sonst niemanden hast und nun für die nächsten Wochen bei uns wohnen wirst."

„Das ist die geschönte Fassung. Die Wahrheit ist, dass es meiner Mutter am Arsch vorbeigeht, dass sie eine Tochter hat. Ich denke, sobald sie die Haustür hinter sich zuzieht, hat sie vergessen, dass es mich gibt. Guck nicht so erstaunt." Valerie stemmte sich vorsichtig aus dem Rollstuhl und stieg ebenso vorsichtig ins Auto ein, nachdem Florian die Tür geöffnet hatte. „Nicht jeder hat so tolle Eltern wie du. Meinen Vater kenne ich nicht, aber ich hatte Glück, dass meine Oma immer für mich da war."

„Trotzdem war es bestimmt nicht immer einfach für dich."

Valerie zuckte mit den Schultern. „Man gewöhnt sich an alles. Im Nachhinein denke ich, dass ich mich in die Amnesie geflüchtet habe. Wahrscheinlich wollte ich alles vergessen."

„Na ja, meine Mutter wird schon dafür sorgen, dass du dich gründlich bei uns erholst." Florian startete das Auto.

„Ja, und dann geht es zurück ins Chaos. Ich mache mir nichts vor. Danach geht es weiter, wie es war. Meine Mutter wird sich nicht ändern, nur weil ich diesen Unfall hatte. Sie wird heimkommen, mich erstaunt ansehen, als hätte sie mich noch nie gesehen, und kurz darauf wieder abreisen. Aber ich werde wieder zur Schule gehen. Deine Mutter hat sich sogar für mich eingesetzt, sodass ich die Klasse wiederholen kann. Sie hat so viel für mich getan. Dabei kennt sie mich gar nicht wirklich."

„Mama hat ein Herz für einsame Seelen. Sagt mein Stiefvater immer." Florian hielt an einer roten Ampel.

„Ich mag deine Familie. Darf ich dich was fragen?" Valerie suchte seinen Blick.

„Klar?"

„Du sagtest gerade Stiefvater? Ist das der Grund, warum du Bergmann heißt und deine Mutter Werner?"

Florian lächelte. „Ich war vier Jahre alt, als meine Mutter Gerd geheiratet hat. Susanne war vierzehn, sie ist Gerds Tochter. Dann gibt es noch Maxi, unsere gemeinsame Halbschwester. Sie ist jetzt einundzwanzig und studiert seit neuestem in Stuttgart. Sie ist eine schreckliche Nervensäge!"

Wieder lächelte er Valerie an, dabei trafen sich zum ersten Mal ihre Blicke. Valerie starrte in haselnussbraune Augen, deren Pupillen sich schlagartig zusammenzogen. Das Braun der Iris wurde heller und sie entdeckte einen grünen Rand. Fasziniert starrte sie ihn an und ahnte tief in ihrem Inneren, dass sie diesen Moment nie vergessen würde. Irgendwie schaffte sie es dann doch, den Blick zu lösen.

„Wo wohnt ihr denn?", fragte sie und hoffte, dass er ihre Kurzatmigkeit nicht bemerkt.

Florian nannte einen Straßennamen, den Valerie zwar kannte, aber in dieser Gegend war sie noch nie gewesen.

„Meine Mutter hat Susannes altes Zimmer komplett umgekrempelt. Erzähl mir von dir, machst du Sport?"

„Nö. Musik. Ich spiele Klarinette." Valerie begann leise zu erzählen. Zwanzig Minuten später fuhr Florian in eine Einfahrt und stellte sein Auto ab. „Du wartest, bis ich dir die Krücken gebe. Ah, da ist ja schon das Empfangskomitee."

Birgit kam mit Susanne und einer weiteren jungen Frau im Schlepptau aus dem Haus gestürmt.

„Hallo, Valerie!", rief Birgit schon von weitem.

Florian half ihr aus dem Auto, neigte den Kopf und flüsterte Valerie vertraulich zu: „Herzlich willkommen im Hause Werner. Jetzt ist es vorbei mit der Ruhe."

Allerdings! Ihr Herz vollführte einen doppelten Salto und sie war heilfroh, als Florian zum Kofferraum ging und ihre Tasche herausholte.

„Danke, Flo. Hat alles geklappt?" Birgit küsste ihren Sohn auf die Wange, dann nahm sie Valeries Gesicht in beide Hände und küsste auch sie auf die Wange.

„Herzlich willkommen, meine Süße. Tut mir leid, dass ich dich versetzt habe, aber ich denke, mein Ersatz war auch nicht zu verachten." Birgit grinste Valerie an, dann deutete sie mit dem Kopf stolz auf ihren Sohn.

„Nein, sicherlich nicht." Valerie verbarg ihre Nervosität, dann begrüßte sie Susanne und wurde Maxi vorgestellt. „Danke, dass ihr mich einfach so aufnehmt." Ihr schossen die Tränen in die Augen. „Ich kann das noch gar nicht so wirklich glauben."

„Ach, wenn du erst mal eine Stunde überlebt hast, dann schätzt du vielleicht später die Ruhe wieder.“ Florian hob Valeries Tasche aus dem Auto und lachte, als Susanne die Backen aufpustete.

„*Flo!* So schlimm sind wir nun auch wieder nicht.“

„Nein, aber laut und viel.“

„Ich freu mich drauf.“ Valerie drehte den Kopf und lächelte Birgit an, dann ließ sie sich in den von Florian bereitgestellten Rollstuhl sinken. „Danke, Birgit.“

Die schüttelte lachend den Kopf und schob Valerie ins Haus.

Die Tage in Flensburg waren viel zu schnell vorbeigezogen. Und Viktoria hatte wieder vor Augen geführt bekommen, dass auch häufige Telefongespräche beileibe niemals den Besuch und die Nähe zur Familie ersetzen konnten. Und trotzdem bereute sie ihr Fortgehen nicht. Sie hatte vor zehn Jahren ganz bewusst diese Distanz von knapp eintausend Kilometern gewählt und im Grunde nie bedauert. Denn nur so hatte sie den schmerzlichen Erinnerungen entfliehen können.

„Meinst du, Mama hat einen Kaffee für uns? Das reicht mir gerade noch.“ Die Osterfeiertage waren vorüber und an diesem Dienstag war sie mit Sandra, ihrer jüngeren Schwester, zu einem Stadtbummel in Flensburg aufgebrochen. Beladen mit dutzenden von Tüten kamen sie Stunden später hier am Elternhaus an. Viktoria sah auf die Uhr, während Sandra den Schlüssel aus der Handtasche kramte. In zwei Stunden würde ihr Zug gehen, also musste sie sich sputen, die restlichen Sachen einzupacken.

„Bestimmt hat Mama dran gedacht.“ Sandra öffnete die Haustür und ließ Viktoria den Vortritt.

„Hey, Sandra. Lange nicht gesehen. Wie geht es dir?“

Jens! Viktoria hörte die Worte und erstarrte bei der wohlbekannten

Stimme innerlich zu Eis. Während Sandra den Gruß erwiderte und ein Gespräch begann, eilte Viktoria außer Sichtweite und stellte die Taschen ab. *Hört das nie auf, so zu schmerzen, wenn ich ihn treffe?,* fragte sie sich und presste die Faust auf die Stelle, wo ihr Herz pochte.

Sie zog ihre Jacke aus, dabei konzentrierte sie sich auf gleichmäßige Atemzüge, versuchte sich zu fangen und machte sich schließlich auf die Suche nach ihrer Mutter. Kurz bevor sie die Küche betrat, hörte sie eine weitere bekannte Stimme – hier wartete die nächste unliebsame Überraschung.

Mist, verdammter! Dorothea war hier! Automatisch dachte sie an ein Gespräch mit ihrer Patentante vor zehn Jahren zurück: Werde endlich erwachsen, Vicki. Such dir einen Job oder mach eine Ausbildung und lass' meinen Sohn bitte in Ruhe sein Studium durchziehen. Vielleicht hat doch alles so sein sollen, wärst du denn wirklich für ein Kind bereit gewesen?

Diese und noch mehr verletzende Worte hatte ihr Dorothea damals an den Kopf geworfen, nachdem sich Jens so plötzlich und unerwartet von ihr getrennt hatte und sie bei Dorothea um Rat hatte fragen wollen. Danach war sie vor ihrer Liebe zu Jens und aus Flensburg geflüchtet und hatte es bei jedem ihrer kurzen Besuche zu Hause tunlichst vermieden, auf Dorothea oder jemand anderen aus deren Familie zu treffen. Dieses Mal war ihr das Schicksal wohl nicht gnädig gesonnen. Doch feige war Viktoria noch nie gewesen. Sie straffte sich und trat aus dem dunklen Flur in die Küche, wo ihre Mutter und ihre Patentante es sich am Küchentisch gemütlich gemacht hatten.

„Hallo, Dorothea. Das ist ja ein Zufall", meinte sie matt und hoffte, die würde es nicht merken.

„Vicki!" Freudestrahlend sah ihr Dorothea entgegen und streckte ihre Hand aus. „Komm, setz dich zu uns."

„Ich muss eigentlich packen." Viktoria sah, dass Dorothea einen schlafenden Jungen auf dem Schoß sitzen hatte und sich deshalb kaum rühren konnte. Sie erkannte außerdem den bittenden Blick ihrer Mutter und ergab sich in ihr Schicksal. Noch rührte sie sich allerdings keinen Zentimeter nach vorn. „Ein paar Minuten hab' ich noch. Wie geht es dir, Dorothea?"

„Mit geht es gut, aber lass' dich ansehen. Mein lieber Schwan, du siehst ja toll aus. Ich gebe zu, ich sitze hier schon seit Stunden, weil ich dich nicht schon wieder verpassen wollte."

Viktoria trat näher, beugte sich widerstrebend nach unten und küsste Jens' Mutter zur Begrüßung auf die Wange. Sie fühlte ein Tätscheln auf ihrer Wange und verkniff sich eine Fluchtreaktion.

„Vicki, möchtest du einen Kuchen?", fragte ihre Mutter, doch Viktoria schüttelte den Kopf und konzentrierte sich darauf ruhig zu bleiben, als ihre Mutter nach ihrer Schwester fragte.

„Sandra kommt gleich. Sie redet mit ..." Viktoria brach ab, doch dies fiel niemand auf, denn Dorothea stellte schon die nächste Frage.

„Jetzt sag' schon. Geht es dir gut? Deine Mutter erzählt doch so gut wie nie was von dir." Dorothea strahlte sie an, als wäre sie vier Wochen weg gewesen und nicht zehn Jahre.

„Da gibt es auch nichts Nennenswertes zu erzählen." Viktoria merkte, dass Dorothea bei ihrer Aussage zusammenzuckte. „Aber ich kann dich beruhigen, ich habe mein Leben inzwischen ganz gut im Griff und einen ordentlichen Beruf hab' ich auch gelernt."

Viktoria erkannte sich selbst nicht wieder, ihre Mutter schnappte nach Luft und Dorothea sah sie verletzt an und murmelte betroffen: „Ich hätte mich damals nicht einmischen dürfen, das weiß ich doch längst."

„Besser spät als nie", murmelte Viktoria und nahm die Kaffeetasse von ihrer Mutter entgegen. Den vorwurfsvollen Blick ignorierte sie, doch sie blieb sitzen.

„Wo lebst du denn?", fragte Dorothea deutlich vorsichtiger.

„In Süddeutschland", erklärte Viktoria kurz angebunden, und bevor ihre Mutter das Wort ergriff, stellte sie eine Gegenfrage: „Und wer ist der kleine Bursche hier? Ist das der Große von Johanna?"

„Nein, das ist Felix." Dorothea strich dem Jungen liebevoll über die blonden Locken. Sie hob den Blick und sprach nur zögernd weiter. „Er ist der Sohn von ..."

„*Von Jens!*" Viktoria sprach aus, was Dorothea nicht geschafft hatte und wieder ritt sie der Teufel. „Ich habe den Namen deines Sohnes nicht mit einem Bann belegt, du kannst ihn ruhig aussprechen."

„Hey, Doro. Hallo, Mama." Sandra schlenderte nun auch in die Küche und verschaffte Viktoria eine kurze Verschnaufpause, in der sie ihrer Mutter die Einkäufe zeigte.

„Vicki, ich hätte damals nicht so mit dir reden dürfen. Die Krankheit, der Verlust und die Trennung von Jens – das war zu viel auf einmal. Aber ich war sauer, dass du dich monatelang so treiben ließest." Dorothea sprach leise und Viktoria erkannte, dass Dorothea um ihre Selbstbeherrschung rang. Ihre nächste Frage klang erstickt. „Darf ich fragen, was du beruflich machst?"

„Ich arbeite in einer Klinik."

Dorotheas Reaktion war sehenswert, sie sperrte den Mund auf. „Du? Im Krankenhaus? Und als was? Etwa als Krankenschwester?"

„Das heißt heutzutage Gesundheits- und Krankenpflegerin", antwortete Viktoria automatisch und bemerkte aus dem Augenwinkel, wie sich ihre Mutter und ihre Schwester wieder dazugesellten und ihre Mutter zu einer Erklärung ansetzte: „Vicki ist keine ..."

„Warum nicht? Das ist ein sehr sinnvoller und erfüllender Beruf." Viktoria schnitt ihrer Mutter das Wort ab und erntete einen bösen Blick, den sie aber erwiderte. Unmerklich schüttelte sie den Kopf.

„Wolltest du nicht immer etwas mit Sport machen?" Dorothea wirkte verunsichert. „Nun ja, Menschen ändern sich."

„Oder werden gezwungen, sich zu ändern. *Aua!*" Viktoria bedachte ihre Schwester, die ihr einen Tritt versetzt hatte, mit einem wütenden Blick. *Treib es nicht zu weit!,* deutete Sandra mit den Lippen an und wandte sich selbst an Dorothea. „Doro, ich hab' Vicki heute erzählt, dass Johanna auch schon Mama ist."

Dorothea ließ ihren bekümmerten Blick lange auf Viktoria ruhen und seufzte. „Es war wohl keine gute Idee, vorbeizukommen. Ich hatte gehofft, dass du mich heute vielleicht verstehen kannst. Es tut mir leid, Vicki. Ich wollte dir die letzten Minuten zu Hause nicht vermiesen, wir gehen jetzt besser."

Viktorias trotzige Antwort blieb ihr im Hals stecken, denn Dorothea verlagerte das Gewicht des Jungen, um besser aufstehen zu können. Viktoria erhaschte so zum ersten Mal einen Blick auf das Gesicht und bemerkte mit Entsetzen, dass der Junge Jens wie aus dem Gesicht geschnitten war. *Ob ihr gemeinsames Kind wohl auch so ausgesehen hätte?*

Der Schmerz über den Tod ihres Babys war plötzlich wieder präsent wie schon lange nicht mehr. Viktoria fühlte die Hand ihrer Mutter an ihrem Rücken und sie war dankbar für den stummen Trost, während Dorothea die Stille brach, indem sie sich verabschiedete.

Kapitel 24

Katjas Ostertage und die folgenden Wochen vergingen ebenfalls wie im Flug. Aufgrund des außergewöhnlich sonnigen und warmen Wetters waren die Motorradfahrer in Scharen unterwegs. Dadurch ging es hektisch in der Klinik zu, was einerseits betrüblich für die Verletzten war und andererseits bei Katja für die erforderliche Ablenkung sorgte und sie abends todmüde ins Bett fallen ließ.

Schon längst war Katjas Wut auf Stefan und – zugegebenermaßen auch auf sich selbst – verraucht. Im Stillen amüsierte sich Katja inzwischen über die Tatsache, dass zwischen ihr und Stefan anscheinend so viel elektrische Spannung zu existieren schien, dass sämtliche Synapsen unter Stromausfall litten, wenn sie sich berührten oder nur zu nahe kamen. Stefan dagegen fühlte sich sichtlich unwohl in ihrer Gegenwart und ging ihr seither aus dem Weg.

An ihrem ersten dienstfreien Wochenende im Mai saß Katja auf der Terrasse des Tennisclubs in Opfingen und schaute Viktoria und ihrem Freund Jürgen beim Tennisspielen zu, während sie immer noch auf ihre Mutter wartete.

Viktoria machte ihr Sorgen. Sie war nach dem Osterwochenende wortkarg und zartbesaitet zurückgekommen, hatte jede Frage mit einer Gegenfrage beantwortet und sich im Krankenhaus in die Arbeit gestürzt. Katja hatte es schließlich aufgegeben, in sie zu dringen. Viktoria würde reden, allerdings erst dann, wenn sie bereit dazu war. Katjas Handy vibrierte auf dem Tisch und begann, sich im Kreis zu drehen. Katja fing es ein und erkannte mit einem Blick auf das Display, dass es ihre Mutter war.

„Hey, Mama. Wo bleibst du denn?"

„Sorry, Schatz, das wird leider nichts mehr. Ich muss zur Pferdepension, ein Notfall. Vielleicht findest du ja jemand anderen, der mit dir spielt."

Katja schüttelte den Kopf. Hier war außer ihr und den beiden auf dem Platz kein Mensch zu sehen. „Schade, aber nicht zu ändern. Ich melde mich dann wie üblich."

„Ja genau, einmal in der Woche zwischen Tür und Angel. Viktoria ruft öfters an." Katja hörte an den Hintergrundgeräuschen, dass ihre Mutter schon den schweren Geländewagen startete, den sie für ihre Arbeit als Tierärztin benutzte. „Ich muss jetzt. Ruf an!"

„Jawohl, Mama", murmelte Katja schuldbewusst, obwohl ihre Mutter das Gespräch schon beendet hatte. Sie überlegte, ob sie heimgehen sollte. Es war ein herrlicher Samstagmittag und sie könnte eigentlich auch endlich die Gartenmöbel herausholen, die noch immer in der Garage standen, sich in den Garten legen und den freien Tag mit einem Buch genießen. Am blauen Himmel waren nur vereinzelt Schleierwolken zu sehen und die Sonne strahlte so heftig vom Himmel, dass Katja inzwischen sogar den Sonnenschirm aufgespannt hatte. Irgendwie konnte sie sich aber nicht aufraffen aufzustehen und so sah sie weiterhin gelangweilt zu, wie Jürgen auf Platz zwei nicht den Hauch einer Chance gegen Vicki hatte.

Zehn Minuten noch, dann gehe ich heim, rang sie sich eine Entscheidung ab und schloss die Augen. Schon tauchte Stefans Bild vor ihrem Auge auf. Ein Bild, das sie besonders fasziniert hatte: Wie er lässig und mit hochgekrempelten Ärmeln vor ihr auf dem Drachenfelsen am Rand der Ruine lehnte und ihr die Gegend erklärte. Dabei hatte er so entspannt gewirkt, wie sie ihn noch niemals zuvor erlebt hatte. Allein der Gedanke an ihn ließ ihr Herz schneller schlagen.

„Hey, da habe ich ja doch noch Glück."

Dich hat es ja richtig erwischt! Katja gestand sich zum ersten Mal ein, dass sie ununterbrochen an ihn dachte. Das führte jetzt schon dazu, dass sie ihn auch schon reden hörte.

„Katja, schläfst du?“, fragte Stefan. Sie spürte eine sachte Berührung an ihrer Schulter und schoss senkrecht in ihrem Stuhl nach oben. Voller Schrecken schlug sie die Hand vor ihr hämmerndes Herz und blinzelte: Stefan stand leibhaftig lächelnd vor ihr.

„Hey. Was machst du denn in Opfingen?“, fragte sie, nachdem sie sich einigermaßen von ihrer Überraschung erholt hatte.

„Vicki erwähnte gestern, dass ihr heute hier seid. Ich hatte Hoffnung dich zu sehen.“

„Du siehst mich jeden Tag in der Klinik.“

Stefan raufte sich die Haare. „Katja, ich muss mit dir reden. Ich kann das, was vorgefallen ist, nicht so stehen lassen. Ich meine meinen Überfall in der Klinik“, murmelte er leise, nachdem sie keine Reaktion zeigte.

„Sooo?“ Katja konnte das Lächeln nicht mehr zurückhalten. „Willst du dich etwa entschuldigen?“

„Das hab’ ich schon!“ Er sah sie strafend an. „Meinetwegen tue ich es noch einmal. Aber eigentlich möchte ich dieses wunderschöne Wochenende mit dir nicht mit dieser verrückten Aktion beschmutzen ... Ach, ich weiß auch nicht, was an diesem Tag in mich gefahren ist.“

„Was schlägst du also vor?“ Katja hatte Mühe, ihre Vorfreude zu verbergen.

„Tu nicht so scheinheilig. Du weißt genau, was jetzt kommt.“

„Weiß ich das?“ Katja triumphierte innerlich.

„Hexe.“ Zu ihrer größten Überraschung beugte er sich nach vorn und küsste sie drängend auf den Mund. „Lass’ uns ein letztes Wochenende miteinander verbringen. Hast du Zeit?“

Katjas Herz vollführte einen Freudentanz. Die Aussicht, noch einmal eine Nacht oder noch länger in seinen Armen zu liegen, versetzte sie augenblicklich in einen Zustand voller Erregung.

„Ich wollte eigentlich Tennisspielen“, versetzte sie ihm erst einmal zur Strafe einen Dämpfer und sein siegessicheres Lächeln fiel in sich zusammen. Er sah sich um, dann blitzte sein Humor wieder auf. „Mit wem? Ich sehe hier weit und breit niemanden."

„Touché. Okay, ich gebe zu, mein allerliebster Tennispartner hat mich versetzt."

Sein Kiefer verhärtete sich und das Lächeln fror ein. „Gibt es ein Problem mit einem Freund, wenn ich stattdessen mit dir spiele?"

Katja frohlockte. „Entspann dich, meine Mutter hat gerade abgesagt."

„Deine Mutter?", er wirkte völlig verblüfft und gleichzeitig erleichtert. „Okay, also willst du nun?"

Doch ja, ich spiele sogar sehr gern mit dir! Katja musste sich beherrschen, diese Anspielung für sich zu behalten. Erst mal würde sie abwarten, was dieser Tag noch alles für Überraschungen brachte. Von langweilig konnte jedenfalls keine Rede mehr sein.

„Du willst allen Ernstes Tennis spielen? Mit dieser Schulter?" Katja streckte den Arm aus und strich vorsichtig über seine linke Seite.

„Ich bin Rechtshänder, wie du wissen solltest."

„Und wie willst du den Aufschlag machen?" Katja schüttelte den Kopf über so viel Unvernunft.

„Das lass' mal meine Sorge sein." Er zog sie von ihrem Stuhl.

„Wehe dir, du jammerst nachher." Katja griff nach ihrer Tasche. „Also gut. Wenn es dir nichts ausmacht, gegen eine Frau zu verlieren, dann los."

„Abwarten." Er winkte Viktoria zu, die ihn entdeckt hatte und voller Verwunderung ihre Flasche absetzte.

„Oha, setzt ihr euren Schlagabtausch jetzt auf dem Tennisplatz fort?", rief Viktoria laut über den Platz und Katja ahnte jetzt schon, was nachher unter der Dusche an Fragen und Anspielungen auf sie zukommen würde.

Katja hatte trotz seines Handicaps nicht den Hauch einer Chance gegen Stefan. Etwas schadenfroh konnte sie allerdings immer wieder beobachten, dass er beim Aufschlag eine sehr ulkige Ausholbewegung machte, doch zu ihrem Leidwesen traf er irgendwie immer den Ball. Sie kämpfte, rannte und gab keinen Ball verloren, aber punktemäßig zog er davon. Nach einer Stunde kamen Jürgen und Viktoria vom Nachbarplatz herübergeschlendert und Viktoria erkundigte sich, sobald sie den Punkt ausgespielt hatten: „Wollt ihr noch ein kurzes Doppel gegen uns machen? Ein Satz, dann muss ich in die Klinik."

Katja sah Stefan fragend an, der zuckte die Schultern und meinte lässig. „Aber nur gemischtes Doppel, ich mit Katja und du mit deinem Freund." Er trat nach vorn und stellte sich vor. Die beiden schüttelten sich die Hände und taxierten sich gegenseitig mit Blicken, sodass Katja Viktoria einen amüsierten Blick zuwarf. Die zuckte genauso belustigt mit den Schultern.

„Von mir aus. Das wird ein Spaß werden." Viktoria lachte und zog Jürgen mit sich auf den Platz. Stefan wechselte auf Katjas Seite. Ihren aufmerksamen Blicken entging dabei nicht, dass er immer wieder seine linke Schulter massierte. *Hab' ich es nicht gesagt!* Noch während Katja überlegte, wie sie ihn doch zu einer Untersuchung überreden konnte, kam ein scharfer Aufschlag von Viktoria angeflogen und Katja erwischte ihn zwar, doch ihre Rückhand ging weit ins gegnerische Aus.

„Mist!"

Stefan zwinkerte ihr zu. „Kopf hoch. Noch haben die beiden nicht gewonnen."

Beim nächsten Ballwechsel rannten sie beide zum Ball und ein jeder zuckte im letzten Moment mit dem Schläger zurück. Viktorias geschmetterte Vorhand rauschte zwischen ihnen beiden durch, während Katja auf dem Sand ins Rutschen kam und nicht mehr stoppen konnte.

„Hoppla, du bist ja heute besonders stürmisch." Stefan fing sie auf.

„Äh ja ..." Sie wusste nichts Gescheites zu antworten, denn Stefan sah sie mit seinem Tausend-Volt-Blick an. Ihr wurde noch heißer, als ihr ohnehin schon war. Er ließ sie los und ging nach vorn zum Netz. Lange Ballwechsel folgten, doch Katja war nicht bei der Sache. Immer wieder konnte sie beobachten, wie er mit seiner Schulter eine Kreisbewegung machte und schließlich hielt sie es nicht mehr aus. „Stefan, du hast doch Schmerzen. Lass' uns aufhören."

Er schüttelte den Kopf.

„Willst du mich dann nachher einarmig verwöhnen?", fragte sie und sah, wie sein Adamsapfel hüpfte.

„Schluss jetzt!", bestimmte sie streng.

„Hallo, da hinten. Wird das heute noch was? Flirten könnt ihr nachher noch, wenn wir weg sind." Viktoria und Jürgen standen schon wieder bereit. Als Katja zum Netz ging, entging ihr Viktorias wissendes Grinsen nicht.

„Wir hören auf", erklärte sie.

„Was – wieso?" Viktoria sah sie erstaunt an.

„Ich habe Schmerzen in meiner Schulter. Es geht nicht mehr." Stefan war neben Katja getreten und streckte Viktoria nun die Hand entgegen. „Wir haben eh keine Chance gegen euch."

„Wollen wir wenigstens noch was trinken?" Jürgen nahm Katjas Gratulation entgegen.

„Gern, aber erst Duschen."

Viktoria sah auf die Uhr. „Vierzig Minuten habe ich noch, das sollte reichen." Sie schulterten ihre Taschen und gingen zu den Duschräumen, wo sie sich von den Männern trennten.

„Was war das jetzt bitte auf dem Platz?" Viktoria war wie üblich schneller und schäumte sich bereits die langen roten Haare mit Shampoo ein, als Katja zu ihr in die Gemeinschaftsdusche trat. „Nach einer einmaligen Bettgeschichte sieht mir das ja nicht aus."

„Wundere dich bloß nicht, wenn ich morgen früh nicht zu Hause bin." Katja drehte den Wasserhahn auf und prüfte die Temperatur, dann trat sie unter den Duschstrahl.

„Ist das klug?"

„Weiß ich nicht, aber es ist schön, das zählt."

Viktoria schwieg und trocknete sich ab.

„Jens hat einen Sohn!", erklärte Viktoria aus heiterem Himmel und mied dabei ihren Blick.

„Was?" Katja verharrte ihn ihren Bewegungen und starrte Viktoria an. „Woher weißt du das?"

„Ich habe seine Mutter in Flensburg getroffen. Es tut immer noch tierisch weh." Viktoria wischte sich mit dem Handtuch über das Gesicht und Katja hätte schwören mögen, dass es nicht am Duschwasser lag.

„Oh, Vicki." Katja trat aus der Dusche hervor. „Er muss wirklich die Liebe deines Lebens gewesen sein, wenn du ihm nach zehn Jahren immer noch nachtrauerst. Dabei ist er so ein Arsch! Statt dir nach dem Verlust des Babys zu helfen, bittet er um eine Auszeit und geht mit der nächstbesten in die Kiste."

„Ich weiß ja, dass ich eine blöde Kuh bin. Nach zehn Jahren sollte man endlich mit seiner ersten Liebe abgeschlossen haben."

„Das stimmt allerdings. Vor allem, wenn man wie du so einen geduldigen, liebenswerten Freund hat. Jürgen liebt dich doch, gib ihm endlich eine Chance und dir auch."

„Gibst du denn Stefan eine Chance?"

„Vicki!" Da war sie wieder – Vickis berühmte Gegenfrage. Katja drehte die Dusche wieder auf. „Ich kann doch gar nicht einschätzen, was Stefan von mir will. Ich weiß sowieso nicht, was ich gerade fühle. Ich bin gern mit ihm zusammen, aber das ist keine Liebe."

„Nein, das ist es nicht und genau deswegen wird das mit Jürgen auch bei mir nichts Dauerhaftes werden."

„Dann solltest du ihm gegenüber auch ehrlich sein."

Viktoria nickte und zog sich das T-Shirt über den Kopf. Katja streckte den Kopf unter die Dusche und grübelte.

Was war Liebe? Sie kannte es nicht, bisher war ihr nie ein Mann wirklich wichtig gewesen. Allerdings musste sie zugeben, dass ihr sehr viel daran lag, Stefan zu helfen. Und sie bekam Herzklopfen, wenn sie in seiner Nähe war oder seine Blicke auf sich spürte. Auch jetzt war die Vorfreude groß, wenn sie daran dachte, was nachher folgen würde.

Kichernd öffnete Katja die Tür von Stefans Wohnung mit dem Schlüssel, den er ihr in die Hand gedrückt hatte. Er trug dafür beide Taschen. Kaum hatten sie die Wohnungstür hinter sich geschlossen, da ließ er alles fallen und umarmte sie von hinten. Schon vergrub er seinen Mund an ihrem Hals und schob sie quer durch das Wohnzimmer in das Schlafzimmer. Dort drehte er sie um, küsste sie wie ein Verhungernder und drängte Katja dabei gegen die Wand.

„Stefan", murmelte sie. „Ich kann nur noch daran denken."

„Dann bist du gar nicht mehr sauer?"

Statt einer Antwort presste sie die Lippen auf seine. Er hob sie hoch und trug sie zum Bett. Langsam schälte er sie aus ihrem T-Shirt und der Jeans, befreite sie von ihrer Unterwäsche und tastete gierig nach ihr.

Katja kämpfte damit, ihm ebenfalls das T-Shirt über die Schultern zu streifen. Erst als er für Sekunden unterbrach, wollte es ihr gelingen. Schon streckte er die Arme nach ihr aus, doch sie legte ihre Hände auf ihre Brüste und schüttelte den Kopf.

„Nein, das ist unfair. Erst ziehst du dich auch aus." Sie lag nackt da und musterte ihn ungeniert, während er ihrer Aufforderung nachkam und alles in Windeseile von sich warf. Schließlich zog er die Nachttischschublade auf und holte ein Kondom heraus.

„Gib her." Katja setzte sich auf, nahm ihm das Päckchen aus der Hand, öffnete es und streifte ihm das Kondom über.

„Und jetzt komm bitte ganz schnell her!“

„Nein. Ich möchte, dass dieses Wochenende etwas Besonderes wird.“

„Das wird es auch, aber erst nachher.“ Sie öffnete einladend ihre Beine. „Weißt du, dass es mir wie eine Ewigkeit vorkommt, seit wir das letzte Mal zusammen waren?“

„Ja, das weiß ich wohl. Ich kann dir gerne von jeder einzelnen einsamen Nacht berichten.“ Ihren Protest erstickte er mit dem nächsten Kuss.

Der Nachmittag verging wie im Flug. Immer wieder liebten sie sich, kuschelten oder hielten sich nur an den Händen, während sie redeten.

„Hast du nicht vorhin etwas von Lasagne und Panna cotta gesagt?“, fragte Katja, nachdem ihr Magen sich unmissverständlich bemerkbar machte. Lachend stand Stefan auf, zog sich Shorts und ein T-Shirt an.

„Wir essen aber nicht im Bett“, rief sie ihm hinterher und beeilte sich aufzustehen. Sie zog sich lediglich ein T-Shirt über und landete auf der Suche nach ihm im Wohnzimmer, das einen sensationellen Ausblick auf die Dreisam bot.

„Wow, ist das schön.“ Katja eilte an die Fensterfront und sah hinaus. In der letzten Stunde hatte ein Gewitter den Sonnenstrahlen ein Ende bereitet. Auch jetzt nieselte es noch, der Himmel war bedeckt und grau, trotzdem reichte der Blick im Norden bis zum Wald. Im Süden zur Schnellstraße und geradeaus auf die umliegenden Felder. Im Hintergrund war sogar noch ein Zipfel vom Golfplatz zu erkennen.

„Was hast du gesagt?“, war Stefan von links zu vernehmen. Sie drehte sich um und erst jetzt sah sie, dass er eine offene Küche hatte, die nur über eine Küchenzeile vom Wohnzimmer abgetrennt war.

„Schöne Wohnung hast du.“

„Danke. Kommst du?“ Er hielt eine große flache Schüssel in die

Höhe, die er aus der Mikrowelle geholt hatte.

Sie eilte zu ihm. „Hast du eine Ahnung, wie hungrig ich bin?“

In Nullkommanichts war die Schüssel geleert und sie gingen zum Dessert über. Während sie die Crème löffelte, erzählte Katja ihm von einem Gespräch mit den Eltern ihres jüngsten Patienten. Der zweijährige Freddy war vorgestern eingeliefert worden, nachdem er von einem Auto angefahren worden war. Katja wollte ihn am Montag noch einmal operieren, aber Stefan hörte nicht zu. Er sah sie an, war glücklich, dass sie bei ihm war, und genoss den Augenblick, der eigentlich niemals enden sollte. Und trotzdem, da waren sie sich einig, würden sie dies nach diesem Wochenende endgültig beenden, um ihr kollegiales Verhältnis nicht zu gefährden. Weder sie noch er wollte mehr. *Sicher?*

Wie sollte er den Gedanken an Katja in seinen Armen jemals wieder loswerden? Jeder Blick aus ihren Augen erregte ihn und er merkte, dass auch jetzt die Reaktion nicht lange auf sich warten ließ, als er ihr zusah, wie sie den letzten Rest der Crème vom Löffel leckte.

„Hmmm, was?“ Fragend sah Katja ihn an.

„Komm.“ Mehr sagte er nicht. Sie rutschte von ihrem Stuhl auf seinen Schoß und legte die Arme um seinen Hals.

„Ei der Daus. Wie hast du das nur so lange ausgehalten?“ Obwohl sie wissen musste, was sie ihm antat, bewegte sie sich aufreizend auf ihm.

„Das war wie Folter.“ Er glitt mit den Händen unter ihr T-Shirt, umfasste ihren Po und blickte überrascht auf, als er bemerkte, dass sie darunter nackt war. Mit einer raschen Bewegung sorgte er dafür, dass sie splitternackt war. Er stieß zischend die Luft aus und starrte sie bewundernd an: Immer noch leicht gebräunt, mit Millionen von Sommersprossen und wunderschön. Er liebte es, ihren Körper anzusehen, ihre Brüste zu berühren, über ihre Haut zu streichen und diesen unnachahmlichen Geruch einzuatmen.

„Weißt du, dass du immer gleich riechst? Ich brauche dich gar nicht sehen, trotzdem weiß ich, dass du in der Nähe bist."

„Das kommt daher, weil ich zu geizig bin, mein Parfüm zu wechseln." Sie lächelte und räkelte sich verführerisch. „Stefan, zieh diese verdammten Shorts aus."

Er lachte rau auf und sie lösten sich kurz. Als sie wieder auf ihm saß, betrachtete er sie noch einmal genüsslich.

„Ich kann mich nicht sattsehen an dir."

„Du bist auch so schön, deine Muskeln sind so kräftig und du hast eine tolle Figur. Du brauchst nicht einen Millimeter von dir verstecken, auch nicht die Narben. Es gibt wirklich Schlimmeres." Sie rückte unmissverständlich näher.

„Ich hab' kein Kondom mehr, verflucht." Stefan versuchte sich zu lösen, doch Katja drückte ihn auf den Stuhl zurück, verlagerte ihr Gewicht und er hatte keine Chance gegen sie.

„Zu spät!" Sie grinste. „Vergiss es. Ich verhüte sowieso. Außerdem werden wir ja regelmäßig kontrolliert." Sie schmiegte sich an ihn, er lachte erleichtert auf und schob sich tiefer in sie.

„So ist es sowieso viel schöner." Katja hob und senkte sich sehr langsam, sodass er mit jedem Stoß noch weiter in sie eindringen konnte. Er lenkte ihre Bewegungen mit seinen Händen und liebkoste ihren Hals, vergrub sein Gesicht in ihren weichen Haaren, die so herrlich dufteten. Er spürte, wie sich ihre Muskeln sanft anspannten und gleich darauf wieder lockerließen. Die Bewegungen erst sanft und langsam, wurden nach und nach drängender.

Dann passierten mehrere Dinge gleichzeitig: Regenbogenfarben explodierten vor seinen Augen, er rang nach Luft und spürte Katjas Höhepunkt ebenfalls herannahen. Sie schmiegte sich erst an ihn, dann hob sie den Kopf und sah ihn mit verschleierten Augen an.

„Das ist so schön mit dir“, flüsterte sie erstickt. „So wunderschön!“ Dann fiel ihr Kopf auf seine Schulter und er spürte, wie ihr Höhepunkt pulsierend begann, sich dann wellenartig steigerte. Während er noch immer damit kämpfte, seine Erlösung zurückzuhalten und ihre zu genießen, wurde ihm plötzlich klar, dass er drauf und dran war, Gefühle zuzulassen, die er bisher weit von sich geschoben hatte. – *Er war dabei, sich in Katja zu verlieben!*

Die Erkenntnis ließ ihn bebend kommen und er spürte, wie Katja sich an ihn schmiegte, als wolle sie ihm noch näher sein, und wie sie seinen Bewegungen entgegenfederte. Der Stuhl geriet in Schieflage und er konnte gerade noch das Kippen verhindern, indem er den Arm ausstreckte und sich am Tisch festhielt. Fast gleichzeitig spürte er einen stechenden Schmerz in seiner linken Schulter und wie er sich endgültig in Katja verlor.

Er unterdrückte einen Aufschrei, biss die Zähne zusammen und zählte langsam auf zehn. Der Schmerz benebelte sein Gehirn, Sekunden wurden zu Minuten, in denen sie sich nicht rührten und Atem schöpften.

Neben dem entsetzlichen Schmerz, der inzwischen in seiner kompletten linken Seite wütete, keimte ein zweites Gefühl auf: Die Gewissheit, dass er so etwas wie mit Katja noch nie erlebt hatte. Zufriedenheit und Stolz überfiel ihn jedes Mal, wenn er wusste, dass er Katja sprichwörtlich die Sterne vom Himmel geholt hatte. Das hatte nichts mehr nur mit Sex zu tun.

„Vorsicht!“, murmelte er, sobald sich Katja murrend rührte. Katja blickte ihn mit einem Ausdruck voller Verwunderung an, während er immer noch versuchte, sein inneres Gleichgewicht und den Schmerz gegeneinander auszupendeln.

„War ich zu stürmisch?“, fragte sie mit glänzenden Augen und strich sich die schweißnassen Haare aus dem Gesicht.

„Ein wenig. Ich habe mir jedenfalls den Arm ausgekugelt“, erklärte er und wunderte sich, wie es Katja nun schaffte, gleichzeitig von ihm zu springen und ihm den Arm in Schonhaltung zu betten.

„Ach du Scheiße. Wir müssen in die Klinik." Katja eilte davon und kam Sekunden später angezogen zurück. Im Arm trug sie seine Kleidungsstücke.

Stefan standen inzwischen die Schweißperlen auf der Stirn. Mit dem rechten Arm hielt er sich den kraftlosen linken. „Mach kein Theater und renk' ihn mir wieder ein."

„Wohl kaum." Katja hielt ihm seine Shorts hin und schwer gedemütigt stieg er hinein und ließ sie sich von Katja nach oben ziehen. Ebenso verfuhren sie mit seiner Jogginghose, die sie in seinem Schrank gefunden hatte.

„Bitte, Katja. Ich kann den Arm nicht selbst einrenken."

„Das weiß ich. Aber du glaubst ja wohl nicht, dass ich mir diese einmalige Gelegenheit zu einem Röntgenbild entgehen lasse." Sie küsste ihn auf seinen schmerzverzerrten Mund und legte ihm eine Jacke über die Schultern. Sein T-Shirt packte sie in ihre Handtasche.

„Wo ist der Autoschlüssel?"

„Irgendwo in der Garderobe. Muss das sein?", fragte er und ließ sich wieder auf den Stuhl sinken. Sie eilte davon und kam gleich darauf mit dem Schlüssel und seinen Schuhen zurück.

„Ja, das muss ein. Hier die Schuhe." Sie hielt ihm seine Turnschuhe hin und band diese zu, nachdem er hineingeschlüpft war.

Ihm war inzwischen alles egal. Die Schmerzen waren unerträglich und er kämpfte zudem noch gegen die Furcht, sich ausgerechnet vor ihr übergeben zu müssen.

„Steh bitte auf. Langsam, Stefan." Katja half ihm hoch und stützte ihn, während er versuchte, das Gleichgewicht zu finden. „Ich hoffe, dein dämliches Auto hat Sitze, die man nach hinten lassen kann."

„Ich hab' jetzt keine Lust auf Sex!", murmelte er und versuchte ein Grinsen.

„Stell dir vor, ich auch nicht." Katja schob ihn aus der Tür und schloss ab.

Kaum hatte sie Stefan fluchend und mit mehreren Drohungen dazu gebracht, endlich einzusteigen, legte sie erst einmal ihren Kopf auf das überdimensionale Lenkrad von Stefans Land Rover. Sie zitterte selbst von Kopf bis Fuß und machte sich entsetzliche Sorgen um ihn. Und noch eines war ihr in den letzten Stunden klargeworden: Das, was sie mit Stefan gefunden hatte, hatte sie definitiv nicht gesucht und trotzdem wollte sie es nicht mehr missen. Das konnte tatsächlich etwas ganz Großes, Beständiges werden, wenn er sich auch nur irgendwann in sie verlieben würde.

Ihr stockte der Atem. Woher kamen jetzt plötzlich diese Gedanken? Sie liebte ihn doch gar nicht?

„Fährst du endlich los?", holte sie Stefan in die Wirklichkeit zurück.

„Sofort, ich muss mich erst auf diesen Riesenschlitten einstellen." Sie versuchte einen Überblick über Instrumente und Schalter zu gewinnen, während ihre Gedanken sich um eine Frage drehten: *Was ist es dann?*

„Ich weiß es doch nicht!", sprach sie den Gedanken aus und biss sich auf die Zunge.

„Was weißt du nicht?", kam prompt die Rückfrage. Stefan hob mit schmerzverzerrtem Gesicht den Kopf und deutete mit der rechten Hand auf die Gangschaltung. „Der rechte kleine Hebel geht dich nichts an. Ansonsten ist es ein stinknormales Auto. Jetzt fahr endlich los."

Sie schüttelte den Kopf, startete das Auto und lenkte es rückwärts vorsichtig aus der Parklücke.

„Ach, das ist ja ganz einfach", bemerkte sie erfreut und fuhr zügig aus der Tiefgaragenausfahrt. Katja fädelte sich in den fließenden Verkehr ein und zwang sich, sich aufs Autofahren zu konzentrieren. Stefan wohnte ganz in der Nähe der Klinik, sodass sie kurze Zeit später auch schon auf den Parkplatz der Klinik einbog.

„Was für ein Glück! Markus ist in der Klinik." Während sie den Land

Rover auf Stefans Parkplatz manövrierte, betätigte sie den Fensterheber und lehnte sich hinaus, sobald das Auto stand. „Warte, Markus. Ich brauche Hilfe."

Markus blieb stehen, entdeckte sie in Stefans Auto und ein breites Grinsen überzog sein Gesicht. Er kam neugierig näher. „Wobei brauchst du Hilfe?"

„Stefan hat sich die Schulter ausgekugelt." Katja stieg aus und eilte Markus hinterher, der nach Katjas ersten Worten schon das Auto zur Beifahrertür umrundet hatte und die Tür aufriss.

„Wie ist es dieses Mal passiert?", fragte Markus und Katja konnte erkennen, dass er Stefan mit strafendem Blick ansah. Sie atmete erleichtert auf, Markus schien ihre Meinung zu Stefans Schulterproblematik zu teilen.

„Das willst du gar nicht wissen", murmelte Stefan und quälte sich aus dem Auto.

„Eigentlich schon. Vor allem würde mich brennend interessieren, was Katja damit zu tun hat." Markus verschränkte die Arme vor seiner Brust und machte keinerlei Anstalten, Stefan zu helfen.

„Halt die Klappe und hilf mir mal." Stefan sah inzwischen so bleich und abgekämpft aus, dass Katja vor Mitleid fast zerfloss. Sie trat näher, holte die Jacke aus dem Auto und legte sie wieder über seine Schultern.

„Du bist halbnackt", stellte Markus überflüssigerweise fest.

„Leck mich!" Stefan machte einen Schritt vorwärts, taumelte und Markus kam ihm nun doch zu Hilfe. Er stützte ihn und führte Stefan zum Hintereingang, wo glücklicherweise ein Rollstuhl stand. Dort verfrachtete er Stefan hinein. Dann erst wandte er sich an Katja, die hartnäckig seinem Blick auswich.

„Gehe ich recht in der Annahme, dass es sich hier um einen Sexunfall handelt?" Markus konnte sich das Lachen kaum mehr verkneifen.

Katja spürte, wie sie eine dunkelrote Farbe annahm, und schloss die Augen.

„Euer Geheimnis ist bei mir gut aufgehoben", meinte da ein lachender Markus und legte Katja den Arm um die Schultern.

„Danke. Aber können wir Stefan jetzt mal aus dieser misslichen Lage befreien? Aber zuerst will ich ein Röntgenbild und später dann noch ein MRT!" Katjas Tonfall ließ keine Widerrede zu. Sie beugte sich nach vorn zu Stefan und zischte ihm ins Ohr: „Wenn du in Zukunft davon redest, dass unser letztes Mal ansteht, drehe ich dir eigenhändig den Kragen um. Dann war es garantiert das letzte Mal!"

„Kann ich denn wissen, dass gerade dann immer etwas passiert?" Stefan erntete dafür eine Kopfnuss und Markus einen wütenden Blick von ihr.

„Männer!"

Kapitel 25

Am nächsten Morgen war Katja vor Stefan wach. Sie stützte sich auf und betrachtete im Dämmerlicht, wie er noch friedlich schlief. Die Decke lag zu einem Knäuel verwurschtelt neben ihm. Sein Oberkörper war unbedeckt, sodass sie ganz in Ruhe die Narben und die Schulter begutachten konnte.

Das MRT hatte gestern das ganze Ausmaß seiner Probleme aufgezeigt. Der komplette Kapsel-Band-Apparat war nachhaltig von früher geschädigt und hätte dringend operiert werden müssen. Dennoch weigerte er sich standhaft, jemanden an seine Schulter zu lassen. Es kam Katja vor, als hätte er wahnsinnig Angst vor einer Operation, die er selbst schon so oft durchgeführt hatte.

Sie strich über das lederartige Narbengewebe. Die Narben waren ihr egal, schlimmer war die Entzündung, die in seinem Arm tobte. Sie hatte auch gestern noch beobachten können, dass er die Schmerztabletten wie Smarties futterte, und sie nahm sich vor, bei nächster Gelegenheit mit ihm zu reden.

Ihr Blick wanderte zu seinem Gesicht. Die Augen geschlossen, der Mund millimeterbreit geöffnet, atmete er ruhig und gleichmäßig. Der dunkle Bartschatten verlieh ihm ein verwegenes Aussehen und am Kinnbart standen vereinzelte Barthaare kreuz und quer, als hätte er darin herumgewühlt.

Trotz allem wirkte er verletzlich, wie er im Tiefschlaf versunken war. *Wer war er wirklich? — Welches Geheimnis schleppte er mit sich herum?*

Diese Frage stellte sich Katja nicht zum ersten Mal. War er der freundliche, zuvorkommende Mann, der sie zum Lachen brachte? Und in dessen Armen sie selbst Ruhe und Zufriedenheit fand und der ihr Gefühle bescherte, von denen sie nicht geahnt hatte, dass es diese gab.

Oder war er der harte, unnachgiebige Arzt, dem alles egal war, sobald die Patienten seinen OP verließen und der sich nur ihr zuliebe ein wenig öffnete?

Er hatte sich in den letzten Wochen auch in der Klinik verändert gezeigt. Freundlicher, zugänglicher, und es war den Mitarbeitern anzumerken, dass sie erleichtert waren. Die Stimmung hatte sich deutlich gebessert. Selbst wenn er anwesend war, getraute man sich jetzt einen Scherz zu machen. Er war so ein liebenswerter einsamer Mann. Sie strich mit den Fingerknöcheln sanft über seine Wange, fast schwebte sie nur darüber.

„Hexe", murmelte Stefan im Schlaf und drehte sich auf die unverletzte Seite. Sie hielt den Atem an, doch die gleichmäßigen Atembewegungen signalisierten, dass er weiterschlief.

In ihren Überlegungen von gestern war sie noch nicht weitergekommen. Sie mochte ihn, war gern mit ihm zusammen und hatte sich gestern entsetzliche Sorgen um ihn gemacht – machte sich immer noch Sorgen, wie es weiterging.

Aber war das Liebe? Es war zumindest ein wunderbares Gefühl, das sie mit einem tiefen Frieden und Glück erfüllte.

Sie kuschelte sich an ihn und legte den Arm um ihn. Sie wollte nicht, dass diese wunderschöne Zeit wirklich ein Ende hatte. Sie liebte zumindest seinen Geruch, seine Art, wie er sie zärtlich umarmte und wie er sie staunend betrachten konnte. Doch wie konnte man das Herz an einen Menschen verlieren, von dem man nicht wusste, wie und wer er wirklich war?

„Ziehst du jetzt eigentlich bei Stefan ein?"

Katja sah Viktoria deutlich an, dass diese nicht begeistert war, als sie am nächsten Abend ihre Tasche mit den nötigsten Sachen packte. Genervt warf sie eine Jeans in die Tasche. „Vicki, ich kann ihn jetzt nicht alleine lassen. So wie das MRT aussah, ist er bestimmt zwei Wochen lahmgelegt. Er müsste eigentlich sofort auf meinen OP-Tisch."

„So schlimm? Und du weißt wirklich nicht, wie er sich diese Verletzungen zugezogen hat?" Viktorias ungläubiger Blick, als Katja sie informiert hatte, war sehenswert gewesen.

„Ich habe keinen Schimmer. Er redet nicht darüber, blockt die Operation kategorisch ab. Mich ärgert nur, dass er bei einem Patienten genau meiner Meinung wäre und diese Sturheit, sobald es ihn selbst betrifft, geht mir tierisch auf den Wecker."

Sie zog den Reißverschluss ihrer Tasche zu und bemerkte erst jetzt, dass Viktoria breit grinste.

„Was ist los?", fragte sie irritiert.

„Merkst du eigentlich gar nicht, dass du dich Hals über Kopf in ihn verknallt hast? So hab' ich dich jedenfalls noch nie erlebt!"

„Das stimmt doch gar nicht." Katja klang wenig überzeugend.

„Hast du Herzklopfen, wenn du ihn siehst?"

Katja nickte.

„Spürst du, dass er in der Nähe sein muss, auch wenn du ihn gar nicht siehst?" Viktoria legte den Kopf schräg und ließ sie nicht aus den Augen.

Katja nickte erneut.

„Wie fühlst du dich beim rein hypothetischen Gedanken, du müsstest morgen Freiburg verlassen?"

Katja fühlte einen deutlichen Stich in ihrem Herzen und schluckte. „Beschissen!"

Sie ließ sich auf ihr Bett sinken und schlug die Hände vors Gesicht. „Oh – mein – Gott! Was mache ich jetzt nur? Stefan will keine dauerhafte Beziehung, wir wollten es eigentlich schon beendet haben.“

„Ihr wolltet es?“ Viktoria lachte laut auf.

„Ja, ständig kommt was dazwischen“, murmelte Katja, ohne irgendwelche Details zu liefern.

„Ich verstehe.“ Viktoria setzte sich neben sie und sah aber nicht danach aus, als würde sie meinen, was sie gesagt hatte. „Nun, die Tasche sieht aber nicht danach aus, als würdest du es übermorgen dann beenden.“

„Vicki!“ Katja wurde ärgerlich. „Vielleicht nutzt du die Tage ohne mich mal, um über *dein Liebesleben* nachzudenken. Ich habe es nämlich langsam satt, Jürgen ständig irgendwelche Notfälle vorzugaukeln.“

Sofort legte sich ein Schleier über Viktorias Augen. „Ich weiß und ich werde es beenden. Vielleicht sollte ich in Zukunft solo bleiben, es hat ja doch keinen Sinn.“

„Weiß Jürgen wenigstens von deiner Krankheit?“ Katja ahnte sofort, dass dies eine rhetorische Frage war.

„Hast du sie noch alle? Jens hat mich deswegen sitzenlassen und sein Nachfolger auch. Glaubst du, ich werde noch einmal einem Mann davon erzählen? Die wollen doch alle Kinder, und ich kann nun mal keine mehr bekommen.“

„Das ist deine Vermutung, es kann auch einen anderen Grund gegeben haben. Diese Hypothesen sind völliger Quatsch und das weißt du auch. Nur weil Jens nicht Manns genug war, dir zu erklären, warum er dich plötzlich nicht mehr heiraten wollte, heißt das nicht, dass alle Männer Arschlöcher sind. Vielleicht hättest du das eine Mal, als du ihn getroffen hast, fragen sollen, was der wahre Grund dafür war. Dann hättest du nämlich schon lange damit abschließen können. Vielleicht ist ihm ja auch deine Unordnung auf die Nerven gegangen“, lenkte sie ein, da sie merkte, dass sie sich auf einem schmalen Grat bewegte und Viktoria kurz davor war, in Tränen auszubrechen.

„Blöde Kuh." Viktoria schlug Katja mit dem Kissen auf den Kopf, dann umfasste sie dieses mit den Armen und drückte es an sich. „Du hast recht. Wahrscheinlich hält mich jeder andere für plemplem, dass ich auch noch nach zehn Jahren meiner Jugendliebe nachweine."

„Jens war weit mehr für dich und das ist in Ordnung. Aber du solltest endlich in der Gegenwart ankommen."

Viktoria ignorierte diesen Einwand. „Was mache ich nur, wenn sich dein Techtelmechtel mit Stefan als etwas Ernstes herausstellt?"

„Wie meinst du das?"

„Was mache ich mit dem Haus? Ich kann das nicht alleine halten."

Katja verdrehte die Augen. „Darüber machen wir uns Gedanken, wenn diese doch sehr unwahrscheinliche Möglichkeit eintreten wird."

„Hab' ich gerade richtig gehört? Stefan hat was mit Katja?" Susanne kletterte unbeholfen auf den Untersuchungsstuhl. Markus saß auf dem Drehstuhl daneben und hatte sich mit Viktoria unterhalten, solange sich Susanne freigemacht hatte.

„Sieht so aus. Jedenfalls ist sie gestern mit einer Reisetasche zu Stefan gedüst, nachdem sie ihm am Samstag in der Notaufnahme die Schulter eingerenkt hat. Sie meinte, sie müsse ein Auge auf ihn haben." Viktoria tastete Susannes Unterleib ab, dann verteilte sie großzügig Gel auf Susannes Bauchdecke. „So, dann wollen wir mal. Hast du irgendwelche Beschwerden oder Anzeichen von Vorwehen?"

„Nein, nichts. Außer, dass die beiden zurzeit sehr munter sind."

„Na ja, ich denke, so langsam geht ihnen der Platz aus." Viktoria tätschelte liebevoll Susannes Hand. „Ihr habt es bald geschafft."

„Du hast keine Ahnung, wie ich den Tag herbeisehne. Aber noch mal zu Stefan. Wie hat er sich dieses Mal die Schulter ausgekugelt?", fragte Susanne und tastete nach Markus' Hand, sobald die ersten Bilder der Zwillinge auf dem Monitor erschienen. „Ach guck mal, wie groß die sind. Aua, die schlagen sich ja."

„Na da bin ich ja mal gespannt, wie das dann später in der Realität wird." Viktoria lachte und zoomte das vordere Baby heran, das sich mit ausladenden Armbewegungen Platz schaffte.

„Guck mal bitte nach, ob das unser Weibsbild ist", forderte Markus Viktoria auf. Während diese die Zwillinge schmunzelnd schallte, kam Susanne wieder auf Stefan zu sprechen.

„Hoffentlich weiß Katja, auf was sie sich eingelassen hat. Das kann nichts Dauerhaftes werden."

„Und warum nicht?" Viktoria horchte auf.

„Weil er genau weiß, dass Katja ihm gefährlich werden könnte. Ich bin sicher, dass er das schon beim Kennenlernen erkannt hat, er hat noch nie solch eine unüberwindbare Distanz gezeigt und das über Jahre hinweg. Das ist ein Schutzschild. Glaubt es mir, er wird sich ganz schnell wieder zurückziehen."

„Vielleicht reißt sie das Schild ja ein", murmelte Viktoria und stoppte das Bild. „So, jetzt habt ihr den Beweis. Euer Stammhalter ärgert eure Tochter. Nicht immer sind die Frauen die Übeltäter." Sie gab einen Druckbefehl und kontrollierte anschließend die Herztöne.

„Ich komme auf meine Ausgangsfrage zurück. Weiß jetzt einer von euch, wie Stefan seine Schulter ausgekugelt hat?" Susannes Blick ruhte auf dem Monitor.

„Keinen Schimmer. Wir haben morgens noch Tennis gespielt, da war nichts."

Markus räusperte sich und schaute sich mit unschuldiger Miene die Bilder an, die Viktoria ausgedruckt hatte. „Das war ein erstklassiger linker Haken."

„Markus! Lenk nicht ab." — „Weißt du etwa mehr?"

Beide Fragen klangen wie zwei Schüsse. Susanne kreuzte mit Viktoria den Blick, dann fixierte sie ihren Mann.

„Herr Doktor Volk, du sagst uns jetzt sofort, was genau du weißt."

„Nö, ich unterliege der Schweigepflicht."

„So sind sie, die Männer, halten immer zusammen." Viktoria wischte Susannes Bauch ab und reichte ihr ein sauberes Tuch. „Alles bestens. Wir machen in einer Woche den nächsten Ultraschall."

Dann drehte sie sich schwungvoll auf dem Drehstuhl zur Seite und füllte den Mutterpass aus. „Schild hin, Schild her. Katja hat es jedenfalls total erwischt."

Susanne, die sich mit Hilfe von Markus vom Untersuchungsstuhl quälte, verharrte in ihrer Bewegung.

„Nee, oder?"

„Und wie!", war Viktorias trockener Kommentar.

„Wir sollten ins Kino. Dringend! Ich muss mir die beiden aus der Nähe betrachten. Vielleicht irre ich mich ja auch. Wann?"

„Also vor Ende nächster Woche schaffe ich es nicht, mir einen Abend freizuschaufeln." Viktoria grinste breit. „Hier ist nämlich die Hölle los, weil meine Chefin blaumacht."

In den Tagen nach Stefans Verletzung und seiner damit verbundenen Abwesenheit in der Notaufnahme herrschte Hochbetrieb im OP und Katja kam nicht nur einmal fast an ihre Grenzen. Doch ihre Müdigkeit war spätestens dann wie weggeblasen, wenn sie am Ende des Tages auf der Station erschien und feststellen konnte, dass sich Stefans vormals distanziertes Verhalten inzwischen komplett in ein freundliches, fast schon freundschaftliches Verhältnis zu den Patienten und dem Personal verwandelt hatte. Birgits teils süffisante Bemerkungen quittierte sie mit Schweigen und dachte sich ihren Teil. Da sie Stefan in der Klinik immer nur zwischen Tür und Angel traf, genoss sie um so mehr die Zeit, die sie nach Dienstschluss mit ihm verbrachte. Noch immer wohnte sie bei ihm, auch wenn er nach zwei Wochen nun nicht mehr zwingend auf ihre Hilfe angewiesen war. Doch Katja hatte jeden Tag für sich selbst eine neue Ausrede parat, warum sie immer noch bei ihm blieb. Noch bewegte er seinen Arm sehr unnatürlich, wie sie auch heute wieder beobachtet hatte. Was sich ebenfalls nicht gebessert hatte, war der Tablettenkonsum von Stefan, den Katja mit Argusaugen überwachte.

Kaum hatte sie an diesem Morgen die Klinik betreten, machte sich auch schon ihr Pieper lautstark bemerkbar. Sie zwängte sich gerade noch so in den überfüllten Aufzug, bevor sich die Türen schlossen. Sofort fiel ihr Blick auf Stefan, der an der hinteren Wand des Aufzuges lehnte. Er suchte ihren Blick und ihr Herz begann, unruhig zu hüpfen. Sie merkte selbst, wie ihre Augen zu strahlen begannen.

„Verzeihung, darf ich mal durch?" Sie drängte sich nach hinten zu ihm durch.

„Hey."

„Selber hey."

Mann, sie war doch erst vor zwei Stunden aus seinem Bett gekrabbelt und kaum stand sie vor ihm, war sie erneut hin und weg, weil Stefan sie so liebevoll ansah. Er verschränkte die Finger fest mit Katjas Hand und drückte sie. Wieder öffneten sich die Türen und anschließend waren außer ihnen nur noch zwei fremde Besucher im Aufzug.

„Susanne will unbedingt heute ins Kino. Hast du die SMS auch bekommen?" Katja legte den Arm um seine Taille, schmiegte den Kopf an ihn. „Gehen wir mit?"

„Es kommt darauf an, ob du mich mitnimmst." Er zog an ihren Haaren, als sie erstaunt aufsah. „Sonst hast du immer die Augen verdreht, wenn ich aufgetaucht bin."

„Stimmt doch gar nicht."

Stefan lachte sie an. „Aber sicher doch. Ich habe das sehr wohl bemerkt."

„Idiot!“ Zärtlich lächelte sie ihn an und wehrte seine Hand ab, die mit ihren Haaren spielte. Endlich wurde der Aufzug langsamer und hielt schließlich an; gemeinsam betraten sie die Station und Stefan verkündete: „Wir sehen uns nachher im OP. Ich denke, ich steige heute wieder ein.“

Katjas Herzschlag stockte. „Bist du sicher? Es ist noch keine vierzehn Tage her.“ Als er nickend stehenblieb, verharrte sie ebenfalls. Mit angehaltenem Atem blickte sie zu ihm auf. „Wirklich?“

„Sei unbesorgt, alles ist wieder gut. Du musst mich also nicht länger betütteln, auch wenn es schade ist, dass unsere gemeinsame Zeit somit vorbei ist.“

„Ist sie das?“, fragte Katja mit gepresster Stimme.

„Ich denke doch. Ich bin fit, mein Arm ist voll funktionsfähig, wie ich dir unlängst bewiesen habe.“ Er grinste sehr selbstzufrieden und schien nicht einmal zu bemerken, wie sehr er sie mit seinen Worten verletzte. „Also gibt es keinen Grund, dass du noch länger bei mir wohnen bleibst.“

Das saß! Katja verkniff sich die Bemerkung, die auf ihren Lippen lag, und sah ihn kühl an. „Aber ins Kino darf ich schon noch mit?“

Stefan stutzte. „Was ist denn jetzt los? Hab’ ich gesagt, dass ich dich nicht mehr sehen will?“

„Nun, es klang zumindest wie ein Rauswurf! Aber was soll’s. Auf Dauer kann ich eh nicht bei dir wohnen. Ich packe dann gleich ...“ Katja setzte den Satz nicht fort, da Karin mit einer Krankenakte wedelnd auf sie zueilte.

Verdammt – verdammt! Ihre Gefühlswelt fuhr ununterbrochen Achterbahn. Auch während sie im OP stand, kämpfte sie immer noch mit der Zurückweisung von Stefan. Für sie kam diese Abfuhr umso überraschender, da sie sich in den letzten Wochen mit ihm immer wohler gefühlt hatte. Und ihr Eindruck war eigentlich gewesen, dass es ihm ähnlich ging; überhaupt hatte sie es großzügig verdrängt, sich mit dem Gedanken zu beschäftigen, wie und ob es anschließend weiterging.

Was hatte sie sich eigentlich erhofft?

Stefan hatte von Anfang an deutlich gemacht, dass er keine dauerhafte Beziehung wollte und das war in ihrem Sinne gewesen. Bis sie den anderen Stefan Marquardt entdeckt und sich entschlossen hatte, herauszufinden, wer er wirklich war. Er war so ernsthaft, trug so vieles – auch aus der Klinik – mit sich herum und versuchte alles alleine zu bewältigen. Wenn sie an die zurückliegenden Abende dachte, wurde sie schwermütig. Es hatte sich so richtig angefühlt, wie sie mit ihm auf der Couch gesessen und lachend über den Klinikalltag diskutiert hatten. Oder wie sie gemeinsam durch die Altstadt von Freiburg gebummelt waren. Sie liebte ihre Heimatstadt, sie liebte die Gassen, die Bäche und das ganz besondere Flair, das Freiburg vor allem in seiner Altstadt ausstrahlte. Dies alles mit Stefan teilen zu können, waren ihr wie besondere Momente vorgekommen. Zum ersten Mal wurde ihr bewusst, dass sie so eine Partnerschaft unwissentlich immer vermisst hatte. Von den Nächten ganz zu schweigen.

Oh nein! Katja hielt die Luft an. Um sie herum verschwommen die Gespräche. Es war, als herrsche gespenstische Stille im Operationssaal, nur das Piepen der Überwachungsmonitore und das rhythmische Zischen des Beatmungsgerätes gelangte an ihr Ohr, während ihr sprichwörtlich ein Licht aufging! Verblüfft starrte sie ihr Gegenüber an.

Stefan hatte keine Ahnung, was mit ihr los war. Er operierte konzentriert und trotzdem kreiste er alle paar Minuten mit seiner linken Schulter. Alles lief mit wenigen Worten und Hand in Hand. Dies hier war nichts Neues und trotzdem hatte sich in den letzten Wochen *alles* verändert. Sie wusste genau, was er dachte, konnte seine Aktionen im Voraus erahnen, wusste auch jetzt, er würde ihr gleich die Verantwortung übergeben, weil seine Schulter eben doch nicht gut war, wie er allen vorzumachen versuchte.

Verdammt – sie hatte eine Antenne für ihn und die fing auch die kleinsten Signale auf. Schon hob er den Blick und Katja übernahm, ohne eine Sekunde zu zögern. „Neues Skalpell für mich. Stefan braucht eine kurze Pause."

Er schenkte ihr einen dankbaren Blick. Ob er es wollte oder nicht – ob er es wahrnahm oder abblockte – sie waren in den letzten Wochen unweigerlich verschmolzen. Als Paar – wie als Ärzte. Sie agierten, als seien sie eins. Denn diese hauchdünnen Fäden, die sich vor ein paar Wochen ganz zart zwischen ihr und Stefan entwickelt hatten, waren inzwischen zu einem festen Band verwoben, das nicht mehr so leicht zu zerstören war.

Nur – wollte er ihre Liebe überhaupt? Katja erkannte in diesem einzigartigen Moment: Sie hatte keine Chance mehr, ihren Gefühlen zu entfliehen.

Sie hatte sich in ihn verliebt!

Schweigend bereitete Stefan das Frühstück vor und ärgerte sich immer noch darüber, dass Katja so scheinbar gleichgültig ihre Sachen gepackt hatte und ihm nun mit undurchschaubarem Gesichtsausdruck gegenübersaß.

„Ich hoffe, ich hab' hier nichts liegenlassen", sagte sie und sah sich prüfend in der Küche um.

„Dann bringe ich es in die Klinik mit. Wann sehen wir uns wieder?", fragte er und seine Augenbraue zuckte, während er sich die Schulter rieb.

„Willst du das denn?" Katja sah ihn ausdruckslos an.

„Du etwa nicht?", fragte er und versuchte das Unbehagen zu unterdrücken. Irgendwie hatte er gestern die Weichen falsch gestellt, dabei hatte er eigentlich nur ihre Reaktion testen wollen. Doch ungerührt hatte sie akzeptiert, dass ihre gemeinsame Zeit zu Ende war.

„Du verwirrst mich, Katja", murmelte er.

„Das tut mir jetzt leid. Das wollte ich natürlich nicht", entgegnete sie mit vollem Mund.

Stefan war sich nicht ganz sicher, ob sie ihn auf den Arm nahm, aber ihre Augen blickten ausdruckslos. „Ich würde mich gerne weiter mit dir treffen, Katja."

„Hm, ja. Wie wäre es denn, wenn du nächste Woche zu meinem Geburtstag kommen würdest?"

„Wann hast du denn?" Innerlich gab er sich selbst eine saftige Ohrfeige für diese absolut dämliche Frage.

„Wie jedes Jahr am 27. Mai", erwiderte sie etwas pikiert. „Vicki plant ein großes Fest."

Automatisch ging er beim Gedanken an eine Familienfeier auf Distanz. Vorsichtig fragte er, „Wer kommt noch alles?"

„Na alle. Meine Familie, meine Freunde, das Haus wird bestimmt voll sein." Katja neigte den Kopf und lächelte ihn an. „Dann kann ich dich endlich meinen Eltern vorstellen."

„Besser nicht", erklärte er. „Schließlich sind wir ja kein Paar."

Katja hob langsam den Kopf. „Hab' ich den Vorschlag gemacht, dass du um meine Hand anhalten sollst?", lautete ihre bissige Frage.

„Äh, natürlich nicht." So langsam kam er sich wie ein ausgemachter Trottel vor.

„Also, dann mach hier bitte keine Beziehungskiste draus. Wir waren uns einig, dass wir keinerlei Forderungen an den anderen stellen."

„Warum sollte ich dann zu deiner Feier kommen?" Noch ehe er die Worte ausgesprochen hatte, war ihm klar, dass dieser Schuss nach hinten losgehen würde, und genauso war es.

Katja warf wütend ihr Messer neben den Teller. Als sie aufsprang, scheuerte der Stuhl über den Boden und sie rauschte zur Tür. Dort drehte sie sich um und fauchte ihn wütend an: „Weil ich Geburtstag habe, und zwar den Dreißigsten. Und weil ich dich ganz gern dabei hätte. Aber bitte, lass' es bleiben."

Super, Stefan! Ganz große Klasse!

Statt ihr zu sagen, wie sehr du sie magst und was für eine Höllenangst dir diese Gefühle einflößen, gibst du ihr das Gefühl, ihr Geburtstag wäre dir völlig egal. Er hatte es vermasselt! Katja war stocksauer, was in diesem Moment die zuknallende Wohnungstür bestätigte. Er raufte sich die Haare. Vermutlich würde er sie in den nächsten Tagen nun nicht mehr außerhalb des Krankenhauses zu Gesicht bekommen. Schon machte sich das übliche Gefühl bemerkbar, wenn sie nicht in der Nähe war: Sehnsucht!

Wenigstens musste er sich keine Gedanken mehr machen, was er ihr zum Geburtstag schenken konnte. Denn sein Geschenk lag schon seit Tagen gut versteckt ganz hinten im Kleiderschrank. *Erwischt!* Natürlich hatte er ihren Geburtstag nicht vergessen und natürlich hatte er geahnt, dass genau diese Situation eintreten würde. Aber als sie es vorhin wahrhaftig ausgesprochen hatte, hatte er vor lauter Panik nicht mehr klar denken können. Und jetzt hatte er den Salat. Vielleicht sollte er sich erst mal selbst klar werden, was er eigentlich wollte.

War sie da – fühlte er sich glücklich und geriet dennoch in Panik, weil es sich so gut anfühlte.

War sie weg – fühlte er sich leer und konnte es nicht erwarten, sie wiederzusehen.

Die Frau hat dich völlig verhext!

Stefan räumte mechanisch das Frühstücksgeschirr in die Spülmaschine. Schon vermisste er ihr Geplapper, denn in den letzten Tagen hatte Katja dies gemacht, während er ihr grinsend zugehört hatte oder ihr zur Hand gegangen war. Warum gestand er sich also nicht endlich ein, dass er ihre Gesellschaft nicht mehr missen wollte?

Ach du heiliger Bimbam!

Stefan strich mit der Hand über seinen Bart. Er fragte sich, seit wann er denn eine dauerhafte Beziehung in Betracht zog?

Seit er zum ersten Mal in diese verflixten Hexenaugen geblickt hatte, wurde ihm schlagartig klar. Wie oft hatte er schon darüber nachgedacht, ob irgendwann mal eine Tochter von Katja diese Anomalie erben würde.

Verflucht, ich stecke da schon viel zu tief drin!

Kapitel 26

Valerie pfefferte ihr iPhone in die Ecke und humpelte lustlos zum Kleiderschrank, um die letzten Kleidungsstücke in ihre Tasche zu packen. In einer halben Stunde würde ihre Mutter sie abholen. Am liebsten hätte sie sich aufs Bett geworfen und geheult.

Aus zwei Wochen waren nun fünf geworden, da ihre Mutter von Miami nach Mailand weitergedüst war. Die Wochen, die sie hier hatte verbringen dürfen, waren rasend schnell vorübergezogen. Die ganze Familie Werner hatte es ihr sehr leicht gemacht, sich hier einzuleben und wohlzufühlen. Alle – außer Maxi. Mit Birgits und Gerds jüngster Tochter wurde sie nicht warm, egal was sie versuchte. Sie hatte von Anfang an das Gefühl gehabt, Maxi würde sie ablehnen und war deshalb so barsch zu ihr. Nach ein paar Tagen war ihr aber klargeworden, dass Maxi mit allen Familienangehörigen so umsprang. Inzwischen hatte sie diese unter der Kategorie *verzogene Zicke* abgelegt und war insgeheim immer froh, wenn Maxi wieder nach Stuttgart fuhr. Ihr war schleierhaft, warum Birgit deren Launen so klaglos hinnahm.

„Ach was, Maxi meint immer, wir würden sie zu sehr einengen", war deren einziger Kommentar, als Valerie endlich gewagt hatte, zu fragen, ob Maxi ein Problem mit ihrer Anwesenheit hatte.

Ich wäre froh, wenn sich jemand um mich kümmern würde, selbst auf die Gefahr hin, mich eingeengt zu fühlen. Valerie wurde ganz flau im Magen, wenn sie daran dachte, wie anders es zu Hause zuging. Ihre Mutter würde kommen und gehen, wie sie wollte und eine Umarmung oder ein liebes Wort war zu viel erhofft. Einzig ein huldvolles Nicken, wenn eingekauft oder abends das Essen vorbereitet war, kannte sie als

Reaktion. Valerie kam sich seit dem Tod ihrer Großmutter mehr wie ein Dienstmädchen, als eine Tochter vor. Sie wollte hier nicht weg. Hier in diesem Hause hatte sie sich zum ersten Mal wieder geborgen und auch geschätzt gefühlt.

Hier merkte man den Familienzusammenhalt und sie wurde wie ein Familienmitglied behandelt. Auch Silja, mit der sie sich wieder regelmäßig traf, war in den Wochen immer willkommen gewesen und oftmals waren sie mittags mit Birgit in der wärmenden Frühlingssonne gesessen und hatten getratscht als kannten sie sich alle schon ewig.

Auch diese Zeiten waren nun vorüber. Was blieb, waren die Erinnerungen daran und die Hoffnung, dass sie es selbst später mal schaffen würde, ihren Kindern – sollte sie eines Tages welche bekommen – ein solch liebevolles Zuhause zu bereiten.

„Du weißt aber schon, dass du uns jederzeit anrufen kannst." Valerie riss den Kopf herum. Birgit war unbemerkt ins Zimmer gekommen und setzte sich aufs Bett.

Valerie nickte und stopfte zwei Sweatshirts in die Tasche, die Birgit augenblicklich wieder herausholte und ordentlicher zusammenlegte.

„Versprich mir, dass du das auch machen wirst. Hier sind unsere Handynummern." Birgit streckte ihr einen Zettel entgegen, auf dem fein säuberlich die Nummern von ihr, Gerd und Katja notiert waren.

„Danke." Valerie unterdrückte die aufsteigenden Tränen und steckte den Zettel in ihre Hosentasche.

„Und wenn du zur Physio gehst, sei so gut und zeig dich ab und zu in der Klinik. Valerie ...", Birgit stand auf und zog sie in die Arme. „Ich wünschte, du müsstest nicht fortgehen."

„Ich auch!" Valerie brach jetzt doch in Tränen aus. „Birgit, ich ... ich ... hab' Angst."

„Das weiß ich. Und ich habe mir vorgenommen, dass ich deiner Mutter gleich ins Gewissen reden werde. Sie muss sich jetzt erst mal um dich kümmern."

Valerie schnaubte auf und machte sich behutsam aus Birgits Umarmung frei. „Das glaubst auch nur du."

Schon hörte man dröhnende Motorengeräusche und Valerie sah durch das Fenster auf den Hof und erkannte, wie der Porsche ihrer Mutter in die Einfahrt schoss.

„Oh, nein. Was glaubt die denn? Dass ich mit einem Kosmetikkoffer reise?" Valerie zog den Reißverschluss ihrer Tasche zu und stellte alles auf den Rollstuhl. „Warum kann die nicht den Kombi nehmen, der sowieso nur in der Garage steht? Weißt du, wir haben ja nicht nur ein Auto."

„Ist vielleicht nicht schick genug." Birgit ging auf Valeries ironischen Tonfall ein. „Gib her, ich mach das." Sie übernahm den Rollstuhl und reichte Valerie die Krücke, die sie noch immer benötigte.

„Frau Behrendt ist da." Gerd stand in Valeries Zimmertür und sah nicht begeistert aus.

„Wie will sie den Rollstuhl transportieren?", fragte er so leise, dass es nur Birgit hörte.

Birgit verdrehte die Augen und eilte in den Flur, in dem Valeries Mutter die Möbel einer genauen Musterung unterzog. Fehlte nur noch, dass sie prüfend mit dem Zeigefinger darüber fuhr. Da würde sie allerdings kein Glück haben, triumphierte Birgit innerlich.

Valeries Mutter war mit einem aufregend schwarz-weiß gemusterten Kostüm bekleidet, dessen schillerndes Muster Birgit in den Augen schmerzte. Sie trug so hohe Schuhe, in denen Birgit nicht mal hätte laufen können, geschweige denn Autofahren. Insgesamt wirkte sie, wie ihrem eigenen Modemagazin entstiegen: Dick geschminkt, die Haare streng nach hinten zu einem geflochtenen Knoten aufgesteckt. Nur eine einzelne schmale blondierte Strähne war kunstvoll herausgezupft und sollte wohl eine besondere Wirkung entfalten.

Für Birgit, die ihr schulterlanges Haar heute kurzerhand zu einem Pferdeschwanz zusammengebunden hatte, sah es einfach nur dämlich aus. Alles in allem wirkte Frau Behrendt kalt, distanziert und genervt, was sie mit einem Blick auf ihre protzige Armbanduhr auch schon wieder demonstrierte. In Birgit kochte die Lava der Wut unterschwellig nach oben. Wie konnte man so gefühllos sein, wenn es um sein eigenes Fleisch und Blut ging?

„Grüß Gott, Frau Behrendt", begrüßte Birgit Valeries Mutter dafür umso herzlicher.

„Guten Tag, Frau Werner. Ist Valerie fertig? Ich muss in zwei Stunden in Karlsruhe sein. Wir sind mitten in den Vorbereitungen zu einer neuen Modemesse." Frau Behrendt schaute erneut auf ihre Uhr, die schon von weitem den Preis erahnen ließ.

„Ich nehme an, Sie kommen heute Abend wieder?"

„Ich? Nein, wie kommen Sie darauf? Ich bin auch in den kommenden Wochen ständig unterwegs. Erst Orlando, dann Los Angeles und-und-und. Glauben Sie vielleicht, ich habe einen Bürojob?"

An den Geräuschen hörte Birgit, dass sich erst jetzt Valerie und Gerd hinter ihr zeigten, doch Frau Behrendt ignorierte die beiden. Birgit blieb die Spucke weg, es dauerte nur wenige Sekunden, dann hatte sie sich gefasst. „Frau Behrendt, wie soll das gehen? Valerie kann doch nicht ständig mit dem Bus fahren! Vor allem jetzt noch nicht, sie benutzt sogar noch teilweise den Rollstuhl."

„Nicht?" Abscheu zeichnete sich auf dem Gesicht von Valeries Mutter ab, doch sie fing sich schnell. „Na, dann soll sie halt ein Taxi rufen."

„Ein Taxi?" Bei Birgit war der Lavastrom inzwischen in Höhe der Kehle angekommen. Sie war kurz davor Feuer zu speien, doch Frau Behrendt setzte in ihrer Naivität noch eins drauf.

„Warum braucht Valerie noch den Rollstuhl? Liegt hier etwa ein Kunstfehler vor?" Ihr Blick wurde gierig.

Ich geh dir gleich an die Gurgel und zeig dir, was ein Kunstfehler ist! Birgit ballte die Hände zu Fäusten. Überaus freundlich klärte sie Valeries Mutter auf: „Natürlich nicht. Valerie kann nur noch keine langen Strecken laufen."

„Nun gut, wir haben ja einen Aufzug im Haus." Frau Behrendt schnappte sich den Rollstuhl und schob ihn aus dem Haus, ohne überhaupt einen Blick mit Valerie gewechselt, geschweige denn, sie begrüßt zu haben.

„Warte hier. Wir gucken erst mal, wie sie das macht." Birgit hielt Valerie zurück, die ihrer Mutter folgen wollte. Gerd trat neben Valerie und gemeinsam konnten sie beobachten, wie Frau Behrendt schließlich unschlüssig vor dem Porsche stand.

„Wahrscheinlich weiß die nicht mal, wo ihr Kofferraum ist", murmelte Valerie. „Nun also, ich helfe wohl besser."

„Ich sagte, *du wartest hier!"* Birgit marschierte ins Freie, diskutierte minutenlang energisch mit Valeries Mutter, die nickte und deren Miene sich zusehend aufhellte.

„Was macht die da?", fragte Valerie mit angehaltenem Atem. Gerd legte den Arm um ihre Schultern.

„Ich nehme an, Birgit macht das einzig Richtige." Valerie spürte, wie Gerd sie an sich drückte. Beide sahen zu, wie Valeries Mutter den Blick anhob, kurz in ihre Richtung nickte, Birgit den Rollstuhl übergab und schneller als Valerie kapieren konnte, einstieg und vom Hof brauste.

Birgit kam breit grinsend zurück. „So, dann packen wir halt alles wieder aus."

„Was ... was soll das?", fragte Valerie und konnte ihr Glück kaum fassen.

„Du bleibst erst mal hier. Deine Mutter wird alles mit dem Jugendamt regeln. Wenn wir Glück haben, dann haben die ein Einsehen und lassen dich bei uns, bis du volljährig bist."

„Das geht doch nicht."

„Und wie das geht. Keine Sorge, sie bezahlt für deinen Unterhalt." Birgit tätschelte Valeries Wange. „Herzlich willkommen bei den Werners. Du gehörst jetzt quasi zur Familie und zum Klinikum und wirst gleich dein erstes Event erleben dürfen. Schließlich wird Katja diese Woche noch dreißig."

„Ich fasse es nicht!" Valerie nahm ihre Brille ab und schlug die Hände vor die Augen. Sie spürte, wie Birgit sie in ihre Arme zog, und fragte sich, ob sie träumte. Mit Birgit fühlte sie sich nach so kurzer Zeit schon mehr verbunden, als sie es jemals mit ihrer Mutter gewesen war.

In diesem Moment schwor sich Valerie, dass sie Birgit niemals enttäuschen und alles geben würde, dass diese irgendwann auch auf sie so stolz war, wie sie es auf ihre Kinder war.

„Danke", flüsterte sie überwältigt.

„Herzlichen Glückwunsch zum Geburtstag." Stefan tauchte mit einem bunten Blumenstrauß im Arztzimmer auf und stand unschlüssig vor Katja. Sie hatte es ihm alles andere als leicht gemacht. Seit jenem unseligen Morgen ging sie ihm großräumig aus dem Weg und beschränkte jedes Gespräch auf rein dienstliche Gründe.

Nun gut, heute Abend würde er einen letzten Versuch starten. Dann würde sich zeigen, ob sie ihm die Tür vor der Nase zuschlagen würde oder nicht. Jetzt jedenfalls schien sie überrascht, denn ihr gemurmeltes *Danke* klang etwas erstickt.

„Ach was. Es geschehen ja doch noch Zeichen und Wunder." Birgit konnte sich natürlich einen Kommentar nicht verkneifen, was er mit einem grimmigen Blick quittierte. „Was ist passiert, dass du hier mit einem Blumenstrauß auftauchst?"

„Katja hat Geburtstag."

„Stimmt. Aber das hatte sie seit Jahren einmal im Jahr. Und bisher konntest du dich zu mehr als einem Händedruck nicht hinreißen lassen."

Stefan runzelte die Stirn. „Euch kann man aber auch gar nichts recht machen."

„Lass' dich nicht ärgern", mischte sich Viktoria ein und drückte ihm ein Sektglas in die Hand.

„Heute Abend gibt es Bier vom Fass und leckere Bowle. Das ist nur ein kleiner Appetizer“, meinte Viktoria grinsend und nur für ihn hörbar, denn sie wusste als einzige, dass er doch kommen würde. Lächelnd prostete er Vicki zu und drehte sich dann zu Katja um, die ihn mit schmalen Augen beobachtete. Er stieß mit ihr an und neigte sich zu ihr. „Alles Gute wünsche ich dir.“

Erleichtert registrierte er, dass sie sich seinen Kuss auf ihre Wange gefallen ließ und ihm wurde leichter ums Herz.

„Kinners, wir müssen. Karin, geh du bitte auf die Fünf, die leuchtet am längsten. Stefan und Katja, ihr könnt euch bitte gleich den Neuzugang auf der Zwei ansehen.“ Birgit klatschte in die Hände und beendete die spontane Geburtstagsparty.

„Und, wie fühlst du dich jetzt mit dreißig?“, versuchte er ein Gespräch anzukurbeln, während er mit Katja über den Flur schritt.

„Auch nicht anders als mit neunundzwanzig“, war ihr knapper Kommentar.

„Katja, ich würde dich gerne ...“

„Aber ich nicht!“ Sie ließ ihn erst gar nicht ausreden, sondern öffnete die Tür, warf ihm einen kühlen Blick zu und betrat das Krankenzimmer, in dem der Neuzugang lag.

Oha, so leicht war es dann doch nicht. Na, das werden wir ja sehen! Stefan verkniff sich, sie zurückzuhalten und sie mit einem wilden Kuss zur Vernunft zu bringen.

„Oh Gott! Es gibt noch mal so ein Paar Hexenaugen.“

Stefan starrte die Frau vor sich an und wurde sich seiner Taktlosigkeit erst bewusst, als Katja in ein Kichern ausbrach. Zu dritt bildeten sie sein Empfangskomitee: Katja, dann eine Frau um die Fünfzig, der Katja aus dem Gesicht geschnitten war und ein Mann im gleichen Alter, der dann vermutlich Katjas Vater sein musste.

„Das habe ich jetzt noch nie gehört. *Hexenaugen.*" Katjas Mutter schien seinen Ausspruch weniger amüsant zu finden und musterte ihn prüfend von oben bis unten.

„Entschuldigung. Das ist mir jetzt wirklich nur so rausgerutscht", murmelte er und war dankbar, als Katja der Peinlichkeit ein Ende bereitete, indem sie sich an ihrer Mutter vorbeischob und ihn kurzentschlossen in den Hausflur zog.

„Stefan, das sind meine Eltern. Die kontrollieren, wer sich hier alles reinschleichen will", fügte sie mit einem weiteren Kichern hinzu. Dann wandte sie sich an ihre Eltern: „Mama, Papa, darf ich euch Doktor Stefan Marquardt vorstellen?"

„Ach, da schau her. *Sie sind das!*" Katjas Mutter nahm ihn augenblicklich mit demselben Blick, den er von Katja schon zur Genüge kannte, in die Zange. Offenbar gefiel ihr, was sie sah, denn als sie wieder seinen Blick fixierte, umspielte ein Lächeln ihre Lippen.

Er räusperte sich und fragte sich unwillkürlich, wie viel Katjas Mutter wohl wusste. „Äh ja. Ich bin das."

„Na, dann kommen Sie mal herein, Herr Doktor Marquardt. Die Bude ist voll, aber Sie werden bestimmt noch irgendwo ein Plätzchen finden." Sie schüttelte ihm die Hand mit einem erstaunlich festen Händedruck, den er bei ihrer zierlichen Gestalt gar nicht erwartet hatte.

„Wenn Sie gestatten, Frau Thalbach. Dann würde ich gerne Katja erst noch einmal in Ruhe gratulieren", meinte er, als Katjas Eltern keine Anstalten machten, sie alleine zu lassen. Katjas Grinsen wurde immer breiter.

„Selbstverständlich. Machen Sie das." Katjas Mutter rührte sich keinen Zentimeter von der Stelle.

„Alleine, wenn es möglich wäre." Er räusperte sich vor lauter Hilflosigkeit.

„Carola, komm jetzt. Du musst doch bestimmt mal nach dem Fleisch sehen", kam ihm Katjas Vater mit einem dröhnenden Bariton zu

Hilfe.

„Genau. Mama, hier gibt es nichts zu sehen." Mit diesen Worten bugsierte Katja ihre Mutter aus dem Flur. „Furchtbar, die beiden", flüsterte sie.

„Das haben wir gehört", ließ sich ihr Vater vernehmen und drohte ihr grinsend mit dem Finger, bevor er die Tür hinter sich schloss.

Stefan stieß geräuschvoll die Luft aus und entspannte sich.

„Das ist jetzt aber eine Überraschung, dass du doch noch kommst." An Katjas Mimik war allerdings außer dem Grinsen keine freudige Reaktion zu erkennen.

„Ich ..." Der Kloß in seinem Hals wollte nicht verschwinden. „Ja, also ich dachte, du freust dich darüber. Ich habe mich benommen wie der letzte Arsch und es tut mir leid."

„Tatsächlich? Nun gut, ich gebe dir noch eine Chance, es wiedergutzumachen." In Katjas Augen zeigte sich endlich das lang erhoffte Blitzen. Außerdem schlang sie die Arme um seine Taille und zog ihn an sich.

„Ich habe noch ein Geschenk für dich", murmelte er an ihren Lippen und ließ die Tüte fallen, die er immer noch in der rechten Hand hielt. Er zog sie noch näher.

„Das packe ich nachher aus. Komm her. Ein Kuss, dann lass' ich dich auch in Ruhe."

„Verdammt, Katja." Frustriert senkte er seine Lippen auf ihre und zwang sie in einen fast schon groben Kuss. „Ich denke ständig an dich. Wie kann ich da an deinem Geburtstag nicht bei dir sein? Ich musste herkommen."

„Das ist schön." Bevor er es sich anders überlegen konnte, schnappte sie seine Hand und zog ihn hinter sich Richtung Wohnzimmer.

„Alle herschauen. Ein Wunder ist geschehen. Ich präsentiere euch den Gast des Abends." Mit diesen Worten zog sie ihn endgültig ins prallgefüllte Zimmer und Stefan beobachtete amüsiert die unterschiedlichsten Reaktionen: Markus blickte ihn überrascht an und Susanne rammte ihrem Mann den Ellbogen so schwungvoll in die Seite, dass dieser zusammenzuckte. Viktoria ließ ein wissendes Lächeln erkennen und Birgit flüsterte mit Gerd. Alle anderen starrten ihn nur neugierig an.

„Vicki, versorg Stefan bitte mit einem Bier. Ich muss mich ums Essen kümmern." Katja verschwand blitzschnell.

Keiner machte eine blöde Bemerkung oder stellte die peinliche Frage, was er hier tat. Er spürte, wie er von Minute zu Minute lockerer wurde, und genoss einen feucht-fröhlichen Abend.

Nur einmal kam es zu einer etwas unangenehmen Situation, als er in den kühlen Maiabend hinaustrat, um frische Luft zu schnappen. Plötzlich erklang die dunkle Baritonstimme von Katjas Vater neben ihm.

„Sie haben mein vollstes Mitgefühl."

Erst da bemerkte Stefan, dass Katjas Vater an der Wand lehnte und eine Zigarre rauchte.

„Inwiefern?", erkundigte sich Stefan vorsichtig.

„Ich kann ein Lied davon singen, wie diese Augen ein gestandenes Mannsbild in die Knie zwingen können. Schließlich lebe ich seit über fünfdreißig Jahren Tag für Tag mit diesem Blick."

„Es wird wohl nie besser?", fragte Stefan vorsichtig.

„Bei mir nicht. Ein einziger Blick hat gereicht, damit hatte sie mich. Falls Sie in einer ähnlichen Situation sind, sollten Sie fliehen, solange es noch geht, oder sich damit abfinden."

„Ich fürchte, es wird nichts mehr nützen. Schließlich versuche ich es schon seit fünf Jahren ziemlich erfolglos."

„Na, dann willkommen im Club." Der ältere Mann schlug ihm freundschaftlich auf die Schulter. – Gott sei Dank auf die gesunde.

„Grins nicht so blöde, ich weiß auch noch nicht, wie ich das jetzt erklären soll, wenn Mama fragt. Und das tut sie nachher hundertprozentig." Katja sah Viktoria an, die fröhlich lachend mit einem Stapel Teller in die Küche kam. Dabei hätte sie am liebsten einen Freudentanz vollführt, so glückselig fühlte sie sich seit Stefans Erscheinen. Sie hatte nicht wirklich damit gerechnet, auch wenn sich – zugegebenermaßen – die Hoffnung nicht hatte unterdrücken lassen.

„Wer hätte das gedacht." Viktoria wedelte mit der Hand. „Stefan Marquardt macht auf Familie."

„Macht er nicht." Na so weit wollen wir nicht gleich gehen, bremste sich Katja.

„Und was ist das?" Viktoria zeigte mit dem Zeigefinger ins Wohnzimmer, wo Stefan neben ihrem Bruder stand und sich offensichtlich prächtig amüsierte. „Katja, wenn es ihm nicht ernst wäre, dann wäre er jetzt nicht da, immerhin hatte er schon abgesagt."

„Vicki!" Katja wollte es gar nicht hören und hielt sich die Ohren zu.

„Okay, ich hör ja schon auf. Deine Mutter ist eh schon im Anmarsch." Viktoria lachte, als Katja zusammenzuckte.

Katja räumte die Teller in die Spülmaschine, als ihre Mutter ihr von hinten auf den Po klapste.

„Wolltest du mir nicht noch etwas erzählen?" Carola kicherte, als Katja knallrot anlief, während sie sich langsam aufrichtete und umdrehte.

„Äh – ich wüsste jetzt nicht was?"

„Du hast doch was mit deinem Doktor Marquardt!" Carola grinste immer noch.

„Ach-Scheiße. Ist das ein Verhör?" Katja wurde ärgerlich, als sich Viktoria und zur Krönung noch ihre Schwägerin hinter ihrer Mutter aufbauten, und jede grinste sie neugierig an.

„Ja!“ Alle drei sprachen gleichzeitig dasselbe Wort aus.

„Ich verweigere die Aussage!“ Katja drehte sich um und räumte das Besteck ein.

„Bitte, du darfst uns die Details ersparen. Aber ein paar Kleinigkeiten wären doch interessant für uns. Seit wann läuft das denn?“ Ihre Mutter ließ nicht locker.

„Seit ein paar Wochen“, murmelte Katja.

„Ach?“

„Ja, ach!“ Katja wurde zunehmend ärgerlicher. „Mama, ich werde heute dreißig. Ich diskutiere mein Liebesleben doch nicht mehr mit dir. Außerdem hab' ich keine Ahnung, ob es Stefan ernst ist.“

Viktoria verdrehte die Augen, während Carola und Katjas Schwägerin vor Erstaunen die Augen aufrissen.

„Wie jetzt? Er taucht hier zum ersten Mal auf. Was soll es sonst sein?“ Entgeistert fragte Carola nach und schickte mit einem Wink Viktoria und ihre Schwiegertochter aus der Küche. Immer noch grinsend verzogen sich die beiden.

„Ich weiß es nicht.“ Katja sah ihrer Mutter nicht in die Augen. „Eine Affäre unter Kollegen vielleicht.“

„Findest du das klug? Wie willst du mit ihm zusammenarbeiten, wenn das vorbei ist?“

„Das wird schon irgendwie gehen.“ Katjas Stimme zitterte leicht.

„Oh, Schatz.“ Carola zog Katja in den Arm. „Du bist verliebt.“

Katjas Kopf fuhr hoch, endlich sah sie ihre Mutter wieder an. „Woher weißt du das?“

„Ich kenne meine Tochter. Seit er gekommen ist, glühst du geradezu.“

Katja waren Tränen in die Augen geschossen, da ihre Mutter so liebevoll mit ihr sprach. Sie drückte den Kopf an ihre Schulter und murmelte: „Ich wollte es nicht, es ist einfach so passiert. Er ist ganz anders, als ich immer dachte. Sensibel und er muss irgendwann fürchterlich verletzt worden sein. Aber er erzählt es mir nicht.“ Katja zuckte mit den

Schultern. „Ich bin so glücklich, wenn er bei mir ist."

„Dann hab' Geduld. Wenn er auch Gefühle für dich hat, dann wird er sich öffnen." Katjas Mutter lächelte. „Er sieht mir doch ganz sympathisch aus. Ich hatte aus deinen Erzählungen immer einen ganz anderen Eindruck. Sauertopf – Eisblock, was gab's noch für Titel, mit denen ihr ihn bedacht habt?"

„Er beginnt schon, sich zu verändern." Katja erzählte ihrer Mutter eine Kurzfassung der letzten Wochen.

Gegen halb zwölf kehrte Ruhe ein. Viktoria hatte sich bereits in ihre Zimmer im ersten Stock zurückgezogen und Katja räumte die letzten Flaschen auf. Dann schloss sie die Terrassentür des Wohnzimmers, die sie zum Lüften aufgemacht hatte. Sie hörte Stefan im Keller klappern, wo er die Klappstühle verstaute, nachdem Katja ihm gezeigt hatte, wo diese aufbewahrt wurden.

„Könnte ich heute Nacht vielleicht hierbleiben?" Stefan trat hinter sie, zog sie an seine Brust und legte sein Kinn auf ihren Kopf. „Ich hab' dich so sehr vermisst. Aber das jagt mir eine Höllenangst ein."

Katja wandte den Kopf. Als sie den ernsten Blick sah, mit dem er sie betrachtete, drehte sie sich komplett zu ihm um. Sie hob die Hand und strich ihm die Strähne aus der Stirn. „Stefan, mir geht es doch wie dir. Ich bin glücklich, wenn du bei mir bist. Das ist so verrückt!"

„Ich fühl' mich jedenfalls, als wäre ich unter die Räder gekommen." Stefan lächelte. „Weißt du, ich dachte immer, ich wäre nicht für eine Dauerbeziehung geschaffen. Bei dir habe ich eher Angst, dass ich dich wieder verlieren könnte."

„Vertrau auf uns und ... Vertrau dich mir an. Ich kann dir deine Sorgen und Ängste nicht abnehmen, aber ich kann sie mit dir teilen: Zu zweit geht vieles einfacher." Katja stellte sich auf die Zehenspitzen und küsste ihn.

„Das weiß ich doch und ich weiß noch etwas anderes. Wir müssen dringend reden. Lass' uns ein paar Tage wegfahren. Ich kläre gleich morgen mit Gerd, wann es am besten passt."

„Na, der wird höchst begeistert sein!" Wieder tupfte sie einen Kuss auf seinen Mund. „Hast du vorhin nicht was von einem Geschenk gesagt?"

„Sekunde." Stefan war postwendend zurück. „Ich hoffe, es gefällt dir."

Katja strahlte. „Eigentlich ist mein größtes Geschenk, dass du doch noch gekommen bist und wir zusammen sind. Hast du gesehen, wie Birgits Augen geglänzt haben? Ich gehe jede Wette ein, dass sie morgen zur Tat schreitet."

„Wenn sie damit glücklich ist, auf andere Leute Wetten abzuschließen, soll sie es tun."

„Oh, Stefan. Bist du verrückt?" Katja hatte inzwischen das Geschenkpapier entfernt und öffnete die Schmuckschatulle. Darin lag eine filigrane Uhr aus Edelstahl mit blauem, glänzendem Ziffernblatt.

„Dein linkes Hexenauge nimmt genau diese Farbe an, wenn du mit mir schläfst", flüsterte ihr Stefan ins Ohr und küsste sie auf die empfindsame Stelle direkt darunter. Katja wurde Wachs in seinen Armen. Er hob sie hoch und sah sie fragend an: „Wohin?"

„Zweite Tür links", murmelte Katja und drückte die Uhr an ihr Herz.

„Ich will mich jetzt meinen Phantasien hingeben. Seit ich die Uhr gekauft habe, stelle ich mir vor, wie sie aussieht, wenn du sie trägst." Er küsste sie und drückte die Tür mit der Schulter auf. „Nur die Uhr."

„Ich fahre schnell zum Bäcker." Katja setzte sich auf die Bettkante und wuschelte durch Stefans Haare. Dann gab sie ihm einen Kuss. „Und wundere dich nicht, aber Vicki bekommt bestimmt einen Herzkasper, wenn sie dich heute Morgen hier entdeckt."

„Wieso das? Die wird sich doch denken, dass ich hier bin." Stefan setzte sich auf und rieb sich die Augen.

„Nee, damit rechnet die nicht." Katja grinste Stefan an und strich sich eine nasse Strähne hinter das Ohr. Anschließend betrachtete sie voller Stolz die neue Uhr an ihrem Handgelenk und schenkte Stefan einen dankbaren Blick. „Dieses Haus war bisher männerfreie Zone!"

„Ach – tatsächlich. Du überraschst mich immer wieder." Stefan strahlte sie an.

„Und du überraschst mich. Eine Tiffany-Uhr, du bist ja verrückt! Die Uhr ist wunderschön, aber mir hätte es auch eine Swatch getan, ich brauche keine teuren Geschenke. Das Drandenken zählt und dass du bei mir bist." Katja beugte sich zu Stefan und küsste ihn zärtlich, dann seufzte sie leise. „Ach, Stefan. Mit dir ist irgendwie alles ganz anders."

„Inwiefern?" Stefan zwirbelte eine Strähne von Katjas Haaren um seinen Finger und strich mit der anderen über ihren Arm.

„Überlege mal schön, solange ich weg bin. Vielleicht kommst du ja von alleine drauf." Katja entwand sich ihm und band sich einen Pferdeschwanz, während sie zur Tür lief.

„Katja?" Als sie Stefans fragenden Tonfall hörte, drehte sie sich um. Er stand direkt hinter ihr, stemmte die Arme rechts und links von ihr gegen die Tür, sodass sie dazwischen gefangen war. „Ich hab' echt Sorge, dass ich alles falsch mache und trotzdem habe ich das Gefühl, als wäre es nie anders gewesen. Ich möchte dich glücklich machen."

Er hatte wirklich sehr große Angst. Sie sah es an seinem Gesichtsausdruck und noch mehr in seinen Augen und dennoch zog er sich nicht zurück, sondern war hier – bei ihr. „Da gibt es nichts falsch zu machen. Wie ich gestern schon sagte – vertrau auf uns! Außerdem arbeitest du doch schon so hart an dir."

Als Katja ihm erneut zärtlich über die Wange und seinen Bart strich, wich seine Sorge und wechselte zu einem liebevollen Ausdruck. „Ich hatte schon immer die Ahnung, dass du mir und meinem Seelenleben gefährlich werden könntest."

„Stefan." Katja zog seinen Kopf zu sich herab und küsste ihn stürmisch. „Du hast keine Ahnung, was für ein wunderbarer Mann du bist!"

Viktoria stand grinsend in der Badezimmertür und betrachtete eingehend die eindeutig männliche Silhouette, die sich hinter der beschlagenen Duschkabine abzeichnete. Leider, leider, stand er mit dem Rücken zu ihr. Aber, das war ja ein Ding! Stefan war noch hier!

„Ein Mann! Was für ein erfreulicher Anblick am frühen Morgen", übertönte sie die Duschgeräusche.

„Verflucht!" Stefan fuhr herum und dem Geräusch nach kollidierte er in der beengten Kabine mit der Duschablage. Als sie seinen Fluch hörte, zog sie automatisch den Kopf ein. „Mensch, Vicki, verzieh dich! Kann man hier nicht mal in Ruhe duschen?"

„Nee, dazu müsstest du die Tür abschließen. In einem Mädelhaushalt kann es schon mal vorkommen, dass man zu zweit im Bad steht. Sowieso, wenn alle zur gleichen Zeit Dienstbeginn haben." Viktoria grinste erneut, als sie merkte, wie peinlich Stefan das Ganze war. „Ich gehe ja schon. Die Küche wirst du ja finden, immer dem Geruch nach. Es gibt Rührei."

Gerade als sie lachend die Badezimmertür schloss, kam Katja vom Bäcker zurück. Viktoria deutete mit dem Daumen auf das Badezimmer.

„Dein Lover hat sich zu Tode erschreckt."

„Er ist nicht mein Lover." Katja ging in die Küche und stellte die Kaffeemaschine an, holte den Brotkorb und legte die Backwaren hinein.

Viktoria folgte ihr und stellte sie zur Rede. „Nicht? Was ist er dann?"

Katja zuckte die Schultern und schwieg und Viktoria öffnete den Kühlschrank und nahm die Eier heraus, dann drehte sie sich wieder zu Katja um. „Ich glaube ja inzwischen, dass ihr euch gesucht und gefunden habt."

„Ich liebe ihn, Vicki."

Voller Erstaunen ließ Viktoria das komplette Ei in die Schüssel fallen. „Mist!", fluchte sie, dann klaubte sie die Eierschalen heraus und murmelte kaum hörbar: „Und das jagt dir eine Höllenangst ein."

Katja trat neben sie. „Ich hatte keine Chance. Stefan ist so ganz anders, als er allen vorgaukelt."

„Nun, er hat sich in den letzten Wochen auch vollkommen verändert. Wo ist er hin, der eisige Doktor Sauertopf, vor dem alle kuschen?"

„*Sauer–topf!* Höre ich da richtig? Katja, kannst du mal bitte schauen, ob ich mich bei Viktorias Überfall aufgerissen habe." Stefan stand in der Küchentür, presste ein Handtuch gegen sein Schulterblatt und blitzte Viktoria wütend an, die sich das Lachen nicht verkneifen konnte. Es war aber auch zu komisch anzusehen, wie Katja blitzschnell zu Stefan flitzte.

„Jetzt mach mal halblang, das kann doch gar nicht so schlimm sein", Viktoria schüttelte amüsiert den Kopf.

„Von wegen Vicki, hier verarzte ihn mal als Entschuldigung." Katja holte Desinfektionsmittel und ein Pflaster, streckte es Viktoria entgegen und drückte Stefan auf den Stuhl. „Ich kann dich beruhigen, du wirst es überleben." Sie fuhr zärtlich mit der Hand über Nacken und Schulter.

Viktoria näherte sich misstrauisch, und als Katja das Handtuch entfernte, stachen ihr sofort die Brandwunden ins Auge.

„Ach du Schande, Stefan. Was ist denn da passiert?"

„Ein Unfall, als ich vierzehn war." Er seufzte leise.

„Sorry, Stefan. Das wollte ich echt nicht." Viktoria besah sich den

Riss. „Kein Wunder bewegst du dich manchmal so komisch.“

„Tu ich das?“, fragte Stefan und tauschte einen Blick mit Katja, die die Augen verdrehte.

„Das merkst du wohl gar nicht mehr, wie du manchmal den Arm verdrehst. Was ist dein Problem, Vicki?“, fragte Katja, nachdem Viktoria immer noch zögerte.

„Ich weiß ja nicht, ob auf den Narben da ein Pflaster hält“, meinte Viktoria unschlüssig.

„Tut Salbe drauf, das reicht schon.“

„Tief ist es nicht, aber ziemlich lang“, murmelte sie und reichte Katja die Salbe. „Mach du mal, ich bin nicht sicher, wie stark ich reiben darf.“

„Er ist robust“, kicherte Katja und verteilte großzügig einen Klecks Salbe auf der Schulter.

„Das kann ja noch heiter werden, wenn ich schon beim ersten Mal hier nicht mehr heil rauskomme.“ Stefan strich Katja, die sich neben ihn setzte, liebevoll eine Strähne aus der Stirn.

„Ihr seid ein goldiges Pärchen, wie ihr *Gaelfiaessler* sagen würdet.“ Viktoria wusste selbst, wie albern sie klang, wenn sie mit norddeutschem Akzent versuchte, den badischen Dialekt, und vor allem diese fast unaussprechlichen Bezeichnung für die Badener, nachzuahmen. Katja wie auch Stefan bestätigten dies mit einem breiten Grinsen. „Euch ist schon klar, dass Birgit ein Triumphgeheul anstimmen wird, wenn ihr euer Techtelmechtel jetzt offiziell macht.“

„Soll sie doch.“ Stefan zuckte mit den Schultern. „Wenn sie glücklich ist. Wir sind es jedenfalls.“

Viktoria beobachtete, wie sich die beiden einen Blick zuwarfen und in ihrer eigenen Welt versanken. Wehmütig senkte sie den Kopf und biss sich auf die Unterlippe. Sie ahnte, es würde sich in den nächsten Monaten einiges ändern. Um sie herum veränderten sich die Menschen, verliebten sich, gründeten Familien, nur sie selbst blieb irgendwo auf der Strecke.

Quatsch, Vicki. Du hast viel erreicht und einen tollen Beruf, der dir überhaupt keine Zeit lässt, tröstete sie sich selbst und wusste dennoch, sie musste selbst dringend eine Entscheidung treffen.

Kapitel 27

Es war das erste Juniwochenende, als Maxi zu Hause in die Einfahrt fuhr. Ganz bewusst war sie – endlich in Freiheit – in den letzten Wochen nicht über die Wochenenden heimgefahren. Doch leider war zum Triumphgefühl, der Umklammerung der Familie entronnen zu sein, schon recht bald Heimweh hinzugekommen. Und damit hatte sie nun überhaupt nicht gerechnet.

Maxi stieg aus ihrem zitronengelben Fiat Punto, der schon bessere Zeiten erlebt hatte, und sah sich um. Das eineinhalbgeschossige Haus ihrer Eltern am Ortsrand von Umkirch bildete den Mittelpunkt eines großen Grundstücks. Vorn an der schmalen Zufahrtsstraße befanden sich die Einfahrt und die Doppelgaragen, während sich auf der Rückseite ihres Elternhauses der Garten ausbreitete, der rechter Hand an das Grundstück ihrer Schwester und links an den Wald angrenzte. Auf dem Balkon, der sich über die gesamte Breite des Hauses erstreckte, hatte ihre Mutter schon die Blumenkästen aufgehängt und die ersten Sommerblumen zauberten bunte Farbkleckse auf die weiße Fassade. Sie nahm ihre Tasche aus dem Auto, schulterte ihren Rucksack mit dem Fotoapparat und den wichtigsten Malutensilien und lief den schmalen Weg entlang, der von der Einfahrt zur Haustür führte. Auch wenn es ihr überhaupt nicht in den Kram passte, freute sie sich, wieder zu Hause zu sein.

„Hallihallo, ich bin da." Maxi stürmte ins Haus und stolperte als Erstes über den Rollstuhl, der mitten Flur stand.

„Verflucht, ist die immer noch da?" Maxi stellte ihre Tasche ab und spürte ein bitteres Gefühl im Magen, das sie nicht einordnen konnte.

„Meinst du mich?“, erkundigte sich eine zögerliche Stimme in ihrem Rücken. Maxi spürte, wie ihr die Röte ins Gesicht stieg, und drehte sich wütend um. Valerie stand in der Küchentür und hielt eine Kaffeekanne in der Hand.

„Äh, ja. Hey, Valerie“, meinte Maxi, ohne ihre Abneigung Valerie gegenüber zu verstecken. „Wolltest du nicht schon längst wieder bei deiner Mutter wohnen?“

„Doch, aber wir haben beschlossen, dass es besser ist, wenn Valerie hierbleibt“, schaltete sich ihre Mutter ein und legte beschützend den Arm um deren Schultern. „Hey, Maxi. Schön, dass du da bist, wir haben dich vermisst.“

„Ach? Das sieht aber gar nicht danach aus. Offensichtlich habt ihr ja schon einen passenden Ersatz für mich gefunden.“

„Wieso? Valeries Mutter ist ständig unterwegs, sie braucht noch Hilfe und hier steht Susannes Zimmer leer. Jetzt komm schon, Schatz. Es gibt Erdbeerkuchen.“

„Ich bekomme von Erdbeeren einen Ausschlag. Schon vergessen?“ Maxi rauschte an ihrer Mutter vorbei Richtung Küche und auf die Terrasse, wo ihr Vater saß und drückte ihm einen Kuss auf seine Wange. „Hey, Paps.“

„Hallo, meine Kleine. Das ist ja schön, dass du den Weg nach Hause doch noch findest.“

Maxis Wut steigerte sich. Sie runzelte die Stirn.

„Ich hätte auch noch einen Marmorkuchen.“ Birgit brachte einen Teller, auf dem ein großes Stück lag und eine Tasse für Maxi. Hinter ihr folgte zögerlich Valerie, die sich mit größtmöglichem Abstand zu ihr an den Tisch setzte.

Maxi fühlte sich beschissen, aber allein schon die Anwesenheit von Valerie brachte sie auf die Palme. „Danke, Mama“, lenkte sie ein und lächelte ihre Mutter an, die jedoch keine Miene verzog.

„Alles klar sonst?“, fragte sie, um die Stille zu unterbrechen, die sich lähmend ausbreitete.

„Ja, Susanne geht nächste Woche in Mutterschutz. Endlich. Du musst nachher unbedingt rübergeh'n und sie besuchen. Die sieht inzwischen wie ein Fässchen aus. Ich weiß nicht, wie sie sich überhaupt noch auf den Füßen halten kann." Jetzt endlich zeigte sich ein kleines Lächeln auf den Zügen ihrer Mutter.

„Mach ich", mümmelte Maxi mit vollem Mund. „Wie lange wird Valerie dann noch bleiben?"

„Solange es nötig ist."

„Das kann ja noch Monate gehen." Maxis Wut schwoll weiter an. „Wollt ihr sie vielleicht nicht gleich adopti..."

Ein eisiger Blick ihres Vaters brachte sie zum Schweigen.

„Was ist eigentlich wirklich dein Problem? Du kommst endlich nach Wochen wieder heim und meckerst rum, kaum dass die Tür hinter dir ins Schloss fällt. Wenn es dir zu Hause nicht mehr passt, dann steht es dir frei, in Stuttgart zu bleiben. Ich jedenfalls habe deine ungezogene Art und deine Launen jetzt lang genug ertragen." Gerd schob wütend seinen Kuchenteller von sich.

Maxi stand auf und knallte die Serviette auf den Tisch. „Ach ja. Dann kann ich ja gleich wieder fahren." Stinksauer rauschte sie von der Terrasse und merkte nicht, dass Birgit ihr folgen wollte.

„Bleib sitzen. Das war längst überfällig." Gerd legte die Hand auf Birgits und drückte sie liebevoll. Doch beiden saß der Schrecken in den Gliedern, während Valerie wirkte, als suche sie ein Mausloch.

„Sie wird doch nicht wirklich wieder nach Stuttgart fahren?", fragte Birgit und schon hörte man lautes Türenschlagen.

„Nein, wird sie nicht. Sie hat sich wie üblich in ihr Zimmer verkrochen und kommt wieder, wenn sie sich beruhigt hat. Wart's ab."

Lautes Gepolter war zu hören, dann ein Fluchen.

„Sie geht wirklich." Birgit erstarrte. „Ich kann sie so nicht gehen lassen." Birgit stand auf und rief schon an der Terrassentür ins Haus. „Maxi, jetzt warte doch."

Die Antwort folgte in Form von lautem Türenknallen.

Birgit schloss die Augen und schlug die Hände vors Gesicht. „Ich werde nicht mehr schlau aus ihr. Was ist der Grund, warum sie so unzufrieden ist? Sie hat doch alles."

„Vielleicht ist es wirklich besser, wenn ich doch zu meiner Mutter ziehe?" Valerie krümmte sich inzwischen fast vor Unbehagen.

„Nein!" Birgit schüttelte den Kopf. „Das ist nicht deine Schuld. Maxi hat irgendwelche Probleme, die sie uns nicht mitteilt."

„Vielleicht läuft es in Stuttgart nicht so, wie sie es sich vorstellt." Auch Gerd schüttelte den Kopf. „Du bleibst jedenfalls hier, Valerie."

„Diese dämliche Ziege macht sich so mir nichts dir nichts breit bei uns." Maxi bebte fast vor Zorn.

„Was willst du eigentlich?", fragte Janis und sah sie mit ebenfalls blitzenden Augen an. Sie saß im Schneidersitz mitten in seinem Zimmer und maulte, seit sie hier angekommen war. Er saß auf seinem Bett und beobachtete sie. „Seit Jahren liegst du mir damit in den Ohren, dass du dich eingeengt fühlst. Jetzt hat deine Mutter jemanden anderen zum Betütteln und auch das ist dir nicht recht. Weißt du eigentlich, was du willst?"

Maxi sah ihn an, als wäre er zum Außerirdischen mutiert. „Spinn ich denn jetzt komplett? Versteht mich hier eigentlich keiner mehr?" Maxi entwirrte ihre Beine und streckte sie.

„Nein, Maxi. Ich verstehe dich wirklich nicht mehr. Du hast eine Familie, die hinter dir steht, sich um dich sorgt und Valerie hat eine taube Nuss zur Mutter, der ihre Karriere wichtiger ist als ihre Tochter. Ich kann sehr gut verstehen, warum deine Mutter da eingeschritten ist."

„Ha, dann wäre es doch besser, wenn du dir Valerie zur Freundin nimmst."

„Spinnst du jetzt komplett?“ Janis wurde seinerseits ärgerlich.

„Wenn hier einer spinnt, dann bist du das.“ Maxi stand auf und schnappte ihre Jacke. „Lebe ich eigentlich in einer anderen Welt als ihr?“

„Manchmal hab’ ich tatsächlich den Eindruck. Ja, verschwinde doch. Wie immer, wenn es problematisch wird. Das kannst du ja besonders gut.“ Janis sprach zu einem Phantom, denn Maxi hatte bereits grußlos sein Zimmer verlassen. Er ließ sich zurück ins Kissen fallen und verschränkte die Hände hinter seinem Kopf.

Da ging sie hin – seine große Liebe.

Er liebte sie, seit er wusste, was Liebe überhaupt bedeutete und sie würde auf ewig einen besonderen Platz in seinem Herzen einnehmen. Aber wenn er ehrlich war, war er inzwischen froh darüber, dass er ihr seine Gefühle bisher verschwiegen hatte. Denn seit geraumer Zeit konnte er sie nicht mehr ausstehen. In den letzten zwei Jahren war Maxi aus unerfindlichen Gründen immer unzufriedener und mürrischer geworden. Bei ihrem letzten Ausflug nach München war er ein paar Mal kurz davor gewesen, sie anzubrüllen und zu fragen, warum sie eigentlich mit aller Gewalt vor einem wunderbaren Zuhause davonlief? Sie hatte alles, was sich andere wünschten.

Er selbst wäre froh gewesen, wenn er seinen Vater, der noch vor seiner Geburt gestorben war, gekannt hätte. Liebend gern hätte er sich mit seinem Vater beraten und über seine Zukunft diskutiert. Nicht, dass er das mit seiner Mutter nicht konnte, die sich all die Jahre liebevoll um ihn gekümmert hatte. Aber ein Gespräch von Mann zu Mann war etwas ganz anderes.

Aber Maxi kam sich bevormundet und eingeschränkt vor. Vielleicht war die Zeit der Freundschaft vorbei – sie wurden erwachsen, jeder auf eine andere Art. Janis sah auf die Uhr und beschloss seinen Kumpel Thorsten anzurufen.

Maxi stieg wutentbrannt in ihr Auto und kam genauso wütend in Stuttgart an. Sie betrat die WG, die sie sich mit drei Kommilitoninnen teilte, und stieß beinahe mit Melina zusammen, die zwei Semester vor ihr den Studiengang Bühnen- und Kostümbild studierte.

„Hey, Maxi. Schon wieder zurück? Willst du mit auf Professor Vertigos Party? Da geht immer die Post ab."

Maxi wurde sofort hellhörig. Der Gast-Professor, der für den Bereich Aktzeichnen zuständig war, war ihr sofort aufgefallen. Er war Mitte vierzig, hatte aber schon heute schneeweiße Haare, die er meist zu einem Zopf geflochten trug. Stets hatte er kunterbunte Schals um den Hals gewickelt und kam meist in Jogginghosen daher. Er wirkte etwas ungepflegt, trotzdem zog es Maxi wie magisch in seine Nähe.

„Klar. Warte auf mich." Maxi beeilte sich. Sie warf ihre Tasche auf ihr Bett, rannte ins Bad, kontrollierte ihr Aussehen und sprühte sich zur Sicherheit mit einer Ladung Parfüm ein.

Nur zehn Minuten dauerte der kurze Fußmarsch. Der Bungalow, in dem Professor Vertigo mitten in der Weißenhofsiedlung in Stuttgarts Norden wohnte, war hell beleuchtet und der Lärm und die Musik waren schon von außerhalb zu hören. Die Haustür stand sperrangelweit offen und an der Hauswand lehnten mehrere rauchende Mitstudenten, die Maxi aber unbekannt waren. Sie folgte Melina ins Innere und nahm sofort einen süßlichen Geruch wahr, den sie nicht einordnen konnte. Während sie neugierig durch die Zimmer streifte, entdeckte sie Professor Vertigo schließlich in seinem Wohnzimmer inmitten eines Kreises von ausschließlich weiblichen Studentinnen. Die männlichen Studenten standen an einer Bar, die die gesamte linke Hälfte des Wohnzimmers einnahm.

Wie Maxi auf Anhieb erkannte, war hier kaum einer mehr nüchtern. Angewidert drehte sie sich um und überlegte sich schon, wie sie am schnellsten wieder nach Hause kam.

„Ach, wenn das nicht unser neuester Stern am Kunsthimmel ist?" Ohne, dass sie es gemerkt hatte, hatte sich Professor Vertigo aus der Gruppe gelöst und tauchte plötzlich vor ihr auf.

„Guten Abend, Herr Professor."

„Angelo! Und wie war noch einmal dein Vorname?", fragte er und blickte ihr so tief in die Augen, dass sie tatsächlich überlegen musste, wie sie hieß.

„Maxi–miliane", stammelte sie, dann riss sie sich zusammen und erwiderte den Blick. „Allerdings nennen mich alle nur Maxi."

„Na, dann herzlich willkommen in meinem bescheidenen Zuhause", meinte der Professor und legte vertraulich den Arm um ihre Schultern. In Maxi begannen sich abertausende von Schmetterlingen zu entpuppen und flatterten aufgeregt hin und her.

„Komm, setz dich zu uns", meinte er und führte sie zum Kreis, wo alle auf sie beide zu warten schienen.

„Das ist Maxi", erklärte er und wies eine Studentin an, Platz zu machen, damit Maxi sich neben ihn setzen konnte.

Stefan hielt Katja im Arm, sie schlief schon längst eng an ihn gekuschelt. Ihre Hand lag auf seiner Brust und hob und senkte sich bei jedem seiner Atemzüge. Der Mond tauchte das Zimmer in ein schimmerndes Licht, sodass er Katja gut betrachten konnte. Er unterdrückte ein Lachen. Wenn er mit Katja die Nacht verbrachte, suchte sie ständig seine Nähe. Er hätte nie gedacht, dass Katja eine solch liebevolle und leidenschaftliche Frau war. Wenn sie nicht in der Klinik waren, konnte sie kaum ihre Hände bei sich behalten. Sie berührte oder küsste ihn bei jeder sich bietenden Gelegenheit. Gleichzeitig konnte sie aber genießen, wenn er sie mit seinen Zärtlichkeiten verwöhnte.

Gerd hatte ihnen eine Woche Urlaub genehmigt. Kurzentschlossen waren sie in die Schweiz an den Vierwaldstätter See gefahren, in den Ort, den Stefan schon häufiger für seine Radtouren als Ausgangsort auserkoren hatte. Aber nur er hatte sein Rad dabei, Katja vertrieb sich viel lieber mit Lesen ihre Zeit. Seit drei Tagen waren sie in Weggis und genossen die Zweisamkeit. Je mehr Zeit er mit Katja verbrachte, je mehr er von ihr kennenlernte, desto mehr faszinierte sie ihn. Die ganze Frau, der ganze Mensch, nicht nur die Augen, in die zu schauen er nicht müde wurde.

Längst schon hatte er akzeptiert, dass er sein Herz an Katja verloren hatte. Mehr als das – er konnte sich ein Leben ohne sie nicht mehr vorstellen. Sie war so ganz anders und überhaupt nicht karrierebesessen, wie er ihr jahrelang unterstellt hatte. Das Angebot von Avend hatte sie schließlich dankend abgelehnt und sich stattdessen darüber amüsiert, dass sich auch noch die Uniklinik Düsseldorf bei ihr gemeldet hatte. Ihr energisches und doch herzliches Wesen bei der Arbeit wandelte sich zu Hause in eine verträumte, liebevolle Art, die er nie mehr missen wollte.

Er war glücklich mit ihr, die Rastlosigkeit und Leere fiel mehr und mehr von ihm ab und er genoss jede Minute, wenn sie bei ihm war. Es war wunderschön zu erkennen, dass sie in dieser kurzen Zeit zu einer solchen Gemeinschaft zusammengewachsen waren. Stefan streichelte zart ihre Wange, zählte ihre Sommersprossen, die er so liebte und nach einigen Minuten fiel auch er endlich in den Schlaf.

Am darauffolgenden Tag strahlte die Sonne vom Himmel und die letzten Wolken hatten sich verflüchtigt. Katja stapfte vor Stefan murrend einen schmalen Trampelpfad hinauf und wurde nicht müde, ihm immer wieder vorzuhalten, dass der andere Weg bestimmt der kürzere gewesen wäre. Es war ihm egal, er hielt an und genoss die Aussicht – auf ihren entzückenden Po, der bei jedem ihrer Schritte einladend schlenkerte. Diese Frau hatte ihn, wahrscheinlich ohne es je beabsichtigt zu haben, mit Haut und Haaren von sich abhängig gemacht. Und das Lustigste daran war, sie hatte immer noch nicht den Hauch einer Ahnung, wie sehr er ihr verfallen war.

„Ach, Gott sei Dank. Ich sehe schon die Lichtung." Katja hielt kurz an, schnappte etwas übertrieben nach Luft und grinste ihn an.

„Machst du etwa schlapp?", fragte sie, nachdem er sich wieder in Bewegung gesetzt hatte und zu ihr aufschloss.

„Quatsch." Er zog sie an ihrem Pferdeschwanz und sie setzte sich kichernd wieder in Bewegung. Er selbst folgte langsam und ließ sie nicht aus den Augen. Mit der grün-weißen Bluse zu ihrer wadenlangen Jeans, ihrem Pferdeschwanz, der hinten aus der Baseball-Cap baumelte, sah sie wie ein junges Mädchen aus und nicht wie eine dreißigjährige, gestandene Ärztin.

„Komm schon!" Sie warf ihm über die Schulter einen Blick zu, der ihn als Schlaffi outete und schon zog er das Tempo an. Oben marschierte sie vor ihm über die Wiese an den Rand und schob ihre Sonnenbrille auf ihre Cap.

„Boah, was für ein Ausblick über den ganzen See." Sie breitete die Arme aus, als wolle sie die gegenüberliegenden Berge umarmen. „Sensationell."

„Mich hat es hier auch immer wieder hergezogen." Er konnte den Blick nicht von ihr wenden. Er liebte es, wenn sie so strahlte. „Noch schöner ist aber, dass wir das *gemeinsam* erleben und dass ich endlich jemandem diese wunderschöne Landschaft zeigen kann."

„Stimmt!" Sie küsste ihn auf die Wange. Er legte den Arm um ihre Schultern und ließ den Blick über das Panorama schweifen. Die Gipfel zur Linken waren noch immer schneebedeckt, darunter befanden sich steilabfallende Felswände, während sich die davor liegenden Berge in den unterschiedlichsten Grüntönen vom blaugrünen See abhoben. Es war ein Panorama, das man stundenlang betrachten konnte.

Katja breitete ihre Jacke aus und setzte sich. Sie zog die Knie an und legte ihr Kinn darauf. „Warst du immer alleine hier?"

Er nickte und setzte den Rucksack ab. „Bisher hat es keiner länger mit mir ausgehalten." Was sarkastisch klang, war dennoch die volle Wahrheit.

Katja streifte ihn mit einem prüfenden Blick. „Wer bist du wirklich, Stefan Marquardt?", fragte sie leise.

Er setzte sich ebenfalls, kramte in seinem Rucksack und schwieg. Dann holte er die Brötchen heraus und reichte ihr eines, genauso verfuhr er mit den Wasserflaschen.

„Danke." Katja bohrte nicht weiter nach und er war dankbar dafür. Schließlich betrachtete er das Brötchen kritisch von allen Seiten und biss hinein.

„Da muss noch eine Schüssel mit Gemüse drin sein." Katja deutete auf den Rucksack, der zu seiner Rechten stand. Wieder bedankte sie sich, als er ihr die Dose gab.

Er schwieg, bis er das Brötchen aufgegessen hatte. Dann trank er die halbe Flasche leer, starrte auf die Berge vor ihm und dachte nach. Das Wissen, dass Katja zu ihm gehörte, brachte ihm Ruhe und Ausgeglichenheit, also war es mehr als fair, ihr seine Geschichte zu erzählen.

„Meine Eltern waren jahrelang für ein Bonner Forschungsinstitut in Namibia."

Katjas Kopf schwenkte zu ihm und sie hörte auf zu kauen, doch sie unterbrach ihn nicht.

„Wir waren fast fünf Jahre dort, dann hatten wir einen Unfall, bei dem – und jetzt lach bitte nicht – ein Nashorn den Jeep meiner Eltern attackiert hat." Er sah, wie Katja damit kämpfte, ihr Lachen zu verbergen und sprach schnell weiter. „Wir sind eine Schlucht runtergerutscht, das Auto fing Feuer ..."

Stefans Worte wurden immer leiser, während Katjas Gesicht jetzt pure Bestürzung ausdrückte. Sie legte den Arm auf seinen. „Oh Gott, wie alt warst du denn damals?"

„Vierzehn." Beide schwiegen sehr lange, doch dies fühlte sich keineswegs unangenehm an. „Meine Eltern waren vermutlich sofort tot. Mein Bruder hatte schwere innere Verletzungen und Wirbelbrüche. Mit dem Trümmerbruch und den Verbrennungen bin ich noch glimpflich davongekommen."

„Ich wusste gar nicht, dass du einen Bruder hattest."

„Habe." Er ließ das Wort so dahinschweben und merkte, dass Katja Mühe hatte, die Aussage zu verarbeiten.

„Was heißt das? Hat er überlebt?", fragte sie heiser nach.

„Ja, hat er."

„Du hast ihn noch nie erwähnt."

„Da gibt es auch nichts zu erwähnen. Ich weiß weder, wo er heute lebt, noch welchen Beruf er ausübt und ob er Familie hat. Er ist zehn Jahre jünger als ich, also heute achtundzwanzig."

Katjas Hand lag jetzt auf Stefans Oberschenkel. Stefan legte kurzzeitig seine Hand darauf und drückte sie.

„Über die deutsche Botschaft und das Institut wurden wir nach Bonn geflogen. Ich kam sofort ins Heim. Nur Benedict war noch einige Wochen im Krankenhaus. Er war nach dem Unfall querschnittsgelähmt, die OP ging schief. Er musste eine Reha machen und kam zu einer Pflegefamilie, die ihn später adoptiert hat. Sie versprachen, mich noch nachzuholen, sobald Benedict sich einigermaßen erholt hatte." Er mahlte mit seinem Kiefer und starrte stur auf den See. „Ich habe jeden Tag gehofft, dass sie kommen. Nach einem Jahr war mir dann klar, dass sie gelogen hatten."

„Oh, mein Gott." Katja weinte inzwischen. Ihr Brötchen lag angebissen und unbeachtet neben ihr. Sie war einzig und allein auf ihn fixiert.

„An meinem achtzehnten Geburtstag bin ich nach München gefahren und habe damit sämtliche Brücken abgebrochen."

„Hast du nie versucht, deinen Bruder zu finden?"

„Natürlich nicht. Er hat jetzt ein anderes Leben, ich glaube nicht, dass er sich überhaupt an mich erinnert."

„Aber du hast ihn doch nie vergessen." Katja hob die Hand und strich über seinen Nacken. „Stefan, vielleicht würde es helfen, mit der Vergangenheit Frieden zu schließen, wenn du mit ihm reden könntest. Er ist dein Bruder."

Stefan holte mehrmals tief Luft, dann schüttelte er den Kopf. „Gib mir lieber eine Tablette aus deinem Rucksack. Meine Schulter brennt wie Feuer."

„Du lenkst ab." Katja kramte in der Notfalltasche. „Wie viele hast du heute schon genommen?", fragte sie.

„Das ist die Erste." Stefan sah sie dabei nicht an und sie beließ es bei dieser Aussage.

Katja sah ihm zu, wie er die Tablette mit wenigen Schlucken hinunterspülte. Ihr Herz fühlte sich immer noch schwer an. Sie konnte den Schmerz des Jungen, der Stefan damals gewesen war, sprichwörtlich nachfühlen.

„Ich war beim Bund, habe mich dann fürs Medizinstudium beworben und habe Markus kennengelernt. Den Rest kennst du."

Stefan sah sie nachdenklich an. Dann wischte er eine vereinzelte Träne von ihrer Wange. „Du musst doch wegen mir nicht weinen."

„Oh, Stefan." Katja legte den Arm um seine Schultern und zog ihn an sich. Er bettete den Kopf in ihren Schoß und blickte zu ihr auf, während sie mit seinen störrischen Haaren spielte.

„Um zu deiner Frage zurückzukommen: Ich weiß wahrscheinlich selbst nicht richtig, wer ich bin. Ich war seither immer einsam. Das war ein Dauerzustand – aber ich habe diesen Zustand bewusst gewählt. Ich war dankbar, dass Benedict eine neue Familie hatte, aber ich war auch unendlich neidisch auf ihn."

Seine Worte kamen nur stockend über seine Lippen und in ihnen schwang noch immer der Schmerz und die Enttäuschung des kleinen Jungen mit. Sie ahnte, dass sie die Erste war, der er dies in allen Einzelheiten anvertraute. Und sie erkannte mit einem Mal, warum er zu dem Mann wurde, der er heute war. In seiner Seele steckten unendlich viele Erinnerungen an Kummer, Einsamkeit und Verlust. Um sich vor weiteren Verletzungen zu schützen, hatte er sich diesen Panzer zugelegt, der ihn unnahbar und arrogant wirken ließ. Katja beugte sich vor und küsste ihn. Erneut liefen die Tränen bei dem Gedanken an den einsamen Jungen, der sich wahrscheinlich nicht mal gestattet hatte, zu weinen und zu trauern.

Aber Stefan war mit seiner Erzählung noch nicht am Ende: „Schließlich landete ich über Umwege in der Freiburger Klinik." Er lachte jetzt bei der Erinnerung. „Birgit nahm mich unter ihre Fittiche und später dann Gerd. Bestimmt hatte sie ihre Finger mit im Spiel. Birgit hat außerdem nie lockergelassen. Sie hat mich immer wieder eingeladen, mich nach und nach eingewickelt. Ich habe irgendwann kampflos aufgegeben."

„Typisch Birgit. Wenn sie sich was in den Kopf gesetzt hat, setzt sie es durch." Katja strich über seine Wange.

„Stimmt." Stefan lächelte und Katja schmolz dahin. „Sie alle haben mir wieder gezeigt, wie es ist in einer Familie zu leben, zu lieben. Birgit hatte Gott sei Dank ziemlich viel Geduld mit mir. Für mich sind die Werners jetzt meine Familie. Und dann kamst du." Der letzte Satz klang sehr vorwurfsvoll, doch er lächelte dabei und setzte sich wieder auf.

„Danke, dass du mir alles erzählt hast."

„Du solltest wissen, mit wem du dich einlässt, Katja." Er rieb sich über seinen Bart. „Ich bin kein einfacher Mensch und ich werde bestimmt noch viele Male für dich völlig unverständlich reagieren."

„Dann werden wir reden und die Missverständnisse aus dem Weg räumen", murmelte sie und küsste ihn auf die Stirn. Stefan setzte sich wieder auf und suchte ihren Blick.

„So jetzt weißt du alles."

„Hast du eigentlich eine Ahnung davon, wie sehr ich dich liebe?"

„Was?" Katja stoppte so abrupt auf dem Geröllfeld, dass er sie beinahe gerammt hätte.

„Ich fragte, ob dir eigentlich klar ist, dass ich mich bis über beide Ohren in dich verliebt habe."

„Hhrrgghh!" Katja sah erst ihn an, dann sah sie kopfschüttelnd an sich hinab. „Und das sagst du mir, wenn ich total verschwitzt bin, stinke wie ein Bär und aussehe, als ob ich einen Marathon gelaufen bin? Hast du sie noch alle?"

„Ich finde, das zeigt höchstens, wie ernst es mir mit dir ist." Er lachte schallend auf, als sie ihm den Vogel zeigte. „Runter vom Berg mit dir. Ich sage es dir da unten gerne noch einmal und zu Hause auch. Aber hier ist es zu gefährlich. Schau bitte, wohin du trittst." Er lachte, als Katja fluchend den steilen Hang hinabeilte und immer wieder den Kopf zu ihm umwandte. Kaum war sie unten angekommen, drehte sie sich auch schon um zu ihm, hob ihre Sonnenbrille an und strahlte ihn mit diesem unwiderstehlichen Blick an.

„Also bitte, das Ganze noch mal."

Stefan stand vor ihr und bemerkte, dass sie heute wie ein Kobold aussah, mit den zweifarbigen Augen, dem gebräunten Gesicht und den vielen Sommersprossen. Er riss sich zusammen.

„Also dann noch einmal. Ich wollte mich nie verlieben, nie binden, das hatte ich mir geschworen. Aber bei dir geriet der Vorsatz schon am ersten Tag, als du mich in der Uni zur Sau gemacht hast, ins Wanken."

Erst schaute sie ungläubig, dann überzog ein Strahlen ihr Gesicht, doch noch immer stand sie da und betrachtete ihn. Er beobachtete, wie sich ihre Schultern bei einem tiefen Atemzug hoben und senkten. Dann kam Leben in den Kobold.

Sie hüpfte ihm in die Arme, schlang ihre Beine um seine Hüften und küsste ihn stürmisch. Stefan hatte kurzzeitig Mühe, nicht ins Straucheln zu geraten. Begierig fuhr sie mit der Zunge über seine Lippen und er erschauderte, als sie den Kuss in die Länge zog. Dann hob sie den Kopf nur wenige Zentimeter an und sah ihm in die Augen.

„Und ich dachte immer, die Liebe gibt es nicht für mich. Aber plötzlich war sie da." Katja murmelte die Worte dicht an seinem Mund und drückte ihm erneut einen Kuss auf die Lippen.

Katja nahm und gab, aus einem zärtlichen Kuss wurde schnell ein leidenschaftlicher und beide vergaßen minutenlang, wo sie gerade waren. Stefan stellte sie schließlich auf den Boden, trat einen Schritt zurück und holte tief Luft.

„Nun, dann wollen wir hoffen, dass wir als Paar ebenso prima funktionieren wie im OP."

„Ich denke doch, die erste Bewährungsprobe haben wir ganz gut gemeistert." Katja legte erneut die Arme um seinen Hals und zog ihn an sich, dann kicherte sie los, als er seine Erregung nicht mehr verbergen konnte.

„Bist du wirklich sicher, dass es dir nichts ausmacht, wenn ich heute Rad fahren gehe?"

Katja schüttelte den Kopf und schluckte den Bissen ihres Frühstücksbrötchens hinunter. „Du brauchst mich wirklich nicht bespaßen. Geh ruhig, ich weiß mich schon zu beschäftigen. Echt", wiederholte sie, als Stefan immer noch unschlüssig wirkte. Katja wäre nicht sie selbst gewesen, wenn sie nicht schon bei seinen erschütternden Erzählungen gestern einen Plan geschmiedet hätte, zu dem seine ganztägige Tour sogar sehr gut passte.

Eine halbe Stunde später winkte sie ihm vom Balkon hinterher und sah zu, wie er gleich darauf hinter der nächsten Kurve verschwand. Dann setzte sie sich mit einem Block, ihrem Notebook und dem Telefon bewaffnet in die warme Morgensonne.

Adoptionen Königswinter gab sie in die Suchmaschine ein und schon der zweite Treffer führte sie zur Adoptionsvermittlungsstelle, die für Stefans Geburtsstadt zuständig war. Sie griff zum Telefon und war gleich darauf mit einem Sachbearbeiter verbunden, dem sie ihr Anliegen schilderte. Zwanzig Minuten später war ihr Block vollgekritzelt und Katja wusste nun immerhin, dass sie keine Chance hatte, in dieser Hinsicht tätig zu werden.

Wenn sie für Stefan und seinen Bruder eine Zusammenführung erreichen wollte, dann brauchte sie seine Unterstützung. Und dies würde vermutlich zur größten Herausforderung werden. Denn, dass er ihr von seiner Vergangenheit erzählt hatte, hieß ja nicht automatisch, dass er darüber reden wollte. Sie musste sehr sensibel an dieses Thema herangehen, ihm zeigen, dass er viel mehr gewinnen als verlieren konnte. Und sie durfte dieses Vertrauen auf keinen Fall mit einer unbedachten Aktion verspielen.

Kapitel 28

„Was ist das?“ Stefan sah die Post durch, die Katja auf sein Geheiß aus dem Briefkasten gefischt hatte. Er wendete den Brief mehrmals und las den Absender laut vor. „Adoptionsvermittlungsstelle des Rhein-Sieg-Kreises. Was wollen die jetzt von mir?“

Katja schluckte. „Mach den Brief auf, dann weißt du es.“

„Nee, erst packe ich den Koffer aus.“ Stefan legte die Post auf den Tisch und trug sein Gepäck ins Schlafzimmer. Katja begutachtete den Brief neugierig und folgte ihm, allerdings ohne ihren Koffer. Schließlich würde sie ab morgen wieder zu Hause schlafen, oder hier oder wie auch immer. Alles war möglich – momentan fühlte sie sich immer noch, als würde sie träumen. Stefans Liebe hüllte sie ein und ließ sie schweben und Katja konnte sich nicht erinnern, jemals so glücklich und zufrieden gewesen zu sein.

Sie war gespannt, wie sich ihre Beziehung zu Stefan in den nächsten Wochen entwickeln würde. Aber noch viel mehr interessierte sie, was in dem Brief stand.

„Vielleicht sucht dich dein Bruder?“

„Was meinst du?“ Stefan verteilte akribisch seine Kleidungsstücke auf mehrere Häufchen. Sie beobachtete sein Tun mit einem Grinsen und setzte sich auf das Bett.

„Der Brief. Vielleicht ist er von deinem Bruder.“

„Quatsch!“

„Bitte mach ihn auf.“ Katja wusste, sie klang wie ein ungeduldiges Kind.

„Meinetwegen.“ Stefan schnappte sich den größten Berg mit seinen

Sportklamotten und trug ihn ins Bad, wo die Waschmaschine stand. Erst als die erste Wäsche lief, hatte er Erbarmen mit ihr und ging ins Wohnzimmer zurück. Er nahm ein Messer aus seinem Messerblock und schlitzte ihn auf. Doch dann zögerte er und seine Haltung, sein Blick offenbarte seine Unsicherheit. Auch das war neu: Er zeigte ihr seine Gefühle und teilte seine Gedanken mit ihr. Katja zerfloss fast vor Liebe, sie stieß sich vom Küchenschrank ab, an den sie lehnte, und legte den Arm um seine Taille.

„Sehr geehrter Herr Doktor Marquardt", las er vor. „Woher kennen die meinen Doktortitel?"

„Wenn die Behörden Name und Geburtsdatum haben, bekommen sie wahrscheinlich alles raus. Lies weiter."

„Wie Sie aus dem Briefbogen ersehen können, bin ich Mitarbeiter der Adoptionsvermittlungsstelle."

Stefan löste sich und begann hin- und herzutigern, der Brief in seiner Hand zitterte.

„Zu meinen Aufgaben gehört es unter anderen auch, alle Beteiligten nach einer abgeschlossenen Adoption zu beraten und zu unterstützen."

Er runzelte die Stirn, las aber weiter.

„Vor kurzem hat sich ihr Bruder Herr Benedict van Fleet, geboren am 02. August 1981, an mich gewandt, da er wünscht, mit Ihnen Kontakt aufzunehmen. Nach meinen Recherchen und Prüfung der Aktenlage müssten Sie, Herr Stefan Marquardt, der Bruder von Benedict van Fleet, der vor der Adoption *Benedict Marquardt* hieß, sein. In einem persönlichen Gespräch habe ich mit Herrn van Fleet über seinen Wunsch Sie kennenzulernen gesprochen. Sein Wunsch entspringt dem Bedürfnis, etwas von den Personen zu erfahren, die mit seiner Abstammung zu tun haben. Da Ihre Eltern verstorben sind und uns keine Angaben zu anderen nahen Verwandten vorliegen, bittet er uns, mit Ihnen Kontakt aufzunehmen. Mir ist klar, dass dieser Brief viele Gedanken, Erinnerungen und Gefühle weckt, doch möglicherweise haben auch Sie schon oft an Ihren Bruder gedacht und den Wunsch verspürt, etwas über seine Geschichte und seinen Werdegang zu erfahren. Ich würde mich freuen, wenn Sie unter den obengenannten Daten Kontakt mit mir aufnehmen würden und mir Ihre Ansicht zu dem Anliegen Ihres Bruders mitteilten. Ich versichere Ihnen, dass wir alle Angaben absolut vertraulich behandeln werden. Ich freue mich von Ihnen zu hören und verbleibe mit blablabla."

Stefan hatte den ganzen Brief ohne einmal Luft zu holen heruntergerattert, am Ende brach beinahe seine Stimme. Jetzt legte er den Brief auf den Tisch, ging die paar Schritte zum Fenster und starrte hinaus. Katja wahrte Abstand und gab ihm die Möglichkeit, sich zu fassen. Wie immer in solchen Momenten rieb er sich die verletzte Schulter und anschließend die Stirn. Wie vertraut waren ihr diese Gesten in den letzten Wochen doch geworden.

Erst als er den Kopf wandte und ihren Blick suchte, ging sie zu ihm und lehnte sich an seinen Rücken, die Arme schlang sie von hinten um seine Taille. Sie wusste in diesem Moment genau, was er fühlte. „Das ist eine Chance, Stefan. Eine Chance, die du ergreifen kannst, um mit der Vergangenheit den Frieden zu machen."

„Nee, das will ich nicht."

Katja strich über seine Brust, langsam drehte er sich um und sah sie an. Schließlich hakte sie nach: „Wovor hast du Angst? Du kannst doch gar nichts verlieren, nur einen Bruder oder wenigstens einen Freund gewinnen."

„Wahrscheinlich kann er mich gar nicht leiden." Stefan runzelte die Stirn. Katja sah ihm an, wie es dahinter arbeitete.

„Das findest du nur heraus, wenn du zustimmst."

Stefan seufzte schwer. „Das weiß ich doch. Aber das muss ich mir ganz in Ruhe überlegen. Das ist wie ein Bungee-Sprung von einer Brücke, den macht man nicht einfach so und außerdem kommt das alles etwas plötzlich."

Katja schwankte zwischen den Möglichkeiten, ihn in den Arm zu nehmen oder ihm einen kräftigen Tritt zu versetzen. „Vermutlich hatte dein Bruder genau dieselben Überlegungen, bevor er den Schritt gewagt hat. Setz dich wenigstens mit dem Sachbearbeiter in Verbindung und hör dir an, was er zu sagen hat."

Er zuckte mit den Schultern und faltete den Brief zusammen. Bevor er ihn allerdings in den Umschlag zurückschob, betrachtete er noch einmal sekundenlang den Briefkopf, als wolle er die Telefonnummern auswendig lernen. „Vielleicht mache ich das ja."

Jaaa, tu das! Katja schloss die Augen und gab nun doch dem Impuls nach, ihn fest in ihre Arme zu ziehen. „Oh, mein Gott. Du hast schon wieder Angst, dass dir jemand zu nahe kommt. Benedict ist dein Bruder, er ist ein Teil von der Familie, die du so schmerzlich vermisst. Stefan, spring' bitte noch einmal über deinen Schatten, so wie bei mir auch. Oder bereust du es schon?"

„Von wegen. Das war die beste Idee, die ich jemals hatte." Stefan hob sie hoch und schleppte sie lachend zur Couch, doch seine Miene war immer noch ernst. „Ich überlege es mir wirklich, Katja. Ich verspreche es dir. Ich bin nur nicht so spontan wie du."

„Das wäre ja furchtbar." Katja schlang die Arme um seinen Hals und küsste ihn.

Nachdem er sie auf die Couch gebettet hatte, setzte er sich zu ihr. Seine Hände fanden zielsicher den Weg zu ihrer Brust und er sah sie zärtlich an. „Zuerst müssen wir allerdings ein anderes Problem lösen. Ich frage mich nämlich, wie wir alles in Zukunft organisatorisch hinbekommen wollen? Spontaneität hin oder her. Ich nehme nicht an, dass du schon bei mir einziehen willst?"

Katjas Herz blieb stehen, dann holperte es stockend weiter. „Ich kann doch Vicki nicht einfach so in dem Haus sitzen lassen", murmelte sie und fragte sich, ob Stefan wusste, welch großen Graben er da eben übersprungen hatte.

Alles wird gut!, dachte sie und sagte: „Gehen wir es langsam an, Stefan. Wir finden bestimmt bald eine Lösung."

„Das denke ich auch. Ich werde dir jetzt zeigen, was dir entgeht, wenn du wieder zu Hause schläfst und ich verwette mein letztes Hemd, du bettelst bald darum, hier einziehen zu dürfen."

Oh – mein – Gott! Waren wirklich erst vier Monate seit dem Tag ihrer Rückkehr aus München vergangen? Sie erinnerte sich noch gut daran, dass sie ihn damals am liebsten postwendend auf den Mond geschossen hätte. Jetzt wollte sie nur noch in seinen Armen liegen. Sie hatten noch einen Abend, eine Nacht, dann würde der Klinikalltag sie wieder einholen. Aber diese Stunden würde sie gründlich nutzen!

„Komisches Gefühl, jetzt nicht mehr in die Klinik hetzen zu müssen." Susanne drehte die Kaffeetasse in ihrer Hand und lächelte. Die Zwillinge turnten so lebhaft in ihrem Bauch, dass die Dellen selbst durch die Bluse zu sehen waren. Mit der rechten Hand strich sie darüber und versuchte die beiden mit einem leisen Murmeln zu beruhigen: „Könntet ihr bitte mal nicht ständig meine Blase als Trampolin benutzen."

„Ganz schön lebendig die beiden." Markus lächelte und sah seine Frau mit einem zufriedenen Blick an. Er streckte die Hand aus und legte sie neben Susannes Hand auf deren Bauch. Sofort bekam er Rückmeldung, dass zumindest einer der Zwillinge seine Anwesenheit bemerkt hatte.

„Ich hoffe nur, die schlafen etwas mehr, wenn sie endlich das Licht der Welt erblickt haben." Susanne strich mit kreisenden Bewegungen über ihre angespannte Bauchdecke. „Das war es dann für immer und ewig mit meiner straffen Bauchdecke", meinte sie mit einem schiefen Grinsen.

Markus verdrehte die Augen. „Und wenn? Ich liebe dich auch mit ein paar Speckröllchen mehr oder weniger."

„Mehr oder weniger? Ich war vor der Schwangerschaft gertenschlank."

„Aber jetzt nicht mehr."

Als Susanne ihren Schluck Tee lautstark hinunterwürgte, lachte Markus laut auf.

„Schatz, sieh es doch mal von der Seite. Du hast jetzt lang genug Hochleistungssport getrieben und hattest einen Wahnsinnskörper, auf den du stolz sein kannst, aber jetzt hast du bald das, was du dir immer gewünscht hast: Kinder!"

„Du hast ja recht. Aber vielleicht findest du mich anschließend nicht mehr attraktiv", murmelte Susanne und teilte damit wohl die Sorgen aller schwangeren Frauen dieser Welt.

„Ich musste nach unserer Scheidung zwei Jahre ohne dich überstehen. Das war härter, als dass du jetzt ein paar Kilo mehr auf die Waage bringst. Ich liebe dich und ich freue mich so sehr auf ein Leben mit dir und den Kindern, dass mir dein zukünftiger Speck eigentlich ziemlich egal ist", brachte er es auf den Punkt.

„Ist ja gut", murmelte Susanne. „Ich bin wohl etwas nervös, schließlich sind es nur noch sechs Wochen, bis die beiden bei uns sind."

„Und die werden rasend schnell verfliegen." Markus drückte ihre Hand. „Was hast du an deinem ersten freien Tag jetzt vor?"

„Ich will mit Mama endlich die Babysachen waschen und in den Schrank räumen. Schließlich muss ich irgendwann damit anfangen." Susanne stand etwas schwerfällig auf und holte eine neue frische Tasse aus dem Schrank, in die sie sich Tee eingoss.

Markus trat hinter sie und nahm sie in den Arm. Er drückte seine Nase an ihren Hals und in ihr seidig schwarzes Haar und strich über den üppigen Bauch. „Es wird nichts mehr passieren."

„Mh-hm." Susanne lehnte den Kopf an seine Brust, dann drehte sie sich um, verschränkte die Hände in seinem Nacken und lächelte ihn an. „Vor einem Jahr war meine größte Sorge, ob und wie ich dich zurückgewinnen kann und ob du mir glaubst, dass ich mit meinem Kinderwunsch abgeschlossen habe." Susannes Herz zog sich bei der Erinnerung an die kummervollen Monate auch jetzt noch schmerzhaft zusammen.

„Und dann geschieht ein Wunder und jetzt werden es gleich zwei auf einen Streich." Markus küsste sie auf ihren Nacken. „Ich muss jetzt leider verschwinden. Aber ich versuche, einigermaßen pünktlich Feierabend zu machen."

„Ohne den Doppeldoktor wird dies nur ein frommer Wunsch bleiben." Susanne machte sich keine großen Hoffnungen. „Egal, wichtig ist mir nur, dass du wirklich nach der Geburt Urlaub hast."

Das Telefon klingelte und Susanne löste sich endgültig aus Markus' Armen. Ein Blick auf das Telefon ließ eine Augenbraue nach oben schnellen. „Ach nee. Bei Mama meldet sie sich nicht, aber bei mir. Jetzt soll ich wahrscheinlich wieder gut Wetter machen."

„Sei gnädig mit deiner Schwester." Markus verschwand aus der Küche und Susanne nahm das Telefongespräch an. „Morgen, Maxi."

Die folgenden Wochen vergingen wie im Flug und Katja erlebte manche Überraschung. Die erste allerdings würde ihr wohl für immer im Gedächtnis bleiben, denn am ersten Arbeitstag nach ihrem Urlaub passierte eine kleine Sensation: Sie stand im Waschraum des OPs, wusch sich die Hände und unterhielt sich mit zwei OP-Schwestern, als Stefan hereinkam. Katja verharrte und starrte ihn verblüfft an, ebenso alle anderen, die im Raum waren.

„Guten Morgen, miteinander." Stefan ließ sich nicht aus der Ruhe bringen und stellte sich neben sie an das Waschbecken. Er hatte zum ersten Mal, seit sie ihn kannte, einen OP-Kasack mit kurzen Ärmeln an und zwinkerte ihr zu. Katjas Herz hüpfte aufgeregt. Im Hintergrund hörte man Getuschel, doch auf Stefans Blick verstummten alle.

„Sie haben doch bestimmt schon alle Brandnarben gesehen?“, fragte er, ohne mürrisch zu klingen.

„Mich laust der Affe“, murmelte Katja und schüttelte ihre Hände ab.

„Bist du fit?“, fragte er.

„Grad so!“ Katja konnte sich ein Grinsen nicht mehr verkneifen. Anerkennend nickte sie ihm zu. „Du machst dich!“

„Wenn es dich glücklich macht, mein Herz“, meinte Stefan ziemlich lautstark und lachte jetzt auch noch über das ganze Gesicht. Damit wussten jetzt zweifellos auch die letzten Mitarbeiter Bescheid.

„Und mich tritt ein Pferd.“ Karin stand mit dem OP-Wickelkittel bereit und half Katja hinein. Leise murmelte sie diese Worte, damit nur Katja sie hören konnte. „Was um alles in der Welt hast du in den letzten Tagen mit ihm angestellt?“

„Das willst du gar nicht wissen“, erklärte Katja und war froh, dass sie nicht knallrot anlief. „Jetzt kümmern wir uns mal um diese vertrackte Sprunggelenksverletzung da drin und nicht um uralte Brandverletzungen.“

Katja war glücklich. Sie wurde weiter von Stefans Liebe getragen und schwebte irgendwo in anderen Sphären. Immer wieder musste sie sich aus ihrer Glückseligkeit zurückholen, damit sie nicht abhob, um vielleicht doch noch irgendwann hart auf dem Boden der Tatsachen zu landen. Ein Wermutstropfen war allerdings, dass ihr nicht entging, wie Stefan mehr und mehr Schmerzmittel nahm, um die Schmerzen einzudämmen. Diese Schulter hing wie ein Damoklesschwert über ihrer Zweisamkeit. Denn sie wusste, es war nach wie vor eine Gratwanderung ihn auf eine Operation oder Behandlung anzusprechen, die sich ihres Erachtens nicht mehr lange aufschieben ließ.

Auch die Stimmung auf der Station besserte sich spürbar. Der Umgangston wurde freundschaftlicher und das Team wuchs weiter auf eine neue, andere Art zusammen. Stefan hatte sich ihren Rat zu Herzen genommen und versuchte lockerer mit dem Pflegepersonal und den Ärzten umzugehen.

So, wie er sich nach und nach wandelte, fühlte sich Katja mehr und mehr mit ihm verbunden. Der telepathische Draht, der bisher ausschließlich im OP funktioniert hatte, war nun in jeder Minute ihres Zusammenarbeitens aktiviert. Sie ahnte im Voraus, wenn er zauderte und fast in sein altes Muster zu verfallen drohte, und half ihm über diese Hürden hinweg.

Und plötzlich war es Juli.

Am ersten Wochenende streckte sich Katja abgekämpft und schlaff auf einem Liegestuhl in ihrem Garten aus. Das ganze Krankenhaus fieberte seit Wochen auf die Jubiläumsgala hin, die am zweiten Juliwochenende stattfinden sollte und die Hektik war überall greifbar. Neben Katja ließ sich nun Viktoria auch in einen Liegestuhl gleiten und stieß einen abgrundtiefen Seufzer aus.

„Ich bin so froh, wenn das Jubiläum rum ist. Irgendwie scheint die Hektik auch alle werdenden Mütter anzustecken. Heute Nacht war der Teufel los.“ Sie dehnte sich genüsslich. Zwar lächelte sie dabei, doch Katja wurde seit Tagen den Verdacht nicht los, dass sie Ärger mit Jürgen hatte.

„Vicki, was ist los? Du redest seit Tagen fast kein Wort. Und deine Nachtdienste bist du doch gewohnt. Also, sprich mit mir.“

„Jürgen hat mir ein Ultimatum gesetzt.“ Viktoria wischte sich müde über die Augen.

„Inwiefern?“, fragte Katja leise und sah Stefan zu, der den Rasenmäher durch den Garten schob.

„Entweder ich ziehe zu ihm und wir gründen endlich eine Familie oder wir machen Schluss.“

„Und jetzt?“, Katja hielt den Atem an.

„Du kennst die Antwort.“ Viktoria setzte sich halb auf. „Wir wollen uns nachher treffen. Ich werde ihm also schonend beibringen, dass es aus ist.“ Sie lachte bitter auf. „*Eine Familie gründen,* das kann ich doch nicht.“

„Hast du es ihm erklärt?“

„Nein und ich werde es auch nicht tun.“

„Ach, Vicki vielleicht ...“

„Vergiss es! Außerdem wird es besser sein, den Beziehungskram in Zukunft zu lassen.“

„Vicki bitte, so darfst du nicht denken.“

„Doch, ich muss es endlich akzeptieren. Ich werde immer alleine sein. Kein Mann will eine Frau, die keine Kinder bekommen kann, jeder redet von Familie. Ich hab's so satt.“

„Nur weil Jens nicht damit klargekommen ist, heißt das noch lange nicht, dass alle Männer so sind.“

„Ich liebe Jürgen nun mal nicht und es ist nicht fair, ihn länger hinzuhalten.“

Katja gingen nun die Argumente aus, daher schwieg sie. Minutenlang herrschte Schweigen, dann fing Viktoria von neuem an.

„Obwohl – eigentlich wäre es besser gewesen, ich wäre zu Jürgen gezogen. Dann hättet ihr endlich das Haus für euch alleine. Das ist doch Blödsinn, was ihr hier seit Wochen praktiziert.“

„Wir suchen noch nach einer Lösung.“

„Ich kann auch ausziehen.“

„Nein, Vicki. Niemals! Das Haus gehört uns beiden.“ Katja schüttelte energisch den Kopf. „Außerdem geht mir das alles zu schnell. Ich brauche auch noch ein bisschen Zeit. Schließlich wollt' ich nie einen Mann und Familie.“

„Ich hab's dir immer gesagt. Wenn der richtige Mann da ist, dann wirst du merken, was wirklich wichtig ist.“ Viktoria grinste wehmütig. „Mir graut vor dem Tag, an dem ihr euch entscheidet, wie es weitergeht.“

„Dann geht die Welt auch nicht unter.“ Katja streckte ihre Hand aus und ergriff Viktorias. „Wir packen das schon!“

„Bestimmt. Da kommt dein Süßer.“ Viktoria lächelte schon wieder, auch wenn das Lächeln sich nicht in ihren Augen widerspiegelte.

Katja betrachtete Stefan versonnen, der sich mit seinem verschwitzten T-Shirt den Oberkörper abrieb. Wenigstens das Trauma, seinen Körper verstecken zu müssen, hatte er erfolgreich besiegt.

„Ich bin fertig und geh kurz duschen. Noch herrscht ja Ruhe.“ Er hatte an diesem Wochenende Bereitschaft und Stefan war nicht sicher gewesen, ob er das Rasenmähen ohne Anruf zu Ende bringen würde. Er fühlte sich sichtlich wohl hier bei Vicki und ihr, hatte mit Begeisterung die gröbste Gartenarbeit übernommen und warf am liebsten samstagabends den Grill an. Sie verbrachten inzwischen jede freie Minute miteinander. Unter der Woche bei ihm, die Wochenenden meist bei Katja zu Hause, aber auf die Dauer befriedigend war das tatsächlich nicht. Und Vicki hatte nicht Unrecht. Über kurz oder lang mussten sie eine Entscheidung treffen, wie es mit ihnen beiden weiterging und wo.

Schon kurze Zeit später war er zurück, mit nassen Haaren, die er lächelnd über Katja ausschüttelte, mit einem T-Shirt und Shorts bekleidet.

„Hey, du bist doch kein Hund.“

„Nee. Komm schon, lass’ uns spazieren gehen. Wir müssen die Zeit nutzen, solange ich nicht in der Klinik gebraucht werde.“

„Bei den Wolken?“ Katja schaute prüfend zum Himmel. Seit Stunden wechselten sich Sonne und dunkle Wolken ab. Stefan streckte ihr die Hand hin, die sie lächelnd ergriff, und ließ sich von ihm aus dem bequemen Liegestuhl hochziehen.

„Einen Versuch ist es wert. Vicki, gehst du mit?“, fragte sie Viktoria, die neben ihr inzwischen döste.

„Nee, keine Lust“, muffelte diese vor sich hin und schirmte die Augen gegen die Sonne ab. „Ich muss mich seelisch und moralisch auf heute Abend vorbereiten.“

Katja ignorierte Stefans fragenden Blick. „Gut, wir sind dann mal weg."

„Alles klar."

Zwei Minuten später öffnete Stefan das Gartentor und ließ Katja den Vortritt.

„Wie lange steht das Haus dort eigentlich leer?", fragte er und deutete auf das Nachbarhaus.

„Schon seit einem Jahr."

„Hm, sieht ziemlich marode aus."

„Da bleibt wahrscheinlich nur die Möglichkeit, es abzureißen und ein Neues hinzustellen." Katja blieb stehen und betrachtete die Fassade, die überall abblätterte. Außerdem fiel ihr Blick auf einen grünen Fensterladen, der nur noch an einer Angel hing. „Frau Günter hat sehr zurückgezogen gelebt und war zum Schluss im Altersheim. Wir haben nur ganz selten Verwandte gesehen. Wer weiß, was wir da mal für Nachbarn bekommen."

„Weißt du zufällig, wie hoch der Grundstückspreis in der Gegend ist?", erkundigte sich Stefan.

„Nö, nicht wirklich. Ist ja schon Jahre her, seit wir das Haus gekauft haben. Komm schon." Katja zog ihn weiter. Ihr entging dabei, dass Stefan sich immer wieder umdrehte und auch später auf dem Heimweg das Haus mit interessiertem Blick von oben bis unten abscannte.

„Was hatte Vicki vorhin?" Er hatte Viktorias Bemerkung also nicht vergessen.

„Jürgen will eine Entscheidung von ihr und sie plant, Schluss zu machen."

„Oh, das ist nicht schön." Er schlang den Arm um ihre Schultern und drückte sie an sich. „Aber du denkst hoffentlich nicht daran, mit mir Schluss zu machen?"

Katja legte den Kopf schräg und musterte ihn. „Nur, wenn du nicht endlich bei der Adoptionsvermittlungsstelle anrufst."

„Schon geschehen, mein Herz." Stefan grinste breit über das ganze

Gesicht.

„Ach, was? Und warum erzählst du mir das nicht?"

„Weil ich gestern Abend weit wichtigere Dinge zu tun hatte." Er drückte ihr einen Kuss auf ihren Scheitel. „Ich habe ihnen gesagt, dass ich bereit wäre, Benedict zu treffen. Wir hatten ein langes Gespräch und der Sachbearbeiter wird mit Benedict sprechen und sich wieder bei mir melden. Sie gehen sehr sorgfältig vor und prüfen alles gründlich nach – ist ja gut, wer weiß, welche Komplikationen es in manchen Familien geben kann. Er wollte mir nicht einmal die Telefonnummer von Benedict geben, dabei hab' ich sie inzwischen übers Internet rausbekommen. Aber ich warte erst mal ab."

Katja war stehengeblieben und starrte Stefan an, als sähe sie einen Geist. Lachend, kraftstrotzend und mit liebevoll blitzenden Augen stand er vor ihr.

„Du bist unglaublich, weißt du das?" Ihr stiegen Tränen in die Augen. „Anfang März warst du ein einsamer und unglücklicher Mann. Jetzt bist du für mich der Nabel der Welt und wirkst so glücklich und zufrieden. Du bist ein völlig anderer Mensch geworden."

„Nein, bin ich nicht." Stefan strich mit der Hand über ihre Wange. „Ich war schon immer so – im Verborgenen. Aber nur du hast dir die Mühe gemacht, hinter die Fassade zu schauen."

Das pelzige Gefühl ihrer Zunge, der widerliche Geschmack in ihrem Mund, war das Erste, was Maxi wahrnahm, als sie die Augen öffnete. Sie lag ganz am Rand des Bettes und drohte abzustürzen. Stöhnend drehte sie sich zur Seite und berührte einen warmen Körper. Blitzartig saß sie senkrecht im Bett und bemerkte erst jetzt, dass sie sich in einem völlig unbekannten Schlafzimmer befand. Hektisch wanderten ihre

Augen über ihren Bettnachbarn, der in Jeans und Hemd neben ihr lag und sie fühlte selbst, wie das Blut aus ihrem Antlitz wich. Sie versuchte das Schwindelgefühl zu ignorieren, ebenso das Gewicht, das tonnenschwer auf ihrer Brust zu liegen schien. Ganz langsam fing ihr Gehirn an, die Eindrücke zu verarbeiten. Sie lag hier in einem fremden Bett, in einer fremden Wohnung!

Langsam setzte die Erinnerung ein: Wieder einmal war sie mit Melina auf einer von Professor Vertigos Partys gelandet. Erst jetzt erkannte sie, dass sie mit dem Fremden nicht allein im Zimmer war. Neben dem Unbekannten schliefen zwei weitere Frauen, deren Gesicht sie nicht erkennen konnte. Drei weitere Männer hatten sich auf dem Fußboden zusammengerollt und einer davon schnarchte in einer Lautstärke, die eigentlich die Wände erzittern lassen müsste.

„Oh, mein Gott!" Maxi sah an sich hinab und erkannte mit Erleichterung, dass sie vollständig bekleidet war. Sie sprang aus dem Bett, schnappte ihre Tasche, die auf dem Nachttisch lag und rannte aus dem Raum. Im Wohnzimmer sah es aus, als hätte eine Bombe eingeschlagen und es hing wie üblich der süßliche Geruch in der Luft – eine Mischung aus verbranntem Gras und Minze.

Auf der Couch lagen mehrere Personen. Hier jedoch eher spärlich bekleidet und engumschlungen und von irgendwoher waren unmissverständliche Laute zu hören. Maxi wandte sich angewidert ab und öffnete die erste Tür, hinter der sie das Badezimmer vermutete. Augenblicklich schloss sie diese wieder, denn dahinter war ein Pärchen mitten auf Professor Vertigos Schreibtisch, inmitten von Unmengen an Papierstapeln, mit einem leidenschaftlichen Liebesspiel beschäftigt.

Maxi wurde speiübel. Hektisch öffnete sie zwei weitere Türen, bevor sie sich endlich im Badezimmer befand, und verriegelte die Tür hinter sich. Mit Mühe schaffte sie es zur Toilette, wo sie sich minutenlang übergab.

Schließlich betätigte sie die Spülung und ließ sich erschöpft auf den Boden sinken. Sie hatte keinen Schimmer, wie sie in das Schlafzimmer gekommen war, geschweige denn, wie der restliche Abend verlaufen war. Sie wusste nur, sie hatte keinen Alkohol angerührt, sich nur eine Dose Cola aus dem Kühlschrank geholt. Und trotzdem hämmerte es in ihrem Schädel, als ob sie den ersten Kater ihres Lebens erleben würde. Ihr ging es hundeelend und noch viel schlimmer war, dass sie einen Filmriss hatte. Vorsichtig versuchte sie ihre Erinnerungen an die Stelle zurückzuspulen, die ihr als Letztes noch gegenwärtig war: Sie sah sich im Gespräch mit einem Kommilitonen, mit Augen so blau, wie sie es noch nie gesehen hatte. An eine endlose Diskussion über Leinwände, diverse Flirtversuche und an den ersten Kuss von ihm. Diesen Kuss hatte sie allerdings abrupt beendet und sie hatte eine weitere Cola aus dem Kühlschrank geholt und war vor die Tür gegangen, wo sie frische Luft hatte schnappen wollen, um außerdem darüber nachzudenken, ob die Idee erneut hierherzukommen, so gut gewesen war.

Sie wusste noch, wie die heiße Stuttgarter Luft ihr schier den Atem genommen und sie sich die eiskalte Cola an die Wange gehalten hatte. Danach war der Film zu Ende.

Plötzlich fror sie entsetzlich und sie ekelte sich vor sich selbst. Langsam stand sie auf, ihr Magen rebellierte erneut und anschließend wusch sie sich minutenlang panisch die Hände. Immer wieder wurde ihr schwindelig. Sie sehnte sich nach einer Zahnbürste, um den ekelhaften Geschmack in ihrem Mund loszuwerden, einer Dusche, um das Ungewisse abzuwaschen und ihrem Bett, damit sie die Bettdecke über sich ziehen und alles vergessen konnte.

Was war passiert?

Ein Blick auf die Uhr sagte ihr, dass es vier Uhr in der Nacht war. Maxi raffte alles zusammen und floh.

Klack – Klick! Eine Kugel nach der anderen rollte die hölzerne Kugelbahn hinunter und prallte schließlich gegen die anderen Kugeln, die im Auffangbehälter lagen. Er hatte es geschafft, die richtige Schräge, die richtige Länge zu bauen, endlich kamen die Kugeln so richtig in Fahrt.

Klack – Klick! Lauter klang es dieses Mal, näher. Janis erwachte aus seinem Traum und lauschte.

Klack! Etwas prallte gegen die Fensterscheibe und blieb mit einem *Klick* auf dem Fenstersims liegen. Er tastete nach dem Lichtschalter und wankte zum Fenster.

Klack! Wieder flog etwas gegen die Scheibe. Hastig öffnete er es und streckte den Kopf hinaus.

„Wer findet das witzig?“, fragte er in die Dunkelheit.

„Janis, lass' mich bitte rein.“

„Maxi?“ Janis fuhr sich durch seine verstrubbelten Haare und versuchte sie in der Dunkelheit auszumachen.

„Ja, mach die Tür auf. Bitte.“

Sekunden später lag sie in seinen Armen und fing zu schluchzen an. „Halt mich fest.“

Janis umarmte sie und, als ihr Schluchzen immer heftiger wurde, hob er sie in seine Arme und trug sie in sein Zimmer. Er wollte sie auf sein zerwühltes Bett legen, doch sie klammerte sich an ihn. Schließlich setzte er sich mit ihr auf dem Schoß nieder und versuchte aus ihrem Schluchzen und Gestammel schlau zu werden.

„Weiß nicht ... Filmriss ... ich habe Angst“, war alles, was er heraushören konnte.

„Soll ich deine Mutter anrufen“, fragte er, selbst etwas verstört.

„Neeii–eeiin!“, heulte Maxi. „Halt mich bloß fest.“

Kapitel 29

Der große Tag war gekommen.

Katja sah Viktoria hinterher, die mit Turnschuhen an den Füßen, die zu ihrem wunderschönen grünen Kleid, das die Farbe ihrer Augen hatte, geradezu grotesk scheußlich aussahen, pfeilartig zum Auto schoss.

Katja folgte ihr eher gemessenen Schrittes. Sie hatte sich extra noch ein neues Kleid geleistet und war gespannt, wie Stefans Reaktion ausfallen würde. Das Kleid war raffiniert geschnitten, vorne kurz und hinten knöchellang. Das seidige Mieder und der gewagte Ausschnitt waren perlenbestickt und schmiegten sich wie eine zweite Haut an ihren Körper. Mit sehr viel Mut hatte sie sich für dieses Kleid entschieden, denn sie kam sich zum ersten Mal richtiggehend sexy vor. Sie wusste, ihre gebräunte Haut, die hochgesteckten Haare und die eleganten Schuhe erzielten eine besondere Wirkung, die Frage war nur, würde es ihm überhaupt auffallen?

„Hallo, geht es ein wenig schneller? Oder musst du erst noch Laufen üben?“ Viktoria trommelte ungeduldig mit den Fingern auf dem schwarzen Stoffdach ihres Cabrios. Es war gekommen, wie sie prophezeit hatte: Viktoria hatte ihre Beziehung mit Jürgen beendet und beschlossen, den Männern endgültig den Rücken zu kehren. Doch sie war unglücklich und verbarg dies hinter einer Maskerade von gespielter Heiterkeit. Katja sah zu, wie sie ihre High Heels schwungvoll auf den Rücksitz warf, und ließ sie dabei nicht aus den Augen. Viktoria hatte ihre roten Haare zu einem Knoten hochgebunden und ihren schmalen Hals schmückte eine zierliche Kette. Wenn doch nur endlich mal ein Mann daherkäme, in den sich Vicki mit Haut und Haar verlieben würde. Doch die Chancen standen schlecht.

„Witzig, dass das Jubiläum stattfindet, wenn gleichzeitig der Neubau beginnt." Viktoria wartete, bis Katja eingestiegen war.

„Ja, irgendwie ging jetzt alles so rasend schnell. Wenn du denkst, dass im kommenden Mai schon Einweihung sein soll, dann frage ich mich, wie Professor Werner so schnell noch geeignetes Personal finden will."

„Hast du nicht erzählt, dass ihr einen Hamburger Chirurgen kennengelernt habt, der gar nicht uninteressiert wirkte?"

„Stimmt! Jetzt wo du es sagst. Ich muss Stefan nachher fragen, ob er die Adresse noch hat."

„Ich muss ja sagen, dein Herzallerliebster hat sich inzwischen auch in mein Herz geschlichen. Er ist so niedlich, aber sag' ihm das bloß nie. Wenn ich denke, wie wir einen Bogen um ihn gemacht haben und schon froh waren, wenn er uns übersehen hat."

„Ich gebe ihn aber nicht her." Katja schmunzelte. „Verrückt ist auch, dass es wirklich schon zehn Jahre her ist, seit wir beide uns begegnet sind, Vicki. Zehn Jahre!"

„Ja. Seither bin ich jetzt in Freiburg und eigentlich habe ich es nie bereut." Viktorias Worte wurden vom Motorengeräusch verschluckt und Katja musste sich schwer konzentrieren, alles zu verstehen. Sie nickte nur und beide hingen auf der Fahrt ihren Gedanken nach.

Gerd Werner hatte sich nicht lumpen lassen. Er hatte einen großen Festsaal in Freiburg für diesen Abend angemietet. Birgit und ihr Team hatten in den letzten Tagen ganze Arbeit geleistet, der gesamte Saal war prächtig geschmückt und Professor Werner empfing sie sichtbar stolz und strahlend im Eingangsbereich.

„Ihr beide sitzt mit am Familientisch." Er schüttelte erst Viktoria, dann ihr lange die Hand. „Ich bin stolz, zwei so talentierte Ärztinnen hier in der Klinik zu haben."

In Viktorias Augen erschien ein verräterischer Glanz, während Katja vor Freude ganz rot wurde. „Danke, Herr Professor."

„Einfach der Nase nach, dort wo Birgit steht", dirigierte er die beiden in die richtige Richtung und begrüßte schon die nächsten Gäste. Katja folgte Viktoria zum Tisch. Dort saß schon die komplette Familie Werner, inklusive einer strahlenden Valerie. Stühle wurden gerückt, Hände geschüttelt, Küsse ausgetauscht und Viktoria tätschelte Susannes üppigen Bauch. „Meine Herrschaften, demnächst tut es aber einen Knall."

Plötzlich begann Katjas Herz in einen inzwischen bekannten Rhythmus zu fallen und sie ahnte, Stefan musste in der Nähe sein. Sie drehte sich um und sah, wie er aus Richtung Bühne zu ihnen kam. Er küsste sie zärtlich zur Begrüßung, drehte sie einmal im Kreis und zog die Augenbrauen weit nach oben. „Aber hallo. Ich fürchte, ich muss mich heute sehr konzentrieren, dich nicht ständig anzustarren."

Katja schmolz dahin, ein größeres Kompliment hätte er ihr nicht machen können. Besitzergreifend legte er den Arm um sie und zog sie an sich, dann musterte er Viktoria genauso ungeniert und nickte anerkennend.

„Was für eine Wandlung. Raus aus den Krankenhausklamotten, rein in diese Kleider. Toll seht ihr aus, ihr beiden."

Viktoria drehte sich gespielt übermütig einmal im Kreis. Bevor Katja eine Bemerkung machen konnte, wurde ihre Aufmerksamkeit auf zwei Pärchen gelenkt, die gerade im Eingangsbereich von Gerd Werner empfangen wurden und schon von weitem winkten. Es waren ihre Mutter und ihr Vater, samt Viktorias Eltern im Schlepptau.

„Vicki, sieh mal, wer da kommt!"

Jetzt war Viktorias Freude echt. Sie juchzte fröhlich auf, lief eilig zu ihrer Mutter und warf sich in deren Arme.

„Mama, Paps, ich fasse es nicht."

Katja beobachtete lächelnd die Begrüßung und begrüßte dann ihrerseits ihre Eltern.

„Was für eine wunderbare Überraschung für Vicki. Und für mich, ich wusste gar nicht, dass ihr kommt."

„Hier, bei ihm kannst du dich bedanken. Stefan hat das organisiert und uns alle eingeladen. Vickis Eltern sind sogar die ganze nächste Woche da", erklärte ihre Mutter und wechselte mit Stefan einen verschwörerischen Blick.

„Ach was? Hat dich Stefan auch schon eingewickelt?", fragte Katja lachend und sah Stefan hinterher, der von Maxi auf die Seite gezogen wurde.

„Ich frage mich, wer hier wen eingewickelt hat. Stefan hat es ja vollkommen erwischt und ich wette, der hat selbst keine Ahnung, wie sehr! Aber das bleibt unter uns Frauen", murmelte ihre Mutter, da Stefan erneut neben Katja auftauchte.

Katja ergriff seine Hand und drückte sie dankbar. Er hatte ihr und vor allem Vicki eine riesengroße Freude bereitet. Eilig wurden die Eltern vorgestellt und schließlich setzten sich alle. Sofort war eine lebhafte Unterhaltung im Gang, die erst von einem Tusch von Markus' Band unterbrochen wurde.

Maxi betrat mit Janis die Bühne und bat alle um Aufmerksamkeit.

„Sie sieht schlecht aus", murmelte Birgit und tauschte einen Blick mit Susanne. „Ich will bloß wissen, was in Stuttgart vorgefallen ist. Irgendetwas stimmt nicht."

Erst jetzt erkannte Katja, dass Maxi tiefe Schatten unter den Augen hatte und ihr Gesicht bleich und eingefallen war. In ihrem schmalgeschnittenen Kleid wirkte sie noch zierlicher, als sie ohnehin schon war. Die hellen Dreadlocks bildeten einen seltsamen Kontrast zu der eleganten Kleidung, die sie trug.

„Liebe Gäste, liebe Verwandten. Liebe Mama, lieber Papa, und natürlich liebe Großeltern", grüßte sie in den Saal, wo am Nebentisch die ältere Generation saß. „Ich weiß, ihr haltet nicht viel von meiner Liebe zur Kunst und trotzdem war es mir ein Anliegen, für euch etwas Besonderes zu diesem Ehrentag zu gestalten. Ich würde mich freuen, wenn diese Bilder einen Platz, vielleicht in der Cafeteria finden würden. Janis, sei so gut."

Janis zog an einem Seil. Der Vorhang öffnete sich und vier Gemälde auf Staffeleien wurden sichtbar. Ein lautes Raunen ging durch den Saal. Die Bilder zeigten die Klinik im Wandel der Jahreszeiten. Ein erstes Bild, die Klinik in schneebedeckter Landschaft, dann ein Frühlingsbild in zarten Farben und die goldene Frühlingssonne perfekt einfangend. Das dritte Bild mit dem Blauregen, der im Sommer die gesamte Fassade einnahm und aus der Klinik fast ein Märchenschloss zauberte. Schlussendlich das vierte Bild, die Klinik im Herbst. Mit Bäumen, die langsam kahler zu werden schienen und Blättern, die zur Erde segelten. Die Fenster spiegelten das tiefstehende Sonnenlicht zurück und der Wald im Hintergrund bildete ein farbenfrohes Gewand, das wie eine Patchworkdecke wirkte.

Ein jedes Bild ein wahres Kunstwerk. Maxi gab zu jedem Bild eine kurze Erklärung ab und strahlte nun. Sichtlich ergriffen drückte Gerd Birgits Hand. Dann standen beide auf und eilten nach vorn. Im donnernden Applaus ging unter, was Gerd mit Maxi sprach, doch deren strahlendes Gesicht sagte alles. Sie übergab ihm noch ein weiteres Geschenk und ließ sich dann von ihrer Mutter in die Arme ziehen. Beide flüsterten miteinander und verließen mit Janis die Bühne. Zurück blieb der Professor, der nun die Gala offiziell eröffnete und seinerseits alle Anwesenden begrüßte. Er nutzte die Gelegenheit und informierte die Gäste über den bereits begonnenen Anbau und wies auf die Pläne hin, die im Vorraum ausgelegt waren. Dann erzählte er in witzigen Anekdoten, wie er als kleiner Junge die Anfänge der Klinik miterlebt hatte.

Katja hatte aber nicht mehr als den ersten Satz von Gerd Werners Rede aufnehmen können. Sie hatte nämlich ihren Blick schweifen lassen und gesehen, wie Stefan lächelnd den Kopf neigte und sich zu ihrer

Mutter beugte, die ihm etwas ins Ohr flüsterte. Er nickte und die beiden wirkten sehr verbunden. Alles sah so vertraut, so richtig aus.

In dem Moment wurde ihr urplötzlich klar: Ihre Familie mit Stefan, Viktoria und den Werners war alles, was sie sich jemals gewünscht hatte. Nicht die Karriere war wichtig, wichtig war ein Leben mit dem geliebten Mann zu verbringen. Und sie liebte Stefan inzwischen mit jeder Faser ihres Körpers, sie war ihm mit Haut und Haaren verfallen, vielleicht schon, seit sie ihn kannte. Bevor sie diese Entdeckung verdauen konnte, wurde sie Zeuge einer halblauten Unterhaltung, die sich in ihrem Rücken abspielte. Maxi und Birgit diskutierten heftig. Katja drehte sich irritiert um.

„Maxi, was ich meine ist Folgendes: Die Bilder kann man doch nicht in die Cafeteria hängen", konkretisierte Birgit und gestikulierte wild. Maxi versteifte sich, kaum dass ihre Mutter ausgesprochen hatte, und starrte ihre Mutter an. Das Lächeln im Gesicht gefror zu einer Maske. Ihre Hand krampfte sich um den Stuhl, auf dem sie Platz nehmen wollte, weiß traten die Knöchel hervor.

„Dann häng' sie halt meinetwegen in den Schuppen." Maxi schubste den Stuhl nach vorn, machte auf dem Absatz kehrt und eilte zum Tisch, wo Janis mit Tara und Thorsten saß.

Birgit schloss die Augen und stützte schließlich ihren Kopf auf ihre Hand. Katja sah ihr an, dass sie kurz davor war, in Tränen auszubrechen. Sie beugte sich zu ihr. „Birgit, was ist los?"

Die winkte ab. „Nichts, ich wollte Maxi nur erklären, dass diese Meisterwerke für die Cafeteria viel zu schade sind. Denen gebührt ein Ehrenplatz im neuen Eingangsbereich. Aber sie kriegt irgendwie inzwischen alles in den falschen Hals. Vergiss es, ich lasse mir diesen Abend nicht von meiner egoistischen Tochter verderben."

Es wurde ein schöner, kurzweiliger Abend, bereichert durch Vorführungen und Reden und musikalisch umrahmt von Markus' Band. Die Tanzfläche war ständig gut gefüllt und auch Stefan zog Katja zu später Stunde erneut energisch dorthin. Als er sie eng an sich zog, überliefen Katja Schauer, sie lachte ihn glücklich an und überließ sich seiner Führung.

„Ich bin wohl schon wieder ein bisschen beschickert", gluckste sie und strich mit der Hand über seinen breiten Rücken. Gott, fühlte sich das gut an, mit ihm zusammen den Abend genießen zu dürfen.

„Ein toller Abend. Findest du nicht?"

Katja blickte mit klopfendem Herzen zu ihm auf und nickte strahlend. Als kurze Zeit später die Musik in eine romantische Melodie wechselte, zog er sie noch näher an sich heran und Katja meinte, vor Hitze zu verglühen.

„Was macht deine Schulter?", fragte sie und lehnte den Kopf genau dorthin.

„Geht schon", murmelte er in ihre Haare hinein.

Katja neigte den Kopf in den Nacken und sah ihn prüfend an. Sie wusste, auch ohne dass er etwas gesagt hatte, dass die Schmerzen in den letzten Tagen besonders heftig gewesen waren. Viel zu oft hatte er im Schlaf gestöhnt oder sich hin- und hergewälzt, wenn er gedacht hatte, sie schliefe. Sanft entwand sie ihm ihre Hand und strich ihm zärtlich den Arm entlang und über die Schulter, bis sie bei seinem Nacken angelangt war.

„Stefan, du bist so ein Sturkopf. Zeig doch wenigstens unseren Physiotherapeuten mal deine Schulter, vielleicht haben die einen Tipp, was du noch tun kannst."

„Heute Abend reden wir bestimmt nicht über meine Schulter!"

Wenn er diesen Ton anschlug, war es besser das Thema zu wechseln.

Sie biss sich auf die Innenseite ihrer Wange und verbuchte es als Teilerfolg, dass er nicht sofort wieder *Nein* gesagt hatte.

Die Gala wurde ein voller Erfolg. Erst gegen ein Uhr verabschiedeten sich die ersten Gäste. Doch Katja bekam alles nur noch wie hinter einem Schleier mit.

„Denk dran, morgen seid ihr bei uns zum Mittagessen, und bring Stefan mit." Katjas Mutter umarmte Katja und schüttelte Stefan zum Abschied die Hand. Der nickte lächelnd und zog Katja gleich wieder in seine Arme. Ein Tanz folgte dem anderen, die Tanzfläche füllte sich erneut, doch Katja spürte und sah nur Stefan. Stefan mit seinem ganzen Körper, wie er sie herumwirbelte und immer wieder mit beiden Armen umfasste. Plötzlich hob er mit einem Finger ihr Gesicht und schaute ihr tief in die Augen.

Die Zeit stand still!

„Ich liebe dich, Katja. Ich habe nie nachgefragt oder dich gedrängt, aber ich muss jetzt wissen, ob es für uns eine Zukunft gibt."

Stefan sah sie so ernsthaft an, dass ihr ganz flau im Magen wurde.

„Besteht die Chance, dass ich dir eines Tages wichtiger sein könnte, als deine berufliche Zukunft?", fragte er mit heiserer Stimme. Sein Blick wirkte unsicher und verletzlich und er präsentierte ihr in diesem einzigartigen Moment sein Herz – schutzlos und verwundbar. Er lieferte sich ihr vollkommen aus: Er, der Mann, der tief in seinem Herzen noch der kleine Junge war, der sich nach Liebe sehnte und ihr seine schenkte.

Sprachlos starrte sie ihn an und suchte nach den richtigen Worten. Zum ersten Mal in ihrem Leben sprach sie es schließlich aus: „Stefan, das bist du doch schon! Ich bin glücklich mit dir und ich will nichts lieber, als mit dir weiter zusammenarbeiten und mit dir leben. Ich liebe dich doch so sehr."

Sie standen mitten auf der Tanzfläche, jemand rempelte sie an, doch sie merkten es nicht.

„Bis du sicher?" Seine Pupillen vergrößerten sich, wie unter Schock.

Plötzlich fühlte sie die Macht, die sie über ihn hatte. In Katja stieg ein irres Kichern auf und sie schaffte nicht, es zu unterdrücken. Kichernd hob sie die Hand und legte sie an seine Wange. „So sicher war ich noch nie in meinem Leben."

Zischend stieß er die Luft aus. „Dann sollten wir dringend überlegen, wo wir unsere gemeinsame Zukunft beginnen."

Jetzt war Katja kurz vor einer Schockreaktion. Sie schnappte nach Luft und versuchte ihr hämmerndes Herz zu beruhigen. „Unsere Zukunft?"

„Spätere Heirat nicht ausgeschlossen", grinste er sie an.

„Das geht – doch – alles – etwas schnell, findest du nicht?", stammelte sie.

„Na und? Wenn man die Frau seines Lebens gefunden hat, dann sollte man nicht lange zögern."

Ein Ellbogen traf schmerzvoll ihren Rippenbogen. Sie rieb sich abwesend die Stelle und bemerkte, dass er noch etwas sagte, doch sie hörte immer wieder dieselben Worte: *Spätere Heirat nicht ausgeschlossen.*

Sie wusste nicht, wie lange sie auf seinen Mund gestarrt hatte. Katja schüttelte lachend den Kopf.

„Ist das so komisch?", fragte Stefan und kniff sein rechtes Auge zusammen.

„Nein, nur die Tatsache, dass ich niemals damit gerechnet habe, jemals solche Worte zu hören. Und von dir schon gar nicht. Ich liebe dich, Stefan. Mehr als ich mit Worten jemals ausdrücken kann."

Stefan seufzte auf. Sie sah Zufriedenheit und Stolz in den Tiefen seiner grünen Augen aufkeimen, dazu kamen Leidenschaft und Liebe. „Lass' uns hier verschwinden. Ich möchte mit dir allein sein."

Katja lächelte. „Dann überlege dir mal eine gute Begründung für Birgit, warum wir jetzt schon gehen wollen."

„Ich hab' eine bessere Idee. Wir hauen einfach ab, und wenn sie es irgendwann bemerkt, hat sie was zu grübeln."

Keiner der beiden hatte das Paar bemerkt, das neben dem Hintereingang auf einer Bank saß.

„Was ist so schlimm daran, dass ich rauche?“

Janis schwieg, er konnte nicht begreifen, wie sich Maxi verwandelt hatte. Die ganze Freundschaft und Vertrautheit, die jetzt über zwanzig Jahre Bestand hatte, war dahin. Sie verrannte sich mehr und mehr in ihrer Wut, die er nicht greifen und erst recht nicht verstehen konnte. Sie war wütend auf ihre Eltern, auf ihre Umwelt, auf alles und jeden und er fragte sich, warum sein dummes Herz nicht endlich genug von ihren Launen hatte. Inzwischen hatte er wenigstens eingesehen, dass es von Jahr zu Jahr unwahrscheinlicher wurde, ihr jemals diese Liebe gestehen zu können. Trotzdem ließ diese Liebe ihn neben ihr verharren und ruhig erklären: „Rauchen ist ungesund.“

„Ach, steig' mer doch en d' Dasch.“ Wie üblich verfiel Maxi in Dialekt, wenn sie sauer war. „Jetzt motzt du auch noch an mir rum.“ Sie stand auf und schwankte etwas. Offenbar setzte die Wirkung der Cocktails ein, die sie im Unverstand in sich hineingekippt hatte.

„Ich bring dich besser heim.“

Er zog Maxi vorwärts, sie schwankte erneut. Er hakte sie unter und schleppte die albern kichernde Maxi zum Auto.

„Ja heim ins Bett. Gehst du mit mir ins Bett?“, lispelte sie immer wieder. „Bitte, Janis.“

„Halt die Klappe.“ Janis war stinksauer, konnte aber nicht verhindern, dass seine Erregung sich spürbar steigerte. Er konnte ein Stöhnen nicht unterdrücken. Maxi musterte ihn schräg von oben bis unten, entdeckte die verräterische Wölbung und riss die Augen auf. Sie schlug sich die Hand vor den Mund und unterdrückte ein weiteres Kichern.

„Du bist ja scharf auf mich.“

Ihm riss der Geduldsfaden. Grob bugsierte er sie in sein Auto und fuhr sie schweigend heim, während sie sich vor Lachen schüttelte. Zuhause angekommen schien sie wieder klarer zu sein, jedenfalls schaffte sie es selbständig auszusteigen, und schloss die Haustüre auf. Immer wieder prustete sie los. Plötzlich drehte sie sich zu ihm um. Ohne Vorwarnung schlang sie die Arme um seinen Hals und küsste ihn mit einer Leidenschaft, die er gar nicht an ihr vermutet hatte.

Erst stand er wie versteinert da. Die Liebe und Sehnsucht, sie einmal in seinen Armen zu halten ließ sich nicht mehr unterdrückten – Janis konnte nicht mehr zurück. Er wusste, es war der größte Fehler seines Lebens, doch er erwiderte den Kuss, erkundete ihren Mund und Maxis Zustimmung erfolgte prompt.

Er wusste genau, sie würde ihn morgen steinigen, doch jetzt war ihm alles egal. Er hob sie, ohne den Kuss zu unterbrechen, kurzerhand hoch, gab der Haustür einen Tritt und stürmte mir ihr die Treppen nach oben in ihr Zimmer.

Kapitel 30

Katja rieb sich die Augen und wunderte sich, warum sie mitten in der Nacht aufgewacht war. Sie versuchte sich langsam im Dunkeln zu orientieren und drehte sich zur Seite, um sich an Stefan zu kuscheln. Doch das Bett war verwaist. Sie lauschte in die Dunkelheit, außer dem Verkehrsgeräusch eines vorbeifahrenden Autos war nichts zu hören.

Genüsslich streckte sie sich und gähnte. Ein Blick auf den Wecker sagte ihr, dass sie gerade mal eine Stunde geschlafen hatte. Ein Lächeln stahl sich auf ihr Gesicht. Sie hatten es vorhin nicht mal ins Bett geschafft. Stefan hatte wettgemacht, was im Hotelzimmer in Neuss an Komik nicht zu überbieten gewesen war – sie hatten sich noch im Flur geliebt. Ein zweites Mal waren sie auf dem Teppich im Wohnzimmer gestrandet, bevor es Stefan gelungen war, sie ins Bett zu zerren.

Wenn ihr früher jemand prophezeit hätte, dass sie eines Tages von einem Mann nicht genug bekommen konnte, hätte sie ihn für vollkommen bekloppt gehalten. In der Beziehung mit Stefan stimmt einfach alles – sie waren ein Team, privat wie in der Klinik.

Es war ein Traum! Ein wunderschöner Traum.

Wie ein Echo zwischen Felswänden, so hallten die Worte in ihrem Herzen nach: *Spätere Heirat nicht ausgeschlossen.*

Er liebt mich! Endlich weiß ich, wie sich Liebe wirklich anfühlt: Wunderbar leicht, fast schwerelos. Sie seufzte glücklich auf und fragte sich, wo Stefan blieb.

„Stefan?“ Als keine Antwort kam, setzte sie sich auf und rief noch einmal. „Ste–fan?“

Etwas beunruhigt stieg sie aus dem Bett und öffnete vorsichtig die

Badezimmertür einen Spalt. „Stefan?“

Das Licht war an, sie schob die Tür weiter auf und schnappte nach Luft. Regungslos lag er direkt neben der Badewanne, auf dem Badvorleger war eine große Blutlache zu erkennen. Mit einem Satz war sie bei ihm und kniete neben ihm nieder. Er musste ungebremst umgefallen sein und hatte mit der linken Seite die Badewanne touchiert. Augenblicklich erkannte sie das Ausmaß seines Sturzes: Er hatte eine Fraktur am Oberarm knapp unterhalb der ihn ohnehin ständig quälenden Schulter. Der Knochen hatte die Haut durchstoßen und ragte heraus, Arm und Schulter waren verdreht und über dem Auge klaffte eine Platzwunde.

„Stefan, was machst du denn für einen Mist?“ Hektisch fuhr sie über sein Gesicht, kalt und schweißig fühlte es sich an. Sie hatte keine Ahnung, wie lange er hier schon so lag. Nachdem sie die erste Schrecksekunde überwunden hatte, schaltete die Ärztin in ihr auf Betriebsmodus: Sie schüttelte ihn, und als keine Reaktion kam, überprüfte sie seine Pupillen und seinen Puls, der unter ihren Fingern übermäßig schnell hämmerte und schlagartig nicht mehr zu spüren war.

„Verdammte Scheiße!“ Katja wurde speiübel und trotzdem reagierte sie blitzschnell. Sie rannte ins Schlafzimmer, schnappte sich ihr Handy, das wie üblich griffbereit auf dem Nachttisch lag, und wählte den Notruf. Sobald das Wählzeichen erklang, schaltete sie auf Lautsprecher und kniete wieder neben Stefan nieder. Sie schob sein T-Shirt nach oben und begann mit der Herz-Druck-Massage.

„Notrufzentrale Freiburg. Bitte geben Sie ...“

Katja ließ den Mann nicht ausreden. „Doktor Thalbach, Oberauklinik. Ich habe hier eine Reanimation und brauche den Notarzt. Achtunddreißigjähriger Mann, keine Vorerkrankungen, Wiederbelebung läuft, ich brauche dringend Unterstützung.“ Mechanisch führte sie die Wiederbelebung fort.

„Die Adresse?“

Katja fluchte, während sie pumpte, und ratterte Stefans Anschrift herunter.

„Schon unterwegs." Der Einsatzleiter checkte kurz die Handynummer und legte auf.

„Scheiße–Scheiße–Scheiße." Katja gab alles. Sekunden wurden zu Minuten, muteten aber wie Stunden an. Sie drückte – beatmete, alles in diesem einen Rhythmus, der ihr in Fleisch und Blut übergegangen war. Sie ignorierte die Höllenangst, die ihr nun selbst den kalten Schweiß ins Gesicht trieb. Sie konzentrierte sich ausschließlich darauf, sein Leben zu retten. Endlich, sie spürte ihre Arme schon nicht mehr, fühlte sie ein erstes Pulsieren in der Halsschlagader, das rasch kräftiger wurde und schließlich in einen gleichmäßigen Rhythmus überging.

Stöhnend ließ sie sich an die Wand sinken, streckte die Beine aus und hob seinen Kopf auf ihren Schoß.

Erst jetzt ließ sie die Angst zu, die Übelkeit verstärkte sich und Tränen strömten über ihre Wangen. In der Ferne hörte sie die vertraute Sirene eines sich nähernden Notarztwagens und ein Zittern überlief sie, doch auch jetzt war keine Zeit, an sich zu denken. Sie bettete Stefans Kopf vorsichtig auf ein Handtuch, kontrollierte erneut seinen Puls und strich liebevoll über seine Wangen, dann hastete sie zur Haustür.

„Katja, bitte keinen Notfall heute Nacht." Markus' Stimme klang verschlafen. Kein Wunder, es war halb vier Uhr morgens.

„Stefan ist umgekippt. Wir sind im NAW unterwegs in die Klinik. Er hatte einen Herzstillstand." Katja funktionierte wie ein Roboter. Kaum war der Notarzt im Badezimmer verschwunden, hatte sich Katja mechanisch angezogen und darauf gewartet, dass Stefan transportbereit war. Erst als er aus dem Badezimmer getragen wurde, war ihr klargeworden, dass sie ihn genauso gut erst morgen früh dort hätte auffinden können.

„Wir sind schon unterwegs.“ Katja hörte, wie er hektisch mit Susanne sprach und vermutlich das Handy von einem Ohr zum anderen wechselte, denn seine Stimme wurde kurz undeutlich.

„Danke.“ Katja beendete das Gespräch und vergrub ihr Gesicht in ihren Händen.

„Frau Doktor Thalbach, wir sind gleich da.“ Die Rettungssanitäterin berührte sie sanft an der Schulter. Katja hob den Blick und nickte. Sie sah zu Stefan, dessen Gesicht grau und eingefallen wirkte. Der Herzmonitor piepte jedoch gleichmäßig und rhythmisch. Bisher waren keine weiteren Komplikationen aufgetreten und Stefans Zustand schien stabil. Was der Herzstillstand allerdings in seinem Gehirn angerichtet hatte, das einige Zeit ohne Sauerstoff gewesen war, würde erst eine genaue Untersuchung zeigen. Wieder packte sie die nackte Angst.

Der Notarztwagen bog auf den Einfahrtsbereich der Klinik ein und kam vor der Notaufnahme zu stehen. Fast gleichzeitig wurden die hinteren Türen aufgerissen und Gerd Werners Gesicht wurde sichtbar. Der Schrecken stand ihm und den anderen, die nun hinter ihm auftauchten, ins Gesicht geschrieben. Die komplette Familie Werner war erschienen und Birgit nahm Katja sofort zur Seite, nachdem diese aus dem Notarztwagen geklettert war.

„Was ist passiert?“, fragte Birgit, während Susanne dazukam. Katja sah zu, wie Gerd und Markus sich vom Notarzt informieren ließen und der ganze Tross verschwand im Gang Richtung Schockraum.

„Ich habe keine Ahnung.“ Sie rieb sich die Stirn. „Ich bin durch irgendetwas, wahrscheinlich seinen Sturz wach geworden und habe mich gefragt, warum Stefan so lange im Bad bleibt. Dann bin ich aufgestanden und habe ich ihn dort liegen sehen. Plötzlich hatte er einen Herzstillstand.“

Susanne schnappte nach Luft. Katja fühlte den Arm von Birgit um ihre Schultern und lehnte sich hilfesuchend an die mütterliche Freundin. Es dauerte einige Zeit, bis sie sich wieder im Griff hatte und das

Zittern, das ihren gesamten Körper durchschüttelte, sich legte.

„Ich muss zu ihm."

„Wir gehen mit."

Im Schockraum angekommen, sahen sie, dass Markus schon die Elektroden fürs EEG angeschlossen hatte und eben die Messung startete. Gerd bekam letzte Informationen vom Notarzt.

„Wir haben ihm vorsichtshalber den Magen ausgepumpt, nachdem Frau Doktor Thalbach sagte, dass Doktor Marquardt vermutlich eine zu hohe Schmerzmitteldosis genommen hat."

„Tramal", murmelte Katja und verfluchte sich dafür, Stefan nicht zur Rede gestellt zu haben, als sie bemerkt hatte, dass er auf stärkere Medikamente umgestiegen war.

„Wer hat ihm die verschrieben und wozu nimmt er Schmerzmittel?" Birgit ging zu Stefan und strich über sein Gesicht. „Was machst du nur für Sachen?"

Inzwischen war der Raum voll und sämtliches Personal, das zu dieser Stunde Dienst in der Notaufnahme hatte, drängte sich im Eingangsbereich. Der Schock war allen anzusehen. Auch Gerd und Markus wirkten hektischer als sonst.

„So jetzt alle raus, die hier drin nichts zu suchen haben." Die Tür schloss sich hinter der tuschelnden Menge, Gerd gab das Zeichen zum Umbetten und alle fassten mit an. Katja suchte Trost, indem sie Stefans Hand in ihre nahm, dann wandte sie sich an Gerd. „Herr Professor, ich habe keine Ahnung, wie lange er ohne Sauerstoff war."

„Sie haben getan, was Sie unter diesen Umständen machen konnten und jetzt ist er ja erst mal stabil. Aber noch einmal zu den Schmerzmitteln." Gerd Werner sah alle der Reihe nach an. „Alles was wir hier jetzt reden, bleibt in diesem Raum. Hat das jeder verstanden. Hier geht es um einen Kollegen und Menschen, dessen Leben auf der Kippe steht."

Von jedem Einzelnen holte er sich per Blickkontakt das Einverständnis ab, dann wandte er sich an Katja, „Also jetzt bitte nochmal alles in Ruhe. Warum nimmt Stefan Tramal und in welcher Dosierung?"

Katja rieb sich über die Augen und die Schläfen. „Er hat höllische Schmerzen in seiner linken Schulter. Der Trümmerbruch im Schultergelenk stammt noch vom Unfall, bei dem Stefans Eltern ums Leben gekommen sind. Ich bin sicher, dass er da mitten in Afrika nicht richtig behandelt wurde. Auch die Verbrennungen stammen vom Unfall“, erklärte sie und entfernte den provisorischen Verband. Einer nach dem anderen schnappte nach Luft oder stieß einen erschreckten Aufschrei aus, als das ganze Ausmaß der neuen und alten Verletzungen sichtbar wurde.

„Um Gottes willen.“ Birgit wurde weiß.

„Das EEG weist keine Anomalien auf, Katja.“ Markus legte den Arm um Katja und gab weitere Anweisungen. „Wir kühlen ihn jetzt runter, um das Gehirn zu schonen. Ich muss dir nicht sagen, dass er noch lange nicht über den Berg ist.“

„Wir brauchen ein Röntgenbild, die Fraktur muss sofort operiert werden.“

„Birgit, kannst du bitte hochgehen? In Stefans Schreibtisch, in der zweiten Schublade rechts liegt seine Patientenakte.“ Katja biss die Zähne zusammen. „Wenn wir schon operieren, dann kann ich gleich die gesamte Schulter richten.“

Sie wusste, das würde er ihr nie verzeihen – sie sich selbst aber auch nicht, würde sie diese Chance verstreichen lassen.

„Sind Sie sich sicher, dass Sie das schaffen?“, fragte Gerd Werner.

Katja nickte und grub ihre Fingernägel in die Handflächen. Die Angst um Stefan griff erneut wie eine kalte Hand nach ihr. Beinahe hätte sie laut aufgelacht, als ihr die Situation Anfang März in den Sinn kam, als sie Viktoria noch erklärt hatte, dass sie gar nicht wusste, was Liebe war. Jetzt wusste sie es. Sie musste laut aufgeschluchzt haben, denn Birgit zog sie an ihre Brust und wiegte sie in ihren Armen.

„Sch–sch–sch. Er wird es schaffen, glaub mir.“ Immer wieder murmelte Birgit die Worte wie ein Mantra leise in Katjas Ohr, doch Katjas Selbstbeherrschung war dahin. Hilflos klammerte sie sich an Birgit und brach weinend zusammen.

Birgit übernahm die Regie und führte sie aus dem Schockraum. Katja folgte ihr willenlos und zitternd.

„Gut, dass du da bist“, rief Birgit, denn wie aus dem Boden gewachsen stand Viktoria plötzlich vor Katja und zog sie mit sich auf die Bank, die im Flur stand. Rechts und links flankierten die beiden die schluchzende Katja, die verzweifelt um ihre Selbstbeherrschung rang.

Es war inzwischen neun Uhr morgens. Stefans Zustand hatte sich weiter stabilisiert, doch noch war nicht klar, ob sein Gehirn unter dem Sauerstoffverlust gelitten hatte. Normalerweise würde man ihn länger beobachten, aber der offene Bruch, der zwar steril verbunden war, erforderte eine rasche Stabilisierung, sodass sich Katja und Gerd entschlossen hatten, die Operation zu wagen. Gemeinsam studierten Katja und Gerd die Röntgenbilder und planten den Eingriff, den sie in rund einer halben Stunde beginnen würden.

Katja fasste noch einmal zusammen. „Für den frischen Bruch brauchen wir eine winkelstabile Platte mit sieben oder acht Schrauben. Und dann müssen wir nur die alten Fragmente in die richtige Stellung bringen ...“ Katja sah sich die Röntgenbilder noch einmal genauer an. „Oder nein, am besten fassen wir sie mit der gleichen Platte für den frischen Bruch – wir nehmen einfach eine längere mit mehr Schrauben. Genau, so müsste es gehen.“

Der Professor nickte. „Damit sitzt anschließend alles wieder, wie es sein sollte.“

„Kurze Pause. Ihr müsst etwas essen.“ Birgit brachte den beiden einen Kaffee. „In der Küche stehen Brezeln und Brötchen.“

„Danke, Birgit.“ Katja warf ihr einen dankbaren Blick zu und nahm einen Kaffeebecher vom Tablett. „Tja, ich habe zwar keinen Hunger, aber dann essen wir jetzt eine Kleinigkeit und dann machen wir uns an die Arbeit."

Birgit näherte sich dem Röntgenschirm. Erst war Stille, dann stieß sie einen Zischlaut aus. „Mein lieber Scholli, ich bin zwar kein Arzt, aber selbst ich kann erkennen, dass da alles krumm und schief zusammengewachsen ist. Stefan muss schreckliche Schmerzen gehabt haben."

„Hatte er auch!" Katja gesellte sich neben sie, die Kaffeetasse in beiden Händen, die ihr etwas Wärme spendete. „Er wollte nur, dass es keiner erfährt. Ich ahne jetzt schon, dass es Theater gibt, wenn er aus der Narkose ..."

Katja brach ab, ihr schossen die Tränen erneut in die Augen, die vom vielen Weinen schon ganz gerötet waren. Wer wusste denn, ob Stefan überhaupt wieder erwachen würde und wenn ja, in welchem Zustand?

Birgit ahnte ihre Sorge und legte den Arm um sie. „Er schafft es. Markus hat doch gesagt, dass seine Gehirnströme völlig normal sind."

„Ich weiß doch gar nicht, wie lange er dort schon lag?", Katjas schluchzende Worte waren kaum zu hören. Gerd schob seinen Schreibtischstuhl zurück und näherte sich den Frauen.

„Birgit hat recht, Stefan ist in sehr guter Verfassung, was man von dir verständlicherweise nicht sagen kann. Bist du sicher, dass du selbst operieren willst?", fragte er und der besorgte Unterton war nicht zu überhören. Schon längst waren sie in den sorgenvollen Stunden auf das vertrauliche Du übergegangen.

„Das kann nur *ich* machen. Stefan hat panische Angst vor der Operation, er verweigert jede Untersuchung oder Operation. Wenn ich es mache und alles gut wird, dann stehen die Chancen gut, dass er mir verzeihen wird. Hoffe ich zumindest", murmelte sie.

Ein langer Tag neigte sich dem Ende zu. Die Operation war gut gelaufen und Katja war zufrieden mit dem Ergebnis. Vollständig ausgepowert saß sie seit Stunden an seinem Bett und wich nicht von seiner Seite. Sie hielt seine Hand und sprach mit ihm. Selbst die sinnlosesten Gedanken, die ihr in den Kopf kamen, erzählte sie ihm und wiederholte immer wieder, wie sehr sie ihn liebte und wie sehr sie sich auf eine gemeinsame Zukunft mit ihm freute.

Trotzdem saß ihr die Angst noch immer im Nacken. Die Angst, dass er trotz ihrer raschen Hilfe nicht mehr gesund werden würde, aber sie wusste schon jetzt, sie würde ihn niemals im Stich lassen.

Sie war nicht allein in dieser Nacht, die nicht enden wollte. Erst war Susanne bei ihr gewesen, danach Birgit, dann Vicki. Schlussendlich hatte ihre Mutter Vicki abgelöst, als die in den Kreißsaal gerufen wurde. Die Familie hielt und wuchs in diesen schweren Stunden noch mehr zusammen.

Endlich setzte die Dämmerung ein. Katja reckte sich auf ihrem Stuhl, irgendwann war sie doch eingeschlafen und nun taten ihr sämtliche Knochen weh. Sie stand auf, trat an Stefans Bett und kontrollierte die Werte, dann seinen Puls und die Atmung und Pupillen, die unverändert eng waren und damit keine Verschlechterung signalisierten. Sie atmete auf, dies war ein gutes Zeichen. Sie strich über seinen gesunden Arm, prüfte den Wundverband und drückte ihm einen Kuss auf die Wange, dann verließ sie die Intensivstation und entdeckte im Vorraum ihre Mutter auf einer Liege, mit einer Decke bis zur Nasenspitze zugedeckt. Vorsichtig rüttelte sie an deren Schulter.

„Mama."

Ihre Mutter blinzelte und setzte sich auf. „Ist was mit Stefan?"

„Nein, er ist stabil. Lass' uns einen Kaffee trinken und dann fahr bitte heim. Schließlich kannst du deine Tierarztpraxis nicht zwei Tage schließen. Du kannst hier sowieso nicht helfen und eigentlich darfst du auch gar nicht hier sein."

Carola rieb sich den Schlaf aus den Augen. „Schatz, du siehst erbärmlich aus."

„Ich habe mich auch noch nie so beschissen gefühlt." Katja legte die Decke zusammen, aus der sich ihre Mutter geschält hatte. „Aber ein oder zwei Tassen Kaffee genügen, dann bin ich wieder topfit. Das solltest du doch am besten wissen."

„Du musst dich trotzdem auch irgendwann ausruhen."

„Das mache ich, sobald Stefan über den Berg ist."

Der Schmerz war intensiv, doch anders als bisher. Stefan blinzelte und wollte sich wie gewohnt zur Seite drehen, um an eine Tablette zu gelangen, die er im Nachttisch verwahrte. Doch so sehr er sich auch bemühte, eine Bewegung wollte nicht gelingen, er lag wie festgekettet im Bett und schloss schließlich erschöpft die Augen. Dann hörte er Katjas Stimme und sah ihr Gesicht aus einem hellen Nebel auftauchen. Er war nicht sicher, ob er wach war. Beruhigend sprach sie auf ihn ein. Er verstand kein Wort, spürte aber ihre Berührung, die Hand, die über seine Wange strich. Unter größter Anstrengung gelang es ihm endlich, die Lider zu öffnen und er starrte direkt in ihre Hexenaugen. Der Versuch eines Lächelns missglückte, wie er an ihrem Blick erkannte.

„Deine Schmerzen werden gleich weniger werden, Stefan. Ich habe die Dosis erhöht."

Welche Dosis? Von was sprach sie? Warum sah sie so schrecklich mitgenommen aus?

„Du siehst voll scheiße aus", murmelte er stockend.

Katja lachte erstickt auf und strich ihm die Haare aus der Stirn.

„Was ist ...“, versuchte er einen weiteren Satz, doch schon wusste er nicht mehr, was er sagen wollte.

„Schlaf weiter. Alles wird gut!“

Schon fielen ihm die Augen wieder zu.

Katja hielt weiter seine Hand fest. Ihre Schultern bebten und tief in ihrem Inneren löste sich der Knoten der Angst, der in den letzten drei Tagen ihr ständiger Wegbegleiter gewesen war. Sie hatte kaum gegessen, fast nicht geschlafen und war nicht von Stefans Seite gewichen, um den alles entscheidenden Moment nicht zu verpassen. Jetzt war er aufgewacht und sie hatte vor Anspannung kaum atmen können.

Zuerst waren seine Augen orientierungslos hin- und hergewandert, dann hatte er Blickkontakt mit ihr aufgenommen und sie war sich auf der Stelle sicher gewesen, dass er sie erkannt hatte. Seine Bemerkung hatte ihr die Tränen in die Augen schießen lassen und nun stand sie hier und heulte sich die Seele aus dem Leib. Erleichtert ließ sie sich auf den Stuhl sinken, schlug die Hände vors Gesicht und spülte mit den Tränen die Angst und die Erstarrung fort.

Kapitel 31

Wieder erwachte er wie aus einem tiefen Traum. Stefan hörte Stimmen. Die erste Person identifizierte er augenblicklich als Birgit, die zweite war Katja.

Seine Zunge fühlte sich dick und trocken an, er konnte kaum schlucken und der Schmerz in der Schulter war deutlich zu spüren und beherrschte sofort sein ganzes Denken. Heiß und ziehend strahlte er von der Schulter in den Brustbereich. Er stöhnte und öffnete versuchsweise die Augen. Orientierungslos starrte er an eine weiße Decke.

Als ihm jemand sanft die Haare aus der Stirn strich, wandte er den Kopf und erkannte Birgit, die neben dem Bett stand.

„Katja, warte. Er ist wach."

Auf Birgits Worte folgte das Geräusch ihrer Schritte, dann beugte sie sich auch schon über ihn und scannte ihn mit Röntgenblicken ab.

„Warum liege ich hier?", versuchte er einen vernünftigen Satz, doch es gelang ihm nur ein Krächzen.

Grinsend hob sie die Augenbraue. „Hast du Durst?"

Er nickte vorsichtig und versuchte den Schmerz zu ignorieren. So schlimm war es noch nie gewesen.

Birgit hantierte mit der Flasche und Katja prüfte seinen Puls, kontrollierte seine Temperatur und schien zufrieden.

„Es geht aufwärts. Wie fühlst du dich?", fragte sie und setzte sich neben ihm auf die Bettkante.

„Wie durch den Fleischwolf gedreht", gab er heiser von sich.

„Das glaube ich dir sofort." Katja beugte sich über ihn und küsste ihn fest und lange auf den Mund. Ihr Seufzen klang erleichtert und sie lächelte, als sie sich wieder aufsetzte. „Aber das Schlimmste hast du überstanden."

Obwohl er nicht verstand, wovon sie redete, nickte er. Er warf Birgit einen dankbaren Blick zu, die ihm die Schnabeltasse an die Lippen hielt. Mit langsamen Schlucken trank er und fühlte, wie der lauwarme Tee, erst seine Lippen, dann seine trockene Kehle anfeuchtete. Wäre nur der widerliche Geschmack nicht gewesen, hätte er hastig weitergetrunken.

„Igitt, Kamillentee."

Auch Birgit lachte nun. „Aber hallo, da ist er ja wieder. Gott sei Dank!"

„Wo ...", er schluckte krampfhaft. „Wo war ich denn?"

„Das würden wir allerdings auch gerne erfahren. Du hast uns ja einen schönen Schrecken eingejagt. Du kannst nur froh sein, dass Katja bei dir war, sonst würden wir vermutlich dieses Gespräch hier nicht führen." Birgits Stimme konnte man das Entsetzen anhören.

Erneut schluckte er und sah fragend zu Katja, die seine Hand hielt und ihn nicht aus den Augen ließ.

„Wie viele von den verdammten Dingern hattest du an diesem Abend intus, Stefan?" Katja jedenfalls war stocksauer, wenn auch ihr Blick Erleichterung signalisierte.

Wieder hatte er keine Ahnung, wovon sie sprach.

„Was denn?", fragte er stockend und trank dankend einen weiteren Schluck aus der Tasse, die ihm Birgit erneut reichte. Erst als er ihr die Tasse abnehmen wollte, bemerkte er, dass die gesamte linke Seite bandagiert und sein linker Arm auf seiner Brust ruhte und ebenfalls bis zum Ellbogen eingebunden war.

„Was hast du getan?", fragte er entsetzt.

„Zuerst klären wir, warum du mir an diesem Abend umgekippt bist." Katjas Stimme duldete keinen Widerspruch.

„Wann?", Stefan war völlig verwirrt. Nur eines nahm er deutlich wahr, die Schmerzen in seiner Schulter waren heftiger als üblich.

„Ich rede vom Jubiläum. Beziehungsweise von der Nacht danach."

Das Jubiläum! Der Abend, an dem er Katja die alles entscheidende Frage stellen wollte. Und genau dies getan hatte – langsam setzte die Erinnerung an den Abend wieder ein. Ihr strahlendes Lächeln, ihre Freude und die Worte, auf die er so sehr gehofft hatte. Er konnte sich noch daran erinnern, dass sie getanzt, dann die Flucht ergriffen und sich zu Hause leidenschaftlich geliebt hatten. Anschließend hatte er vor Schmerzen nicht einschlafen können, und war ins Bad gegangen, um eine Tablette zu nehmen. Eine von vielen an diesem Abend – danach wusste er nichts mehr.

„Was ist passiert?"

„Wie viele, Stefan?" Katja konterte ungerührt mit der Gegenfrage.

Vier – fünf – sechs – er wusste es nicht genau.

„Wie viele?", hakte Katja nach und fixierte seinen Blick.

„Vier bestimmt, vielleicht auch fünf", murmelte er und tastete vorsichtig seine linke Seite ab. Die Schmerzen wurden durch die Bewegungen verstärkt und die Anstrengung trieb ihm den Schweiß in die Augen. Erschöpft schloss er die Augen.

„Hast du sie noch alle", explodierte Katja ohne Vorwarnung.

„Katja, bitte. Er ist doch gar nicht wirklich bei sich", schaltete sich Birgit erstmals wieder ein.

Und schon glitt er erneut in den Schlaf, hörte erst Katjas zornige Antwort, dann Birgits besänftigende Worte. Doch alles klang weit entfernt, wie in Watte gepackt. Der Schmerz verblasste schließlich ganz, mit letzter Anstrengung versuchte er, seine Finger zu bewegen – nichts geschah.

Als er das nächste Mal aufwachte, fühlte er sich ausgeruht und deutlich frischer. Sofort galt seine Aufmerksamkeit der linken Seite und seiner Hand. Egal, wie sehr er versuchte, die Finger zu bewegen, es gelang ihm nicht. Heiß kochte die Panik in ihm auf. Je häufiger er es versuchte, desto wütender wurde er.

„Habe ich dir das zu verdanken?", brüllte er los, sobald Katja das Zimmer betrat. Ihr fröhliches Lächeln fiel in sich zusammen und der liebevolle Blick, mit dem sie ihn bedacht hatte, wandelte sich in einen wachsamen.

„Falls du die Operation meinst, ja. Falls du allerdings deinen Zustand meinst – nein. Daran bist ganz alleine du schuld. Du und deine verdammten Tabletten, die du ständig in dich reingefressen hast." Katja war nicht minder wütend und blitzte ihn jetzt an.

„Da hast du ja ganze Arbeit geleistet", knurrte er und deutete auf den Arm. „Alles hin, ich spüre nichts mehr."

„Der Nerv ist beleidigt." Katja bedachte ihn mit einem vernichtenden Blick. „Vielleicht wäre es angebracht, dich erst mal zu erkundigen, was eigentlich passiert ist."

„Was ist passiert?" Er knirschte mit den Zähnen.

„Du bist im Bad umgekippt und ausgerechnet gegen die Badewanne gedonnert. Dein Schädel ist hart im Nehmen, es bleibt nur eine kleine Narbe, dein Arm war dagegen nicht so stabil."

Erst bei ihren Worten bemerkte Stefan, dass seine Stirn ebenfalls spannte. Vorsichtig tastete er danach und spürte einen Mullverband.

„Du hattest eine offene Oberarmfraktur, die Gerd und ich sofort operiert haben, sobald dein Zustand einigermaßen stabil war."

„Ach und ganz nebenbei habt ihr dann noch an meiner Schulter rumgedoktert."

„Jetzt mach mal einen Punkt, Stefan." Katja blies ihre Backen auf und ließ die Luft anschließend lautstark entweichen. „Du weißt sehr wohl, dass bei einer solchen Verletzung der gesamte Schulterbereich in Mitleidenschaft gezogen ist. Wir haben getan, was notwendig war und außerdem noch ein bisschen mehr. Das wird wieder, sobald du mit Krankengymnastik angefangen hast. Das Röntgenbild sieht super aus." Vorsichtig streckte sie die Hand aus und wollte ihm über die Schulter streichen, doch er wich ihrer Berührung aus. Entsetzt sah sie ihn an.

„Du bist noch völlig durcheinander, Stefan. Ich verstehe das. Aber wenn du erst ein paar Tage darüber geschlafen hast, dann wirst du einsehen, dass wir das einzig Richtige getan haben."

Er wandte den Kopf ab und versuchte seine Wut zu zügeln. Am liebsten hätte er ihr an den Kopf geworfen, wie sehr er sie dafür verachtete, dass sie sich über seinen Kopf hinweg doch an seine Schulter gewagt hatte.

„Stefan, bitte sieh' mich an."

Er kam ihrer Bitte nicht nach und starrte stur in die andere Richtung. Minuten verstrichen, dann seufzte sie leise auf und verließ das Zimmer.

Auf dem Gang lehnte sich Katja erschöpft an die Tür. Die letzten Tage hatten auch bei ihr Spuren hinterlassen. Stefan war über den Berg, aber nun war eingetreten, was sie befürchtet hatte. Er war sauer und machte dicht. Die Angst ihn zu verlieren, keimte wieder auf. Körperlich würde er genesen, da war sie sicher. Ob sie allerdings den Bruch zwischen ihnen kitten konnten, das wagte sie nicht einzuschätzen. Seine ablehnende Haltung hatte sie hart getroffen und seine unfaire Anklage schmerzte höllisch.

Eine bekannte Melodie ertönte. Stefans Handy, das sie ständig bei sich trug und ihm eigentlich hatte wiedergeben wollen, klingelte.

„Thalbach am Apparat von Doktor Marquardt", meldete sie sich.

„Hallo, ich würde gerne Doktor Marquardt sprechen." Eine Stimme, die ihr irgendwie bekannt vorkam, erklang freundlich aus dem Hörer. „Mein Name ist Benedict van Fleet."

„Sind Sie Stefans Bruder?", erlaubte sich Katja zu fragen und versuchte ruhig zu bleiben. Endlich! Seit Tagen versuchte sie nämlich vergeblich genau diesen zu erreichen, nachdem sie die Telefonnummer in Stefans Wohnung gefunden hatte.

„Genau, der bin ich wohl und mit wem habe ich das Vergnügen?", erkundigte sich die freundliche Stimme und sofort war Katja klar, warum sie ihr so bekannt vorkam. Er klang genau wie Stefan.

„Ich – ich bin Stefans ..." Katja stockte. Ja was war sie eigentlich? „Ich bin seine Lebensgefährtin, Katja Thalbach. Ich habe auf Ihren Anrufbeantworter gesprochen, weil Stefan einen Unfall hatte", erklärte sie dann mit fester Stimme. „Es ging ihm nicht gut und ich dachte, bevor das Schlimmste eintritt, wäre es vielleicht gut, wenn Sie Bescheid wüssten."

„Und jetzt?", fragte Benedict und sie hörte ihm die Bestürzung an.

„Es geht ihm besser. Näheres darf ich Ihnen aber leider am Telefon nicht sagen."

„Woher haben Sie meine Nummer?"

„Stefan muss Sie ausfindig gemacht haben. Ein Notizzettel lag bei den ganzen Unterlagen, die die Adoptionsvermittlungsstelle geschickt hatte. Ich weiß, dass das über deren Kopf geht, aber ..."

„Das ist gut, dass Sie angerufen haben. Ich könnte übermorgen in Freiburg sein. Wenn Sie mir die Anschrift der Klinik geben, dann komme ich direkt dorthin."

„Gerne." *Vielleicht heitert das Stefan auf,* dachte Katja und gab Benedict die Adresse. „Fragen Sie nach mir. Ich bin ebenfalls Ärztin hier an der Oberauklinik. Ich bringe Sie dann zu ihm."

„Frau Doktor Thalbach, können Sie bitte zum Empfang kommen, hier wartet eine Familie van Fleet auf Sie."

„Ich komme." Katja legte den Telefonhörer auf, speicherte ihre Datei ab und ließ alles stehen und liegen. Im Eingangsbereich der Klinik entdeckte sie sofort einen Mann im Rollstuhl, der mit einem circa einjährigen Mädchen sprach, das auf seinem Schoß saß. Daneben stand eine Frau, die Katja auf den ersten Blick bekannt vorkam. Bevor sie weiter nachgrübeln konnte, woher sie die Frau kannte, erhaschte sie einen Blick auf das Gesicht von Stefans Bruder. Sie schnappte nach Luft und blieb verblüfft stehen. Benedict van Fleet hätte Stefans Zwillingsbruder sein können, nur die jüngere Ausgabe. Gleiche Haarfarbe, derselbe Bart, allerdings wirkte er entspannt und offen. Er steuerte den Rollstuhl sofort auf sie zu, als er sie entdeckte.

„Frau Doktor Thalbach?“ Gekonnt bremste er etwa einen Meter vor ihr ab.

Katja nickte und streckte ihm die Hand entgegen. „Sagen Sie bitte Katja zu mir. Herzlich willkommen in Freiburg.“

„Danke.“ Benedict lächelte und schüttelte ihre Hand. „Meine Frau, Carina ...“

„Sie sind Carina Caprice, die Schauspielerin.“ Katja fielen fast die Augen aus dem Kopf.

Die Frau lächelte und erwiderte Katjas Händedruck. „Carina van Fleet. Caprice ist nur mein Künstlername.“

„Sie sehen in natura ganz anders aus.“ Katja riss nur mühsam den Blick von ihr los und verfluchte sich für ihre Taktlosigkeit.

Ein helles Lachen war die Antwort. „Ich war ja auch nicht in der Maske. Alles nur Show im Fernsehen.“

Benedict grinste und sah mit sichtbarem Stolz zu seiner Frau auf. „Sie sollten sie erst mal sehen, wenn sie sich morgens aus dem Bett quält.“

Carina versetzte ihm augenblicklich einen Schlag auf den Hinterkopf. Benedict ergriff ihre Hand und drückte sie, dann wandte er sich mit ernstem Blick zu Katja. „Wie geht es meinem Bruder?“

„Gut, er hat noch sehr starke Schmerzen. Ich bringe Sie zu ihm. Allerdings weiß er nicht, dass Sie kommen. Ich dachte, vielleicht heitert ihn die Überraschung auf.“

„Nun, das wollen wir doch hoffen." Benedict wirkte plötzlich etwas verunsichert.

„Komm schon, so kurz vor dem Ziel wird nicht gekniffen. Es war immer dein größter Wunsch, Stefan wiederzufinden." Carina beugte sich zu Benedict und küsste ihn, dann ging sie vor ihm in die Knie und nahm seine Hände. Die kleine Tochter der beiden kuschelte sich näher in Benedicts Arm und steckte den Daumen in den Mund.

Katja konnte erkennen, wie beide liebevolle Blicke tauschten und Carina ihm anschließend aufmunternd einen Oberschenkel tätschelte, dann erhob sie sich wieder.

„Benedict, ich gehe mit Julie so lange in die Cafeteria. Komm her, meine Süße." Carina hob das Mädchen von Benedicts Schoß und nahm die Wickeltasche, die an der Rückseite des Rollstuhls hing. „Lass' dir Zeit. Tschüss, Frau Doktor Thalbach, vielleicht sehen wir uns ja noch."

„Bestimmt." Katja lächelte und deutete den Weg an. „Schaffen Sie es selbst oder soll ich schieben?"

„Kein Problem, danke." Benedict hielt sich problemlos neben ihr.

„Ich möchte nicht indiskret sein, aber wie haben Sie Ihre Frau kennengelernt?" Katja platzte fast vor Neugier.

Benedict lächelte und drehte den Rollstuhl im Aufzug gekonnt um. „Ich bin Regisseur beim Fernsehen. Wir machen zusammen *Herbststürme*."

„Die Serie hat schon mehrere Preise gewonnen", warf Katja ein und dachte daran, wie sehr sie sich ärgerte, wenn ihr eine Folge dieser Serie entging.

„Genau. Nicht zuletzt wegen Carina. Wir haben ein tolles Team." In Benedicts Augen trat ein glückliches Funkeln. „Beim ersten Dreh war sie schon ziemlich bekannt und ich dachte niemals, dass sie sich für mich interessiert. Das war vor drei Jahren."

„Wow! Wie romantisch. Wir sind da." Katjas Nervosität stieg und während sie den Aufzug verließen, klammerte sie sich an die Hoffnung, dass Stefan Benedict gegenüber wenigstens freundlich gestimmt war.

Sie führte Benedict zu Stefans Zimmer und klopfte kurz an.

„So, dann wollen wir mal." Katja riss die Tür auf und betrat als Erste das Zimmer. Während sie für Benedict die Tür aufhielt, fixierte sie Stefan mit warnendem Blick.

„Hier kommt Besuch für dich."

Stefan rappelte sich mühsam auf und starrte sie mit grimmigem Blick an, dann riss er die Augen auf, als er einen ersten Blick auf den Rollstuhl erhaschte.

„Benedict?" — „Stefan?"

Katja warf einen letzten Blick auf die Brüder, die sich gegenseitig verlegen musterten, dann ließ sie die beiden allein.

„Tschüss, wir kommen morgen wieder."

Stefan starrte den Dreien hinterher. Noch immer kam er sich vor, als wäre er unter eine Dampfwalze geraten. Der Besuch seines Bruders hatte ihn völlig aus dem Gleichgewicht gebracht. Er wusste nicht wirklich, was er erwartet hatte, aber mit Sicherheit nicht einen kraftstrotzenden jungen Mann, dem seine Behinderung relativ wenig auszumachen schien. Und der zudem noch ein erfolgreicher Regisseur beim Fernsehen war. Selbst er hatte die Fernsehserie, in der sich alles um eine kleine schwäbische Gemeinde und deren Bewohner drehte, schon mehrfach angesehen. Und dann war Benedict ausgerechnet noch mit einer Schauspielerin verheiratet, die als neuer Stern am deutschen Fernsehhimmel galt. Zu allem Überfluss war die offensichtlich stockvoll in seinen Bruder verknallt und hatte so gar keine Starallüren an sich.

Als Benedict nämlich nach einer Stunde intensiven Kennenlernens und Beschnupperns seine Familie dazu geholt hatte, war sich Stefan endgültig wie der letzte Trottel vorgekommen. Die ganzen Jahre hatte er ein Bild von einem verängstigten Jungen vor Augen gehabt, der die Arme hilfesuchend ihm entgegengereckt und seinen Namen gerufen hatte. Er hatte nicht helfen können, und hatte sich deswegen Vorwürfe gemacht.

In welcher Welt hatte er eigentlich die ganzen Jahre gelebt?

Benedict war es gut bei seinen Adoptiveltern ergangen, aber auch er hatte Stefan nie vergessen und kämpfte seinerseits mit Schuldgefühlen, dass er adoptiert worden war und Stefan eben nicht. Er hatte ihm erzählt, dass seine Adoptivmutter kurz nach der Adoption schwer erkrankt war, und nur mühsam ins Leben zurückgefunden hatte. Damit erklärte sich auch, warum sich nie einer bei ihm gemeldet hatte.

„Und, wie war's?" Katja betrat fröhlich lächelnd sein Zimmer. „Dein Bruder ist ein netter Kerl und der Hammer ist ja, dass er mit Carina Caprice verheiratet ist", plapperte sie drauf los.

„Woher wusste er, dass ich im Krankenhaus liege? Hattest du bei der Sache mit meinem Bruder vielleicht auch deine Hände im Spiel?" Stefan starrte sie an, dann ging ihm ein Licht auf. „Du hast in meinem Schreibtisch gekramt und die Nummer gefunden!"

Treffer versenkt! Katja lief knallrot an und ihre Hand verharrte am Kugelschreiber, den sie aus ihrer Brusttasche nehmen wollte. In Stefan kochte heißer Zorn hoch. *Seit wann bestimmte Katja eigentlich über sein Leben?*

„Was gibt dir eigentlich das Recht, dich ungefragt in mein komplettes Leben einzumischen?", schrie er sie an.

„Ich wollte doch nur ...", Katja rang hilflos nach einer Erklärung.

„Ich weiß genau, was du willst. Du willst wie üblich deinen Willen durchsetzen. Aber da hast du dich geschnitten, ich mache da nicht mit."

„Was ist jetzt eigentlich dein Problem, Stefan?" Katja reckte sich stolz auf. Ihre Augen blitzten wütend und doch war sie ihm in der engen Jeans und dem enganliegenden Poloshirt nie anziehender vorgekommen. Er verfluchte seinen verräterischen Körper, der ein Eigenleben zu entwickeln schien. Ihr Mund bewegte sich verführerisch, während sie sich wehrte: „So langsam aber sicher gewinne ich den Eindruck, dass du sauer bist, weil deine Mitmenschen sich um dich kümmern."

„Kümmern? Kümmern soll das sein? Du machst doch grad, was dir in den Kram passt und übernimmst die komplette Kontrolle. Hast du vielleicht einmal um meine Meinung gebeten? Hab' ich dir vielleicht erlaubt, meine Schulter zu operieren? Hattest du eine Unterschrift zur Einwilligung?"

„Du warst ein Notfall. Herrgott, schalt doch mal dein Hirn ein. Außerdem wäre ich keine gute Ärztin, wenn ich die Schulter so gelassen hätte. Ich wollte dir doch nur helfen."

Sie starrten sich schweigend an. Trotz seiner Wut erlebte er ein Farbenspiel ihrer Augen, das er noch nie an ihr gesehen hatte. Beide Augen verdunkelten sich und funkelten ihn wütend an. Das blaue wirkte jedoch wie ein Laserstrahl und bohrte sich tief in seine Brust, denn sie schaffte es nicht, seinem Blick standzuhalten.

„Und ganz nebenbei hast du mich und meinen Ruf ruiniert. Was versprichst du dir eigentlich davon? Bist du scharf auf meine Stelle?"

Sie riss den Kopf wieder nach oben. „Du spinnst ja komplett."

„Lass' mich in Ruhe!"

„Stefan, lass' dir doch helfen." Katja gab nicht auf, doch er wandte den Kopf ab und starrte zum Fenster.

„Verzieh' dich!"

„Du kannst doch nicht ernsthaft glauben, dass ich dich jetzt allein lasse." Katja strich über seinen Arm, doch er ertrug ihre Berührung nicht. Sie erstarrte. „Du hast gesagt, du liebst mich."

„Drogenwahn! Wie du jedem hier im Krankenhaus ja so gerne auf die Nase bindest, bin ich ein Süchtiger, der nicht weiß, was er tut."

Wütende Blitze schossen Katja entgegen. Sie schluckte und erwiderte Stefans Blick genervt und enttäuscht. Nichts hatte sich in den letzten Tagen geändert. Im Gegenteil: Stefan verweigerte nach wie vor sämtliche physiotherapeutische Behandlung und knurrte jeden, der sich seinem Bett näherte, wütend an. Kaum hatte sich sein Bruder verabschiedet, hatte er ausrichten lassen, dass er sie sprechen wollte. *Sprechen – Anklagen wäre wohl das richtige Wort für das, was er ihr nun unterstellte.*

„Es steht nicht mal in deiner Akte, dass du Tramal genommen hast. Es sind nur diejenigen informiert, die es wissen müssen."

„Das glaubst du doch selbst nicht! Ich bin erledigt! Wie soll ich jemals wieder praktizieren?"

„Das kann doch nicht dein Ernst sein. Die Schulter heilt wunderbar."

„Wunderbar – wunderbar", äffte er nach und deutete auf seine linke Hand. „Warum spüre ich dann keinen Finger?"

„Weil du seit Tagen jegliche Therapie verweigerst."

„Du hast mich ruiniert. Witzig, was?" Erst jetzt sah er Katja erneut an. „Lasse ich mich einmal im Leben auf eine Frau ein, dann zerstört sie nicht nur mein Leben, sondern auch meinen Körper."

Katja wurde schlecht, sie ahnte, wohin diese Diskussionen führen würden. Stechender Schmerz machte sich bemerkbar, doch sie wollte nicht so schnell aufgeben.

„Warum machst du jetzt alles kaputt?", fragte sie angespannt.

„Ich mach doch nichts kaputt. Das hast du schon ganz alleine getan." Stefan richtete sich etwas auf und starrte wieder aus dem Fenster, während Katja mit dem Dolchstoß kämpfte, den er ihr versetzt hatte.

„Ich habe lediglich deine kaputte Schulter gerichtet", versuchte sie an seine Vernunft zu appellieren.

„Die jetzt vermutlich steif bleiben wird. Hättest du deine Finger von mir gelassen, dann hätte ich wenigstens noch ein paar Jahre arbeiten können."

„Hast du denn gar kein Vertrauen in mich?" Katja konnte nicht glauben, dass er hier und jetzt einen Schlussstrich ziehen wollte.

„Nicht mehr!" Stefan bewegte Zentimeter für Zentimeter den Kopf zu ihr und sah sie mit abweisendem Blick an. „Wenn ich könnte, würde ich unsere erste Nacht rückgängig machen. Das war mein Untergang und ich bin sehenden Auges hineingeraten."

„Stefan!" Ihre Blicke duellierten sich sekundenlang.

„Du wusstest ganz genau, dass ich niemanden an diese vermaledeite Schulter ranlasse. Auch dich nicht!"

Die Worte wirkten wie weitere Dolchstöße, inzwischen bestand Katjas Mitte nur noch aus einer einzigen schmerzenden Wunde, in die er Wort für Wort weiter bohrte: „Du hast mich im erstbesten Moment, der sich bot, rücksichtslos hintergangen."

„Willst du unsere Beziehung gleich beim ersten Mal beenden, wenn es schwierig wird?" Sie machte sich auf den nächsten Hieb gefasst.

„Welche Beziehung, Katja?" Stefan musterte sie kurz verächtlich. „Vielleicht hätte es tatsächlich etwas werden können mit uns. Aber du hast alles zerstört."

Katja starrte ihn sprachlos an. Dann knallte sie die Patientenakte auf die Bettdecke und wandte sich zum Gehen. An der Zimmertür drehte sie sich noch einmal zu ihm um.

„Ich werde Gerd bitten, dich weiterzubehandeln."

„Du machst es dir ja sehr einfach."

„Du kannst mich mal!" Katja stürmte aus dem Zimmer und versuchte krampfhaft sich so lange zu beherrschen, bis sie in Stefans Büro angelangt war, das sie benutzte, solange sie seine Vertretung machte. Dort ließ sie sich kraftlos auf den Stuhl sinken und versuchte zu verstehen, was ihr Herz schon lange befürchtet hatte.

Er würde ihr nie verzeihen!

In diesem Moment signalisierte ein leises *Pling* des Computers, dass eine neue E-Mail eingetroffen war. Sie deaktivierte den Bildschirmschoner und schnaubte. Erneut war eine Mail von Doktor Könneker eingetroffen, der zum wiederholten Male versuchte, sie doch noch nach Düsseldorf zu locken.

Kapitel 32

Viktoria stieß einen erleichterten Seufzer aus, holte ein Glas aus dem Küchenschrank und goss Mineralwasser ein. Mit dem Wasserglas in der Hand ging sie, ohne das Licht einzuschalten, ins Wohnzimmer und schaute durch die Terrassentür in den Garten, wo sie kaum etwas in der Dunkelheit erkennen konnte. Es war ein langer Tag gewesen, ihre Kapazitäten in der Abteilung waren nahezu erschöpft und ausgerechnet heute hatte sie zweimal mit einem Notkaiserschnitt eingreifen müssen. Sie machte Kreisbewegungen mit ihrem Kopf um die Verspannung im Nacken zu lockern, da hörte sie ein Geräusch, das wie ein Schluchzen klang.

Viktoria drehte sich langsam um und lauschte, das Schluchzen erklang erneut. Erst da erkannte Viktoria, dass Katja in der Ecke der Couch zusammengekauert saß. Ihre Arme umklammerten ihre Beine und sie wippte weinend hin und her. Wie der Blitz war Viktoria an ihrer Seite und gab der Stehlampe hinter Katja einen Klaps, die daraufhin gedämpft aufflammte.

„Um Gottes willen, was ist passiert?“, fragte Viktoria mit angehaltenem Atem und setzte sich neben sie.

„Es ist aus, Vicki.“ Über Katjas Wangen strömten die Tränen und die geröteten Augen zeugten davon, dass Katja schon seit Stunden weinte.

„Wie meinst du das?“

„Stefan verzeiht mir nicht, dass ich seine Schulter operiert habe. Er gibt mir die Schuld, dass er seine Finger nicht mehr spürt. Dabei müsste er doch nur endlich mit der verdammten Krankengymnastik beginnen!“

Das alles kam stockend und immer wieder von Schluchzern unterbrochen aus Katjas Mund und Viktoria brauchte etwas Zeit, um die Sätze zusammenzubauen.

„Er hat doch nur Angst."

„Das weiß ich, aber er vertraut mir nicht. Stattdessen unterstellt er mir, dass ich scharf auf seinen Posten bin."

„Der hat doch nicht mehr alle Tassen im Schrank!" Viktoria tippte sich an die Stirn. „Bist du sicher, dass er nicht mehr auf Entzug ist?"

Katja musste nun trotz ihres Kummers lachen. „Nein, er ist inzwischen clean. Genau das wirft er mir auch vor, ich hätte ihn zum Gespött der ganzen Klinik gemacht. Egal, was ich sage, er glaubt mir nicht."

„Ich glaube, dass er Zeit braucht. Weiß er inzwischen, dass er einen Herzstillstand hatte?"

Katja schüttelte den Kopf. „Nein. Ein anderes Thema als seine dämliche Schulter gibt es nicht."

„Er hat Angst, Katja. Seine Hand funktioniert nicht, sein Leben ist dadurch aus den Fugen geraten und er weiß nicht, ob er je wieder als Arzt arbeiten kann. Das ist Panik, das ist nicht rational – er schlägt um sich und ruft damit um Hilfe."

„Ich kann aber nicht mehr, es tut so weh."

„Dann lass' ihn ein paar Tage schmoren. Ich bin sicher, er beruhigt sich wieder. Er liebt dich, Katja. Lass' ihm Zeit." In diesem Moment klingelte Viktorias Handy. „Sorry, Sekunde." Sie angelte es aus ihrer Tasche, meldete sich und lauschte. „Alles klar, wir sind in einer halben Stunde da."

Lachend wandte sie sich an Katja. „Bei Susanne geht es los. Wir müssen leider unser Gespräch vertagen. Komm mit, Katja, das wird dich auf andere Gedanken bringen."

Susanne lag strahlend in ihrem Bett. Auf ihrem Bauch lag ihre Tochter, deren flaumiges Köpfchen sie ununterbrochen streichelte, während Markus seinen Sohn im Arm hielt und sie immer wieder anstrahlte.

„Ich wusste gar nicht, dass man so glücklich sein kann." Susanne drückte einen zärtlichen Kuss auf die kleine Stirn. Die kleine Larissa verzog bei der sanften Berührung ihren winzigen Mund und schmatzte laut. Susanne lachte auf und fuhr mit dem Zeigefinger über die rosigen Lippen. Die Kleine schnappte nach dem Finger und begann augenblicklich zu saugen.

Markus beugte sich vor und küsste Susanne lange.

„Ich liebe dich, Susanne." Wieder küsste er sie. „Und ich finde, wir haben die beiden echt gut hinbekommen."

„Markus, sieh mich an ..." Er hob den Kopf, sie lächelte und betrachtete ihn. Müde sah er aus, denn die Zwillinge hatten erst um fünf Uhr morgens das Licht der Welt erblickt. Trotzdem gefiel er ihr heute ganz besonders, mit seinem Pferdeschwanz und dem Dreitagebart und seinem Sohn im Arm.

Markus legte seinen Sohn in das Bettchen, dann setzte er sich auf die Bettkante und strich seiner Tochter über die Wange. „Ich wäre auch ohne Kinder mit dir glücklich gewesen, aber dieses Gefühl hier ist unbeschreiblich. Wir hatten so ein Riesenglück."

Ein zögerliches Klopfen war zu hören und schließlich lugte Birgit herein. „Darf ich reinkommen?"

„Klar, liebe Oma!" Susanne blickte lachend zur Tür.

Pfeilartig stürzte Birgit herein und umarmte Markus lange. „Herzlichen Glückwunsch, Markus. Ganz viel Freude und Glück mit euren Würmchen. Dir auch, mein Schatz." Mit Tränen in den Augen wandte sie sich an Susanne und küsste sie glücklich auf den Mund. Vor Susannes Augen zogen in Bruchteilen von Sekunden die vielen Jahre vorüber, die vergangen waren, seit Birgit ihren Vater geheiratet hatte.

Birgit schien ihre Gedanken zu teilen. „Mein Baby ist Mama, ich fasse es nicht.“ Birgit wischte sich die Glückstränen ab.

„Mama, ich war nie dein Baby!“ Susanne kicherte.

„Warst du wohl!“ Sie streckte die Arme aus. „Darf ich mal?“

Susanne übergab ihr lächelnd das Baby.

„Du hältst jetzt Larissa im Arm“, erklärte sie.

„Larissa. Wie deine Mutter.“ Birgit strömten jetzt vor Rührung die Tränen in die Augen. „Dein Vater wird in Tränen ausbrechen. Ist das schön, eine Erinnerung an deine Mutter.“

Birgit hob das Baby etwas höher und beugte sich, um es vorsichtig zu küssen. „Hallo Larissa, ich bin deine Oma. Und wie heißt der kleine Mann?“

„Wieso machen wir eigentlich aus dem Geschlecht der beiden so ein Geheimnis, wenn es deine Mutter sowieso rauskriegt?“ Markus sah seine Schwiegermutter entsetzt an. „Du hast es gewusst!“

„Klar!“ Die grinste Susanne verschwörerisch an. „Irgendjemandem musste sie es ja sagen. Aber ich habe geschwiegen wie ein Grab.“

„Weiber!“ Markus klang resigniert.

„Fynn heißt der kleine Mann und er hat wohl Hunger.“ Er hob seinen protestierenden Sohn wieder aus dem Bettchen und übergab ihn an Susanne. Dann ließ er sich erneut bei ihr auf der Bettkante nieder und beobachtete glücklich, wie sein Sohn gierig an der Nahrungsquelle saugte.

„Kommt Papa nicht?“, fragte Susanne.

„Doch, aber er ist im OP.“ Birgit seufzte schwer. „Es ist der Teufel los, seit Stefan ausgefallen ist.“

„Hat der sich jetzt wenigstens beruhigt?“, fragte Susanne, doch Birgit schüttelte den Kopf.

„Katja hat mir gestern noch seine restlichen Unterlagen in die Hand gedrückt und mir erklärt, dass sie sich weigert, ihn weiterzubehandeln. Sie ist nur noch ein Schatten ihrer selbst. Er ist so ein Sturkopf.“

In diesem Moment öffnete sich die Tür und Viktoria kam herein. Grinsend betrachtete sie die Runde in aller Ruhe, dann erst kam sie näher.

„Guten Morgen. Herzlichen Glückwunsch zur Oma, Birgit." Im Vorübergehen tätschelte sie Birgits Schulter und warf einen Blick auf das Baby. „Sehr gelungen, euer Nachwuchs."

„Kommen halt beide nach mir", grinste Markus sehr selbstzufrieden und wich einem Schlag von Susanne aus.

„Bleib sitzen, Birgit", meinte Viktoria, nachdem Birgit das Baby ins Bettchen legen wollte.

„Wie geht es Katja?", fragte Susanne.

„Beschissen! Ich war eben in der Reha-Abteilung. Pedro hat mir versprochen, dass er sich Stefan heute persönlich vorknöpfen wird. Wenn er die Physio weiter verweigert, dann tritt nämlich wirklich ein, was er befürchtet. Eigentlich wollte ich mich ja nicht einmischen, aber es geht nicht, wie Stefan Katja behandelt. Katja hat jetzt resigniert, so kenne ich sie überhaupt nicht." Viktoria klang sehr besorgt.

„Du und Katja, ihr seid die besten Freundinnen, die man sich wünschen kann. Wollen wir doch hoffen, dass sich Stefan wieder einkriegt. Er und Katja passen so gut zusammen." Susanne grub ihre Nase in Fynns flaumiges Köpfchen.

„Das stimmt allerdings, aber sag' ihm das jetzt bloß nicht, sonst springt er dir ins Gesicht. Jetzt aber mal zum Naheliegenden: Hast du Schmerzen?"

Susanne schüttelte den Kopf, dann lachte sie Viktoria an. „Nein, Frau Doktor Karl. Mir geht es ganz prima. Vicki, ..." Susanne sah liebevoll zu Viktoria auf. Sie war so stolz darauf, so eine Freundin und Partnerin zu haben. „Markus und ich wollten uns noch bei dir bedanken. Du bist so eine tolle Ärztin. Ich bin so froh, dass ich mit dir zusammenarbeiten darf."

Viktoria wand sich vor Verlegenheit und strich über Susannes Oberarm. „Ich habe ja auch eine tolle Chefin. Du hast mir in den ersten Jahren so viel beigebracht. Aber du warst auch echt cool heute Nacht. Hut ab."

Sieben Stunden war Susanne mit stoischer Ruhe in den Wehen gelegen, bis endlich Fynn mit einem wütenden Schrei seine Eltern begrüßt hatte. Keine fünf Minuten später war dann seine Schwester geboren worden.

„Und? Wie fühlt man sich nun als Oma?", fragte Stefan am nächsten Vormittag und lehnte sich an den Türrahmen des Stationszimmers. Er hatte sich zum ersten Mal alleine aus dem Bett gequält, nicht zuletzt in der Hoffnung Katja zu treffen, die sich seit ihrem Streit nicht mehr hatte blicken lassen. Stattdessen war Gerd erschienen und hatte ihm mit eiserner Miene verkündet, dass er ab heute keinen Sonderstatus mehr innehatte.

„Es ist ein unbeschreibliches Gefühl." Birgit hob nur zentimeterweise den Kopf. Stefan wusste, er würde sehr viel Überzeugungsarbeit leisten müssen, nicht nur bei ihr. Denn in diesem Moment bog Katja um die Ecke, sah ihn bei Birgit stehen und wechselte abrupt die Richtung.

„Katja, warte", rief er ihr hinterher.

„Lass' sie in Ruhe. Du hast ihr schon genug Kummer bereitet." Birgit sah ihn strafend an.

„Ach, aber sie kann tun und lassen, was sie will?" Stefans Empörung über Katjas Eigenmächtigkeit keimte wieder auf. „Sie wusste, dass ich keine Operation will. Ohne die OP hätte ich noch ein paar Jahre als Arzt arbeiten können und jetzt? Jetzt kann ich vielleicht noch Rezepte schreiben, *ich bin aber Chirurg!"*

Birgit stand blitzartig auf, kam näher und blieb so dicht vor ihm stehen, dass er ihren Atem spürte. „Sag' mir, was hätte sie tun sollen?", bellte sie ihn an und wartete seine Antwort erst gar nicht ab. „Sie hatte keine Wahl, schalt' mal dein Hirn ein. Katja ist Ärztin und ihre Arbeit besteht darin, ihre Patienten so zu behandeln, wie es die medizinische Lage erfordert. Außerdem liebt sie dich und ist tagelang nicht von deiner Seite gewichen, und was machst du?"

Stefan trat vor lauter Schreck einen Schritt zurück, doch Birgit war längst noch nicht fertig.

„Eine Kaltfront ist ein Scheißdreck gegen die eisige Kälte, die du ausstrahlst. Wo ist der Mensch geblieben, der du in den letzten Wochen geworden bist? Außer Karin und mir wagt sich kein Personal mehr in dein Zimmer." Birgit erhob jetzt sogar den Zeigefinger. „Und eines sag' ich dir, wage es nicht noch einmal zu behaupten, sie hätte dich ruiniert. Du – nur du sorgst gerade dafür, dass es keine Fortschritte gibt, indem du alles verweigerst, was du selbst einem Patienten verordnen würdest."

In Stefans Hirn schlugen sämtliche Alarmglocken an. „Das gibt ihr aber trotzdem kein Recht, sich in meine privaten Angelegenheiten zu mischen. Sie war in meiner Wohnung und hat in meinen Unterlagen gewühlt."

Birgit starrte ihn sekundenlang fassungslos an und Stefan ahnte, dass er besser den Mund gehalten hätte, trotzdem kochte die Wut unterschwellig in ihm hoch.

„So was nennt man Beziehung, Stefan. Da kommt es halt mal vor, dass sich der eine um den anderen kümmert. Katja liebt dich und sie hat getan, was sie in diesem Moment für richtig hielt." Birgit sprach mit ihm, wie mit einem kleinen Kind und sorgte dafür, dass die Wut überkochte.

„Auf so eine Liebe verzichte ich gerne!"

Ein erstickter Laut ließ ihn erstarren und an Birgits weit aufgerissenen Augen ahnte er schon, wer hinter ihm seine Worte mitbekommen hatte. Er drehte sich um und erkannte Katja, die davonrannte.

„Erstklassige Leistung, Stefan." Birgit ließ ihn stehen und Stefan fühlte sich einsamer denn je.

„Ich schwöre dir, Stefan. Wenn du diesen verdammten Arm heute nicht selbständig bewegst, dann kugele ich ihn dir eigenhändig wieder aus."

Offenbar hatten sich heute alle gegen ihn verschworen. Seit Stunden tigerte er zwischen Krankenzimmer und Flur hin und her, immer in der Hoffnung, noch einmal auf Katja zu treffen. Doch es schien, als sei sie spurlos verschwunden. Auch in der Notaufnahme war sie nicht, wie ihm Karin mit versteinerter Miene erklärt hatte. Anscheinend wusste jeder hier auf der Station Bescheid, welche Glanzleistung er heute abgeliefert hatte.

„Mach schon. Zieh das T-Shirt aus." Jetzt stand Pedro Garcia, der Chef des angrenzenden Rehazentrums mitsamt seiner Angestellten, die Stefan schon mehrfach des Zimmers verwiesen hatte, vor ihm und sah ihn drohend an.

„Die Schulter versteift, wenn wir nicht endlich mit der Physio- und Elektrotherapie beginnen. Es ist sowieso schon viel zu viel Zeit verstrichen. Du weißt selbst am besten, dass die Muskeln stimuliert werden müssen."

Stefan schrumpfte einige Zentimeter, denn der Physiotherapeut war nicht nur einen guten Kopf größer als er selbst, er betrieb zudem noch aktiv Bodybuilding, was man deutlich an der athletischen Figur erkennen konnte.

„Verpisst euch!"

„Ganz bestimmt nicht. Du hattest genügend Zeit, dich in deinem Selbstmitleid zu baden. Beweg' deinen faulen Hintern und komm hierher." Pedro hängte mit einer wütenden Bewegung die Röntgenbilder an den Röntgenschirm. „Sofort!"

„Raus hier!" Stefan wagte einen letzten Versuch.

„No! Komm hierher und sieh' dir das an."

Zähneknirschend quälte sich Stefan aus dem Bett. Schon von weitem erkannte er die Platte mit den vielen Schrauben, mit denen Katja alles fixiert hatte. Alles in allem sah es sehr gut und völlig unauffällig aus. Kein Vergleich mehr mit den alten Röntgenbildern, die Pedro daneben aufgehängt hatte.

„Hm–hm." Stefan räusperte sich. „Sieht tatsächlich gut aus."

„Es sieht super aus!" Er drückte ihm eine Klarsichthülle an die Brust. „Hier sind die neuesten MRT-Bilder. Darauf wirst du erkennen, dass alles tipptopp ist. Der Nerv wird sich beruhigen, das weißt du auch und auch, dass es Monate dauern kann, bis alles wieder beim Alten ist. Umso wichtiger ist es, dass du jetzt mit den Übungen beginnst. Lass' dir hiermit gesagt sein, dass du uns nicht mehr loswirst. Ab heute kommt Martina zweimal am Tag hierher und du machst, was sie sagt und übst auch selbstständig. Ist das klar!"

Widerwillig nickte Stefan. „Ich spüre meinen kleinen Finger ja auch schon wieder."

„Ach was?" Pedros Kollegin konnte sich diese Bemerkung jetzt nicht verkneifen. „Das ist gut. Der Chef hat uns darüber aufgeklärt, dass du kaum Schmerzmittel bekommst. Das verstehe ich zwar nicht, aber es ist nicht zu ändern. Das heißt, du wirst die Zähne zusammenbeißen müssen."

Sie wussten es tatsächlich nicht! Katja und Gerd war es gelungen, zu verschweigen, wie fahrlässig er mit den Schmerztabletten umgegangen war. Auch mit dieser Anschuldigung hatte er Katja Unrecht getan.

„Es wird mich schon nicht umbringen." Wieder nickte Stefan und langsam aber sicher ahnte er, dass er sich in den letzten Wochen zum absoluten Narren gemacht hatte.

Kapitel 33

Katja war schon nach wenigen Tagen nur noch ein Schatten ihrer selbst. In der Zwischenzeit hatte sie bestimmt an die fünf Kilo abgenommen. Sie wirkte bleich und eingefallen und ihre Schalkhaftigkeit war einem traurigen Ausdruck gewichen. Viktoria wusste, was vorgefallen war und machte sich entsetzliche Sorgen. Immer wieder versuchte sie, ihr Hilfe anzubieten, doch Katja blockte jeden Versuch ab; sie weigerte sich, über Stefan zu reden.

Auch heute hatte sie sich nach dem Dienst in ihr Schlafzimmer zurückgezogen und Viktoria war alleine im Wohnzimmer zurückgeblieben. Plötzlich hörte sie Katja im Flur herumkramen. Viktoria legte das Backbuch zur Seite, in dem sie nach neuen Rezepten geschaut hatte und ging zu ihr. Katja hatte mehrere Klappkörbe aufeinandergestapelt und versuchte ihren Autoschlüssel vom Garderobenschränkchen zu angeln. Viktoria sah ihr an, dass sie kurz davor war, ihre Selbstbeherrschung zu verlieren.

„Wo willst du denn hin?", fragte sie und legte versuchsweise tröstend den Arm auf Katjas Schulter.

„Ich gehe meine Sachen bei Stefan holen." Katja sah sie nicht an.

„Willst du nicht wenigstens noch einmal mit ihm reden?", fragte Viktoria.

„Nein, es ist alles gesagt."

„Wäre es nicht besser, ich würde mitkommen?", erkundigte sich Viktoria leise.

Jetzt hob Katja doch den Kopf und sah sie mit tränenverschleierten Augen an. „Doch – wahrscheinlich wäre es sogar sehr gut, wenn du mitkämst."

Viktoria atmete auf. „Warum sagst du dann nichts? Ich fahre!" Sie nahm Katja den Autoschlüssel aus der Hand und hängte ihn zurück. Stattdessen nahm sie ihren vom Haken und schließlich die Tasche, die Katja versucht hatte, auf den Klappkörben zu balancieren.

„Danke!" Katja folgte ihr langsam und warf alles in den Kofferraum.

„Du weißt aber schon, dass Stefan mehrfach nach dir gefragt hat?", erkundigte sie sich leise.

„Ja, aber ich will nicht noch mehr verletzt werden." Katja schnallte sich an und Viktoria lenkte den Wagen vom Parkplatz. Dann beschleunigte sie und drehte sich nur kurz zu Katja.

„Warum redest du nicht mit mir, Katja?"

„Ich kann nicht." Katja starrte stur zum Seitenfenster hinaus.

„Das ist nicht fair. Mir wirfst du es immer vor, wenn ich mal nicht mit dir rede. Also teil' auch deine Gedanken mit mir."

Katja knetete nervös ihre Hände. „Wir sind schon zwei besondere Grazien. Gut im Beruf, dafür unfähig eine Beziehung zu führen." Sie schluckte und redete leise weiter. „Wir beide bekommen wohl nie den Mann, den wir lieben. Scheint unser Schicksal zu sein."

Die letzten Worte klangen ziemlich erstickt. Auch Viktoria fühlte den gewohnten Schmerz heranrollen und versuchte, ihn wie üblich mit Wut zu bekämpfen. Ihre nächsten Worte brüllte sie fast. „Männer sind zum Kotzen. Wozu brauchen wir die eigentlich?"

Gequält lächelte Katja sie an. „Ich hätte alles für ihn aufgegeben. Ich blöde Kuh hab' schon an eine Familie mit ihm gedacht. Alles andere, was früher so wichtig schien, war vergessen, wenn ich bei ihm war."

„Nein, Katja. Das stimmt so nicht. Du hättest einen anderen Weg eingeschlagen. Vielleicht mit Umwegen, wahrscheinlich auch ein längerer, aber auch mit deutlich mehr Zufriedenheit. Trotzdem hättest du dein Ziel weiter verfolgt."

Katja wandte den Blick und sah sie nachdenklich an. „Vermutlich hast du recht, aber das ist jetzt eh egal."

Beide schwiegen für einen kurzen Moment, dann sprach Katja weiter: „Ich habe nie gedacht, dass das so verdammt wehtun kann."

„Hast du vielleicht geglaubt, ich hab' damals simuliert?" Viktoria sah Katja strafend an.

„Nein, Vicki, natürlich nicht. Ich konnte es nur nie nachvollziehen."

„Tja, bisher hatte es dich auch nicht so erwischt. Ich schlage vor, wir packen jetzt erst mal deine Sachen und anschließend ertränken wir unseren Schmerz."

„Gute Idee. Außerdem schicken wir die Männer zum Teufel." Katjas Galgenhumor keimte langsam wieder auf.

„In die Wüste." — „Besser wäre noch, auf den Mond, ohne Rückfahrschein."

Waren wirklich schon zwei Wochen vergangen?

Die Angst, die sie damals um ihn ausgestanden hatte, schwebte immer noch irgendwo in diesem Raum. Katja stand im Badezimmer, in dem sie verzweifelt versucht hatte, Stefans Leben zu retten.

Dies war ihr gelungen, doch verloren hatte sie ihn trotzdem. Ihr ganzer Brustkorb zog sich bei der Gewissheit schmerzhaft zusammen. Schmerzen, die sich immer wieder strahlenförmig von der Herzgegend auszubreiten schienen. Unglaublich, dass Liebeskummer so starke körperliche Schmerzen verursachen konnte.

Katja versuchte sich zu sammeln und schaute sich um. Nichts erinnerte mehr an die dramatischen Minuten hier. Am nächsten Tag war sie wiedergekommen, hatte das Badezimmer gesäubert und Wäsche und Kleidungsstücke für Stefan zusammengesucht. Jetzt stand sie hier und packte ihr Duschbad und all die anderen Utensilien ein, die sich in einem knappen Vierteljahr hier angesammelt hatten. Katja unterdrückte die Tränen, die seit dem Streit mit Stefan ständig hinter ihren Augen zu lauern schienen.

Es hatte keinen Sinn – irgendwie musste es weitergehen – auch ohne Stefan. Schließlich hatte sie früher jahrelang keinen Gedanken an ihn verschwendet.

Katja brach zusammen. Sie ließ sich auf den Boden sinken und legte den Kopf auf die angezogenen Knie.

„Was hab' ich nur getan?", flüsterte sie, sobald sie Viktorias Hand auf ihrer Schulter spürte. „Warum habe ich nicht die Finger von seiner dämlichen Schulter lassen können?"

„Weil du Ärztin bist und ihm helfen wolltest. Katja, du hast nicht anders gehandelt, als jeder andere von uns auch gehandelt hätte. Inklusive Stefan, wenn er bei normalem Verstand wäre."

„Ich liebe ihn so sehr." Katjas Worte gingen in einem Schluchzen unter.

„Ich weiß – ich weiß." Viktoria nahm sie in die Arme und wiegte sie, bis Katja sich einigermaßen beruhigt hatte. Danach packten sie schweigend Katjas restliche Sachen und Viktoria übernahm schließlich sogar noch das Abschließen der Wohnungstür.

„Wenn du willst, dann stopfe ich Stefan den Schlüssel in den Rachen."

Sie konnte inzwischen sehr gut nachempfinden, was Vicki dazu bewogen hatte, Flensburg zu verlassen. *Plötzlich wusste sie, was sie zu tun hatte!*

Katja schüttelte den Kopf. „Nein. Ich muss das selbst machen."

Am nächsten Tag hakte sie Punkt für Punkt auf ihrer Liste ab. Punkt eins war: Ihre Eltern und Vicki zu informieren.

Punkt zwei war: Nicht mehr ständig die Tränen zuzulassen, die sie überall und in den dämlichsten Situationen überfielen; es war zudem peinlich, obwohl jeder Verständnis für sie hatte.

Diesen zweiten Vorsatz gelang es ihr tatsächlich einzuhalten, bis sie wegen Punkt drei vor Gerd Werners Büro stand. Der Tag war ihr unendlich lang vorgekommen. Sie wischte sich erschöpft die Müdigkeit aus den Augen, blickte kurz aus dem Fenster auf den Wald, in dem sie so gerne ihre Joggingrunden drehte. Einen kurzen Augenblick noch zögerte sie, bevor sie die Hand hob und energisch an Gerds Bürotür klopfte.

„Hereinspaziert." Gutgelaunt zog Gerd die Tür auf. Er hielt seine Aktentasche in der Hand und hatte bereits sein Sakko an, als wollte er das Büro verlassen. Trotzdem lächelte er erfreut, sobald er erkannte, wer da vor seiner Tür stand.

„Katja, was kann ich für dich zu dieser späten Stunde noch tun?", fragte er und bat sie mit einer weitausladenden Handbewegung einzutreten.

Sie räusperte sich und hoffte, dass ihre Stimme sie nun nicht im Stich ließ. „Entschuldigung. Ich kann auch morgen wiederkommen."

„Nein, nein. Bleib hier. Ich habe gehört, wir haben vorhin einen schweren Motorradunfall reinbekommen." Gerd stellte seine Tasche wieder ab und ging zu seiner Besucherecke. Er wartete, bis sie sich gesetzt hatte, und setzte sich dann zu ihr.

„Willst du wissen, welche Fortschritte Stefan macht?", fragte er und legte damit den Finger ungewollt mitten auf die brennende Wunde. Katja überging den aufflammenden Schmerz und spielte nervös mit ihrem Stethoskop, das ihr wie üblich um den Hals hing.

„Nicht wirklich."

Der Professor sah sie aufmerksam an, er schien ihre Nervosität zu bemerken. „Also raus damit. Wo drückt der Schuh?"

„Wahrscheinlich wirst du mir jetzt den Hals umdrehen", murmelte sie und sprach den Satz aus, den sie in den letzten Stunden immer wieder stumm geprobt hatte: „Ich muss kündigen."

Gerd kniff die Augen zusammen und fixierte ihren Blick. „Warum?“, war alles, was er sagte.

„Weil ich mit Stefan nicht mehr zusammenarbeiten kann, und ...“ Sie suchte händeringend nach Worten. „Und weil ich ein Angebot habe, das ich unmöglich ausschlagen kann. Avend hat sich noch einmal gemeldet und ich würde es jetzt gerne annehmen.“

Gerd schwieg erst, dann seufzte er leise und stand schließlich auf. Er tigerte minutenlang in seinem Zimmer hin und her, schließlich blieb er stehen und sah sie an. „Ich habe einen anderen Vorschlag, aber das muss unter uns bleiben.“

Katja sah ihn mit klopfendem Herzen an und nickte.

Eine halbe Stunde später trat sie aus Gerd Werners Zimmer und atmete mehrmals tief durch. Schließlich machte sie sich auf den Weg, um Punkt vier ihrer Liste abzuhaken.

Stefan schlief mal wieder nicht, stattdessen lauschte er auf die Schritte, die auf dem Gang zu hören waren.

Katja!

Irgendwie musste es doch möglich sein, sie endlich fassen zu können. Er musste dringend mit ihr reden, aber alle Versuche waren an ihr abgeprallt, wie ein Tennisball an einer Wand. Auch jetzt stoppte sie vor dem Zimmer, wie so oft in den letzten Wochen. Doch heute ging sie nicht weiter, sondern zu seiner Verblüffung öffnete sich die Tür. Sein Herz vollführte einen Jubeltanz und sofort waberte der süßliche Melonenduft durch das Zimmer. Er musste sich schwer beherrschen, die Augen geschlossen zu halten und ruhig weiterzuatmen.

An ihren zögerlichen Schritten erkannte er, dass sie prüfte, ob er wirklich schlief und erst dann kam sie näher. Sofort fühlte er ihren Blick auf sich und ihm wurde warm. Mit flachem Atem wartete er auf ihre Berührung, doch die blieb aus. Stattdessen hörte er, wie sie die Schublade seines Nachttisches aufzog und etwas hineinlegte. Er wagte es, die Augen millimeterbreit zu öffnen und bemerkte entsetzt, dass er damit genau ihre Brust im Visier hatte. Er schluckte und bewegte sich unruhig.

Dann hörte er, wie Katja die Schublade wieder zuschob und das Zimmer verließ.

Stefan lag stocksteif im Bett und versuchte seiner Gefühle Herr zu werden. Er knipste die Nachttischlampe an und rappelte sich tapsig auf.

„Verflucht!“ Noch immer schmerzte seine Schulter bei jeder Bewegung, doch bei weitem nicht so sehr, wie vor der Operation. Bedächtig zog er die Schublade auf, in der außer seinem Handy und seiner Brieftasche nun ein einzelner Schlüssel lag. Seine rechte Hand ballte sich zur Faust, in die er seine Zähne grub, bis es schmerzte.

Nach einer halben Stunde quälender Gedanken stand er auf und verließ das Krankenzimmer. Sein Büro war wie üblich nicht abgeschlossen, aber der Computer war noch eingeschaltet. Er ließ sich auf den bequemen Ledersessel sinken und blickte grübelnd umher. Hier sah es aus, als hätte Katja sein Büro benutzt. Warum auch nicht, schließlich hatte sie bestimmt seine Vertretung übernommen.

Gelangweilt bewegte er die Maus. Der schwarze Bildschirm wurde aktiv und es wurde der Posteingang von Katjas Mailprogramm angezeigt, das sie offenbar vergessen hatte, zu schließen. Ihm stach augenblicklich eine Mail ins Auge: *Vertragsentwurf* stand im Betreff und der Absender lautete: *Koenneker@de.avendmedtec.com.*

„Shit!“ Stefan traute seinen Augen nicht. Ohne nachzudenken öffnete er die Mail und las fassungslos den Text, erst einmal, dann ein zweites Mal. Erst dann erkannte er, dass die Mail eine Antwort war und der Mailverkehr schon einige Wochen hin- und herpendelte.

„Daher weht der Wind. Die wollte gar nie hierbleiben“, murmelte er und schluckte, als er das Gehaltsangebot sah.

Wann hätte sie ihm das wohl verkündet?

Vertrau mir, vertrau uns, hatte sie gesagt und was hatte er nun davon? Immer dann, wenn er genau dies tat, wurde er bitter dafür bestraft. Nun gut, sie wollte es nicht anders – auch das würde er überleben und in Zukunft nur noch sich selbst vertrauen.

Kapitel 34

An einem Freitag im August ließ Katja einen Stapel Akten vorsichtig auf Birgits Schreibtisch gleiten und seufzte leise. „Das war es dann. Ich habe alle Patientenakten durchgesehen. Es stehen jeweils sämtliche wichtigen Informationen auf einem Blatt vorn in der Akte. Du kannst sie allesamt am Montag Stefan geben. Machen wir es kurz, ich habe mich vorhin schon von allen anderen verabschiedet."

„Ich kann es wirklich nicht glauben, dass es jetzt doch so gekommen ist." Birgit sah Katja traurig an. „Und ich kann mir überhaupt nicht vorstellen, wie es hier ohne dich weitergehen soll. Vor allem, weil Stefan noch lange nicht voll einsatzfähig sein wird, auch wenn er nächste Woche seinen Dienst wieder aufnehmen wird."

„Es ist besser so, Birgit. Glaub es mir." Katja sah Birgit wehmütig an. Die letzten Wochen waren alles andere als leicht gewesen. Etwas Erleichterung war ihr dadurch verschafft worden, dass Stefan das Krankenhaus verlassen hatte und sie ihn nicht mehr gesehen hatte. Seither waren mehrere Wochen vergangen, doch sie hatte Gerd versprochen, so lang zu bleiben, bis Stefan wieder seinen Dienst aufnehmen konnte und am Montag war es nun so weit.

„Tja, das war es dann wohl. Meine Handynummer hast du ja." Katja breitete die Arme aus und wartete, bis Birgit aufgestanden war. Beide Frauen umarmten sich lange. Katja tat mehrere tiefe Atemzüge und wischte Birgit eine Träne von deren Wange. „Tu mir einen Gefallen und schließ nie mehr Wetten auf irgendwelche Paare ab."

„Bestimmt nicht." Birgit wirkte ausgesprochen schuldbewusst und sah nach einer weiteren langen Umarmung Katja nach, die mit einer großen Tasche über der Schulter die Station und damit das Krankenhaus verließ.

„Mir graut echt schon bei dem Gedanken daran, wie es wird, wenn Stefan hier wieder das Sagen hat.“ Karin war neben Birgit getreten und hatte – wie sie selbst – Tränen in den Augen.

„Ich werde jedenfalls nicht diejenige sein, die ihm mitteilt, dass Katja weg ist.“ Birgit wischte sich mit einer rüden Bewegung die Tränen aus den Augen. „Das soll er mal schön selbst rausfinden.“

„Verdammt! Es ist noch schlimmer, als wir befürchtet haben. Er tut ja gerade, als sei überhaupt nichts geschehen. Hat der eigentlich keine Gefühle?“ Birgit fluchte laut auf und ließ einen Karton auf den Tisch und sich selbst auf einen Schreibtischstuhl fallen. Dann drehte sie sich schwungvoll zu Karin um, die neben ihr an dem Kopierer stand. „Katja ist wie vom Erdboden verschluckt. Ich kann nicht glauben, dass keiner weiß, wo Katja steckt. Das gibt es doch gar nicht.“

Karin legte mit erschreckter Miene den Zeigefinger auf den Mund und deutete mit einem Nicken ins angrenzende Zimmer. Birgit hörte, wie eine Schublade kräftig zugeschoben wurde, dann tauchte Stefan auch schon auf.

„Och, ich weiß wo sie steckt.“ Er lachte bitter auf. „Frau Doktor Thalbach war ja schon immer zu Höherem berufen. Sie hat schlussendlich doch dem Angebot von Avend nicht widerstehen können und ist nun an der Uniklinik in Düsseldorf.“ Stefan fuhr sich mit der Hand durch seine Haare. „Na ja, inzwischen kann sie ja ein weiteres Wunder vermelden und hat dort große Karrierechancen. Die geglückte Operation an mir war bestimmt sehr förderlich für ihre Bewerbung.“ Er hob den Arm und bewegte lässig seine Schulter, bevor er weiter lästerte:

„Wozu soll sie dann hier Zeit verschwenden und eine Beziehung retten?“

Bei diesem Satz zuckte es Birgit kurz in ihrer Hand. Am liebsten hätte sie ihm eine kräftige Ohrfeige verpasst, in der Hoffnung, dass sein Verstand endlich mal einsetzen und er kapieren würde, was er da wieder von sich gab. Auch Karin war kurz vor einer Explosion und mischte sich zu Birgits Erstaunen zum ersten Male ein.

„Ich gehe dir gleich eigenhändig an die Gurgel. Wie blöd bist du eigentlich? Diese Frau hat sich mit Haut und Haaren in dich verknallt und sie hat nur ein einziges Ziel mit dieser Operation verfolgt – dir zur helfen.“ Karin stand inzwischen vor Stefan und Birgit zuckte zusammen, als sie zusah, wie Karin ihm den Zeigefinger in die Brust stach.

Weiter so, feuerte sie ihre Stellvertreterin stumm an. *Gib es ihm!* Doch Karin benötigte gar keine Unterstützung.

„Sie wollte dich von deinen Schmerzen befreien. Dir ...“, wieder stieß Karin erbarmungslos zu, sodass Stefan unweigerlich den Mund verzog, „... dir ein normales Leben und Berufsleben ermöglichen.“

„Hätte sie mal gefragt, ob ich das wollte.“

„Ja, hätte sie mal. Das sagt sie sich bestimmt auch die ganze Zeit. Vielleicht hätte sie dich ja aber auch nur ganz einfach in deinem Badezimmer verrecken lassen sollen. Ich wette, auch diesen Gedanken hatte sie schon.“

„An einer Gehirnerschütterung oder einer Fraktur stirbt man nicht zwangsläufig.“

„Nein.“ Karin schnaubte und war völlig außer sich. „Aber an einem Herzstillstand. Weißt du eigentlich, was für ein Glück du hattest?“

Lähmendes Schweigen breitete sich aus und Birgit bemerkte mit Genugtuung, wie alles Blut aus Stefans Gesicht wich. Entsetzt ließ er den Blick von Karin zu Birgit wandern.

Birgit nickte. „Ich kann ihr da nur zustimmen, Stefan. Einen größeren Hornochsen habe ich in meinem ganzen Leben noch nicht gesehen. Katja hat dir das Leben gerettet, nicht nur deine dämliche Schulter und deinen Beruf."

„Gebt mir meine Krankenakte", bellte er. „Sofort!"

Birgit musste Karin insgeheim bewundern, denn diese ging betont langsam in den Nebenraum und kam genauso gemächlich mit der Akte zurück. Stefan riss sie ihr aus der Hand. Er blätterte die Akte hektisch durch und ließ sich schließlich auf den Stuhl fallen, auf dem Karin zuvor gesessen hatte.

Stefan starrte zunächst auf den Telefonhörer in seiner Hand und versuchte zu begreifen, was Doktor Könneker ihm erklärt hatte.

„Frau Doktor Thalbach hat unser Angebot leider endgültig ausgeschlagen. Wissen Sie das denn nicht?", hatte der Geschäftsführer von Avend ihm erklärt, nachdem er nach der Adresse von Katja gefragt hatte. „Wir bedauern es nach wie vor außerordentlich."

Wo zum Teufel steckte sie dann?

Sie ging nicht an ihr Handy, nicht mal ihre Mailbox meldete sich, wenn er versuchte, sie zu erreichen!

Bei Viktoria brauchte er es erst gar nicht versuchen, das war ihm klar, denn die ging ihm mit wütendem Blick aus dem Weg. Doch eine Hoffnung gab es noch. Stefan blickte auf die Uhr, er schnappte seine Jacke und eilte über den Flur.

Kapitel 35

Katja legte das Buch auf die glänzende Theke neben ihr Handy und gab es endgültig auf, den Sinn der Geschichte zu erfassen. Sie nahm die grüne Kokosnuss mit dem eisgekühlten Kokoswasser und zog an dem Strohhalm, der in einer kreisrunden Öffnung steckte; mit der anderen Hand stützte sie ihren Kopf ab. Sie war schrecklich müde. In aller Herrgottsfrühe war sie von Luciana, der Ordensschwester, die die Notfallambulanz der Hilfsorganisation hier in Rio de Janeiro leitete, wegen eines Notfalls aus dem Bett geworfen worden. Danach war der Strom an Menschen, die aus den Favelas wie dem Complexo do Alemão kamen und medizinische Hilfe im Hospital suchten, nicht mehr abgerissen. Die Arbeit hier in Brasilien, wo man sie dieses Mal hingeschickt hatte, war anstrengend, aber genau richtig, sie abzulenken, damit sie nicht immer wieder an Stefan dachte.

Doch in ruhigen Momenten schlich er sich unweigerlich wieder in ihre Gedanken. Die Hoffnung, dass die Entfernung zu Deutschland die Wunden schneller heilen ließ, erfüllte sich bisher nicht. Die wenigen Monate, die sie mit Stefan verbracht hatte, waren mit Abstand die glücklichsten ihres Lebens gewesen.

Immer wieder überlegte sie, ob sie heute anders reagieren würde? Doch die Ärztin in ihr gewann dann schnell die Oberhand und ihr war klar, dass sie in derselben Situation wieder so handeln würde. Schließlich hatte es sich auch gezeigt, dass es die richtige Entscheidung gewesen war. Denn sie wusste von Vicki, dass Stefan inzwischen fast vollständig wieder einsatzfähig war.

Trotzdem hatte sie mit dieser Entscheidung ihre große Liebe verloren. Unter vollster Konzentration hielt sie die Tränen zurück, die sich immer wieder hartnäckig bildeten, sobald Stefans Bild vor ihrem inneren Auge auftauchte.

Bisher ging Gerds Plan gründlich schief. Weder ihr Seelenleben erholte sich, noch fühlte sie sich gestärkt genug, um im Februar in der Oberauklinik ihren Dienst wieder aufnehmen zu können. Katja starrte auf den weißen Sandstrand der Copacabana, wo sich die Menschen auch noch am Abend tummelten. Das blaugrüne Meer erstreckte sich wie endlos vor ihr. Der Geruch der Meeresluft vermischte sich mit dem süßlichen Duft der Bolinhos de Chuva. Die Teigbällchen wurden hier am Quiosque, wie die meist kreisrunden Strandbars in Brasilien genannt wurden, direkt in Fett schwimmend frittiert und noch heiß verkauft.

In dieser abwesenden Haltung fand Stefan sie vor, als er endlich den richtigen Strandabschnitt gefunden hatte. Grinsend hatte ihm die freundliche Schwester im Hospital in einwandfreiem Deutsch den Weg zur Praia de Copacabana erklärt, trotzdem hatte er lange suchen müssen.

Gedankenverloren blickte er auf die einsame Gestalt, die auf einem der silbrigen Barhocker saß und die Menschen am Strand beobachtete. Wieder einmal fragte er sich, warum sie ihm nicht erzählt hatte, dass sie seit Jahren ihren Urlaub opferte, um an den unterschiedlichsten Orten in der ganzen Welt humanitäre Hilfe zu leisten. Sie hatte ihm offensichtlich nie ganz vertraut, war wachsam geblieben. Warum, das wusste er nicht. Er konnte es nur herausfinden, wenn er mit ihr redete.

Er verharrte immer noch auf der Stelle und sog ihr Bild in sich auf. Sie war braungebrannt, die Haare hatte sie unter eine Baseball-Cap geschoben, aus der sich einzelne ausgebleichte Strähnen ringelten.

Gott – hatte sie ihm gefehlt!

Seine Nervosität stieg. Jetzt hieß es alles auf eine Karte zu setzen und herauszufinden, ob er noch etwas zu retten vermochte, was er so glorreich versiebt hatte. Er würde nichts unversucht lassen, sie von seiner Liebe zu überzeugen, selbst wenn er vor ihr zu Kreuze kriechen musste.

Sie schien seine Blicke zu spüren, denn sie drehte den Kopf in seine Richtung. Dabei schirmte sie mit der Hand ihre Augen gegen die Sonne ab. Sekundenlang verharrte sie, dann war sie mit einem Satz auf den Beinen und kam über das hier so typisch wellenlinienförmige Mosaikpflaster zu ihm geeilt. Kurz vor ihm stoppte sie ab und blieb in sicherem Abstand stehen. Ihre Augen schienen seine linke Schulter mit Röntgenblicken zu taxieren.

Er wusste, was sie sah: Grünes Tape schützte und stützte die genesene Schulter nur noch prophylaktisch. Ober- und Unterarm waren dick mit Sonnencreme eingeschmiert, damit die narbige Haut nicht der extremen Sonne hier ausgesetzt wurde.

„Hey, du“, war alles, was er herausbrachte, da ihn nun die Liebe zu ihr mit aller Macht übermannte.

„Was macht die Schulter?“ Katja überging die Begrüßung.

Er demonstrierte es ihr mit einer Kreisbewegung, dann hob er den Arm an und winkelte ihn problemlos nach hinten ab, wie er es in der Krankengymnastik wochenlang praktiziert hatte.

„Alles gut. Du hast ein Wunder vollbracht.“

Ein triumphierendes Grinsen erschien auf Katjas Gesicht, bevor ihr Blick wieder ernsthaft und wachsam wurde. „Wie kommst du hierher?“

„Mit dem Flugzeug. Schwimmen wäre doch etwas mühsam gewesen. Außerdem macht das meine Schulter dann doch noch nicht mit.“

„Das glaube ich sofort.“ Katja konnte wiederum ein zufriedenes Grinsen nicht verbergen. Stefan erkannte jedoch sofort, dass die Freude nicht echt war, dafür ihre Sorge: „Sind die Schmerzen wenigstens erträglich?“

„Ich bin clean und schmerzfrei! Fast jedenfalls, nur abends merk' ich dann doch, dass noch nicht genügend Zeit verstrichen ist."

„Das ist schön." Katja hatte sich noch keinen Millimeter bewegt. Sie neigte den Kopf und schien zu überlegen. „Und warum bist du hier?"

„Ich suche die Frau, die ich liebe und die mir entsetzlich fehlt."

„Wer soll das sein?" Katja kam ihm so gar nicht entgegen.

„Katja, das ist nicht fair. Ich habe ewig gebraucht rauszubekommen, wo du bist. Warum hast du mir verschwiegen, wie du seit Jahren deine Urlaube verbringst?" Er lächelte unsicher, nachdem sie keinerlei Reaktion zeigte. „Was gibt es noch alles an dir zu entdecken?"

„Finde es heraus." Ihre Augen blitzten hoffnungsvoll auf, als sie ihm diese Antwort gab. Sie trat einen winzigen Schritt nach vorn, doch plötzlich waren laute Rufe zu hören.

„Katja – Katja, rápido! O cellular toca!"

Beide blickten auf und Stefan sah einen jungen Brasilianer, der in der Strandbar wild mit einem Handy wedelte.

„Mist, das ist mein Handy! Was zum Teufel ist heute nur los?" Katja ließ ihn stehen, rannte zurück zur Bar und nahm das Gespräch entgegen. Stefan folgte ihr zögerlich und lauschte angespannt, verstand aber von den portugiesischen Sätzen kein einziges Wort. Schnell war das Gespräch beendet und sie kramte in ihren Shorts nach Geldscheinen und nahm das Wechselgeld entgegen. Ihn ignorierte sie völlig, stattdessen scherzte sie mit dem jungen Brasilianer und verabschiedete sich. Erst dann schien sie sich an ihn zu erinnern. „Komm mit. Du kannst mir bestimmt helfen, wenn du schon da bist."

Wenn du schon da bist, äffte er Katja in Gedanken nach. Etwas mehr Begeisterung hatte er sich schon erwartet.

„Wir haben einen Notfall im Hospital. Wie bist du hergekommen?"

„Ich habe einen Mietwagen", murmelte er enttäuscht darüber, dass sie so wenig Notiz von ihm nahm. „Aber ich hab' ewig weit weg geparkt."

„Dann fahren wir mit meinem Jeep und holen deinen Wagen nachher ab." Katja deutete die Richtung an. Schweigend liefen sie nebeneinander her und die ersten Minuten der Fahrt verliefen genauso ungemütlich.

Stefan hielt es irgendwann nicht mehr aus. „Schön hier."

„Sehr schön, sehr laut und sehr warm", war Katjas einziger Kommentar.

„Warum bist du einfach verschwunden?", rutschte ihm heraus.

„Was hätte ich sonst tun sollen? So tun, als sei nichts gewesen? Das kann ich nicht! Schließlich hast du mir klipp und klar erklärt, dass du meine Liebe nicht willst." Katjas Blick, mit dem sie ihn sekundenlang musterte, war eisig. Doch sie sprach schon weiter: „Du hast alles, was so wunderschön gewesen ist, in den Dreck gezogen und beendet als hätte es nie etwas bedeutet."

„Ich weiß. Aber genau deswegen bin ich jetzt hier. Ich möchte dich um Verzeihung bitten. Denn die Zeit mit dir bedeutet mir viel, *sehr viel!* Ich liebe dich!"

Ihre einzige Reaktion bestand darin, dass ihre Hände das Lenkrad fester umklammerten, ansonsten starrte sie stur auf die Straße.

„Katja, was kann ich tun, damit du mir vergibst?", fragte er schließlich, nachdem zwei Minuten lähmender Stille verstrichen waren.

„Weiß ich nicht. Mist, verdammter. Natürlich sind die Straßen wieder verstopft", beschwerte sie sich und sah ihn kurzzeitig an. Dabei erkannte er, dass ihr Tränen in den Augen standen. Sie blinzelte mehrmals, was zur Folge hatte, dass ihr eine einzelne Träne über die Wange kullerte. Vielleicht war es ja doch nicht hoffnungslos?

„Ich war nicht Herr meiner Sinne", wagte er einen weiteren Vorstoß.

„Und jetzt bist du es?"

„Ich muss schon sagen, du machst es mir echt nicht leicht." Stefan schüttelte schnaubend den Kopf. „Ich vermisse dich! Katja, du bist mein Leben, nur dann bin ich *Ich-Selbst.*"

Er sah sie lange an, dann gab er sich einen Ruck. „Also, warum hast du so ein Geheimnis daraus gemacht, wie du wirklich deine Urlaube verbringst?"

„Weiß nicht. Erst ging es dich nichts an, später war es nicht mehr wichtig." Katja zuckte mit den Schultern. „Hätte das etwas geändert?"

Stefan setzte alles auf eine Karte: „Nun ja, die Frau, die ich heiraten werde, sollte eigentlich keine Geheimnisse vor mir haben." *Mist, das hätte man auch anders formulieren können!* Sein Herzschlag passte sich dem Verkehr an und stockte.

Katja, die erneut bremsen musste, hob den Kopf und starrte ihn verblüfft an. „Ach, tun wir das? *Heiraten?*"

Stefan grinste etwas unsicher und strich ihr vorsichtig über die Wange. „Wenn du mich willst, gleich morgen. Das wird ja hier in Rio wohl möglich sein."

Katjas Fuß rutschte von der Kupplung, der Motor erstarb mit einem Ruckeln. Sie suchte immer noch völlig verwirrt seinen Blick – erst stolperte ihr Herz, dann setzte ihr Denken aus. Sie erkannte plötzlich die ganze Wahrheit. Sie sah die Liebe, die Hoffnung und auch die Sorge in seinem Blick. Sekunden, die wie endlose Minuten anmuteten, verstrichen, während sie sich schweigend in die Augen blickten. Hinter ihnen hupte es und Katja zuckte zusammen.

„Sorry, aber darüber macht man keine Witze", murmelte sie, während sie den Motor anließ und so hektisch den ersten Gang einlegte, dass das Getriebe protestierte.

„Ich mache ..."

„Stefan, lass' uns nachher alles bereden. Wir wären gleich da, wenn die da vorn endlich mal losfahren würden."

Wie aufs Stichwort setzte sich die Autoschlange in Bewegung und Katja steuerte den Wagen noch einige Minuten an der Küstenstraße entlang. Sie ignorierte die Christusstatue zu ihrer linken, die hoch oben auf dem Corcovado nicht zu übersehen war, und hatte keinen Blick für den Zuckerhut, den die Brasilianer Pão de Açúcar nannten und der sich nun zu ihrer rechten Seite auf der Halbinsel Urca auftürmte und den sie sonst nicht müde wurde, zu bestaunen. Auch Stefan hatte keinen Blick für die wunderschöne Umgebung und starrte auf seine Turnschuhe. Ihre Gedanken drehten sich im Kreis, doch sie zwang sich jetzt nicht über Stefans letzten Satz nachzudenken und erklärte ihm stattdessen, wie die Menschen hier lebten und dass diese Notfallambulanz für sie die einzige Möglichkeit war, medizinische Hilfe zu bekommen.

Sobald sie am Hospital angekommen waren, stellte Katja den Jeep mitten in den Hof und eilte voraus. Ihr Herz vollführte einen Trommeltanz, als ob die Brasilianer einen ihrer typischen Samba-Rhythmen spielten, ebenso wie ihre Gedanken Kapriolen schlugen. Doch sie konnte sich jetzt nicht erlauben, das Chaos in ihren Inneren zu sortieren, denn in der Ambulanz erkannte sie sofort das verletzte Mädchen, das auf der Trage lag. Es war die Tochter eines der Krankenpfleger, der völlig aufgelöst neben dem Mädchen saß und schwallartig auf sie einredete. Das Bein sah übel aus, Katja erfasste in Bruchteilen von Sekunden, dass Waden- und Schienbein zertrümmert sein mussten.

„Wir müssen sofort operieren." Katja erteilte in fließendem Portugiesisch sämtliche Befehle, dann wandte sie sich an Stefan, der stumm neben ihr stand. „Komm mit. Wir haben hier zwar einen OP, der ist aber nicht zu vergleichen mit dem in Freiburg. Schwester Luciana zeigt dir alles. Ich suche noch im Materialraum nach Schienen, die wir verwenden können."

„Schienen? Katja, da muss ein Fixateur ran."

„Tsssssss. Du bist gut. Wenn ich eine Titanstange in der richtigen Länge finde, dann wäre es schon eine Sensation." Katja schüttelte den Kopf. „Ich komme gleich wieder."

„Das ist er also", stellte Luciana fest und sah Stefan neugierig an. Katja stoppte und besann sich auf ihre gute Erziehung.

„Entschuldigung. Doktor Stefan Marquardt, mein Freiburger Chef.

Schwester Luciana, sie leitet diese Ambulanz."

„Sie haben sich ja ganz schön Zeit gelassen." Luciana sah ihn vorwurfsvoll an.

„Ich ... Äh ... Ich hatte schließlich keine Ahnung, wo Katja ist."

„Nun ja, jetzt sind sie ja hier. Kommen Sie, ich zeige Ihnen den OP, aber erschrecken Sie bloß nicht." Luciana schob ihn in den nächsten Raum.

„Kein Wunder, dass du so erfinderisch bist." Stefan starrte Katja zwei Stunden später voller Bewunderung an. „Das ist zwar ein Provisorium, aber es wird dem Mädchen das Bein retten."

„Ich weiß." Die Operation war fast abgeschlossen und wie immer hatte sie sich mit Stefan ausschließlich über Telepathie verständigt. Der Draht zu ihm war also immer noch vorhanden.

„Es war ein Vergnügen, euch beiden bei der Arbeit zuzusehen. So ein blindes Verständnis gibt es nur selten", bestätigte dann auch schon Luciana.

„Schließlich stehen wir seit Jahren tagtäglich miteinander im OP." Stefan übernahm es nun, die Wunde zu schließen.

„Und jetzt sind Sie gekommen, um Katja wieder nach Deutschland zu holen?" Luciana ließ Stefan nicht aus den Augen.

„So was in der Art hätte ich mir erhofft. Ich bin mir jedoch nicht sehr sicher, wie groß meine Erfolgsaussichten noch sind?" Stefan nahm den Tupfer, den Katja ihm hinhielt, und sah sie dabei bittend an. Ihr blaues Auge funkelte spöttisch.

„Meu querido, Doktor Marquardt! Sie sprechen zwar mit dem Mund, aber Sie sollten Ihr Herz Regie führen lassen, dann wird alles gut", belehrte ihn die ältere Frau.

Katja räusperte sich. „Hm-hm. Sehr nett, dass ihr euch so gut versteht. Aber ich bin anwesend, vielleicht könntet ihr euch nachher über mich austauschen."

Er wechselte einen belustigten Blick mit Luciana. „Ich liebe sie besonders, wenn sie so verlegen ist."

„Verräter!" Katja schnitt den Faden ab und reichte ihm den vorbereiteten Verband. Es dauerte nur noch kurze Zeit, dann schob Schwester Luciana das Bett aus dem OP, und Katja und Stefan blieben allein zurück.

„Können wir nun unser Gespräch von vorhin fortsetzen?" Stefan zog sich den OP-Kittel aus und warf ihn in die dafür vorgesehene Wäschetruhe. „Vielleicht bei einem Abendessen? Ich habe entsetzlichen Hunger. Die Verpflegung im Flugzeug war alles andere als üppig."

„Meinetwegen." Schmerzen hatte er definitiv keine mehr, denn während der Operation hatte er nicht einmal gezögert oder den Arm geschont. Katja konnte den Blick nicht von ihm wenden, wie er nun in Shorts und ziemlich durchgeschwitztem Shirt vor ihr stand. „Da wir eh dein Auto holen müssen, lass' uns zurückfahren. An der Copacabana gibt's typisch brasilianisches Essen. Lust auf Spießbraten?"

„Sollten wir uns nicht umziehen?" Stefan sah an sich hinab.

„Nö. Hier gibt es zwar ein Sterne-Restaurant, aber da gehen wir nicht hin." Katja zog ihn zum Auto und stieg ein.

„Okay. Ich lasse mich gerne überraschen."

Am Strand angekommen, zögerte sie kurz. „Lass' uns erst reden, dann essen."

Ihre Flip-Flops segelten in den Sand und sie ging zielstrebig nach vorn ans Wasser, dann watete sie ins Meer, bis es ihre Knöchel umspielte. Stefan tat es ihr nach und so standen sie gemeinsam schweigend nebeneinander und betrachteten die heranrollenden Wellen. Endlich drehte sie sich zu ihm, räusperte sich und hob die Hand, um damit über die schlimmsten Narben auf seinem Oberarm zu streichen.

„Weißt du eigentlich, was ich für eine Scheißangst um dich hatte? Du lagst blutend vor mir und dein Puls war plötzlich nicht mehr zu spüren." Katjas ganzer Körper wurde von einem Frösteln erfasst. „Ich war so in Panik. Keine Ahnung, wie ich es geschafft habe, den Notarzt anzurufen."

Stefan legte beide Hände auf ihre Schultern und strich federleicht darüber. Sie hob den Kopf, Tränen glitzerten in ihren Augen. „Ich bin tagelang nicht von deiner Seite gewichen und war so glücklich, als du mich erkannt hast. Mein Gott, Stefan. Du hättest sterben können!" Sie entwand sich seinem Griff, schlang die Arme um ihren Oberkörper und starrte minutenlang aufs Meer.

Stefan brach schließlich das Schweigen: „Und dann mache ich nichts anderes, als dich mit Vorwürfen zu überschütten. Ich war so ein Trottel, Katja."

Katja suchte seine Hand und drückte sie. „Es hat so wehgetan. Ich musste mich von dir fernhalten. Dabei will ich dich doch am liebsten gar nicht mehr loslassen und dir zeigen, wie sehr ich dich liebe." Wieder räusperte sie sich und suchte nach den richtigen Worten. „Ich war noch nie wirklich verliebt gewesen und dann kamst du. Ich habe es vor Glück mit meiner Liebe übertrieben und tatsächlich eigenmächtig in dein Leben eingegriffen. Aber ich musste es tun", flüsterte sie erstickt und wagte es endlich wieder, ihn anzusehen.

„Ich bin der Schuldige." Stefan umfasste ihr Gesicht und sie sah in seine Augen. Sein Blick wirkte schuldbewusst und er bat erneut um Verzeihung. Sie blinzelte und endlich senkte er seinen Mund auf ihren. Sie spürte, wie ihr Puls sich beschleunigte, und genoss seine sanft streichelnden Hände. Wie sehr hatte sie sich nach seinen Berührungen gesehnt! Nächtelang hatte sie sich danach verzehrt und sich die Augen ausgeweint. Auch jetzt stiegen unerklärlicherweise die Tränen auf und begannen zu fließen. Dieses Mal waren es jedoch Tränen des Glücks.

„Sch–sch, Schatz. Alles wird gut“, murmelte Stefan mit den Lippen an ihrem Hals.

„Ich liebe dich so sehr“, schniefte sie und gab ihm einen weiteren leidenschaftlichen Kuss.

„Oh, Katja. Ich bin ein Niemand ohne dich.“ Stefan griff nach ihrer Hand und hielt sie fest. „Willst du meine Frau werden?“

„Ich ... Äh ... ich ...“ Katja versuchte, ein hysterisches Kichern zu unterdrücken und bekam prompt einen Schluckauf. „Ich weiß aber gar nicht, ob das hier so einfach geht?“

Auf Stefans Gesicht erschien ein erleichtertes Strahlen. Die Anspannung fiel sichtbar von ihm ab, automatisch richtete er sich auf und da war er wieder: Der Mann, in den sie sich verliebt hatte. Doch noch nie hatte sie ihn so sehr geliebt wie heute.

„Wir fragen Luciana, die wird schon wissen, was zu tun ist. Aber war das ein Ja?“

Katja nickte strahlend und hielt sich die Hand vor den Mund. „Wie kann man einen ... Schluckauf haben ... wenn man die wichtigste Frage seines Lebens ... gestellt bekommt? Ja, ich will ... dich heiraten. Mist!“, fluchte sie noch, als der Schluckauf kein Ende nehmen wollte.

„Gleich ist er weg.“ Stefan beugte sich zu ihr. Der erste Kuss, den er ihr gab, war federleicht und eher ein Hauch als eine Berührung seiner Lippen. Erst nach einem prüfenden Blick in ihre Augen küsste er sie zärtlich und unendlich lange, als sie die Küsse glückselig erwiderte.

„Und jetzt?“ Mehr brachte sie trotz aller Mühe nicht heraus. Ihr Herz drohte gleich zu platzen vor Liebe.

„Jetzt hab’ ich tierisch Hunger und danach zeige ich dir, dass ein anderer Hunger auch dringend gestillt werden muss.“

In dieser Nacht schlief Katja wenig. Stattdessen lag sie da, lauschte den Geräuschen der Nacht und dem gleichmäßigen Atmen von Stefan, an dessen Schulter sie ruhte. Zum ersten Mal, seit sie mit ihm zusammen war, schlief er ruhig und ohne sich herumzuwälzen oder im Schlaf zu stöhnen. Nach dem Essen waren sie zurück an den Strand gegangen. Dort hatten sie sich in den warmen Sand gesetzt und sich lange ausgesprochen. In ihrem kleinen Apartment angekommen, hatten sich nicht geliebt, stattdessen hatte Stefan sie in seine Arme und an sich gezogen. „Ich liebe dich so sehr", hatte er ihr ins Ohr geflüstert, bevor die stundenlange Anspannung und die lange Reise ihren Tribut gefordert hatten. Doch jetzt regte er sich und blinzelte. „Du schläfst ja gar nicht."

Katja hob die Hand und fuhr über seine unrasierte Wange. „Nein, ich bin viel zu glücklich."

Stefan lächelte. „Ich habe dir noch gar nicht erzählt, dass ich mich noch zweimal mit Benedict getroffen habe. Ich mag ihn und seine Familie. Er hat nach dir gefragt."

Katja schmunzelte. „Es ist echt ein Hammer, dass dein Bruder mit einer der bekanntesten Schauspielerinnen Deutschlands verheiratet ist."

„Und ich hoffentlich bald mit der talentiertesten Chirurgin Deutschlands." Stefans Stimme klang rau. „Könnte sich diese Chirurgin eventuell vorstellen, mit mir eine Familie zu gründen? Ich meine ...", er räusperte sich. „So mit allem Drumherum, Kinder und so was, meine ich."

„Das könnte sie in der Tat", murmelte Katja und ihre Finger fanden wie von selbst den Weg unter das Laken. „Allerdings müsste man dazu irgendwie tätig werden."

Er suchte ihre Zunge, umfasste ihre Hüfte und zog sie an sich. Dann erst gingen seine zärtlichen Hände auf Wanderschaft. Sofort übertrug sich seine Wärme auf sie, ein Phänomen, dass sie vor ihm nicht gekannt hatte. Sie war erhitzt und sie fühlte, wie er über ihre aufgerichteten Brustwarzen strich. Stöhnend bewegte sie sich unter seinen drängenden Lippen. Gierige Küsse wurden getauscht, die Wochen der Enthaltsamkeit wurden mit Leidenschaft wieder wettgemacht. Sie wand sich vor Lust, während seine Hände nicht stillstanden.

Mehrmals wälzten sie sich über das Bett, bis er sie schließlich kraftvoll unter sich festhielt. Er blickte ihr tief in die Augen, und während der erste Sonnenstrahl dieses neuerwachten Tages die Hütte in ein goldenes Licht tauchte, kam er zu ihr.

„Du bist alles, was ich jemals wollte." Mit einem tiefen Stoß verlieh er seinen Worten zusätzlich Nachdruck. Schließlich bettete er den Kopf zwischen ihre Brüste und verwöhnte sie. Dann stützte er sich wieder auf und ließ seine Stöße immer schneller werden. Katja tauchte mit ihren Fingern in seinen Haaren ein, durchwühlte sie und kam ihm mit federnden Bewegungen entgegen. Kurz bevor der Höhepunkt sie beide überrollte, suchte er ihren Blick.

Da war es wieder! Die elektrische Ladung sprang über und sie erkannte in seinen Augen alles, was sie wissen musste. Wie auf Kommando überrollte sie ihr eigener Orgasmus, während Stefan wieder und wieder in sie stieß.

„Shit, das hört gar nicht auf", er brachte die Worte kaum heraus.

„C'est la vie", kicherte Katja und strich ihm über die Schultern. Endlose Minuten verstrichen, bis er auf ihr zusammensackte.

„Was zum Henker war das?" Stefan ließ sich schweratmend neben Katja gleiten, die ihr Gesicht in ihrem Kissen vergraben hatte. Ihre Schultern zuckten.

„Hab' ich dir wehgetan?", erkundigte er sich vorsichtig.

„Quatsch!“ Katja hob den Kopf und er sah, dass sie sich das Lachen kaum verkneifen konnte. „Du bist so süß.“

„Ich will nicht süß sein“, murrte er.

„Du bist es aber.“ Katja rollte sich auf ihn. „Wie lange kannst du hier bleiben?“

„Zehn Tage. Länger hat mir Gerd nicht freischaufeln können. Fliegst du mit mir zurück?“, fragte er und ahnte schon ihre Antwort, denn ihr Blick wurde ernst.

„Das geht nicht, ich habe zugesagt, dass ich bis Mitte Januar hierbleibe.“

„Ich hab's geahnt.“ Er steckte ihr eine Strähne hinter ihr Ohr. „Ich komme rechtzeitig zurück und dann machen wir in aller Ruhe noch Urlaub.“

„Das wäre schön!“ Katja entspannte sich wieder.

„Wusste Birgit wirklich nicht, wo du bist?“

„Nein!“ Katja schüttelte den Kopf. „Wer hat es dir verraten? Vicki?“

„Nee, die war stur wie ein Maulesel. Ich war mit meinem Latein am Ende, dann kam mir die Erleuchtung, deine Mutter zu fragen.“

„Wie lange hat sie dich schmoren lassen?“ Katja zog eine Augenbraue nach oben.

„Ganze zwei Wochen!“ Stefan verzog seinen Mund. „Dafür sah ihr Wohnzimmer am Ende aus, als würde sie in einer Gärtnerei arbeiten. Sie mag mich!“

„Wer könnte dich, nachdem du endlich den Menschen um dich herum vertraust, nicht mögen, Stefan?“

Kapitel 36

Jahreswechsel 2009/2010

Noch eine Woche! Katja konnte es kaum erwarten, Stefan wiederzusehen.

Noch eine ganze Woche! Bis dahin musste sie auch endlich eine Erleuchtung haben, wie sie Stefan die Neuigkeit beibringen wollte. Eine unvorhergesehene Planänderung, die sie auch Gerd irgendwie noch mitteilen musste.

Eine Planänderung, die sie selbst noch immer nicht wirklich begreifen konnte, auch wenn die Ursache dafür sich flatternd in Erinnerung rief.

„Mist, Mist, Mist", murmelte sie und blickte auf die sanfte Wölbung unterhalb ihrer Brust, die inzwischen nicht mehr zu übersehen war. „Ich glaube ja wirklich nicht, dass dein Papa so schnell alles *Drumherum* haben wollte."

Sanft strich sie darüber und fühlte mit ungläubigem Staunen die zarten Bewegungen in ihrem Inneren, die sie seit einer Woche spüren konnte. Noch immer konnte sie das Wunder selbst nicht wirklich fassen und trotzdem liebte sie das Ungeborene schon von ganzem Herzen. Sie hatte es nicht geschafft, Stefan in den zahllosen Telefonaten davon zu erzählen und konnte nur darauf hoffen, dass er sich ebenso sehr darauf freuen würde.

In einer Woche würde er kommen. Dann würden sie hier noch zwei Wochen Urlaub machen, bevor sie sich verabschieden mussten. Das Arbeiten und Reisen in fremde Länder, das Kennenlernen anderer Kulturen würde nun der Vergangenheit angehören.

Jetzt lag eine andere Zukunft vor ihr.

Ein Lebensabschnitt, auf den sie sich unendlich freute. Sie sah auf die Uhr und griff zum Handy, um wie jeden Abend Stefan anzurufen.

Wieder traf Stefan Katja an der Praia de Copacabana am Quiosque sitzend an. Sie erwartete ihn eigentlich erst in einer Woche, die Überraschung würde also gelingen.

Sie tippte auf ihrem Handy herum und er ahnte, wessen Nummer sie wählte. Bevor er reagieren konnte, erschreckte ihn lautes Klingeln und er erkannte, wie Katja verwundert den Kopf herumriss. Er zuckte mit den Schultern und breitete mit einem Grinsen die Arme aus.

Dann ging alles blitzschnell: Er hörte einen Jubelschrei, gleichzeitig sprang sie auf und landete auch schon schwungvoll in seinen Armen. Er hatte Mühe, sie aufzufangen und dabei nicht das Gleichgewicht zu verlieren.

„Was ... tust ... du ... hier?", fragte sie atemlos, nachdem sie ihn mit Küssen überschüttet hatte. Er drehte sie schwungvoll im Kreis, dann ließ er sie auf den Boden gleiten und zog sie an sich.

„Ich wollte mit dir den Jahreswechsel feiern. Dein Dienst hier ist ...", er schaute auf die Uhr, „... seit genau zwei Stunden beendet."

„Ach, deswegen ist der neue Arzt schon hier?" Katja legte den Kopf an seine Brust und streichelte seinen Rücken. „Ich habe dich so vermisst. Ich dachte, ich überlebe die restliche Zeit nicht mehr."

„Mir ging es ähnlich. Ich habe eine Überraschung für dich", murmelte er und küsste sie zart. Sie wurde steif in seinen Armen und verunsichert ließ er sie los. „Was ist?"

Katja senkte den Kopf und räusperte sich. „Ich ... äh ... ich hab' auch eine Überraschung zu verkünden." Sie trat einen Schritt zurück und ließ ihn dabei nicht aus den Augen.

Stefan versuchte das ungute Gefühl zu ignorieren, denn so, wie sie ihn anstrahlte, konnte es nichts Schlimmes sein. Wie üblich war er völlig auf ihre Augen fixiert. Das blaue Auge funkelte und auch das bernsteinfarbene glitzerte vor Glück.

„Was denn für eine Überraschung?"

„Wenn du dich für zwei Sekunden von meinen Augen losreißen könntest, dann würdest du nicht so dämlich fragen." Katja wirkte plötzlich etwas verunsichert und er riss sich schweren Herzens von dem Anblick ihrer Augen los und nahm sie in Augenschein.

„Ach du Schande!" Sein Blick blieb an der Wölbung unterhalb ihres Bikini-Oberteils hängen und wanderte weiter zu den knappen Shorts, dann wieder zurück. *„Das ist ja der Oberhammer!"*

Lachend ging er auf sie zu und legte vorsichtig die Hand auf ihre Bauchdecke. Katja legte ihre Hand darüber, dann reckte sie das Kinn und sah ihn herausfordernd an. „Du bist nicht sauer?"

„Sauer?" Er schüttelte den Kopf. „Wie kann ich sauer sein, wenn wir ein Wunder geschaffen haben? Wann kommt es denn?", fragte er mit leiser Stimme.

„Ende Juni, Anfang Juli", murmelte Katja und legte die Arme um seinen Hals.

„Pfff. Na da kann ich ja grad froh sein, dass ich das Haus auch ohne dich zu fragen schon gekauft habe."

„Welches Haus?" Katja starrte ihn irritiert an.

„Meine Überraschung." Stefan wackelte vergnügt mit den Augenbrauen. „Ich habe euer Nachbarhaus erstanden und Vicki hilft mir kräftig dabei, es umzubauen. Aber vor April können wir da im Leben nicht einziehen, denn es gibt einige Sachen, die wollte ich nicht ohne dich entscheiden."

„Oh. Ich liebe dich." Sie strahlte ihn an.

„Ich liebe dich von ganzem Herzen, Katja", murmelte er dicht an ihrem Mund. „Ein Blick aus diesen Hexenaugen genügte und du hattest mich. Schon vor ganz langer Zeit, aber ich wollte es nie wahrhaben."

„Halt die Klappe und küss mich endlich ganz gründlich." Katja machte kurzen Prozess, indem sie ihren Mund auf seinen presste.

Schweratmend lösten sie sich schließlich voneinander und Stefan strich noch einmal sehr ehrfürchtig über Katjas Bauch. Dann griff er in seine rechte hintere Hosentasche, entnahm ein Blatt und hielt es Katja unter die Nase.

„Es war nicht ganz einfach, aber mit Hilfe deiner Mutter und der tatkräftigen Unterstützung von Schwester Luciana traut uns nächsten Sonntag der Pastor aus dem Complexo do Alemão. Hier ist die Genehmigung."

Epilog

Stefan blieb stehen und betrachtete in aller Seelenruhe seine Frau, die ungeduldig vor dem Aufzug hin- und hertrippelte und immer wieder auf den Knopf drückte. Ihr Pferdeschwanz wippte bei jeder Bewegung und plötzlich zog die Erinnerung an eine ähnliche Situation vor seinem inneren Auge auf. War das tatsächlich schon ein Jahr her?

Er näherte sich ihr unbemerkt und blieb genau hinter ihr stehen, dann beugte er sich nach vorn und flüsterte: „Aber, aber, Frau Doktor Thalbach. Warum so ungeduldig? Glauben Sie tatsächlich, dass penetrantes Drücken die Ankunft des Aufzugs beschleunigen wird?"

Katja drehte sich zu ihm um und verzog ihren Mund zu einem anzüglichen Grinsen. „Herr Kollege, ich wäre etwas vorsichtiger mit derart frechen Äußerungen. Sonst könnte es sein, dass ich Ihnen heute Abend beweisen muss, dass intensives Drücken an der richtigen Stelle durchaus gewisse Reaktionen beschleunigen kann!"

„Frechdachs", meinte Stefan und strich ihr über die Wange. Vor einem Jahr war sie mit blitzenden Augen zu ihm herumgeschnellt und hatte ihm irgendeine wütende Bemerkung an den Kopf geballert – jetzt strahlte sie ihn selig an. Stefan riskierte einen Blick in ihren Ausschnitt, was sie mit einem Kopfschütteln quittierte.

„Wenn du das vor einem Jahr getan hättest, hätte ich dir vor versammelter Mannschaft eine geknallt." Mit diesen Worten bewies sie einmal mehr, dass sie ihn in- und auswendig kannte.

Er gluckste und lächelte sie liebevoll an. „Nun, ich wundere mich doch nur, was die Schwangerschaft mit deiner Oberweite so anstellt. Ich bin scharf auf dich", murmelte er ihr ins Ohr.

„Trotzdem gehe ich bestimmt nicht mit dir in das Bettenlager."

Stefan lachte laut auf. „Sehr schade. Aber hast du trotzdem ein paar Minuten für mich?"

„Für dich doch immer."

Stefan erzählte Katja ganz kurz von einem Neuzugang, den sie sich noch ansehen musste. Dabei nahm er Katjas Hand hoch und verschränkte seine Finger mit ihren. „Wie war der Vormittag?"

„Stressig. Weißt du jetzt, wann Doktor Petersen endlich nach Freiburg kommt?" Sie hob jetzt die Hand und strich ihm seine Strähne aus der Stirn.

„Ja, ich habe gute Neuigkeiten. Ich komme nach dem Mittagessen zu dir, dann erzähle ich dir alles und wir schauen uns die Berichte an?" Er führte ihre Hand an seine Lippen und küsste sie.

Ihr Piepser ging los, sie schaute darauf und meinte stöhnend: „Was für ein Tag. Jetzt kann ich gleich wieder umkehren." Sie ging zwei Schritte, hielt inne und drehte wieder um. Dann kam sie zurück, nahm sein Gesicht in beide Hände und küsste ihn zärtlich. „Ich liebe dich."

Ein anderes Pärchen hatte durch Zufall die Szene beobachtet.

„Es ist ja schön, dass die beiden sich so unkompliziert wiedergefunden haben, aber irgendwie ist alles komisch", grummelte Birgit und schüttelte den Kopf.

„Wie meinst du das?", hakte Gerd nach.

„Na, Katja taucht hier nach einem halben Jahr unübersehbar schwanger wieder auf und trotzdem sind sie sofort wieder ein Herz und eine Seele. Es freut mich ja, dass Stefan mit ihr glücklich ist, aber ich finde es doch seltsam, dass er Katjas Schwangerschaft so einfach hingenommen hat", wunderte sich Birgit nicht zum ersten Mal und Gerd beherrschte sich nur mühsam.

„Nun ja, man muss ja nicht alles verstehen. Aber hoffentlich fragt er sie jetzt endlich mal." Birgit ließ auch jetzt nicht locker.

„Was fragen?" Gerd konnte nicht anders, er musste sich absichtlich blöd stellen.

„Gerd, bist du schwer von Begriff?" Birgit sah ihn genervt an. „Ob sie ihn vor der Geburt wenigstens noch heiraten will, meine ich natürlich.

„Also, Birgit, das ist leider nicht möglich."

„*Was?* Warum nicht?" Birgit starrte ihren Mann entgeistert an.

„Dazu müsste er erst mal die Scheidung einreichen. Und ich bin mir nicht sicher, ob er das tun wird, bloß damit du bei der Hochzeit dabei sein kannst."

Birgit sperrte den Mund auf. Er sah ihr an, wie es in ihr arbeitete und plötzlich kniff sie die Augen zusammen. „Du willst mir jetzt aber nicht erklären, dass die beiden schon längst verheiratet sind?"

Gerd nickte langsam und genoss den Triumph. Auf Birgits Gesicht breitete sich ungläubiges Staunen aus.

„Wo und wann haben die geheiratet?", brachte sie gerade noch so raus.

„Vor fünf Wochen in Rio und Birgit, ich kann dir deine Sorge nehmen. Das Kind ist von mir!" Stefan war aus dem Nichts aufgetaucht und legte den Arm um ihre Schulter. Trotzdem zuckte Birgit zusammen als Stefan und Gerd sich abklatschten.

„Katja wird sehr erfreut sein, zu erfahren, dass sie die Wette gewonnen hat."

„Welche Wette?", fragte Birgit sehr erstickt.

Gerd wechselte einen vergnügten Blick mit Stefan, erst dann entschloss er sich, Birgit zu erlösen. „Wir haben uns den Spaß erlaubt und auf die Frage gewettet, wie lange du wohl brauchst, bis du hinter das Geheimnis von Stefan und Katja kommst. Katja hat gewonnen."

Birgit klappte die Kinnlade herunter und sie murmelte einen erstickten Laut.

„Ich hab’ dich nicht verstanden. Was sagst du?“, erkundigte sich Gerd und hielt sich die Hand hinters Ohr.

Birgit räusperte sich lange, dann gestand sie die Niederlage ein: „Touché!“

ENDE

DANKE

Auch dieses Buch kommt nicht ohne Danksagung aus. Viele Menschen – Freunde und Fremde – haben mir geholfen, meinen Traum zu verwirklichen. Denn, die Geschichte von Katja Thalbach und Stefan Marquardt war das erste Buch, das ich jemals ganz fertiggestellt habe. Es lag viele Jahre unbeachtet in einer Datei auf meinem PC, bis es mit aller Macht in die Öffentlichkeit drängte. Mir war allerdings klar, dass dies ohne fachliche Hilfe niemals gelingen würde, hatte ich mich doch wieder mit meiner Phantasie in eine Klinik verirrt.

Daher geht mein erster – **riesengroßer Dank** an PD Dr. med. Michael Sarkar, der mich im gesamten Romanprojekt medizinisch begleitet und beraten hat. Wie er die Zeit aufbringt, neben seinem anspruchsvollen Job als Leiter der Klinik für Unfallchirurgie und Orthopädie, sich noch um meine geistigen Ergüsse zu kümmern, ist mir schleierhaft. Ich kann nur sagen, ohne Dr. Sarkar hätte ich dieses Buch nicht so authentisch erzählen können. Ein langes persönliches Gespräch und zahllose E-Mails mit Textauszügen, Fragen und Antworten waren notwendig, bis schließlich alle „verarztet und geheilt waren“. Sollten sich dennoch Fehler eingeschlichen haben, so gehen diese allein auf meine Kappe.

Das nächste **Dankeschön** gilt meinem Mann. Er ist inzwischen viel mehr *als nur* erster Testleser – er weiß, wie ich ticke, wie meine Gehirnwindungen funktionieren, und steuert wertvolle Ideen bei. Außerdem weist er mich mehr und mehr in die Denkweise der Männer ein, obwohl ich diese Gattung vermutlich nie ganz verstehen werde.

Meiner Verlegerin und Mentorin Ulrike Dietmann gebührt ebenfalls ein großer **Dank**. Sie steht hinter mir, freut sich, wenn ich ihr eine neue Geschichte präsentiere und gemeinsam schaffen wir dann ein Buch, das den LeserInnen hoffentlich viel Freude bereitet. Kurz gesagt, sie lässt mir meine Freiheit, mich zu entfalten.

Was wäre ein Buch ohne Cover? Herzlichen **Dank** an Corina Witte-Pflanz (www.ooografik.de) – auch wenn sie mir vier Wochen vor Druck noch fast einen Herzinfarkt beschert hätte – sie war mit dem geplanten Cover plötzlich nicht mehr zufrieden – und ... sie hatte recht! Corina, hab' Dank für ALLES! Wir beide verstehen uns mit wenigen Worten und stecke ich in der Story fest, dann kommt ganz bestimmt ein Anruf, in dem du mir das Cover oder ein

Plakat ankündigst, das mir dann einen gehörigen Motivationsschub versetzt.

Meine Testleser-Riege war ebenfalls extrem gefordert, teils mit wilden Entwürfen, teils mit dem Endprodukt. Ein **herzlicher Dank** für wertvolle Kommentare und Korrekturen geht an: Claudi, Gabi, Katrin, Miriam, Petra, Steffi und Tatjana.

Das Korrektorat und Lektorat von Touché haben wir Susanne Feiner (www.feiner-schreiben.de), Ulrike Schmied, Bettina Zipperle (http://lucky-side.wordpress.com) und Lea Roser (www.spiritbooks.de) zu verdanken! Ich hoffe, Ihr seid auch nächstes Mal dabei.

Dem Haus Nr. 11 gebührt ebenfalls ein großer **Dank** für die witzigen Pointen, Ideen und den Einblick in die Polizeiarbeit. Die nächste Stehparty geht auf mich!

Ein **Danke** auch dem Retter in höchster Not. Wolfgang, ohne deine Hilfe hätte ich Katjas Zeit in Rio niemals so authentisch beschreiben können. Ich hoffe doch sehr, dass wir das Land, das du so liebst, auch noch einmal kennenlernen dürfen!

Zuletzt ein **Dank** für die großartige Helferin in Sachen Adoptionsverfahren und Familien-Zusammenführung von adoptierten Personen – ich hoffe, ich habe es so realistisch wie möglich geschildert!

Hinweis:

Die Autorin spendet 5 % ihrer jährlichen Verkaufserlöse von Touché an

Kinder in Rio e.V., 46047 Oberhausen, www.kinderinrio.de

Seit 1967 setzt sich Kinder in Rio e.V. für die Rechte und die Zukunft von Kindern, Jugendlichen und deren Familien im Bundesstaat Rio de Janeiro ein.

Uns geht es gut! Daher ist es meiner Familie und mir ein Anliegen, zu helfen. Wir haben seit vielen Jahren selbst ein Patenkind über die Hilfsorganisation ***Kinder in Rio*** und wissen durch Berichte und Briefe über die Not dieser Familien, die oftmals am Rande des Existenzminimums leben. Mit diesem Beitrag wollen wir weiter helfen, diese Not zu lindern – Hoffnung zu geben.

Helfen Sie mit!

Kinder in Rio
Not lindern - Hoffnung geben

Komm mit auf die Insel
Touché
Gleichklang
Herbststürme
Sternschnuppen-Regen
Hitzeschlacht
pcsbooks
Plots . Characters . Scripts
www.pcs-books.de